Jane Bussmann – Von Hollywood nach Uganda

Jane Bussmann hatte bereits mit 19 Jahren eine eigene Kolumne beim *Guardian*, bevor sie mit 22 Comedy-Autorin bei der BBC wurde. Sie war als Drehbuchschreiberin und Redakteurin an den preisgekrönten Comedy Serien *Smack the Pony, Brass Eye* und *South Park* beteiligt. In Hollywood war Jane Bussmann Celebrity Journalistin. Aus dem Buch entstand die Live Comedy Show *Bussmann's Holiday*, die in Los Angeles Off Broadway, beim Edinburgh Festival und am Soho Theater in London aufgeführt wurde. *Bussmann's Holiday* gewann bei der Verleihung der Tap Water Awards die Auszeichnung als Best Comedy und wurde für den Amnesty International Freedom of Expression Award nominiert. Jane Bussmann lebt in New York und in London.

Mit Dank an Jürgen Brömmer für wertvolle Hinweise, Tips und Unterstützung.

Titel der Originalausgabe: »The Worst Date Ever«, New York und London 2009

Edition
TIAMAT
Deutsche Erstveröffentlichung
Herausgeber:
Klaus Bittermann
1. Auflage: Berlin 2010

www.edition-tiamat.de
Druck: Fuldaer Verlagsanstalt
Buchumschlagsentwurf: Klaus Bittermann
ISBN: 978-3-89320-147-1

Jane Bussmann

Von Hollywood nach Uganda

Kriegsverbrechen, Filmstars und andere Abscheulichkeiten

Aus dem Englischen von
Norbert Hofmann

Critica
Diabolis
180

Edition
TIAMAT

Frage: Wie viele von je hundert Ugandern, glaubst du, haben ein Telefon?

Antwort: Zwei. Und das Tragische ist, keiner hat die Nummer des anderen.

Für jeden von uns kommt ein Moment, wo wir uns in aller Klarheit sehen. Manche erreichen diesen Augenblick und erkennen: Mein Gott, ich bin großartig. Ich habe die Welt verbessert, schon meine Jacke zeigt, was ich alles geschafft habe, und mein Arsch ist einfach toll.
Andere können das nicht von sich sagen. Für diejenigen unter uns, die sich eingestehen müssen, mein Gott, ich bin *immer noch* so, ist dieses Buch.

Inhalt

Hinweis:

In dem Abschnitt über Hollywood habe ich die Reihenfolge einiger Ereignisse geändert, um ein paar mehr bescheuerte Begegnungen mit Promis hinzufügen zu können. Die Ereignisse sind unwichtig, aber es treten darin berühmte Personen auf. In den Uganda-Kapiteln habe ich Namen, Orte und alles sonst geändert, was Leute in Schwierigkeiten bringen könnte. Für etwaige Fehler gebe ich dem Alkohol die Schuld.

1

Ich habe einige wirklich großartige Priester kennengelernt

Ich kann mich noch genau an den Moment erinnern, da es begann: Frühling 2003. Ich aß in Beverly Hills mit dem beliebtesten Mann Amerikas zu Mittag. Es war ein Essen zu zweit auf der Terrasse eines Restaurants, und ich starrte in die Augen von Ashton Kutcher, der Schauspieler, der heutzutage besser bekannt ist als der Typ, der Demi Moore von Bruce Willis übernahm. Ashtons Augen waren so bildschön dunkel und sexy, daß man sich schon beim bloßen Hinsehen schuldig fühlte, so wie es einem ergeht, wenn man einen nackten Hintern streichelt, den man in seiner Handtasche findet. Ich hatte das Gefühl, mich bei jedem im Café entschuldigen zu müssen. Alle dort dachten das Gleiche wie ich, von der Kellnerin, die mir Kaffee nachschenkte mit einem Blick, der sagte: *Nicht schlecht, Schwester*, bis zu dem alten Filmproduzenten, der, seinen Bauch auf den Tisch hievend, sich umdrehte, um zu sehen, ob es wirklich Ashton war, der wirklich mit jemand anderem als ihm sprach. Der Schmerbauch bebte vor Entrüstung: Es war tatsächlich Ashton, 26 Jahre jung und umwerfend, der Durchbruchstar von Hollywood, der heiße Typ von der Sitcom *That '70s Show,* der wilde Rebell mit seiner MTV-Sendung *Punk'd.* Es war unübersehbar, selbst der fette alte heterosexuelle Mann wollte ihn vögeln. Als Ashton meinen starren Blick erwiderte, dachte ich nur eines: *Es muß einen Weg geben, wie ich mich umbringen kann, ohne daß es Mutti aufregt. Ich werde ein ertrinkendes Kind retten. Ja. Beverley Hill Presbyterianische Vor-*

schule & Kindergarten, ich werde eins von denen in den Fluß werfen...

Ashton machte mir keinen Ärger. Dies war Hollywood; um jemandem die Hölle heiß zu machen, dafür gab es andere Leute. Weil ich nicht Ashtons Freundin war, war ich das Problem. Es gilt eine Regel zu beachten, wenn man mit berühmten Leuten spricht: niemals auf Religion zu sprechen kommen. Sie könnten dazu eine Meinung haben. Aber ich wußte nicht mehr, was ich ihn fragen sollte. Das geschah immer häufiger, wenn ich mit Promis sprach. Ich hatte bereits sein Lieblingskaffeegetränk abgehakt, nach der Marke seines Mobiltelefons und seinen bevorzugten Sportschuhen gefragt. Es war nichts mehr übrig. Und da sagte er völlig unerwartet, daß er religiös sei, aber nicht zur Kirche gehe.

»Ich häng lieber mit Leuten rum, die nicht meine Überzeugungen haben«, sagte er, »und dadurch bringe ich sie vielleicht dazu, ein bißchen über ihre Überzeugungen nachzudenken.« Pause. Aber dann… »Sie könnten mich also belehren?« platzte es aus mir heraus. Er fragte mich nach meiner Religion. Meine Religion? Menschen sind eigentlich von Natur aus, nun ja, nett.

»Sie glauben wirklich, daß man gut auf die Welt kommt?« sagte er. »Das heißt also, Sie halten nicht viel von Darwins Lehre?«

Was hab ich denn jetzt getan? Er wird meine eigenen Überzeugungen gegen mich verwenden. Ich werde mich doch nicht dafür entschuldigen, daß ich Atheistin bin.

»Nein, nein«, sagte ich entschuldigend.

»Alles muß von irgendwoher kommen, nicht wahr? Warum sollten wir also nicht diese höhere Macht Gott nennen, das ist nun einmal ihr Name«, sagte er. »So ist es doch, oder? Es ist also Gott. Sie glauben an Gott.«

Das Gespräch zog sich noch länger hin, aber ich habe es aus Platzmangel komprimiert, und weil ich eine Heidin bin. Und während er redete, sah ich mich von oben. Selbst bei diesem Gespräch war Ashton Kutcher für diesen Planeten nützlicher als ich. Ich wollte nur weg, auf der Stelle. Er lächelte mich selbstzufrieden an, und so sagte ich leichthin: »Ich mag einfach keine Priester. Sie sind gruselig, manipulieren. Bäh!«

Er starrte mich an. »Wie viele Priester haben Sie kennengelernt?«

»Ich... Ein Dutzend?«

»Ich habe in meinem Leben einige wirklich großartige Priester getroffen. Zwei. Aber näher kennengelernt habe ich nur vier... Nein, drei. Nein, doch vier. Und einen von ihnen kannte ich nicht wirklich. Aber zwei waren wirklich großartige Menschen... Nein, ich traf fünf Priester, und drei von ihnen waren großartig...«

Ich versuchte, zu dem Thema Kindesmißbrauch zu wechseln, um die Stimmung zu heben. Es funktionierte nicht.

»Einer schickt mir immer noch eine Karte zum Geburtstag, und ich hab ihn seit zwölf Jahren nicht gesehen«, sagte er. »Nun ja, ich überlasse es ihrem eigenen Urteil, aber ich glaube, Sie sollten über das, was Ihnen wichtig ist, ein wenig nachdenken.«

Und das schrieb ich dann über ihn: »Ashton ist wirklich die coolste Person in Amerika.«

*

Willkommen in meiner Welt. Celebrity-Journalismus. Freies Essen mit den Stars. Das Dumme war nur, Ashton hatte recht. Einer von uns machte TV-Shows, die die Leute unterhielten, produzierte Filme, die beim Sundance-Festival Premiere hatten, und verbrachte Zeit mit seinem Vater, um ein Haus zu renovieren. Die andere war eine Promi-Journalistin.

Es gab großartige Promi-Journalisten in Hollywood. Ich gehörte nicht zu ihnen. Ich haßte es, unverschämte Fragen zu stellen. Ich wußte nie, wer gerade absolut In war, außerdem hielt ich Modedesigner für arrogante kleine Freaks, die Frauen absichtlich dumm aussehen ließen. Es war meine eigene Schuld, meine Fehlentscheidung, die mich im Paradies, umgeben von schönen, sexy Leuten, hatte landen lassen – ich war aus meinem alten Leben ausgebrochen. Ich war nach Hollywood geflüchtet, um Drehbücher zu schreiben. Unglücklicherweise kamen Leute, die gut in dem Metier waren, vor mir dort an, und anstatt die Dialoge für *Casablanca* zu schreiben, fand ich mich als jemand wieder, der darüber schrieb, was für ein fantastischer Typ Ashton Kutcher war. Schlimmer noch, ich war von Beruf Comedy-Autorin, dazu ausgebildet, die unpassendsten Dinge zu sagen; nun hatte sich der Reflex in eine Art kulturellen Tourette-Syndroms verwandelt, und ich hatte Angst, weil ich früher oder später meine ganze Wut an Paris Hilton auslassen würde.

Wenn Sie glauben, daß ich jammere, dann haben Sie recht. Aber bitte haben Sie Nachsicht! Ich weiß, daß es irgendwo ein kleines achtjähriges Mädchen gibt, das mit Wasser im Hirn geboren wurde und das meinen Job geliebt hätte. Aber Sloshy mußte nie zu 400 Blind Dates mit schönen jungen Millionären gehen, die sie hassen und ihr eine geschlagene Stunde lang erzählen: »Ich kann die wahre Liebe nicht finden« (Untertitel: »Ich bumse Scarlett Johansson.)*

In dem ruhigen Kartoffelstaat Iowa, wo Ashton aufwuchs, wäre er einfach ein weiterer lebhafter Bursche in einer Bar gewesen. Nur, und das lernte ich über die Jahre von den Gesprächen mit einer endlosen Reihe von Promis, Ruhm bringt die soziale Entwicklung in genau dem Alter, da er zuschlägt, zum Stillstand. Es ist nicht die Schuld der Promis; Britney hält sich ziemlich gut für eine 11jährige, um die sich pharmazeutische Riesen und Kevin Federlines Pimmel kümmern. Michael Jackson ist völlig normal für einen fünfjährigen Jungen, der Pyjamapartys liebt. George Clooney dagegen quälte sich hero-

* Für die Anwälte: nicht Ashton Kutcher.

isch durch mehr als zwanzig Gastrollen (einschließlich der »des Lippen synchronisierenden Transvestiten«), bevor er ganz groß mit *Emergency Room* herauskam, das heißt, er wird für den Rest seiner Tage ein eleganter Mitt-Dreißiger sein. Was Ashton angeht, nun ja, ein Deal mit Calvin Klein als Unterwäschemodell und mit 19 eine erfolgreiche Sitcom, und sieben Jahre später hatte man einen Schulabgänger, der offensichtlich von Gott dazu auserwählt war, die Heiden zu bekehren.

Unsere Unterhaltung war zu Ende, er lehnte sich in Siegerpose zurück. »Sehen Sie, ich gehe nicht in die Kirche, aber ich bin jeden Tag in ihr.«

Ich glaubte immer noch nicht an Gott, aber ich hatte eine Offenbarung: *Jesus, das ist mein Leben.*

*

In dem Moment, wie das Glück es wollte (ich glaube nicht, daß ich das je wieder sagen werde, wirklich), sandte P Diddy eine SMS-Nachricht. Ashton zog sein Telefon aus der Tasche und tippte eine Antwort an P Diddy, alias Puffy, Amerikas reichster scheußlicher Rapper. Als Ashton über sein Wochenende auf P Diddys Yacht zu reden begann, änderte ich in Gedanken meinen ursprünglichen Karriereplan für Hollywood: *Ich überlasse meine Organe als Transplantate. Das ist die einzig nützliche Sache, die ich noch tun kann. Aber es darf nicht nach Selbstmord aussehen, Mutti zuliebe...*

»Puffy hat dieses Ding bekommen... wir haben das Repertoire fast zusammen... Es wird das Rat Pack von 2003...«

Aber wir sind in Beverley Hills: Was ist, wenn Paris Hilton meine Nieren bekommt? Ich werde auf den Organspenderausweis schreiben: »Alle Teile meines Körpers für jeden – außer für Promis.«

»Ich werde ihn also anrufen und ihn Frank nennen...«

Was aber, wenn die Schrift verschmiert, und es liest

sich wie: »Alle Prominenten«? Ich werde in einem Kotzbrocken wie Simon Cowell enden.

»Und er wird mich Dean nennen…«

Ich hab eine Idee: Ich werde meine Spenderkarte in eine Plastikhülle tun und an meinem Kleid befestigen. Nun kann ich sterben. Großartig… Moment mal. Sieht das nicht nach Selbstmord aus?

Plötzlich bemerkte ich, daß Ashton mich fragend anguckte. Ich wühlte in meiner zerrissenen Gucci-Tasche nach dem Packen mit Informationen zu Ashton Kutcher. Mist. Er lag immer noch ungeöffnet hinter der Tür meiner Wohnung, wo ich ihn vor einer Woche dazu benutzt hatte, Hundekacke von meinen Absätzen zu entfernen.

Aber ich hatte einen Notfallplan, weil ich wie jeder, der seinen Job haßt, nur die Minimalanstrengung machte: Ich hatte die Zauberfragen für Interviews mit Prominenten patentiert. Beide. Zwei magische psychologische Fragen, um herauszufinden, was zum Beispiel jemand wie John Travolta ticken läßt (In Travoltas Fall sind es Flugzeuge und [redacted]. Und warum auch nicht? Er ist John Travolta.) Magische Promi-Frage Eins: »Sie sind in bewundernswerter Form. Was ist Ihr Geheimnis?« Worauf die Berühmtheit stets antwortet: »Bin ich das? Wow. Danke. Denn ich mache nie irgendwelche Übungen und ernähre mich von Käse.« Eine Variante der Frage Eins ist äußerst wichtig, weil sie den Befragten erlaubt, sich zu entspannen und sich zu öffnen wie ein Arschloch auf Amylnitrat. Ashton setzte noch eins drauf: »Ich bin einfach glücklich. Glück läßt einen gesund aussehen«, sagte er. »Ja, wissen Sie, deprimierte Leute sehen nicht gesund aus – sie sind immer, igitt, es steht in ihrem Gesicht.« Ashton bestellte sich einen Kebab und sah gleich 20 Prozent besser aus. Ich bestellte drei schwarze Kaffee, und mir wurde nur übler. Ich ging zur magischen Promi-Frage Zwei über.

»Wir alle wissen, wofür Sie am berühmtesten sind«, sagte ich und hoffte, er werde nichts einwenden, »aber wie fühlen Sie sich, wenn Sie nicht wegen Ihrer inneren

Fähigkeiten geschätzt werden?« Magische Promi-Frage Zwei entschied es: Ashton entspannte sich und erzählte mir, daß er nur er selbst sei, wenn er altruistische Arbeit mache. Als Beispiel nannte er das Basketballspiel mit Prominenten, an dem er demnächst in der NBA Unterhaltungsliga vor Tausenden von sexuell ausgehungerten Armeefrauen teilnehmen werde. Die Zauberfragen retteten meine Haut, bis ich endlich entkam.

An diesem Tag, da ich mein Essen in Beverley Hills mit Amerikas beliebtestem Mann beendete, stellte ich mich endlich der Realität. *OK, ich muß weg von hier. Denn ich habe totalen Mist gebaut.* Ich habe mich dazu erniedrigt, die Evolutionstheorie verächtlich zu machen, in der Hoffnung, daß ein früheres Unterwäschemodell mich vielleicht mochte. Ein früheres Unterwäschemodell, das mich für eine Idiotin hielt. Und es hatte damit nicht ganz Unrecht.

2

Das Goldene Zeitalter der Bescheuerten

Gerade zu dieser Zeit mußte ich in LA festsitzen. Es war das Goldene Zeitalter der Bescheuerten, und in Hollywood erreichte es seinen Höhepunkt: Die Jahre zwischen 2003 und 2006 in Los Angeles waren wie 1966 bis 69 in London, nur ohne coole Musik, coole Filme oder Leute, die irgend etwas unternahmen. Reporter machten sich Gedanken über Michael Jacksons Schmusedecke, Vogelgrippe und geklonte Schafe, während »größerer sozialer Fortschritt« nur besagte, daß ein Gericht Analverkehr für legal erklärt hatte. Die Leute konnten den Präsidenten der Vereinigten Staaten nicht darin hindern, daß er ihnen einen 3 Billiarden Dollar teuren Krieg aufbürdete, aber jedermann konnte sich nun unbesorgt von hinten nehmen lassen. Es waren noch ein paar Jahre hin bis zur Bankenkrise, hohen Benzinpreisen und dem Verfall von Los Angeles in völlige Geisteskrankheit. Vorerst drehte sich alles um Drogenschnupfen, Ficken und die Anschaffung eines weiteren Chihuahuas, ein Hund, den sich nur jemand kaufte, der sternhagelvoll oder auf Drogen war.

Logischerweise wählte sich dieser Moment der Geschichte die »It Kids« als seine Repräsentanten; Leute, die ständig in den Medien präsent waren. Wenn man die »It Girls« traf, war Nicole Richie warmherzig und witzig, Lindsay Lohan war naiv und süß, aber besorgniserregend oft von schnöseligen Typen umgeben, und Paris Hilton hielt pflichtbewußt die Rolle als das »sexy« Ding aufrecht. Sie benahm sich so rüde, daß jeder in ihrer Nähe sich fragte, womit er sie gelangweilt hatte und wie er doch noch ihre Liebe gewinnen konnte. Verdammt, ich glaube, sie gefiel mir damals sogar. Sie waren alle auf ihre Art clever, aber Junge, Junge, sie hatten eine Million Königinnen der Dummheit inspiriert.

Jedes Wochenende stolzierten Mannequins den Sunset Strip entlang und liefen zwischen der Skybar und der Standard Bar mit angemalten Beinen und ohne Schamhaar hin und her. Ich weiß das, weil diese Generation nicht BHs verbrannte, sondern Schlüpfer verschmähte. Die Martinis schlugen ihnen schwer auf den leeren Magen, und ich wurde unfreiwillige Zeugin, wie sie kichernd auf einen Maserati am Straßenrand zustolperten und dabei der ganzen Stadt ihre rasierten Mösen zeigten. Während die Welt in einen Krieg schlidderte, bekämpfte LAs Rebellion nicht das System, sondern gab sich nuttiger als seine Frauen.

Sie waren nicht ungehorsam gegenüber ihren Eltern, die sich das, was sie besaßen, hart erarbeitet hatten, sie widersetzten sich nur der Vorstellung, daß ihnen alles völlig gleichgültig sei. Als ich mit Mischa Barton zusammen war, wollte sie demonstrativ etwas anderes machen und kaufte sich eine Pfadfinderinuniform. Das Verhalten der Hipsters in LA war kindlich; sie wurden schnell müde und hatten Wutanfälle wie Kinder, manchmal sah man sie schluchzend am Steuer ihrer Autos. Sie trugen Verbände am Handgelenk und verschwanden für ungewisse Zeit in Kliniken. Wie gesagt, es war kaum ihre Schuld; als verantwortungsbewußte Angestellte der Industrie nahmen die Angelenos (die Einwohner von LA) tagein tagaus rund um die Uhr Drogen, genauso wie Judy Garland es getan hatte. Alle schluckten Ritalin, Adderall und Provigil – nicht weil sie »Konzentrationsverstärker« (nutzlos im Goldenen Zeitalter der Bescheuerten) waren, sondern weil sie Gewichtszunahme verhinderten.

Abends nahm jeder Ambien, weil es als ein gutes Schlafmittel angepriesen wurde und niemand schlafen konnte. Ambien verlor an Beliebtheit, als bekannt wurde, daß Leute, die das Mittel eingenommen hatten, so voller

Energie waren, daß sie manchmal nachts aufstanden und Dinge taten, an die sie sich am nächsten Morgen nicht erinnern konnten. Die New Yorker Presse berichtete, daß Leute die Pillen nahmen, einschliefen und Autounfälle verursachten. *Diese Nacht hab ich wirklich gut geschlafen... Warum liegen bloß überall im Auto Zähne...? Nein!* In Los Angeles war es ein bißchen anders: Leute nahmen Ambien, schliefen ein und aßen Lebensmittel. *Diese Nacht hab ich wirklich gut geschlafen... Warum ist das Bett mit Erdnußbutter verschmiert...? Neeeiiin!* Kurzum, wir waren eine kaputte Stadt.

Die »It Girls« lieferten weiterhin Schlagzeilen und litten traurigerweise an Verwirrung. Nicole nahm die falsche Auffahrt zum Highway. Britney verheiratete sich für weniger als drei Tage; der Antrag auf Auflösung ihrer Ehe argumentierte, daß es ihr »an Verständnis für ihre Handlungen mangelt«, während Paris ihre Festnahme unter dem Verdacht des Drogenmißbrauchs am Steuer mit den Worten erklärte: »Vielleicht bin ich ein bißchen zu schnell gefahren... Ich hatte wirklich Hunger und wollte einen In-'N-Out Burger.« All dies wurde nicht von ihren Eltern wahrgenommen, sondern von ihren verwirrten und verängstigten Haustieren.

Ihre Eltern hatten in der Tat hart für das gearbeitet, was sie besaßen. Als Paris Hiltons Ex-Freund Rick Salomon *1 Night in Paris* herausbrachte, eine DVD, die zeigt, wie seine wahre Liebe sich an seinem Unterleib wie eine Ratte in einer Mülltonne zu schaffen macht, war es Paris, die den Porno-Vorwurf bekam, ein schlechtes Image, das ihr nicht half, als die Gefängnisstrafe drohte. Ihre Mutter Kathy Hilton dagegen durfte ungestraft in ihrer eigenen Reality Show auftreten. Britney bekam die Riemen einer Krankenbahre zu spüren und einen Paparazzo-Freund. Lynne Spears bekam einen Buchvertrag und *ließ ihre Tochter wieder unbeaufsichtigt außer Haus*.

Das Goldene Zeitalter der Bescheuerten breitete sich als ein Phänomen ohne Nachrichtenwert aus, was die

Medien für eine erstaunliche Nachricht hielten. Mein Job dabei war, so zu tun, als ob dieses Nichts etwas wäre. Etwas Großartiges.

*

Von einem Frauenmagazin wurde ich aufgefordert, einen Tag im Leben von Nicole Richie zu verbringen. Der Blickwinkel: *Seht, wie hübsch und dünn Nicole geworden ist.* Die Sommerstory ging diesmal um »Badekollektionen« und diente als Vorbereitung auf die Winterstory: »Iß nicht so viel, oder der Badeanzug wird dir nicht passen«. Es hatte den ganzen Frühling geregnet, und Palmenblätter und Müll lagen überall auf den Straßen, als ob es einen Aufstand gegeben hätte. Wenn es regnet, bricht diese nervöseste aller Städte sogleich zusammen, alle brabbeln, Chevrolets fahren in Schlangenlinien über die Autobahnen, Häuser auf Pfählen geraten in Panik und fallen die Hügel hinunter. An jenem Tag kam mir die Stadt noch verrückter vor als sonst. Ich fuhr den Hollywood Boulevard entlang und passierte einen Radfahrer mit einem Papagei auf seinem Lenker. Ein Tramp in einer goldenen Anzugsjacke tanzte Jitterbug auf dem Gehsteig. Oh, und dort spaziert Spiderman in seinem blauen und roten Lycraanzug… *Jesus…*

Die Sonne stand bereits hoch, und der Bevölkerung ohne Klimaanlage war heiß. So heiß, daß ich das Steuerrad mit einem Geschirrtuch festhielt. Ich fragte mich, warum Schauspielerinnen niemals Schweißflecken hatten, und erinnerte mich an den wie ein Insekt aussehenden Chirurgen, den ich für *Marie Claire* interviewt hatte. Er erzählte mir, daß er im Vorfeld der Oscarverleihung sechzehn Dosen Botox in die Achselhöhlen von Schauspielerinnen spritzte, um ihre Schweißdrüsen zu lähmen. Wahrscheinlich mit seinem Rüssel. Inzwischen schienen zweiunddreißig Injektionen die Regel zu sein. Ich wußte, daß ich kaum ein Recht hatte, irgendetwas daran zu kritisieren. Ich hatte keine Qualifikationen außer einem Schulabschluß in Kunst. *Vielleicht wenn ich auf eine andere Schule gegangen wäre, vielleicht wenn ich nicht Physik gewählt hätte, vielleicht wenn ich mehr wiederholt hätte, anstatt zwei Jahre lang im Parliament Hill San Siro Café Kit-Kat zu essen, dann wäre ich vielleicht nun nicht unterwegs zu der Tracey Ross Boutique am Sunset Boulevard, um darüber zu schreiben, wie wunderbar es ist, einen Bikini zu tragen.*

Tracey Ross' Boutique war hipper als hip, ein Ort, an dem ein junges Starlet eine Menge Geld verlieren konnte durch den Kauf von limettengrünen Paßhüllen aus Schlangenhaut, Armbändern mit der Inschrift WÜNSCH DIR WEISHEIT und Broschen, die für mich wie Eiserne Kreuze aus Straß aussahen. Ich nahm ein Armband in die Hand, das aus alter Kordel gemacht war.

»Es ist entzückend«, sagte die Verkäuferin rasch, eine Warnung, daß ich es kaufen sollte.

»Sieht nicht sehr strapazierfähig aus«, sagte ich noch rascher, eine Warnung, daß ich es nicht kaufen würde.

»Es ist so gemacht, daß es leicht reißt«, erklärte sie geduldig, »und wer immer es findet, bekommt, was Sie darin an positiver Energie versteckt haben. Es ist ein ›Danke schön im voraus‹-Armband.« Mein Telefon klingelte.

»Okay, es wird also ein langer Tag werden«, zwitscherte die Magazinredakteurin.

Du sagt es.

*

Der Star, den ich interviewen sollte, trat aus der Umkleidekabine. Nach ihrem Auftritt in der TV-Serie *The Simple Life* stieg Nicole kometenhaft auf, eine ungewöhnliche neue Persönlichkeit. Aber das reichte Hollywood nicht, und einer der Akteure in der Filmindustrie – der Stylist – hatte sie unter seine Fittiche genommen.

Nicole sah umwerfend aus. Zumindest schrieb ich das; ich habe keine Ahnung, ob es stimmte oder nicht. Sie hatte kein Gramm Fett am Leib und war braun angesprüht, so daß sie zumindest gesund aussah. Im folgenden Sommer, als ich sie wieder interviewte – der Aufhänger: *Seht nur, wie schrecklich dünn Nicole jetzt ist –,* schrieb ich: »Nicole ist nicht abgemagert.« Ja, und sie war schön, aber sie war seit zwölf Monaten völlig ohne jedes Fett, und eine gute Freundin hätte laut und deutlich gesagt: *»Laßt sie endlich essen, ihr Arschlöcher, bevor sie ganz austrocknet.«*

Ich hoffte, daß sie nicht starb. Nicole war witzig und entwaffnend freundlich, mit einem schönen Lächeln, das ein wenig müde, aber immer noch amüsiert war. Wie Dolly Parton war sie gut in Blondinenwitzen. Ihre Entschuldigung dafür, daß sie vierzig Minuten zu spät kam, war: »Tut mir leid, ich hab wieder ein Auto zu Schrott gefahren.« Die Adoptivtochter von Lionel Richie lief auf Zehenspitzen und mit weiten Augen von einem grotesken Schauplatz in Los Angeles zum nächsten, eine spindeldürre Prinzessin in einem verzauberten Königreich.

»Was war Ihr teuerstes Spielzeug?« fragte ich.

»Ein paar Fabergé-Eier«, sagte sie.

»Kaufte Ihr Vater sie für Sie?«

»Nein, ich holte sie mir selbst bei Geary«, sagte sie. Geary war der Juwelier in Beverly Hills. »Am Ende des Jahres bekam mein Papa die Rechnung, und seitdem habe ich dort keinen Kredit mehr.« Ich fragte sie, wie alt sie damals war, und erwartete, daß sie sechzehn sagte.

»Acht«, sagte sie.

»Wie kamen Sie dorthin?«

»Fahrer.«

Ja, Nicole war großartig, aber Junge, Junge, was hatte sie für eine Kavalkade von Arschlöchern im Schlepptau. Coiffeur, Maniküre, Pediküre, »Problemlöser« und weitere Komparsen, die alle an jenem Morgen eintrafen, um für Nicole *da* zu sein. Sie kamen früh genug, um auf den sichtbarsten Plätzen des sichtbarsten Frühstückcafés zu frühstücken.

Aus dem Ankleideraum trat die Frau, die die »size zero« kreiert hat: Star-Stylistin Rachel Zoe höchstpersönlich. Sie umkreiste Nicole wie eine zerrupfte Krähe. Mag sein, Krähe ist ein wenig harsch; vielleicht beschreibt »Brigitte Bardot im Kochbeutel, auf den eine Krähe eingehackt hat« Zoe besser. Wie auch immer, es spielte keine Rolle, denn Zoe wurde als ein Genie in Hollywood gepriesen. In dieser Stadt ist man bereits ein Genie, wenn man Ideen aus der Zeit vor 1990 borgt. Für heute nahm sich diese Stylistin vor, Nicole Richie als Flittchen zurechtzumachen.

»OH MEIN GOTT, KOMMT MAL ALLE SOFORT HER UND SCHAUT EUCH AN, WIE SÜSS SIE AUSSIEHT!« schrie eine aus der Bagage. Die Krähe hatte die aufgeweckte Nicole in eine Kinderprostituierte mit einem Tattoo verwandelt. Nicole zeigte auf ein kleines Paar Spitzenschuhe, das auf ihren Bauch eingeätzt war.

»Ich bekam die Ballettschuhe, als ich vierzehn war. Ich zeigte sie meinem Papa«, sagte Nicole, »und erzählte ihm, daß ich es für ihn gemacht hatte wegen seines Songs ›Ballerina Girl‹.«

»Was sagte er?«

»Nichts«. Sie schaute mich mit ihren großen »Wer, ich?«-Augen an. »Dann sagte er: ›Bitte tu mir keine weiteren Gefallen mehr‹, und brach in Tränen aus. Als ich vierzehn war, sagte ich ihm, ich sei lesbisch. Ich bringe ihn die ganze Zeit zum Weinen.«

Wir schlenderten durch den Laden.

»Wie lernten Sie Rachel kennen?« fragte ich Nicole, aber bevor sie antworten konnte, stieß »die Krähe« herab.

»Ich half ihr bei der Auswahl des Outfits für *Oprah Winfrey*, und wir verliebten uns ineinander«, sagte Rachel und starrte mir direkt in die Augen – ohne eine Spur von Humor. Niemand sieht die komische Seite in Hollywood, es sei denn, sie sind von Paramount mit einem lukrativen Vertrag dazu verpflichtet. »Die Kleider, die wir auswählten, waren im Magazin *US Weekly* ›Look der Woche‹.«

»Wieviel kostet das – ›Look der Woche‹?« fragte ich. »Was benötigt man, um im Rennen zu sein?«

»Eine Fendi oder Marc Jacobs Handtasche kostet fünfzehnhundert bis dreitausend Dollar; Schuhe, Chloe oder Stella, vielleicht fünfhundert bis eintausend Dollar; ein Cocktailkleid von Oscar de la Renta … mehrere tausend Dollar. Die kostenlosen Modelle passen Nicole nicht. Sie hat ganz klar ›Größe Null‹, 50 cm Taille«, sagte Rachel. Ich haßte sie dafür, daß sie stolz darauf war, ich haßte sie, weil ich Nicoles Rippen zählen konnte, was einen überraschte, wenn man gesehen hatte, wieviel sie an jenem Morgen gegessen hatte. Ich weiß das so genau, weil man mir die Rechnung überließ. Hollywood war berüchtigt für seine »Celebrity-Essen«: ein kalorienreiches Mahl in der Anwesenheit eines Journalisten oder Paparazzos. Ich machte immer gute Miene zum bösen Spiel und schrieb, daß die Stars unmöglich eine Eßstörung oder ein Drogenproblem haben konnten, wenn man Zeuge geworden war, was sie gerade verputzt hatten. Auch an diesem Tag spielte ich mit, weil ich Nicole mochte, und mir überlegte, daß sie, wenn ich sie alle zwölf Monate interviewte, zumindest einmal im Jahr richtig essen würde.

»Das ist so Rolling Stones«, rief Zoe aus und zeigte auf Nicoles neues Outfit – Clownhose mit einem Bikini.

»Wie die Groupies der Rolling Stones«, stellte Zoes Assistentin fest, als wäre sie ganz von allein darauf gekommen. Ich dachte, Nicole sieht eher so aus, als hätte sie versucht, Bill Wyman einen zu blasen. Wyman sagte nein danke. Ich wollte nur noch weg. Ich spielte bei dieser Farce mit; ich war Komplizin bei Nicoles Zerstörung. Ich drehte mich zu dem Bücherregal hinter mir und sah zufällig einen Bildband über die Taliban, der irgendwie zwischen all die Kabbala-Literatur geraten war. Nicole nahm das Buch in die Hand, aber Zoe entriß es ihr.

»Nein, nein, Nicole! Das könnte politisch aussehen!« schimpfte Zoe und starrte mich wütend an, weil ich versuchte, ihre Klientin zu schädigen. »Würde es Ihnen was ausmachen, zu Coffee Bean zu gehen? Nicole möchte einen Black Vanilla Kaffee mit Eis. Noch jemand? Holen Sie für jeden einen. Sie brauchen kein Geld, oder?« sagte sie zu der Assistentin, aber gemeint war ich.

»Wie bei den Rolling Stones«, sagte Zoes Assistentin.

*

»Black Vanilla mit Eis bitte«, sagte ich zu der Frau in dem Chrom und Beton-Laden Coffee Bean und ignorierte Luke Wilson, der am Ende der Theke neben den Zuckerstreuern stand. Seit dem Film *The Royal Tenenbaums* mochte ich ihn sehr.

»Hi... Entschuldigung... Sie sind fantastisch«, sagte ein Mann mit Rundumsonnenbrille zu Luke.

»Danke, Mann«, sagte Luke irritiert und reichte einem Mädchen, das aussah wie Julie Christie, einen schwarzen Kaffee, in den sie Süßstoff schüttete. *Mist, nun gefällt er mir gar nicht mehr; das passiert mir immer wieder.*

Wir warteten, während für »Size Zero«-Nicole ihr zuckerhaltiges Getränk zubereitet wurde. Los Angeles ließ mich an meinem Verstand zweifeln, und es war noch nicht einmal Teestunde. Das Dumme war nur, daß LA das Gesetz macht. Du warst es, die verrückt war, und Coffee Bean oben auf der Sunset Plaza war nicht bloß ein weiteres Kaffeehaus, es war der Höhepunkt der Errungenschaften von Los Angeles, ein in Sonne gebadeter Tempel, wo man die Leute vergöttern konnte, denen man nacheifern sollte. Draußen vor dem Café waren drei der heißesten Girls in Los Angeles, und damit die heißesten Girls der Welt. Blond, fest, geschmeidig und groß sahen sie aus wie Tara Reid zu der Zeit, da das Partyfeiern sie noch dünn machte, und sie saßen breitbeinig da in pastellfarbenen Juicy Couture Trainingsanzügen, die

Hohepriesterinnen von Los Angeles. Zu ihren Füßen hockten Taschenhündchen, eine Rasse irrsinnig kleiner Chihuahuas, die wie Hamster aussahen, die von hinten genommen wurden. Chihuahuas hatten immer dünner und dümmer werden müssen, um mit der Zeit mitzuhalten. LA war von ihnen befallen; selbst Adrien Brody hatte einen Chihuahua, und er hatte einen Film über den Holocaust gemacht. Ich war dafür ausgebildet worden, solchen Stuß satirisch zu beschreiben, aber was sollte einem Witziges über eine Kreatur einfallen, die dumm genug war, sich selbst zu strangulieren? Die Taschenhündchen liefen bellend aufeinander zu, und als ihre Leinen festschnappten, flogen beide Vierbeiner mit einem Jaulen durch die Luft. Man würde denken, sie hätten nicht vergessen, was ihnen keine fünf Minuten zuvor passiert war, als sie Streit miteinander begannen, aber dann wäre man auch kein Chihuahua.

Die drei Girls waren Freundinnen und hatten sich dort getroffen, um zusammen aus Strohhalmen Eiskaffee zu zutzeln. Sie saßen mit den Rücken zueinander und sprachen mit ihren Mobiltelefonen. *Es geht um sie, nicht um mich. Sie können das machen, wenn es ihnen gefällt. Vielleicht sind sie ja geistig zurückgeblieben.*

»Da, wo ich zur Zeit arbeite, ist es echt krass«, sagte eine von ihnen. »Ja, sie kommt zur Arbeit und nimmt Drogen vor den Augen ihrer Kollegen. Und das ist total egoistisch. Ich meine, ich rauche Pot auf der Arbeit, aber sie ist einfach selbstsüchtig.«

»Die Blutproben schlauchen mich. Ich habe das jetzt schon so oft gemacht, und sie finden nichts. Ich sag dir, ich werde mir einen anderen Homöopathen suchen...«, sprach die dritte. *Ruhig bleiben, Jane, ganz ruhig.*

»Black Vanilla mit Eis für Jane?«

»Hier! Danke. Kann ich eine Quittung bekommen? Super, danke, tschüss...«

Die Assistentin und ich brachten der Bagage schmierigen kalten Kaffee.

3

Eine gute Kandidatin für ein Facelifting

Die dynamische und gleichzeitig ausgehungerte Bevölkerung von Los Angeles war nur ein Rätsel in einem größeren Trend: *Realität* ist optional geworden. Dir gefällt etwas nicht so, wie es ist? LA konnte Dinge, die schiefgingen, stoppen und vertuschen, es sei denn, man ist Tara Reid, der ihre frisch und schlecht operierte Titte auf dem Gang über den roten Teppich rausflutschte. Glücklicherweise war sie zu berauscht von der Schwindel erregenden Atmosphäre des Show Business, um es zu bemerken. Im Goldenen Zeitalter der Bescheuerten boomte Los Angeles' dümmste Industrie, und ich berichtete darüber: Schönheitschirurgie war nun cooler, als sie es je in den Jahrzehnten zuvor gewesen war. Man sah in der Stadt noch die Ergebnisse der ersten Welle, zerschnittene und schmerzhaft aussehende Farrah Fawcett-Nasen an Witwen, die durch Beverly Hills schlichen wie hinfällige alte Pekinesen (eine Art von Retro-Chihuahuas). Ich fragte mich, ob die Witwen genauso wie ihre Hunde niesten, wenn sie einen Schupfen hatten, und überall Rotz versprühten.

Die Kultnase des Tages war die von Mischa Barton – man sah viele davon auf Elton Johns Oscarparties –, aber als der wirkliche Feind fabelhaften Aussehens galt nicht ein männlicher Zinken, sondern dicke Oberschenkel. Die neueste Mode war ultranasse Liposuktion, die superschnell, superbeliebt und superbillig war. Für zwei Riesen kamen Hollywood Girls am Freitag in die Praxis und wurden noch am selben Tag entlassen, wobei oft genug eine mit Blut durchzogene Mischung aus Kochsalzlösung, Lidocaine und gefäßverengenden Stresshormonen aus ihren perforierten Wunden auf die Autositze tropfte. Bei manchen ging das bis zu vierzehn Tagen so, aber meistens waren sie am Sonntag wieder beim Brunch und hauten rein. Im Los Angeles des Jahres 2003 war das *normal.* Meine Freundin sah eine Frau vor einer Umkleidekabine in einem Fred Segal Laden (eine »Jeans-Bar«), die sich bei der Verkäuferin beschwerte, daß auf der Jeans, die sie anprobierte, ein roter Fleck war, bis sie bemerkte, daß es Flüssigkeit von ihrer Fettabsaugung war.

Als Journalist wird man die ganze Zeit mit kostenlosem Zeug eingedeckt. Meistens Vanillekerzen und Pfefferminztabletten. Mir wurde eine ermäßigte Liposuktion von Hollywoods Topchirurgen angeboten. Er hatte über Jahre die Superstars behandelt und wollte sich erschöpft in seine Villa zurückziehen. Fettbeseitigung ist eine körperlich anstrengende Arbeit, besonders wenn man jeden Freitagnachmittag jede berühmte Person in Hollywood absaugen und auskratzen muß. Als ich in seinem Behandlungszimmer stand, dachte ich: *Wow! Ab Montag werde ich ganz dünn sein.* Dann hörte meine Freundin, wie der Arzt meinen Fall als »eine größere Operation« beschrieb. Ich wog 57 Kilo, und verglichen mit dem Gewicht in meiner Londoner Alkoholzeit, dachte ich Idiotin, waren 57 Kilo gar nicht so schlecht.

Als ich jede Liposuktion ablehnte, verschlug es dem Chirurgen die Sprache. Ich hatte eine Privatsitzung mit dem Canaletto des Arsches ausgeschlagen. »Tja«, seufzte er, »Sie wären eine gute Kandidatin für ein Facelifting.« Ich hoffte, daß es eine Beleidigung war. War es nicht. Zumindest wußte ich nun, warum Hollywood-Leute so grob zu mir waren. Ich war in ihren Augen ein häßlicher Freak.

4

Ich frage nicht, ob Sie auf die Windschutzscheibe wichsen

Natürlich war nicht alles schlecht. Wenn jede Berühmtheit wie Teri Hatcher wäre, hätte ich für immer in diesem Trott bleiben können. Die kleine Teri: In einem Moment sprach sie begeistert über *Desperate Housewives*, im nächsten meinte sie schuldbewußt, daß man etwas Produktiveres tun könnte als mit ihr plaudern. Marilyn Manson in seinem Hollywood Spukschloß: Eine Minute lang zeigte er stolz seine Sammlung satanischen Schnickschnacks, im nächsten Augenblick gestand er, er sei über die Hexenjagd nach der Columbine-Tragödie so aufgebracht gewesen, daß er sich auf seinen Dachboden zurückzog und zwei Monate lang kaum herunterkam. Dolly Parton: Auf der Bühne in Tennessee ein paar Tage, nachdem ihre Mutter gestorben war, riß sie Witze über ihre Riesentitten, mit denen sie »das Licht blockieren« kann, und dann sang sie, ihre Tränen kaum zurückhaltend, über den Mantel mit den vielen Farben, den ihre Mama für sie gemacht hatte. Diese Leute waren »Celebrities«, weil sie ihre Herzen öffneten und das Publikum hineinließen. Als Journalist saß man nicht bloß unter den Zuschauern, man wollte auch einen Blick in ihre Welt werfen und verstehen, was sie so großartig machte.

Und Promi-Journalismus war damals OK, etwas schäbig, aber freundlich wie der schlecht riechende alte Mann im Pub, der einem ein Bier spendierte. Zuerst rief der Redakteur den Journalisten an, und sie hatten folgende Unterhaltung: »Hast du Lust, am Dienstag X zu interviewen?« fragt der Redakteur.

»Warum?« sagst du.

»X hat gerade einen Film mit Y gemacht. Er basiert auf einer wirklich coolen Story. Hast du gelesen...«

»Ich kann an dem Tag nicht, es ist der fünfzigste Geburtstag meiner Mutter«, sagst du. »Wieviel?« Auftrag!

Aber dann begann es, sich zu ändern. Es gab Hinweise, die ich ignorierte.

»Wir haben Lucy Liu auf dem Titelblatt«, sagte mein Redakteur. »Nun, ihre Eltern sind Einwanderer, und sie hat eine wirklich interessante Lebensgeschichte. Wir möchten, daß du ein bißchen nachforscht.«

»Großartig«, sagte ich. »Was soll ich rausfinden?«

»Schau dir genau die Narbe auf ihrer Brust an und frag sie, ob es Krebs war.« Nicht in einer Million Jahre hätte ich das gefragt, aber dann saß ich einige Tage später Lucy Liu gegenüber. Die nette, superhöfliche Lucy Liu, die schon morgens um drei Uhr aufsteht, mit dreizehn in einer Lagerhalle arbeitete und sich ihren Weg aus der Armut erkämpfte.

»In dieser Industrie kann es für eine Frau härter sein«, sagte Lucy Liu. Ich starrte unterdessen auf ihre Brüste. Die »Celebrity Culture« hatte zugeschlagen.

Ich glaube, daß diese neue »Promi-Kultur« als Wette zwischen einigen Magazinredakteuren begann, die sich ausrechneten, sie könnten die Auflage steigern, wenn sie Bilder mit der Unterschrift abdruckten: »Meine Güte! Warum bumst er diese alte Schlampe?« Ich denke, sie hielten das für witzig, ironisch, postmodern. (NB: Beim Fernsehen und im Promi-Journalismus gibt es so etwas wie postmodern nicht; es bedeutet nur Schwachsinn, produziert von cleveren Leuten, die sich schuldig fühlen.) Bald war die neue Form von Celebrity-Journalismus schäbig und postmodern wie das Paul Smith-Klamotten tragende Arschloch im Pub, das so tat, als ob es ein Bier spendierte, und es einem dann über die Schuhe schüttete.

Die Unterhaltung mit dem Redakteur verlief nun so:

»Hast du Lust, am Dienstag X zu interviewen?«

»Warum?« sagst du.

»X hat gerade einen Film mit Y gemacht.«

»Eine wirklich coole Story. Hast du gelesen...?«

»Ja. Frag ihn, ob er sie wirklich fickt«, sagt der Redakteur. »Ach, Scheiß drauf, natürlich ficken sie miteinander. Aber sie ist fünfzehn Jahre älter als er! Frag ihn, warum er sie fickt.«

»Der Film...«

»Scheiß drauf. Ich will wissen, warum er sie fickt.«

»Ich kann an dem Tag nicht, es ist der fünfzigste Geburtstag meiner Mutter«, sagst du. »Aber okay – wieviel?«

*

Man belog immer die Leute, die man interviewte, darüber, warum man mit ihnen reden wollte. Interviews waren nicht einfach Blind Dates, sie waren Verabredungen, wo ich aufkreuzte und etwas über die Freunde der Leute, die mir wirklich gefielen, herauszubekommen versuchte. Als ich losgeschickt wurde, um Jared Leto zu interviewen, war ihm, dem hochintelligenten Schauspieler, zuvor gesagt worden, wir interessierten uns einen Dreck für *Alexander*, seinen neuen Film mit Oliver Stone. Niemand auf Gottes grüner Erde scherte sich einen Dreck um *Alexander*, aber Jared verdiente es nicht, daß ich ihn vierzig Minuten lang immer wieder fragte, ob er nun Scarlett Johansson bumste oder nicht. Und das war es noch nicht einmal, was ich fragen sollte.

»Sie ist weitaus berühmter als er! Finde heraus, warum sie ihn bumst!«

Ich lebte in ständiger Angst, zu einem Interview mit George Clooney geschickt zu werden. Ich wagte mir nicht vorzustellen, wie die Instruktion lauten würde, aber ich war mir ziemlich sicher, daß irgendwann die Bemerkung fallen würde: »Ich frage nicht, ob Sie auf die Windschutzscheibe wichsen.«

5

Tunnel

Hollywoods irrer Drive ließ mich durchhalten. Es war wie eine riesige, harte Technoparty. Mit soviel Energie an einem Ort, da würde etwas passieren, es mußte einfach. Man hatte das Gefühl eines entscheidenden Moments in der Zeit, als würden sich die Planeten über der Nadel an der Spitze des gewaltigen Plattenturms, der das Capital Records Gebäude ist, ausrichten und die Energie überall hinleiten.

In London, wo ich aufwuchs, ein Hinterland zwischen Muswell Hill und Highgate, gab es merklich weniger Elan. In Muswell Hill spürte man noch, daß es einst in der Hochzeit des britischen Punks aufregend gewesen war, damals als Suggs von der Band Madness dort rumhing und über sein Auto sang und man in einer Wohnung über dem Lebensmittelladen Speed kaufen konnte. Dann stiegen die Immobilienpreise. Bald verkaufte Muswell Hill nichts als Croissants und Babykleidung, während Suggs nach Camden gezogen war. Und was Highgate betraf, so lebte dort niemand mehr außer Sting und schnöseligen Teenagern auf ihrem Weg zur Channing Girls' School und Highgate Boys' School. Sie schauten nicht nach links oder rechts, wenn sie die Straße überquerten, denn sie waren Gottes auserwähltes Volk. Sting hatte ich nie gesehen, es sei denn, er war in den Mitt-Achtzigern ein Exhibitionist mit einem Schal um das Gesicht – in dem Fall hätte ich ziemlich viel von ihm gesehen. Unsere Straße verschwand in den Queens Woods, eine alte Pestgrube, wo Exhibitionisten gemeinsam auf Schulmädchen mit Legwarmer warteten, die auf ihrem Heimweg diese Abkürzung nahmen. Jeder Exhibitionist, der sich noch um halb sieben Uhr abends in dem Wald aufhielt, sah mich in einem braunen Dufflecoat und mit Nana Mouskouri-Brille vom Judo heimeilen und dachte: »Nun ja, nicht gerade Claire Grogan, aber ich kann hier nicht länger mit meinem Pimmel draußen rumstehen. Die Mücken kommen.« Im Alter von sechzehn, zwischen Exhibitionisten und ungenießbaren Croissants, produzierte der Elan, der mir noch geblieben war, nur eine Sammlung Flugblätter von Demonstrationen gegen Marschflugkörper und Vivisektion, und ich war nicht fähig zuzugeben, daß mich die Demonstranten am Militärflughafen Greenham Common oder weiße Ratten nicht wirklich interessierten.

Hier in Kalifornien versprühte jedes Haus Energie. An dem Tag des Ashton/ P Diddy/ Spenderausweis-Suizid-Tiefpunkts schmiedete ich einen Plan. Als ich durch Bel Air nach Hause fuhr, vergoldete die Nachmittagssonne Dattelpalmen und niedrige mediterrane Villen, die so aussahen, als könnten sie einem Autoaufprall standhalten. Aber ich fuhr weiter. Ich hatte lange genug in Amerika gelebt, um zu wissen, daß man sein Leben durch bloße Willenskraft ändern konnte. Dies war mein Fluchtplan: Ich würde einen Tunnel graben. *Ich werde nach Hause gehen und das großartigste Drehbuch seit* Peter's Friends* *schreiben.*

Ich öffnete ein Holztor an der Fairfax Avenue und betrat eine vergessene Insel des Alten Hollywoods: ein verborgener Garten mit schwerem roten Hibiskus, violetten Paradiesvogelblumen und Bananenpalmen, deren Blätter in der warmen Luft raschelten. Dies war mein Zuhause, eine Gemeinschaft von Cottages, die gebaut worden waren, um längst verstorbene Schriftsteller der Paramount Studios zu beherbergen. Angeblich waren die Cottages so winzig klein, um ihre schriftstellernden Be-

* Ein scheußlicher Film.

wohner dazu zu zwingen, sich schnell herauszuschreiben oder auf einem heruntergeklappten Murphy-Wandbett zu sterben. Dort war mein Häuschen. Ich hatte es in einer Kleinanzeige gefunden: eine orangefarbene Casita im spanischen Stil mit einem Dach aus Terrakottaziegeln. Es war unwiderstehlich.

Ich hängte draußen eine rote Plastikkugel mit Zuckersirup auf, die ich gekauft hatte, damit sich die Kolibris darum stritten, und sofort schoß ein metallisch-grüner Kolibri heran, den ich Fido nannte, und steckte seinen Schnabel hinein. Dann erschien ein rosafarbener, und Fido attackierte ihn. Fidos sirrenden Flügeln zu lauschen, war eines der Wunder des Umzugs nach Kalifornien; Schwirrvögel schwirren wirklich.

Die kleinen Häuser standen keuchend in der Sonne, während ihre Mieter tippten. Ich fragte mich, welche Skriptseiten in diesen winzigen Zimmern aus den Schreibmaschinen gerissen worden waren, welche Produzenten nach achtzehn Stunden Brainstorming auf den Murphy-Betten eingeschlafen waren. Ob sie in der Nacht, schwindlig vom Bourbon, aufgewacht und über den Holzboden durch das Schlafzimmer geschlurft waren, um die Toilette zu benutzen. Und ob ihnen beim Pinkeln plötzlich die fehlende Wendung im dritten Akt einfiel und sie entschieden, in das Bett des Schriftstellers zu steigen, um die Lösung zu feiern. Das hätte bedeutet, daß sie schwul waren, da die meisten Schriftsteller und Produzenten immer noch Männer sind, abgesehen von Betty Comden, die im Abspann zu *Singin' in the Rain* genannt wird, Frances Marion, die einen Oscar für das Drehbuch von *The Champ* erhielt, und Dorothy Parker, die zu oft betrunken war, um überhaupt viel zu schreiben. In der Tat könnten gemeinsame Badezimmer die Erklärung dafür sein, daß West Hollywood die Schwulenhauptstadt der Welt wurde. Zu meinen Nachbarn gehörte ein zorniger schwuler Designer mit einem karamellfarbenen Penis und gelbbraunen mächtigen Muskeln, der mit dem Kokainschnupfen aufgehört hatte und nun jeden Morgen um fünf aufbrach, um mit einem heimlich schwulen Polizisten Gewichte zu heben. Dann waren da noch ein schwuler Sessionmusiker, der mit einem Gewehr im Bett schlief, ein schwuler Buchhändler und ein Hetero-Möchtegern-Filmemacher, der, das spürte ich, nicht lange durchhalten würde.

An diesem Tag klapperten keine Schreibmaschinen. Stattdessen kam aus den kleinen Bogenfenstern gedämpftes Tippen von Laptoptasten. Hollywood, die Filmindustriestadt. In der Straße, die ich zurückgelassen hatte, Saltram Crescent, London W9, standen ausrangierte Möbel auf dem Gehsteig. In Hollywood fand ich einmal ein Macintosh G4 PowerBook. Ich lud meinen Computer hoch. Ich verband große Hoffnungen mit diesem Haus, mein siebtes in zwei Jahren. In Hollywood ist man geneigt, oft umzuziehen, da Städte voller Träumer wahnsinnig viel Verrückte anziehen, die eine Immobilie meist nur mieten. Meine erste Unterkunft war eine Gästehaus oberhalb des Sunset Strip, das von einer stämmigen Deutschen mittleren Alters namens Helga vermietet wurde. Sie hatte wilde Haare, ein rechteckiges schwarzes Loch als Mund, wo keine Zähne wohnten, und Klumpen braunen Schleims am Kinn. Sie behauptete, von Gene Kellys Vater mißbraucht worden zu sein, sagte aber nicht, in welchem Loch. Es dauerte sechs Wochen, bis ich herausfand, was es mit dem Schleim auf sich hatte. Ich zog aus, als ich morgens um ein Uhr aufwachte und Helga auf meinem Dach herumklettern sah. Bevor ich verschwand, ging ich in ihr Haus, um mit ein paar Bonmots meine moralische Überlegenheit zu beweisen, aber als ich sah, wie sie mit ihren Fingern Eiskrem aß, war mir klar, daß dies ein schaler Sieg wäre. Und immerhin wußte ich nun, woher der Schleim kam.

Während der Computer mit sich brabbelte, öffnete ich den Kühlschrank und trank einen ganzen Liter kalten Kaffee. Den hatte ich von dem »Fitnesslager« gerettet, wo der Trainer mich angeschrien hatte, daß es mir an der positiven Energie mangele, wirklich abnehmen zu *wollen*. Er war ein liebenswerter Schwuler, und wir alle mochten ihn. Als sich später herausstellte, daß seine positive Energie Crystal Meth zuzuschreiben war, mochten ihn alle noch mehr. Das verschaffte ihm noch mehr prominente Klienten. Jedesmal wenn ich zu einer grotesk frühen Zeit aufstand und schmerzhafte Kniebeugen mit Gewichten machte, wo ich doch etwas Konstruktives hätte tun können, schaute ich auf und sah Mr Big von *Sex and the City* auf dem Laufband neben mir. Der arme Kerl schien kein eigenes Leben zu haben.

Ich riß eine neue Packung Papier auf, legte es in den Drucker und fing an zu tippen. Okay, das Murphy-Klappbett war schon lange nicht mehr da. Okay, ich schrieb wie ein Teenager auf einer IKEA Schreibtischplatte unter einer Schlafkoje, die bei jeder Bewegung quietschte. Okay, ich schlief schließlich ein, denn ich war seit 6 Uhr 14 auf, aber ich war entschlossen, mit einem Film die Welt zu retten.

In Hollywood beginnt man mit einer Idee, die leicht zu verstehen ist. Ich hatte diese: *Der Englische Patient* trifft *Dr Strangelove* trifft *Casablanca* trifft *Monthy Python's Leben des Brian*. Ein Kassenschlager, und mein Tunnel weg von hier. Ich wäre Tim Robbins in *Die Verurteilten*, ein vorbildlicher Häftling, der sich scheinbar gleichgültig von den Mächtigen in den Arsch ficken läßt, aber hinter dem Poster an meiner Wand wäre ein riesig großes Loch, das ich mit einem Löffel gegraben hatte. Als Löffel benutzte ich eine Kopie von Hollywoods Lieblingshandbuch fürs Drehbuchschreiben, *Story* von Robert McKee. Es war eine von sechzehn Anleitungen, die ich mir geborgt hatte, bevor ich es auch nur wagen konnte, mit dem Schreiben zu beginnen, und es war die wichtigste. Von allen jungen Führungskräften der Filmstudios wird erwartet, daß sie an McKees Seminaren teilnehmen. McKee ist der Mann, von dem Nicolas Cages Figur in dem

Film *Adaptation* zu lernen versucht, bevor er jeden Lebensmut verliert. McKee machte es nicht schwer.

Sein einfacher Rat lautete: »Hauptfigur sucht Erfüllung ihres Wunsches jenseits ihrer Möglichkeiten. Bewußt oder unbewußt entscheidet sie sich zum Handeln…« Ich beschloß, erst einmal das Ashton-Interview loszuwerden.

Um 4 Uhr morgens beendete ich den Text über Ashton, klickte SENDEN, wandte mich wieder meinem Skript zu, formatierte eine Titelseite und schlief am Schreibtisch ein. Ein Telefonanruf weckte mich. Der Redakteur sagte, der Ashton-Artikel sei großartig, besonders der Abschnitt über das Basketballspiel für einen wohltätigen Zweck.

»Ich meine, wer hätte das gedacht? Das ist wirklich ein sympathischer Zug an ihm…« *Igitt, wie hab ich es geschafft, mit dem Haar im Kaffee einzuschlafen?*

»… also, wir bringen Ashton auf der Titelseite, wird in ein paar Wochen erscheinen…« Nächster Anruf. Eine andere Redakteurin.

»… Wenn du nächsten Donnerstag Zeit für ein persönliches Treffen hast, dann haben wir da jemand für dich. Es ist 'ne große Sache, und im Moment dürfen wir noch nicht sagen, wer…«

Gut, denn es ist mir scheißegal. Ich kann es nicht glauben, daß ich gerade eben Kaffee aus meinen Haaren gesaugt habe. Ist das ein Stück Croissant?... Ja. Hmm. Moment mal, ich hab doch gar kein Croissant gekauft…

»… Oh, ich kann es nicht für mich behalten. Jane, hättest du Lust auf eine Verschönerung?«, sagte die Redakteurin. »Denn wir haben – du wirst es nicht erraten – Rachel Zoe!«

Ja. Sag ihr, sie soll mich außerhalb Cedars Sinai treffen. Ich werde mein Kordelarmband fallen lassen, darauf warten, daß sie es aufhebt, und sie dann rückwärts mit dem Auto überfahren. Mein Dankeschön im voraus. Ich starrte auf die Titelseite meines Skripts. Es hatte noch nicht einmal einen Titel. Bei diesem Tempo wäre Tim Robbins schon zu Tode gefickt worden.

6

Ich habe eine 1, 80m große Gummivagina, und Ihr werdet die verwenden

Ich weiß, erfolgreiche Leute machen einen Plan und ziehen ihn durch. Ich plante so gut wie nichts. Ich begann im Show Business nicht als eines dieser verrückten kleinen Mädchen, die die Abendparty ihrer Eltern stören und in einem Tutu und mit Lipgloss »The Sun Will Come Out Tomorrow« singen und dann deprimiert sind, weil ihre Väter sie nicht mögen. Ich hatte höhere Ambitionen: Ich wollte Physikerin werden, so daß ich Zeitreisen machen und allem entfliehen konnte. Das war mein Berufswunsch, aber es gab ein Hindernis. Ich war grottenschlecht in Physik. Das ist kein Witz, sondern eine wirkliche Tragödie wie die einer Ballerina, die 1,90 m groß wird. Je älter ich wurde, desto schlechter wurde ich in Physik. Zu der Zeit, da ich mich auf den Schulabschluß in dem Fach vorbereitete, konnte ich kaum die Fragen verstehen. Nicht einmal die unglaubliche Menge an Snakebites, die ich konsumierte, vermochte irgendetwas zu klären. Aber dann, wie das Glück es wollte, ging meine Mutter für mich zur Schule, um meine Abschlußnoten zu erfahren, und das Schicksal nahm eine Wendung.

Ich war achtzehn. Wasserstoffblondes Haar und in der Hand eine Flasche Retsina, stand ich in einer Telefonzelle nahe einer Tequila-Bar in Griechenland und war auf das Schlimmste gefaßt. Mutti war in meiner Schule und las an der Wand die Listen mit den Ergebnissen. Schriftliche Arbeiten, die viel Mühe erforderten – die meisten nicht bestanden, weniger wichtige mündliche Prüfungen

– die meisten bestanden. Mit geduldiger mütterlicher Liebe las sie mir am Telefon alles vor.

»Du hast bestanden!«, sagte sie stolz, und ich ging zurück zu der griechischen Tequila-Bar für eine kurze Feier, die dann mehrere Wochen dauerte. Zu dem Zeitpunkt wußte ich es nicht, aber es stellte sich heraus, daß ich nur in Kunst und Französisch mündlich erfolgreich gewesen war. Ich war also für nichts geeignet, als vor dem Louvre für Touristen Bleistiftzeichnungen von Boy George zu machen. Dies war die glücklichste Auszeit meines Lebens, denn als ich nach Hause zurückkehrte und die Wahrheit erfuhr, war es zu spät, um die Examen zu wiederholen und vernünftig zu werden. Besser noch, ich konnte meiner Mutter die Schuld geben. Sie buk für mich Teekuchen in der Hoffnung, daß ich eines Tages die Schule wiederholen würde.

Stattdessen lernte ich wie durch ein Wunder den Mann kennen, der *Till Death Us Do Part* schrieb: Johnny Speight. Er war ein geduldiger Mensch, der einen Rolls Royce fuhr mit dem Kennzeichen »MOO« (In Anspielung auf den Ausruf der von ihm geschaffenen Figur Alf Garnett: »You silly moo«, du dumme Kuh), was ich supercool fand. Er lehrte mich das Sitcom-Schreiben, und ich verfiel der Sitcom, so wie sich Frauen angeblich in Kinder vergucken. Ich liebte »Situationskomödien«, eine gute Sitcom macht Leute glücklich. Sie sagt, das Leben ist OK. Bevor ich mit Comedy begann, hatte ich Leute nur ein einziges Mal glücklich gemacht, und zwar durch den Verlust einer Kapsel Ecstasy auf einer Technoparty. Nochmal, dies ist kein Witz, obwohl es sich wie jeder gute Witz einer schmerzhaften Erfahrung verdankt – es war die größte E-Kapsel aller Zeiten: hausgemacht, eine Kapsel von der Größe einer Waldbiene, ein Geschenk zum einundzwanzigsten Geburtstag, das jemand mit Tesafilm an eine Karte befestigt hatte. Ich gab sie einer Freundin, einer bisexuellen wiedergeborenen Christin und Drugdealerin, zum Aufbewahren. Sie ersetzte die

Kapsel durch eine halb so große, und behauptete mir gegenüber, sie sehe keinen Unterschied. So ist das mit bisexuellen wiedergeborenen Christinnen, die mit Drogen handeln.

Dann, und das war das zweite Wunder, startete Radio One eine neue Showreihe in einem Nachtclub, und ich schrieb einige Sketche auf der Basis von Unterhaltungen, die ich zufällig in Clubs gehört hatte. Ich bekam einen Job, in dem ich Stegreiftexte für DJs zu schreiben hatte. Dann trat Carlton TV an mich heran, weil sie Ausschau nach jungen schwarzen Autoren hielten. Ich bekam den Job. Sieben Jahre in der Alternativszene der Comedy später war ich eine unbedeutende Autorin in der »Entwicklungshölle« und schmiegte mich mit Sitcoms, die *The Junkies* und *Put out more Fags* hießen, nicht gerade dem Mainstream an. Trotzdem, die britische Comedy-Szene in den Neunzigern machte riesig Spaß; man konnte alles verarschen, vor allem mit Requisiten. Sie waren der beste Teil, weil sie so doof waren, es aber immer am treffendsten sagten. Ich erinnere mich gern daran, wie ich die legendären Requisiten-Schränke der BBC durchstöberte und nach immer dümmeren Toneffekten für eine kurzlebige Radio-Show suchte, die ich mit David Quantick machte: *Bussmann & Quantick Kingsize*. Dies war die Abteilung der BBC, die Mike Spilligan und Peter Sellers ermöglicht hatte, und es war unglaublich, der Dame von den Requisiten dabei zuzusehen, wie sie winzige Türen von verschiedener Größe auswählte, die sie auf der Bühne zuschlug und so den Eindruck erweckte, als wäre man auf einer Burgfestung oder in einer Schiffskabine. Danach gingen wir zu dem Radio Theatre von Broadcasting House, dem Hauptquartier der BBC, wo uns der Produzent seine Auswahl der besten Moorhühnerfürze vorspielte.

Irgendwie landete ich in verschiedenen Räumen, wo Armando Iannucci eine Hüpfburg mit Kindern füllte, die Labour-Abgeordnete darstellten; Chris Morris dachte sich eine Droge in der Größe einer Sahnetorte aus, Sally Philipps machte einen Striptease bis auf zwei Streifen Elektroklebeband, und Graham Norton überredete Grace Jones, in das Hinterteil eines Teddybären »La Vie en Rose« zu singen. Der Chef der BBC-Abteilung Leichte Unterhaltung ließ mich auf Probe bei Radio Four die Rolle eines sexbesessenen viktorianischen Kindes spielen; Valerie Singleton mißbrauchte einen »Schwankungsmesser«, der für Wahlabende gedacht war, und ein Moderator der Kinderserie *Blue Peter* baggerte mich an (*Blue Peter* Moderator: »Ich habe eine kleine Wohnung in Ipswich«, leider sagte er nicht: »Frag deine Mutti, ob du das Zimmer verlassen darfst.«)

Aber allmählich änderte sich die Art der Unterhaltung. Reality-TV brach herein wie ein Schwarm Heuschrecken, und die Requisiten wurden als erstes zerstört.

Eines Tages stürzte ein piekfeiner junger Produzent in den Autorenraum. Wir versuchten gerade, uns etwas Komisches zu Dianas Beerdigung auszudenken, und uns fiel nichts ein.

»Ich habe unten ein wirklich teures Requisit von der Reality-Doku. Ich werde es nicht wegwerfen; bringt es in eurem Sketch unter!« sagte er.

»Was ist es?« fragte ich hoffnungsvoll.

»Eine 1,80 m große Gummivagina«, sagte er ungehalten. Er bezahlte uns.

»Es ist … es ist nicht wirklich … Ich meine, sie ist tot…«

»Ist mir scheißegal! Ich habe eine 1,80m große Gummivagina, und ihr werdet die verwenden!«

Jedes Riesenarschloch konnte nun einen Job beim Fernsehen bekommen.

*

Einige Monate später ging es in einem anderen Autorenraum um eine der ersten Reality-Shows. »Ja, es ist ganz einfach, wirklich nur ein paar Witze«, sagte der piekfeine junge Produzent.

»Witze über was?« fragte ich, die erste von vielen ahnungslosen Fernsehautoren, die diese Frage einem piekfeinen jungen Reality-Produzenten stellten.

»Es spielt in einer Hotelanlage für Paare... Diese Leute sind so grell, daß ihr mehr Witze haben werdet, als ihr brauchen könnt... Ich zeig euch mal einen Clip... Mein Gott, schaut euch ihren Bauch an, hat sie denn keine Ahnung?«

Doch, aber es ist ihr egal, und warum soll sie sich verrückt machen? Sie ist im Urlaub, für den sie gespart hat, du scheußliches Stück Scheiße aus einer Privatschule, war nicht die richtige Antwort. Egal, das war's. Das Ende einer Ära. Das Medium Fernsehen war ein widerlicher Boss ohne Kumpel geworden, und jeder, der dort arbeitete, fühlte sich niedergeschlagen, abgesehen von den Leuten, die darauf versessen waren, mit DIY-Shows riesige Summen einzusacken. Was sollte ich tun?

Ich ging zu Fuß nach Hause in die Saltram Crescent, W9, auch so ein Hinterland zwischen Kilburn und Maida Vale. Aus der chinesischen Imbißbude roch es nach Rührei auf Toast. Diese Gegend war für nichts bekannt, nur Geschäfte mit Namen wie Davetronics und Vanity Clare, und alte schwarze Männer, die in ihren Vorgärten saßen und für niemanden Ska spielten. Saltram Crescent war okay. Als meine Blumenkästen in Sicht kamen, spürte ich, daß man den Besitz von einigen Geranien, die noch nicht verwelkt waren, kaum ein Privatleben nennen konnte, aber das scherte mich nicht mehr. Ich wußte ziemlich genau, was ich tun werde. Ich mußte mich dranmachen und eine neue Comedy schreiben, die die Welt veränderte, über irgendetwas, etwas, das wichtig war. Über... *Wow, diese Geranien sind wirklich schön und so rot. Was ist das da im Briefkasten?*

Die Broschüre des Immobilienmaklers im Briefkasten teilte mir mit, daß sich meine Realität verschoben hatte.

Ich wohnte nicht länger in einem Hinterland; die Regierung der Grundstücksmakler hatte es in Queen's Park umbenannt oder vielleicht sogar Maida Vale Grenzgebiet, ein begehrtes Stadtviertel, geeignet für Yuppiepaare, die hofften, eine Familie zu gründen und in den vielen neuen Läden, die kurz vor der Eröffnung standen, wie etwa Yogastudios, ihre Freizeit zu verbringen. Nun war endgültig klar, was ich zu tun hatte. Ich mußte meine Wohnung verkaufen, und dann nichts wie weg von dort.

Ich dachte mir einen Plan aus, der alles, was ich zuvor beschrieben habe, miteinschloß, und er war idiotensicher: Ich mußte nur einen Job finden, wo ich die neueste großartige Comedy schreiben konnte – in Hollywood. Ein Klacks. Ein einfacher Plan. Eine leichte Aufgabe. Ich kannte niemanden dort außer Jackie Brambles, aber das schien nicht wichtig zu sein. Ich übernahm sogleich eine Menge journalistischer Arbeiten, renovierte meine Wohnung, bot sie zum Verkauf an und bestieg ein Flugzeug mit nichts als Jackie Brambles Telefonnummer. Geranien mochte ich sowieso nie, sie stinken nach Scheiße.

7

Ein schönes warmes Bad

Los Angeles war so voller Energie. Ich fuhr tagelang umher und schaute staunend auf Straßen mit Namen wie Wonderland Avenue und Bob Hope Drive. Die Sonne ließ alles spektakulär erscheinen, und zunächst war es tatsächlich atemberaubend. Ein drei Stockwerke hohes Wandbild von Homer Simpson, Luke Skywalker, auf dem Berg Julie Andrews als tanzende Mary Poppins – das muß 20th Century Fox sein! Jedermann in LA lächelte mich an. Die Leute waren so verdammt freundlich, daß allein schon ein Gang zum Zeitungsstand sich wie ein warmes Bad anfühlte.

»Wieviel Trinkgeld gebe ich?« fragte ich den Kellner.

»Wir nennen es lieber eine kleine Aufmerksamkeit, Schätzchen«, sagte er. »Fünfzehn bis zwanzig Prozent.«

Ich wurde Mitglied in einem Fitnessstudio. Es war nicht irgendein Kellergeschoß für Bodybuilder. Bei »Crunch« sah man bekannte Schauspielerinnen ihre Skripte auf Heimtrainern und Laufbändern lesen. Der Fitness-Tempel hatte Klassen für Klassefrauen (nein, auch für mich nichts) und eine Sauerstoffentzugskabine für Leute, die das normale Atmen für zu leicht hielten. Ich tunkte fettfreie Chips in fettfreie Saure-Sahne-Dips. Ich konnte essen, was ich in London aß, und dabei Gewicht verlieren. Das war unglaublich.

Selbst die Leute beim Fernsehen waren nett zu mir. Jeder, den ich anrief, wollte mich so bald wie möglich treffen, ich konnte ja zufällig »das nächste große Ding« sein. In Hollywood ist Unterhaltung eine Industrie. Alle Beteiligten sind Profis, die täglich Fernsehprogramme produzieren. Sie sitzen nicht herum, blättern Immobilienseiten durch und machen oberschlaue Bemerkungen über die Genitalien irgendwelcher Stars oder über weniger piekfeine Leute, die niemandem etwas zuleide getan haben. Ich weiß, wovon ich rede, ich habe lange genug beim britischen Fernsehen gearbeitet. In Los Angeles schuften sie wie verrückt. Eine 48 Stunden-Schicht ist nichts in LA. Produktionsfirmen mieten fahrbare Espresso-Bars, die um 10 Uhr abends anrollen, um die wahnsinnige Energie mit Karamelsirup in Schwung zu halten. Es ist 2 Uhr morgens? *Na und?* Wir müssen das hier für den Sender in New York bis 6 Uhr fertighaben. Beim britischen Fernsehen bedeutete spät arbeiten, daß man das Büro noch nicht verlassen hatte, weil die Sekretärin erst andere Arbeiten erledigen mußte.

Ich dachte, es ist wahrscheinlich besser, einen Agenten zu haben. Der erste Hollywood-Agent war ein kahlköpfiger manischer Mann, der in seinem Sessel hin und her schaukelte.

»Was ist für Sie gutes Geld?« fragte er. *Wow... vielleicht so um die 750?*

»Vielleicht eintausend die Woche«, sagte ich.

»Eintausend? Was sind Sie, Britin? Ich habe Leute, die machen vierzehntausend Dollar die Woche. Eintausend. Bupkiss. Sie kennen den Ausdruck? Er bedeutet Nichts. Rufen Sie in der Zwischenzeit niemand anderen an…«

Die zweite Agentur war wie eine Filiale des Pentagon. An der Rezeption empfing mich ein Wachmann und begleitete mich die sieben Meter bis zum Fahrstuhl, im Fahrstuhl paßte ein anderer auf mich auf für den Fall, daß ich die letzten zehn Jahre damit verbracht haben sollte, eine gefälschte Identität als ausländische Comedy-Autorin zu kreieren, um vor Ort einen ihrer Klienten zu ermorden. Und wenn ich damit Erfolg gehabt hätte, glauben Sie mir, diese Klienten hätten mehr Kolumnenzentimeter bekommen als Benazir Bhutto. Der zweite Agent schaute sich zwanzig Sekunden meines Demobands an.

»Was ist das, Animation?«

»Nein, das ist ein Sketch über...«

»Sprechen Sie nicht mit anderen Agenten. Wen treffen Sie sonst noch?«

Ich sagte den Namen.

»*Hassen* Sie sich? Auf seiner Liste stehen nur Schreiberlinge. Schrott, Schrott, Schrott. Sind Sie auch so jemand? Wer sonst noch?«

Ich nannte den Namen.

»Wer sind Sie, Tina Turner? Das ist nämlich Ike. Ike Turner. Ich werden Ihnen nicht sagen, was für einen Ruf er in dieser Stadt hat«, sagte er. »Sein Ruf in dieser Stadt ist mehr als schlecht. Wer noch?«

Ich nannte den Namen.

»Der hat Krebs. Noch jemand?«

In diesem Moment tauchte ein älterer Schwarzer mit einer Schürze unter dem Schreibtisch auf: Während unseres Gesprächs hatte er die Schuhe geputzt, die der Agent trug. Wahrscheinlich war er seit der Großen Depression dort unten gewesen.

*

Die dritte Agentur war mir als eine »kleine Boutique-Agentur« beschrieben worden. Tatsächlich war es ein monumentales Gebäude, das eine ganze Straßenecke von Beverly Hills einnahm. Diese Agenten regierten Hollywood, sie hatten ihre privaten Gulfstream Jets, ihre Assistenten trugen Kopfhörer und kannten meinen Namen und Lebenslauf – für den Fall, daß »das nächste große Ding« britische Girls in Topshop-Klamotten waren, die Sitcoms über Heroin schrieben.

Es war Freitag, man durfte sich lässig anziehen, was bedeutete, daß der Agent, der mir gegenübersaß, braune Hush Puppies trug. Sie waren wie eine Waffe auf mich gerichtet. Er schaute sich acht Sekunden meines Demobands an.

»Was ist das? Eine Dokumentation?«

»Äh… nein, es ist ein Sketch über...«

»Sprechen Sie nicht mit anderen Agenten.« Inzwischen war mir klar geworden, daß diese Aufforderung mehr dem Schutz der anderen Agenten diente als der Sicherung meines Talents, aber mir war das egal. »Man kennt Adam Sandler in Ihrem Land? Ich werde ihm dies schicken.« Das klang abwegig, war aber nicht schlecht für einen Freitag.

Auf dem Nachhauseweg hielt ich an der letzten Agentur, ein Büro der Alten Welt in dem ruhigen Universitätsviertel von Westwood. Der unaufgeregte ältere Agent schaute sich das Band an und lachte dabei leise in sich hinein. Ich unterzeichnete sogleich einen Vertrag mit ihm und ging heim, um zu schreiben oder vielmehr mit einem seltsamen amerikanischen Bier in einer Hängematte zu sitzen und im Sonnenuntergang Kolibris zu beobachten. Diese Stadt war so warm, so fettfrei, so voller hart arbeitender Leute, die alle so nett zu mir waren.

Ich wurde ein klassischer LA-Neuling: Im Morgengrauen saß ich auf dem Heimtrainer und radelte mich um den Verstand, verlor fast sieben Kilo und plante, welches Hügelhaus mit einziehbarem Dach und Swimmingpool drinnen und draußen ich kaufen würde, dann entschied ich mich für eine bizarre Gesichtsbehandlung (eine Wellness-Einrichtung für Prominente hat tatsächlich eine »Beschützerin«, eine muttihafte Frau, die den Besucher umarmt, während sie ihn zum Behandlungszimmer begleitet – Rühren Sie mich nicht an!). Ich hatte mich in das magische Königreich geflüchtet, und wenn ich erst einmal das Skript beendet hatte, würde mein freundlicher Agent mich zu einer Audienz bei dem König und der Königin in den Schloßturm führen. Aber dann sprang jäh etwas auf mich zu und biß mich in den Hintern.

8

Eine lange kalte Dusche

Einen Job beim britischen Fernsehen zu bekommen, funktioniert so: Man ruft den Produzenten der Show an; sie sagen: »Schicken Sie uns etwas zu, was Sie geschrieben haben«, und wenn es ihnen gefällt, ist man drin. Auf diese Weise schlug ich mich einige Jahre durch und hatte Stücke für etwa fünfzig Shows geschrieben – von *Loose Ends* bis *The Fast Show*. Ich hing in fast allen Besprechungsräumen des Television Centre herum und trank schlechten Wein mit britischen Comedians, nachdem sie meist bessere Versionen meiner Witze vorgeführt hatten. Man kann sich einen Agenten nehmen, wenn man will, und ich machte das schließlich auch, aber wenn man einen BBC-Produzenten überzeugen kann, daß das Musterskript nicht mit ausgefallenen Haaren bedeckt sein wird, ist er durchaus bereit, einen Blick hineinzuwerfen. Jetzt war ich jedoch in Amerika, und beim amerikanischen Fernsehen schickt dein *Agent* dein Musterskript an die Produzenten der Show. Kein Problem. Ich hatte einen Agenten beauftragt, und er hatte eine wirkliche Erfolgsbilanz – nun kommt der lebensverändernde, saudumme Fehler –, ich hatte auch einen Experten für Dachausbau beauftragt, und der hatte keine Erfolgsbilanz.

Es genügt zu sagen, daß ich den Sommer nicht mit Leuten von der 20th Fox Century verbrachte. Ich lag in West-London ausgestreckt auf dem Rücken und starrte auf den Schutt in meiner Wohnung, ein Eis in der einen Hand, Plastiklöffel in der anderen, eine Plastikblase aus einer Weinbox auf der Brust, der Plastikhahn in meinem Mund. Als ich schließlich nach Los Angeles zurückkehrte, 13 Kilo schwerer und um siebzig Riesen leichter, rief ich meinen Agenten an. Er hatte entschieden, seine Firma zu schließen, was bedeutete: Ich hatte mal einen Agenten. Keiner der anderen Agenten, die ich besucht hatte, nahm meine Anrufe entgegen. Selbst die Sekretärinnen, die meinen Namen kannten, sprachen nicht mit mir. Das Unvorstellbare war passiert. Ich war »eine Autorin ohne Vertretung« – zwar im magischen Königreich, aber außerhalb der Schloßmauern, und niemand würde meine Skripte entgegennehmen.

»Schick sie doch selbst!« sagst du dir vernünftigerweise. Aber Los Angeles ist keine vernünftige Stadt. Produzenten öffnen grundsätzlich keinen Briefumschlag, der die gefürchtete »unerbetene Zusendung« von jemandem enthält, der »nicht vertreten« ist. Es kann immer sein, daß sich der Einsender als ein Verrückter entpuppt, der sie wegen Diebstahls einer Idee für eine Episode von *Will & Grace* verklagt, in der eine Couch für Barbra Streisand gehalten wird und mit Tom Jones' Pimmel in den Sprungfedern aufwacht. Skripts von »Vertretenen« haben Wasserzeichen als Urheberschutz und werden von Boten zugestellt. Alle anderen? Zurück an den Absender.

Ich sagte mir, alles wird gut. Ich würde weiterhin Journalismus für die Leute machen, für die ich in Großbritannien gearbeitet hatte, und gelegentlich interviewte ich auch Briten. Es war wohltuend, Ozzy Osborne bei der Beschreibung seines häuslichen Lebens zuzuhören.

»Wie erziehen Sie ihre Kinder, Oz?« fragte ich.

»Es ist nicht leicht, wenn sie nach Hause kommen und ihren Vater mit einer Flasche Schampus im Arsch über einen Eiskübel gebeugt sehen«, sagte er nachdenklich. Hatte Oz aufgehört, wie einer aus LA zu trinken? »Nein! Sharon versteckt die Flaschen! Ich fand neulich eine und sagte zu ihr: Sharon, dieser Wein schmeckt wie Scheiße! Und sie sagte: Dreh sie um, Oz, sie schmeckt wie Pisse!« Es war herzerwärmend zu sehen, wie Sharon mit einem Häufchen Scheiße auf einem Teller über den schweren

Teppich des Beverly Hills Hotels lief und schrie: »Ich sag dir, Oz, es ist die Katze. Katzenscheiße riecht ganz anders als Hundescheiße.« Und dann Oz zu sehen, wie er aus der Suite nebenan herausstürzt und eine Schrotflinte schwenkt, logischerweise.

In Großbritannien haben wir drei Ablaßventile: Alk, Blasphemie und geschmacklose Witze – und LA mißbilligt alle drei. Das warme Bad von Hollywood war in Wirklichkeit ein Dampfdruckkessel. Ich mochte die Bullen nicht, die mit Schußwaffen hinter mir auftauchten, meinen Ausweis verlangten und mich fragten, warum ich zu Fuß ging. Ich mochte die Managertypen in ihren BMWs nicht, die mich beinahe überfuhren und mich dann anschrien, weil ich ihre E-Mail vermasselt hatte. Ich mochte den Mann nicht, den ich ungewollt im Verkehr geschnitten hatte und der fünf Minuten lang schreiend neben mir herfuhr, bevor er einen Stein nach mir warf. Sein Therapeut hatte ihn offensichtlich Selbsterkenntnis gelehrt: Hab immer einen Beutel mit Steinen dabei.

Schließlich mußte ich es mir eingestehen: Hollywood ist der schlimmste Ort auf der Welt. Es ist affenheiß und voll von Arschlöchern. Nach dem Ratschluß der Sterne war ich bei Anbruch des Goldenen Zeitalters der Bescheuerten in der Hauptstadt der Bescheuerten gelandet. Es gab nur einen Job, den ich machen konnte, und der Gedanke allein bereitete mir Magenschmerzen. Dann schaute ich eines Tages, als ich mich, um alles zu vergessen, mit fettfreien Chips vollstopfte, auf die Verpackung. Dort stand eine Warnung: »KANN MAGENKRÄMPFE UND DURCHFALL VERURSACHEN«. Ich hatte das Kleingedruckte nicht gelesen. Ich war die Dümmste von allen.

9

Ich könnte nicht mit einem schwulen Mann zusammen sein

Nun schau mal, sagst du dir. Es gibt doch einen altbekannten Fluchtweg aus einem miesen Leben. Du mußt möglichst oft berühmte Männer treffen! Ja, und Promis gehen nicht mit Normalsterblichen aus, Gott sei Dank; jeder in Hollywood ist berühmt und sexy. Jetzt hör aber auf, sagst du, LA ist das Land der schönen Menschen, Menschen, die Stars in Liebeskomödien spielen oder die Regie dazu führen oder sie produzieren. Könntest du nicht ausgehen und dich betrinken, zufällig einen netten Typen kennenlernen und alles wäre für immer okay? Kate Hudson und Matthew McConaughey haben es doch auf der Leinwand wieder und wieder vorgeführt. Erstens, es ist zwar wahr, daß LA 70 Prozent makellose Schönheit ist, aber wenn man je mit irgendjemandem, der extrem schön ist, länger zusammen war, weiß man, was für Langweiler sie sind. Ständig haben sie Heulkrämpfe, weil es *einfach nicht genug* ist. Oder schlimmer noch, es ist *mehr als genug*, und sie haben keinen Sinn für Humor. Zweitens, Amerikaner sind ganz anders als Briten: Die Vereinigten Staaten wurden aus einer Kolonie von Puritanern gebildet, die Europa verließen, weil das puritanische Europa ihnen nicht puritanisch genug war. Amerikaner lieben es, Dinge zu erledigen, ein produktives Leben zu führen. Sie schwelgen nicht in irgendwelchen unappetitlichen Details und unterscheiden auch nicht zwischen »betrunken sein« und »Trinker sein« – und ich bestehe darauf, daß es einen Unterschied gibt. Wenn wir morgens mit einem Kater aufwachen und keinen blassen Schimmer haben, wie wir nach Hause kamen, dann ist das ein Grund für ein Schinkensandwich; die Amerikaner sprechen gleich von »Bewußtlosigkeit« und sehen darin einen Grund zum Einschreiten. Drittens, die Leute in LA sind einfach merkwürdig. Alle, die in Hollywood landen, glauben, sie müßten ihre Mitmenschen unterhalten, und leiden daher oft an einer hochfunktionierenden Geisteskrankheit. Sie sind fähig, einfache Aufgaben wie die Leitung der NBS Television Studios zu erfüllen, aber unfähig, eine persönliche Beziehung auf Dauer zu halten. Ich bin für beides nicht funktionstüchtig genug, aber ich trinke wenigstens. Britische Männer sind zurückhaltend und charmant. Zum Beispiel dieser junge Gentleman und sein Begleiter, die mir um etwa 14 Uhr im Zug von Kilburn nach Euston gegenübersitzen.

»Na los, sprich mit ihr.«

»Ich kann nicht. Was soll ich'n sagen?«

»Weiß nicht. Mann, sprich einfach mit ihr.«

Pause. Der andere Typ bietet mir mit einem sonnigen Lächeln etwas Stanniolfolie an.

»Tschuldigung, Schätzchen. Möchste etwas Heroin?«

»Das darf doch nicht wahr sein! Jetzt wird sie nicht mehr mit dir ausgehen, du Wichser!«

Und nun zum Vergleich, wie das in Hollywood läuft. Männer in Los Angeles machen sich keine Gedanken über Anmachsprüche, sie haben ein paar Sätze für den Abgang. Da war der Schauspieler, der sich kaum losreißen konnte, einen sehr schwulen Nachbarn dabei zu beobachten, wie er aus einem sehr schwulen Lastwagen stieg.

»Ich könnte nicht mit einem schwulen Mann zusammen sein«, seufzte er. »Ich bin zu groß. Ich würde ihn verletzen.« Schwere Pause. »Ich denke viel darüber nach.«

Oder der Regisseur, ein zorniger junger Mann aus einem verrohten Land – geboren und aufgewachsen in Kanada, aber darum ging es nicht –, seine Leute waren vergewaltigt worden, Mann. Als er aufbrach, nachdem er sich in eine so schlechte dramatische Vorführung hineingesteigert hatte, daß er sein *eigenes* Haar streichelte, wandte er sich mir zu.

»Wir passen nicht zusammen. Ich mag es, wie ein Tier zu ficken«, sagte er, zeigte auf mich und fügte ernst hinzu: »Vergiß nicht, ich hab das für dich gemacht. Bitte mich nicht darum, es noch einmal zu tun.«

Oder der Agent. Wir verstanden uns glänzend. Wir hatten eine wirklich gute Zeit zusammen, und er redete fantastisch wenig Stuß. Eines Abends, ich meine mich zu erinnern, daß er nichts anhatte, ging ihm ein schrecklicher Gedanke durch den Kopf: »Du *weißt* doch, daß ich glücklich verheiratet bin, oder?«

*

Draußen wuchs der Druck, wegzulaufen. Das Leben in Hollywood fühlte sich nicht wie eine Liebeskomödie an, eher wie ein Zombiefilm, in dem einem niemand glaubt, wenn man sagt, die Zivilisation steht kurz vor ihrem Kollaps. Wir trieben auf einen Krieg zu, und das Merkwürdige war, daß Armageddon anscheinend von Britneys und Nicoles Publicity-Managern gelenkt wurde.

Ich hätte eine Menge von Präsident Nummer 43, wie sie hier George Bush nennen, lernen können. Er hatte etwas spitzgekriegt, worüber sonst nur die Publicity-Leute Bescheid wußten – verdrehte Logik. Verschwende niemals Zeit mit der Rechtfertigung deiner Handlungen, wenn du die neue Allzweckbeleidigung anwenden kannst: Du bist derjenige, der wahnsinnig ist.

Anstatt Zeit damit zu verschwenden, seine Gründe für den Krieg gegen den Irak zu verteidigen, erklärte George Bush, was passieren würde, wenn wir den Krieg nicht führten. Er ließ Fernsehspots machen, die zeigten, wie Amerika von fundamentalistischen islamischen Wölfen überfallen wird. Das waren nicht originelle symbolische Wölfe, sie waren vielmehr dem symbolischen kommunistischen Bären nachgebildet, der in Amerika einfiel. Ronald Reagan hatte ihn in seinen Wahlkampfspots verwendet. Für den Fall, daß irgendjemand nicht verstand, warum er vor dem Bären Angst haben sollte, sagte der Erzähler: »Da ist ein Bär im Wald. Für manche Leute ist es einfach, ihn zu sehen. Andere sehen ihn überhaupt nicht. Einige sagen, der Bär ist zahm. Andere sagen, er ist heimtückisch und gefährlich. Da niemand wirklich sicher sein kann, wer recht hat, ist es da nicht klug, genau so stark wie der Bär zu sein?« Der Bär und die Wölfe waren *wirklich* furchterregend. Von London bis Washington löste sich die Realität schneller auf als die Eiskappen an den Polen. Bald würden wir uns unter einer dicken Schicht von Lügen befinden.

Ich hätte auch eine Menge von George Bushs Opposition lernen können. Die Demokraten sagten, die Wölfe seien zu albern, um darauf zu reagieren, und antworteten dann mit einem Adler, der aussah, als ob er nicht einmal in Scheiße rumhacken könnte. Als Kritiker die Demokraten Snobs nannten, die den Kontakt zu den gewöhnlichen Amerikanern verloren hätten, wehrten sie sich wütend mit der Bemerkung, Wölfe seien überhaupt eine etymologisch unangemessene Metapher für Muslime. Was stimmt, da Wölfe kaum fundamentalistischen Werten anhängen, sondern lieber Schweine fressen, sich als Frauen verkleiden und in Betten herumlümmeln, wo sie auf kleine Mädchen warten.

Die US-Regierung bewegte sich auf einen Krieg zu. Mehrere Experten verwiesen darauf, daß er illegal sei, aber niemand schien in der Lage zu sein, etwas zu tun. Als Gesetzgeber anfingen, etwas über, naja, die UNO und so, zu murmeln, schickte Nummer 43, statt Zeit mit Selbstrechtfertigungen zu verschwenden, Colin Powell in die Vollversammlung. Der General schwenkte ein Fläschchen mit weißem Pulver und erklärte, daß es zwar kein Anthrax sei, aber so aussehe, und wenn es Anthrax wäre, erkenne man, wie leicht es für jemanden sei,

Anthrax zu beschaffen, und denken Sie daran, wie gefährlich das wäre. Nun, angesichts dieser Argumentation hatte die UNO keine andere Wahl, als voll und ganz Amerikas Aneignung der irakischen Ölfelder zuzustimmen. Es läßt sich leicht sagen, die amerikanische Öffentlichkeit hätte doch bemerken müssen, wohin all das führt, aber als ich in den USA ankam, berichteten die dortigen Fernsehnachrichten über das Ausland in einem Segment mit dem Titel »Um die Welt in achtzig Sekunden«.

Wohlgemerkt, ich war nicht besser. Ich machte mir gerade einen Frühstücksshake, als meine Mutti mich aus London anrief und wissen wollte, was die Amerikaner über Guantanamo dachten.

Ich sagte ihr, einen solchen Ort gebe es nicht, *glaubst du etwa, wir hätten nicht davon gehört, wenn es ein solches Gefängnis auf einer Insel gäbe; das ist das Albernste, was ich je gehört habe*, während ich in einen Mixer Eiweißpulver mit Schokoladengeschmack und etwas Seetang füllte.

»Mutti, ein *Gefängnis* auf einer *Insel*? Wo hast du das denn gesehen?«

»Es war gerade im Fernsehen...«

»Verdammt noch mal, Mutti, das ist die Sendung *Survivor*.«

Zu der Zeit, da alles den Bach runterging, waren wir kein bißchen klüger. Ich saß vor dem Gerät, als die Leichen von vier amerikanischen Blackwater-Angestellten angezündet und durch die Straßen von Fallujah geschleift wurden. Die Nachrichtenreporter nannten sie »Auftragnehmer«, erwähnten aber nie, daß sie als Söldner eingestellt waren; »contractors« meint normalerweise Bauunternehmer. Ich dachte wirklich, Blackwater sei eine Maler und Tapezierfirma. *Das ist fies. Du gehst da in dieses fremde Land, um Schulen wiederaufzubauen, und die Leute dort tun dir sowas an. Vielleicht haben sie Farbe über die Lichtschalter gestrichen. In meinem Haus laß ich Blackwater jedenfalls nichts machen.*

10

Ich bin wieder da und so verliebt

Los Angeles hatte größere Probleme.

»Unsere Klienten sind geschädigt worden«, sagte Papilloma,* die Presseagentin.

»Geschädigt?«

»Ja, grob verletzt. Wir gaben Ihnen exklusiven Zugang zu Danny und Morris, und Sie verhalten sich so.« Danny und Chris Masterson von *That '70s Show* und *Malcolm in the Middle*, talentierte Schauspielerbrüder, die ich in das angesehene Modemagazin *The Face* einschmuggelt hatte, obwohl sie niemand im Vereinigten Königreich kannte, und obendrein waren sie auch noch Mitglieder von Scientology.

»Pardon, ich bin nicht sicher, was...«, sagte ich.

Papilloma seufzte theatralisch. »Wir sprechen über den Artikel in *The Face.*«

»Die Top-Ten-Liste?«

»Sie haben uns nicht gesagt, daß noch andere Leute dabei sein werden.«

»Aber… es ist eine Liste der zehn Besten…«

»Wir wissen nun, wie Sie arbeiten.« Sie knallte den Hörer auf die Gabel und rief irgendwann wieder an. »Jane, ich bin die Erfahrenere von uns zweien und werde deshalb diese Geschichte vergessen, aber Sie sollen wissen, daß wir Sie im Auge behalten.«

LA erhöhte den Druck. Erste Risse zeigten sich in dem sorglosen Infantilismus der »It Kids« – mehr Wutanfälle, mehr Beinahe-Unfälle –, und die Publicity-Manager wur-

* Nicht der richtige Name.

den immer härter. Nicht den Kindern, aber jedem gegenüber, der auf die Tatsache hinwies.

*

»Wir planen, diesmal Geri Halliwell und ihre Brustkrebsängste auf die Titelseite zu setzen«, sagte die Redakteurin durch die Freisprechanlage.

»Sie hat Brustkrebs?«

»Nein, sie fürchtet sich davor…«

Ich saß im Auto und hielt Ausschau nach irgendjemanden, der einigermaßen normal aussah. Vielleicht die junge Frau dort, die am Straßenrand stand? Eine hübsche normale Größe 36. Da drehte sie sich um, und ich sah die Einstichwunden einer Fettabsaugung. Also auch sie hatten sie gekriegt. *Das könnten Mückenstiche sein. Quatsch! Dies ist LA. Letzten Freitag hatte sie wahrscheinlich Größe 42.* Mein Telefon klingelte. Eine andere Redakteurin.

»Was wirst du Britney fragen?«

Ich versuchte härter als sonst, bei Verstand zu bleiben, denn ich war auf dem Weg nach Culver City, um Britney Spears zu interviewen. Mein Drehbuch war inzwischen der größte historische Thriller, der je geschrieben worden war, und ich würde die Menschheit retten, wenn ich erst einmal mit dem Schreiben begann. Aber für den Moment ignorierte ich Armageddon und wollte nur die angenehme Seite sehen. *Schau mal, wie hübsch Culver City ist.*

Und Culver City war mehr als hübsch: ein ruhiges Viertel im Westen von Los Angeles, das in den Zwanziger Jahren rund um die Metro-Goldwyn-Mayer-Studios gebaut worden war. Lange Zeit gab es hier viele billige Kneipen, und die Hauptstraße sieht immer noch so aus, als ob einem gleich Orson Welles entgegenschwankt, auf der Suche nach Jack Daniels Milchshakes. *Vom Winde verweht*, *Grease* und *Der Zauberer von Oz* wurden hier gedreht, und »Die Gelbe Ziegelsteinstraße« befand sich auf der Riesenbühne Stage 15 in den Sony Studios, bis sie die Trümmer von Tante Emmys Farmhaus dazu benutzten, einen Hügel für *Ein Amerikaner in Paris* zu errichten. Ich schaute gerne zum Culver Hotel hinauf, ein dreieckiges Gebäude aus Backstein und Mahagoniholz. Es geht das Gerücht, daß es einst Charlie Chaplin gehörte und während der Prohibition durch einen unterirdischen Tunnel mit den Filmstudios verbunden war. Ich sah mich als Drehbuchautorin durch den Tunnel rennen, um mich zu betrinken, nachdem ich den ganzen Tag Louis B. Mayers Sekretärin damit genervt hatte, ihm meine überarbeiteten Skripts zu zeigen. Ich schwelgte in der Vorstellung, an dem möglicherweise fiktiven Pokerspiel teilzunehmen, bei dem Charlie Chaplin das ganze Gebäude an John Wayne verlor. Und stellte mir das gleichermaßen unwahrscheinliche Gespräch zwischen John Wayne und den Black Panthers vor, als sie versuchten, das Gebäude von dem reaktionären Cowboy zu kaufen, und welche Worte er wohl wählte, um sie wissen zu lassen, daß er es dann schon lieber kostenlos dem YMCA geben würde. Und dann der Blick in John Waynes Gesicht, als ihm klar wurde, daß er ein ganzes Hotel einem Haufen junger Männer vererbt hatte, die… verkleidet als Cowboys… *No, sweet Mary, say it ain't so…* Mit Culver City konnte ich umgehen. Womit ich nicht zurechtkam, war der Anlaß, warum ich dort war.

Ich hatte meine Instruktionen von der Redakteurin. »Wir wollen etwas von dem Schmerz, alles, was sie durchgemacht hat, aber dann einen positiven Dreh, daß sie zurück und wieder schön ist (was sie hoffentlich sein wird). OK, also unten stehen die Zitate für die Titelzeilen, auf die wir aus sind. Wenn du möglichst alle kriegen kannst, das wäre das ideale Szenario…« Ja, Magazine entscheiden über genau die Worte, die sie von den Promis hören wollen, und es ist dein Job, die Promis dazu zu bringen, sie auszusprechen. »Die Titelzeilen lauten: ›Ich bin NICHT schwanger. Kevin und ich sind stärker denn je. Und ich kann es gar nicht abwarten, wieder zu arbeiten.‹ Oder: ›Ich bin wieder da und schön!‹ Oder: ›Ich bin zurück, und ich bin glücklicher denn je.‹«

Sonst noch was?

»›Ich bin wieder da und so verliebt?‹«

Überhaupt kein Problem. Ich werde es mir sowieso ausdenken.

»Oder: ›Weltexklusiv – BRITNEY. Sie ist wieder da, sie ist schön und sie enthüllt ALLES in dem lange erwarteten Interview.‹« Ich hoffte, mein Englischlehrer wird niemals herausfinden, was ich da trieb.

Kopf hoch, Jane! Du bist eine der wenigen Journalistinnen, denen es gestattet ist, mit ihr zu sprechen, weil ihre Presseagenten dich für wirklich dumm halten... *Nein, das funktioniert nicht.* Kopf hoch! Du wirst gleich mit einem Idol Zeit verbringen, von dem alle Männer heimlich träumen! Vielleicht kriegst du ein paar Tipps... *Gott, ich hoffe nicht. Es wird wie an jenem Tag sein, da ich Scarlett Johansson, als sie sich unbeobachtet glaubte, dabei erwischte, wie sie ihr sexy Gesicht im Spiegel übte. Oh Scheiße, es war schrecklich, ihre Augen nach oben gedreht, die Lippen nach außen gestülpt wie das Rektum eines Pferdes... Oooh, mach das Fenster auf...* Schluß jetzt, Jane! Es gibt Millionen Leute, Sloshy eingeschlossen, die gerne mit dir tauschen würden. Und du könntest auf einem Trawler sein und einem Kabeljau den Kopf einschlagen... *Es funktioniert nicht.*

Culver City ging in ein flaches industrielles Ödland über, wo Britney lauerte. Ich trug einen Ausdruck aller E-Mails der Verhandlungen zwischen meiner Redakteurin und Britneys Presseagentin bei mir, um beweisen zu können, daß ich mir das Interview, das gleich stattfinden sollte, nicht eingebildet hatte.

Ich bog in die Smashbox Studios ein und stellte mein Auto zwischen die blank polierten 100000 Dollar Cadillac Escaladas. Smashbox sah aus wie ein langweiliger Schuppen. Insider aber wußten Bescheid: Dies war einer der Orte, wo Stars hinkamen, um gestylt, fotografiert und gefilmt zu werden. Man konnte solche Gebäude schon von weitem leicht erkennen, da sie alle paar Minuten eine mißmutige Frau mit Stöckelschuhen und Schamloslippen ausspuckten, die in der Hand einen Kaffee wie einen Speer hielt. Das war zweifellos eine Presseagentin, aber nur eine untergeordnete, weil ihre durch die enge Hose sichtbaren Schamlippen kaum mehr als zwei Zentimeter lang waren. Es war anscheinend eine Regel der PR: Je höherrangig die Agentin, desto länger die Schamlippen. Ich fragte mich, ob sie ihre scheußlichen Hosen extra mit solchem Schritt machen ließen oder ob die Möse vom Lügen fett wurde. Die junge Presseagentin beschimpfte jemanden am Telefon mit einer gezwungenen, seufzenden Art des Ärgers, weil sie, die dritte von unten, an diesem Tag mindestens zwei andere Leute wie Abschaum behandeln mußte.

Ich konnte Britney Spears durch die offene Tür des Schminkraums sehen. Ihr Haar sah genauso aus wie Dachbodenisolierung, ein Knäuel zerfetzter gelber Fasern, aber in vier Stunden wird ein Hairstylist, gewöhnlich ein als Pirat verkleideter Schwuler, Sprühwachs im Wert von 20 Dollar darin verrieben haben, und Britneys Haar wird so glänzen wie die Cadillac Escaladas draußen. Heute hatten sie die Super Crew herbeigerufen – Stylist, Coiffeur und Make-up-Künstler, nur die besten Leute –, ein Aufräumteam, das jedes aus dem Wasser gezogene, halbstrangulierte Betthäschen wiederbeleben konnte. Es war ein mieser Tag im Magischen Königreich, und die Super Crew hatte alle Hände voll zu tun. Styling war schwierig, weil Britney Gefallen daran gefunden hatte, sich wie eine senile Oma anzuziehen. Sie trug einen Wollpulli und eine dicke Lesebrille. Ihr Haar war schwierig, kein Wunder, bei ihrem Stresslevel. Doch egal, was auf oder in ihrem Kopf vor sich ging, Britney war ein Star, sie würde »Sexy« aus dem Hut ziehen, und die Super Crew waren Profis. Irgendwie schafften sie es immer, daß die Abgebildete auf den Fotos taufrisch, kokett und unbekümmert aussah. Aber davon waren wir noch weit entfernt.

Ich schlenderte in das Fotostudio. *Ich tue so, als ob dies ein Café wäre, und ich bin gekommen, um ein paar köstliche Minibrownies zu essen.* Ich sah sie vor mir: frisch und nach Butter duftend, die durch den Kakao schmolz. Oh mein Gott, das sind nicht einfach Brownies, das ist eine richtige Schokoladentorte – mmmh… Zumindest eine Sache sollte meinen Tag aufhellen, aber wieder einmal kam etwas dazwischen: Eine mißmutige Assistentin hatte den Kuchen zuerst entdeckt. Wir stürmten beide auf den Tisch zu. Ein Kopf-an-Kopf-Rennen, aber da stellte sich mir jemand in den Weg. Wann würde ich endlich lernen, den Seiteneingang zu benutzen? Zumindest beim Dessert wäre ich dann die Erste.

»Entschuldigen Sie, WER sind Sie?« sagte eine Stimme. Ich schaute nach unten. Oh nein. Ich glaube, ich habe gerade Schamlippen von mehr als acht Zentimeter Länge gesehen. Es war eine Presseagentin, und keine junge.

»Ich bin die Journalistin, die Britney nach dem Shooting interviewt.« Ich strahlte und setzte mich sicherheitshalber, um nicht zu zappelig zu wirken.

»Uns wurde nicht mitgeteilt, daß Sie kommen«, fuhr sie mich an.

»Das Büro in New York hat mich beauftragt.« Diese Adresse gab auf harmlose Art zu verstehen: »Dein Boss, Zitronengesicht.«

»Nein, haben sie nicht.«

»Sie haben mit meiner Redakteurin gesprochen. Ich habe das E-Mail…«

»Ich weiß nichts davon.«

Ich wollte ihr zeigen, wo auf der Liste ihre E-Mail-Adresse stand, aber das hätte sie sicher für unverschämt gehalten. Von mir wurde erwartet, eine momentane geistige Verwirrung zuzugeben, aber in dem Moment lenkte mich etwas ab: Britney zog sich aus. Nackt stand sie da; ihre Ehe mit Kevin Federline, dem Backup-Tänzer aus der Provinz, hatte ihren Sexappeal zerstört. Sie sah aus wie die Tussi vom Ende des Wohnwagenparks. Die Super Crew versuchte, ihr ein neues öffentliches Image zu verpassen. Selbst in ihrer besten Zeit war Britney keine soignierte Angelina, die in einer Wolke aus Chanel ausgesetzte Babys adoptierte. Britney riß sich ihr Top vom Leib. Sie hatte eine merkwürdige würfelförmige Figur bekommen. Ihr Bauch war aufgebläht, und nicht nur, weil sie zu viele ausgesetzte Cheeseburger adoptiert hatte; K-Fed hatte es wieder getan. Die Presseagentin führte mich aus dem Studio und ließ mich davor Platz nehmen. Ich konnte meinen Blick nicht von ihrer Vagina losreißen. Ich glaube, sie wollte nach mir schnappen. Schon legte die Agentin los.

»Sie werden nichts von dem, was Sie hier gesehen oder gehört haben, erwähnen«, blaffte sie. »Sie können schreiben, daß Britney die erfolgreichste Musikerin aller Zeiten ist, noch vor Christina Aguilera. Aber alles, was Sie heute gesehen haben, bleibt außen vor.«

Ich schwöre, die Lippen zwischen ihren Beinen knurrten mich an.

»Nein, nein, kein Wort«, sagte ich und versuchte, nicht nach unten zu sehen.

»Das Interview wird ganz sicher morgen stattfinden, wenn überhaupt«, schloß sie, aber ich hörte nicht mehr zu, weil ich plötzlich bemerkte, daß ich auf dem Kuchen saß, den ich in meine Tasche gestopft hatte.

Ich ging zurück zu meinem Wagen ohne Interview. Die Publicity-Manager hatten noch nicht entschieden, wie sie mit Britneys zweiter Schwangerschaft umgehen sollten. Nun, sie könnten ihr zum Beispiel sagen, daß es nicht als Spätabtreibung gilt, wenn man sein Baby fallen läßt. *Scheiße, es geht bestimmt um die Top-Ten-Liste. Warum habe ich nicht mit dem Magazin gesprochen? Wir brauchen eine Liste der Zehn Besten mit weniger*

Nummern darauf. Dies war ein Desaster, das Magazin würde mir nie wieder einen Auftrag geben, und ich müßte zurück nach Hause und bei Mutti wohnen.

*

Entdecken Sie die Lüge in diesem Kotzartikel, den ich für eine Sonntagszeitung schrieb: »Wir treffen uns in Los Angeles… Britney hatte wirklich eine Zeit der Unschuld, während Madonna sich nur vage daran erinnerte, wie es war, noch Jungfrau zu sein…« Nun finden Sie bitte die Lüge in diesem Artikel für ein größeres Frauenmagazin: »Ich bin überrascht, als ich die Frau treffe, die die erfolgreichste Sängerin aller Zeiten ist: Britney ist wahrscheinlich auch die normalste von allen.«

Jeder Satz ist ein Haufen Schwachsinn, »die Normalste« wird sich krummgelacht haben, aber in beiden Fällen ist das Wort »treffen« eine ausgemachte Lüge. Ich habe seitenweise darüber geschrieben, wie Britney Spears in Person ist, aber getroffen habe ich sie nie. Diejenigen, die man interviewen soll, nicht zu treffen, ist ziemlich normal im Promi-Journalismus: Wenn Sie sich wundern, warum Interviews heutzutage nur noch das immer gleiche Gesabbel sind, dann ist das so, weil viele davon gar nicht stattfanden. Welche Realität?

Tatsächlich rief Britneys Presseagentin die Redakteurin an, um sich vielmals zu entschuldigen, und das Interview wurde auf einen anderen Termin verlegt. Dann klingelte am Morgen des vereinbarten Tages das Telefon; es war Britneys Agentin, die anrief, um mitzuteilen, daß das Interview nicht stattfinden könne.

»Das Durcheinander tut uns soooo leid, gerne würden wir das Interview heute machen, aber es geht nicht. Britney fühlt sich nicht wohl…«, sagte sie, wobei sie nach einer Gabel griff, um ihre Hose aus der Spalte zu zerren, und dann erklärte sie weiter, daß es für ein fünfseitiges Titelinterview nicht nötig sei, mit dem Star persönlich zu sprechen, da »wir« alle Informationen hätten, die »wir« vielleicht bräuchten, einschließlich der Tatsache, daß Britney größer als Christina Aguilera sei. »Und wie vereinbart, wir erwähnen absolut nichts von dem, was wir bei dem Fotoshooting sahen.« Natürlich würde es wieder wie beim letzten Mal sein: fünfzehn Minuten am Telefon. Britney mit irgendwelchen Körnern im Mund. Maisschrot mit Käse, erklärte sie.

»Wie viele Interviews hast du gemacht?« fragte ich.

»Eine Billion«, antwortete sie. »So ungefähr.«

Und dies schrieb ich danach: »Britney hat den sexy Akzent einer Südstaatenschönheit, und bei unserer Begegnung nennt sie mich gleich ›Schatz‹. Sie trägt eine Jogginghose und ein rosa Sweatshirt, sie ist freundlich und warmherzig und überraschend selbstironisch für jemand, der schon mit siebzehn als die sexieste Frau der Welt bezeichnet wurde.«

Warten Sie, es kommt noch schlimmer: »Was einem wirklich auffällt, das ist Britneys natürliche, menschliche Art.«

*

Um ihre neue Härte zu demonstrieren, erfanden die Publicity-Manager eine Waffe, die noch wirksamer war, als sich persönlich zwischen die lästige Journalistin und ihre Klienten zu stellen: Nicht-Beachtung. Leute riefen mich an, um mich zu ignorieren. Eines Tages klingelte mein Telefon, und alles, was ich hören konnte, war Tipplärm. *Ich werde von einem Romanautor gestalkt.* Dreißig Sekunden später – volle dreißig Sekunden später, ich zählte mit, weil es saukomisch war – »Jane, hier ist Campylobacter.* Du hast wegen Samantha angerufen…« Hatte ich. Vor mehreren Wochen. »Gibt es noch etwas, was du wissen möchtest?«

* Nicht der richtige Name.

Ja. Weiß Samantha, die dich ja bestimmt für die Pressearbeit bezahlt, daß du Wochen brauchst, um einen Telefonanruf zu beantworten? Und für wen hältst du dich, daß du jemanden anrufst und ihn erst einmal deinem Getippe zuhören läßt? Es wäre mir egal, wenn du für das Rote Kreuz arbeitest, und wenn du nach dem Tsunami eine Bestandsliste der Amputationssägen erstellen müßtest (du weißt, daß die Chirurgen kaum noch Sägen haben? Wie wirst du ihnen die Nachricht beibringen? »Wollt ihr die schlechte Nachricht zuerst oder die wirklich schlechte Nachricht?«). Nein, Campylobacter, es würde mir nichts ausmachen, daß du tippst, während du mit mir sprichst, wenn du für das Rote Kreuz arbeitetest, aber du bist ein Presseagent, und es ist deshalb so gut wie sicher, daß du deine Zeit damit verbringst, bei Defamer nach den Mösenlappen von Paris Hilton zu suchen.

LA wurde tougher, und ich immer rüder. Ohne jeden Ausweg war ich kurz vor dem Durchdrehen. Ich mußte mit dem Eingesperrtsein irgendwie fertigwerden. Die Rettung kam schließlich von den Promis selbst.

11

Das perfekte Promi-Interview

Beachten Sie, daß auf diesem Paparazzo-Foto von Mischa Barton und mir ich diejenige bin, die versucht, nicht erkannt zu werden.

Ich lernte von den Stars, daß man das Spiel nicht mitspielen muß.

»Hast du irgendwelche Lieblingsorte in LA?« fragte ich.

»Ich mag es nicht, Meinungen zu äußern«, sagte Mischa. »Ich bin noch jung, und man weiß nie, wie so was rüberkommt.«

»Du hast vollkommen recht. Hast du in letzter Zeit irgendwelche guten Filme gesehen?«

»Ich schau mir keine neuen Filme an«, sagte sie und seufzte. Wie konnte ich nur fragen? »Ich mag die Klassiker lieber.«

»Geht mir auch so. Zum Beispiel…?«

»*The Children's Hour* mit Katherine Hepburn… Ganz allein ihr Werk.«

Ich hatte nicht die Absicht, ihr zu sagen, daß es ein Audrey Hepburn Film war; dann wäre ich wieder die mit dem rüden Benehmen gewesen, und ich lernte doch gerade von dieser Lehrerin. Ich wußte, wie ich mit LA umgehen mußte: Ich würde mich weitaus schlimmer verhalten als die Leute um mich herum.

*

Es gab mir einen Kick, die schrecklichste Mitarbeiterin aller Zeiten zu sein. Lügen, betrügen, stehlen, Minibars plündern, Hausverbote provozieren, alles egal, ich folgte nur einer Regel: Schreib nette Sachen. Natürlich las ich die Artikel nie; dabei wäre ich mir wie ein Deutscher vorgekommen, der in seinem Bad neben der Toilette ein Regal hat, wo er seine Kacke hinstellt, um sie zu studieren. Je unverschämter die Leute, desto mehr klaute ich. Noch bevor eine Presseagentin auftauchte und mich in ein Zimmer schickte, wo ich einen Schauspieler zu umschleimen hatte, war meine Handtasche voll mit Hotelgabeln. Ich mag die überhaupt nicht, aber ich nahm sie einfach mit, um mir zu beweisen, daß ich ein guter Mensch bin.

Wenn ich über Partys berichtete, starrten mich die Presseagenten böse an, sobald ich mich dem Tisch mit den Werbegeschenken näherte. »Fassen sie nicht die

Goody Bags an, sie sind für die jungen Stars.« Ich plünderte die Tüten, wenn niemand hinsah und ließ für die Promis nur eine Menge alter Kerzen zurück. Die »Brustkrebs«-T-Shirts verschenkte ich an Obdachlose. Ach*, nur für neue junge Talente.* Ich dachte, Sie sagten: die verrückte Alte vor der Schwulen-Kirche, die wie Nick Nolte aussieht.

Als ich in Hollywood anfing, bestellte ich bei den Treffen mit den Stars wie sie eine Diät-Coke, um freundlich zu erscheinen. Später trank ich Margaritas so schnell, wie es eben geht, ohne zu rülpsen, und manchmal noch schneller, nickte ständig und stimmte zu, daß es tatsächlicher billiger sei, gemeinsam einen Privatjet zu leasen als die ganze Entourage erste Klasse fliegen zu lassen. Tequila belebt: Wenn ich meine Augen schloß, konnte ich mir einbilden, in einem mexikanischen Hurenhaus zu arbeiten.

In der Anfangszeit, wenn das rote Licht an meinem Aufnahmegerät BATTERIE SCHWACH anzeigte, wurde ich aufgeregt und wechselte sofort die Mignonbatterien. Später legte ich einfach eine Serviette darüber. Nach dem Anbruch des Goldenen Zeitalters der Bescheuerten starrte ich mein Gegenüber an und wartete nur darauf, daß er oder sie es zu sagen wagte.

»Ich glaube, Ihr Aufnahmegerät läuft nicht mehr«, sagte die Person.

»Das ist nur zur Reserve. Ich übertrage unser Gespräch direkt auf meinen Computer, er hat AudioMixPro.« *Es gibt kein solches Programm wie AudioMixPro, du scheußlicher, schöner Trottel. Mir sind nur deine Chihuahuas scheißegal.*

Es ließ sich nicht mehr leugnen: Ich wachte morgens in guter Stimmung auf, aber sobald ich einen Blick in meinen Terminkalender warf und meine Jobs für den Tag sah, hatte ich schon die Schnauze voll. Schließlich schaute ich nicht mehr in meinen Kalender. Eines Tages saß ich gutgelaunt vor dem Computer und suchte bei

Google nach Artikeln zu »Genozid«, als mein Telefon klingelte.

»Jane, Arooni* am Apparat. Ich arbeite in Rinky's** Büro.«

»Wirklich? Toll!« Ich hatte vielleicht ein bißchen was getrunken.

»Danke, danke. Ich habe Chad Michael Murray*** für dich.«

»Großartig!« Ich hatte keine Ahnung, wer diese Leute waren.

»Kannst du das Interview jetzt gleich machen?«

»Klar! Gib ihn mir.« Ein Interview? Ich schaute in meine E-Mails; da war eine von einem Magazin, fast zwei Jahre her – könnte ich Chad Michael Murray interviewen? Offensichtlich hatte ich zugesagt. Als sie die Verbindung zu Chad an seinem Filmset herstellten, googelte ich »Chad« und landete bei einer Site mit Reisetipps für Schwule.

»Chad. Vielen Dank, daß Sie sich die Zeit nehmen«, sagte ich und suchte verzweifelt den Bildschirm ab. *The Chaps Inn. Das größte Premier Ressort für Ledermänner und Bären in Palm Springs…* »Sie glauben ja gar nicht, wie wir in England Sie lieben.« *Spiele in der Outdoor Sling…?* »Es ist erstaunlich, was Sie alles gemacht haben. Was meinen Sie, wie kam es dazu?«

Chad legte los. »Ich hab soviel Glück gehabt…« *Nein, ich brauche Hinweise, du bescheidener Blödmann. Gib mir ein paar Namen, mit denen ich arbeiten kann.* Es kam noch schlimmer: Google gab auf die Schnelle preis, daß der junge Schauspieler ein wirklich netter Kerl war, der Härten überwunden hatte, von denen ich nichts wußte. Bis heute habe ich nicht die leiseste Ahnung, wer

* Nicht ihr richtiger Name.
** Nicht ihr richtiger Name.
*** Sein richtiger Name.

Chad Michael Murray ist. Ich glaube, ich schrieb etwas über ihn und die Fernsehserie *The OC*.

*

Das Ärgerliche war, daß ich nichts tun konnte, um Ärger zu kriegen. In einer Welt, wo man Journalismus von solcher Qualität wie »Wer hätte gedacht, daß Teri Hatcher so nett ist?«* produzierte und sie das auch druckten, hörte sowieso niemand mehr zu. Einmal bekam ich ein Interview, hinter dem alle Magazine her waren. Historisch, ein Jahrzehntereignis, ein kultureller Meilenstein. Aber als ich »Danke schön, das war fantastisch« zu dem neuen Typen aus *Desperate Housewives* sagte und allein vor seinem Haus über dem Beachwood Canyon stand, spürte ich... Ich kann das Gefühl nicht genau beschreiben, aber ich hoffte, es würde verschwinden, wenn ich nach Hause joggte. Die Gegend war bereits dunkel, es regnete, und beim Laufen rutschte ich aus. Mein iPod schlidderte über den Kies. Ich hatte ihn als digitales Aufnahmegerät benutzt, und das Interview des Jahres? Weg. Wußte ich noch, was er gesagt hatte? Natürlich nicht, ich hatte nicht zugehört. Ich konnte mich an kein einziges Wort erinnern: nicht, mit wem er zur Zeit ging, welchen Film er als nächsten machte, ob er das Ergebnis einer Analgeburt war, rein gar nichts. Kehrte ich um und interviewte ihn noch einmal? Natürlich nicht, ich war ja nicht irre. Stattdessen ging ich nach Hause und dachte mir den ganzen Artikel aus. Niemand bemerkte es. Nicht das Magazin und sicher nicht der Schauspieler. Denn der erste Satz, den ich schrieb, lautete: »(Der Neue in *Desperate Housewives*) ist sechsundzwanzig, sieht aber jünger aus. Er hat funkelnde Augen, strahlend weiße Zähne und ist muskulös... hat etwas von einem Rock-Gott... auf

* Sie ist es, aber *darum geht es nicht.*

stille Art ein Macho.« Der Artikel wurde als einer der genauesten gelobt, die je über ihn geschrieben wurden.

Ich konnte einfach keine Schwierigkeiten bekommen. Schlimmer noch, ich kam in den Ruf, aus Stroh Gold machen zu können. »Wenn jemand mit der umgehen kann, dann bist du es…« war alles, was ich hörte. Als Anna Nicole Smith in vier Stunden nur zwei Worte sagte, eines davon war »Igitt«, machten wir daraus einen Beitrag von vierzehn Seiten. Eines Abends, als ich etwas für eine seriöse Tageszeitung schrieb, nickte ich ein und sah beim Aufwachen, daß der Artikel fertig war. Da ich keine Elfen als Helferinnen habe, muß ich ihn im Schlaf zu Ende geschrieben haben. Ich las das Ganze nicht noch einmal durch für den Fall, daß es nur ein wunderbarer Traum war, sondern klickte schnell auf SENDEN. Der Artikel erschien.

Dawson's Creek. Es war *Dawson's Creek*, nicht *The OC*. Ich fand sogar einen Weg, um noch weniger mit meinem Job zu tun zu haben. Eines Morgens, als mir schon übel davon war, Umschreibungen für den Satz »X ist so wohltuend liebenswert« zu finden, warf ich die Blätter in den Papierkorb und arbeitete das perfekte Promi-Interview aus: zuerst die Überraschung, wenn man sie trifft, daß sie soviel menschlicher sind als ihr Image und doch Starqualität ausstrahlen, dann der emotionale Aufruhr der letzten Zeit, der sie zu Menschen wie du und ich gemacht hat, wobei sie daraus klüger, glücklicher und in besserer Form als je zuvor herausgekommen sind, dank der Liebe ihrer Familie/Haustiere/Fans, und dann, nachdem das durchgestanden war, haben sie an Wochenenden ein wenig mit nicht ganz erlaubten Dingen experimentiert. Dieses »Interview« verwendete ich dann wieder und wieder für verschiedene Promis. Die Zitate wechselten, aber die Übertreibungen blieben die gleichen.

Alle paar Wochen überarbeitete ich das schlampig gemachte Mistding mit einem Synonymwörterbuch, aber bald war selbst das zu viel Arbeit, und schlimmer noch, es deutete an, daß ich irgendetwas mit dem Endprodukt zu tun hatte. Ich fand einen Weg, Interviews zu machen, zurück nach Hause zu gehen und immer noch Geld zu verdienen: Ich hörte auf, selbst diese Artikel zu schreiben, sondern gab die Aufnahmebänder einer Reihe sehr, sehr junger Autoren, die das in meinem Namen erledigten. Sie waren so jung, daß sie noch Hoffnungen hatten.

»Jane, ich kann heute nicht arbeiten: Ich hab's bis in die letzte Runde der Nacht der neuen Talente im Comedy Store geschafft, und diese Agenten kommen…«

»*Was? Nein!* Du willst das doch nicht! Du bist ein Intellektueller! Bitte schreib achthundert Worte darüber, daß ›X‹ definitiv kein Drogenproblem hat«, bat ich flehentlich, »und manchmal verkaufen sie an die *Mail* weiter, laß also den Abschnitt über Gary Glitter und den Slangreim raus…« Meine Lehrlinge waren Amerikaner und viel zu nett, um Schweinkram zu schreiben. Deshalb mußte ich immer noch einen schmierigen Schimmer von Andeutungen über das Sexleben der Stars hinzufügen, aber ansonsten hatte ich so gut wie nichts mehr mit meinem Job zu tun, was bedeutete, daß ich mich auf das Drehbuch konzentrieren konnte. Inzwischen hatte ich die bittersüßeste Liebeskomödie im Kopf, die je geschrieben wurde, und ich war bereit, loszulegen. Langes Studium des Standardwerks von McKee hatte mir klargemacht, wie es ging: »Da ist ein Held, und er hat ein Problem.« Aber jedesmal, wenn ich zu schreiben versuchte, klingelte das Telefon.

»Dies ist für die Sommerausgabe, wir nehmen also nur Diät-Zitate«, sagte die Redakteurin. »Der Aufhänger ist: Mein Kampf mit dem Gewicht.«

»Weiß sie Bescheid?«

»Nein. Ihr Agent sagt, daß sie sich nicht ausdrücklich zu dem Thema Gewicht äußern wird. Wir haben ihm gesagt, daß der Aufhänger die TV-Serie ist, die in Großbritannien rauskommt. Es ging nicht anders, du weißt, wie ihr Agent ist…«

»Oh ja, ich kenne ihn…« Ich hatte unterdessen eine Riesenratte im Smoking gezeichnet, und die Redakteurin redete immer noch.

»… also, sie wird wahrscheinlich über die Reality-Show sprechen wollen, aber wenn du sie dahin bringen kannst, wie toll sie aussieht und ob ihr etwas, was sie bei der Show trägt, besonders gefällt, jetzt, da sie so abgenommen hat…« *Stellen Sie sich vor, dies ist nicht Ihr Job und Sie sind an einem besseren Ort. Ich bin auf der Beerdigung einer Ratte. Sie ist von einem Straßenräuber erschossen worden, und ich bin die Freundin der tapferen Ratte, und alle Ratten sind nett zu mir…*

»Frag sie unbedingt, wie sexy sie sich fühlt. Jemand von *Elle* meint, sie sei schwanger…« *Sie spielen den Lieblingssong der Ratte: »I Will Always Love You« von Whitney Houston. Alle weinen, Gott, seine arme Rattenmutti. Vielleicht werde ich nach dem Trauergottesdienst mit seinem Bruder was anfangen…* Ich summte nun mit einer betrübten Rattenstimme Whitney Houston ins Telefon, und niemand in der Redaktion bemerkte es. *BitterSWEEEEEEEET… Memoriiiiiiies… Sieh doch mal die angenehme Seite: Sie hätten dich darum bitten können, »Kate Winslet verliert ihr Babygewicht« zu schreiben, obwohl sie niemals fett war.*

»Kate, zu dem neuen Film – wie haben Sie sich für die Rolle als Iris Murdoch in Form gebracht?«

Während ich die Kinder, die ich mit Sahnebonbons dafür bezahlte, daß sie meine Promi-Interviews verfaßten, ermahnte und antrieb, fiel mir ein rührseliger zweiter Akt zu meinem neuen Drehbuch ein, die größte Science-Fiction Story, die je…, und fast hätte ich sie aufgeschrieben. In der Zwischenzeit ging die journalistische Arbeit zügig weiter, trotz meiner Inkompetenz und Todesaura. Nichts, was ich tat, konnte für dieses schreckliche Königreich zu schrecklich sein; ich bettelte um Schläge, aber sie kamen nicht. Das, was dann geschah, hatte ich allerdings nicht erwartet.

12

Es gefällt uns wirklich, aber...

Die Ashton-Story erschien in *The Face*, und jeder war glücklich. So glücklich, daß der Londoner *Evening Standard* anrief. Ashton war seit kurzer Zeit mit jemandem zusammen, der noch berühmter war als er. Es sickerte durch, daß er, nachdem er unser Interview beendet hatte, um *Saturday Night Live* in New York zu präsentieren, seine zukünftige Frau, Demi Moore, getroffen hatte. Demi war wieder ganz groß in den Nachrichten, und die Gerüchte waren ohrenbetäubend: 400000 Dollar teure Schönheitsoperation, sagte ein Gerücht, mit der Begründung, daß Demi hübsche Beine hatte und ein Mann scharf auf sie war. Es wurde darauf hingewiesen, daß es keine Schönheitsoperation gab, die 400000 Dollar kostete. Nun, es ist offensichtlich, sagte das Gerücht, Frappucino-Schaum vor dem Mund, daß Demi sich einer *experimentellen* Operation unterzogen haben mußte, von der noch niemand etwas gehört hatte. Dabei wurde die Beinhaut bis zur Leiste durchgetrennt und wie ein Paar Strumpfhosen hochgezogen. *Offensichtlich.* Dies war eine kolossale Neuigkeit, und der *Evening Standard* wollte, daß ich das Ashton-Interview aktualisierte, so daß sie es noch einmal bringen konnten.

»Es gefällt uns wirklich«, sagte der *Evening Standard.* Dieser Satz geht stets einem Aber voraus. »Aber… hat er denn Demi überhaupt nicht erwähnt?«

»Er war noch nicht mit ihr zusammen, als ich ihn interviewte.«

»Ja, aber die Leser wissen das ja nicht. Können Sie vielleicht noch mal nachfragen?«

»Sicher.« *Sicher werde ich wieder mit ihm zu Mittag essen: Schließlich schafften wir es nicht bis zum Neuen Testament.* Die Sache war so heiß, daß Ashton von einem Medienkonzern locker eine Million Dollar hätte bekommen können, wenn er sein Herz über Demi ausschüttete, ganz zu schweigen von dem Kebab, das eine britische Tageszeitung anzubieten hatte. Aber er tat es nicht, was bedeutete, sie waren verliebt. Nichts konnte mich dazu bringen, ihn anzurufen. In den Zeitungen, die ich mir anschaute, waren alle »Quellen«-Zitate über die Gefühle des Paares füreinander, die ich zu klauen beabsichtigte, offensichtlich erfunden. Um jemanden zu verstehen, muß man so sein wie er. Am Ende bauschte ich den ursprünglichen Artikel mit risikolosem Geschwätz etwas auf und benutzte Sätze wie »Demi wäre verrückt, wenn sie nicht mit ihm ginge« und so exklusive Mitteilungen wie die, wo Ashton und Demi Urlaub machten. Der *Standard* war verständlicherweise nicht entzückt und rief zurück, um zu fragen, ob ich sicher sei, daß Ashton nichts über sein Verhältnis zu Demi gesagt hatte, zumal da sie mit vierzig scheußlich alt sei und auch sonst. Ich sagte, ich sei mir immer noch sicher, weil die beiden damals noch gar nicht zusammen waren.

»Ach… Es ist… Ach… Was denken *Sie* denn, was er über sein Verhältnis mit Demi denkt?«

»Was er meiner Meinung nach denkt? Ich glaube, er denkt, daß er großartig ist.«

Ich hatte noch unzählige solcher Gespräche und flüchtete in das Straßencafé, um mich mit Joghurteis vollzustopfen, bevor das Gesicht meines Englischlehrers vor meinem inneren Auge zu erscheinen begann.

Es bedurfte mehrerer Ausflüge zu dem Eiscafé, um die Erscheinung loszuwerden, und jedesmal, wenn ich dort war, wurde ich von einem Teenager bedient, dessen Anstrengungen, ein Transvestit zu werden, damit endeten, daß er aussah wie Cherie Blair. Ich war schon so weit, sie nach einem Medium zu fragen, konnte aber das Wort nicht ausspucken, weil ich wußte, was der Transvestit sagen würde.

»Baby-Portion, Mama oder Papa?« fragte der Transvestit.

»Medium«, sagte ich.

»Mama?«, fragte der Transvestit.

»Medium.« Ich gab nicht nach. Wenn Amerika das Wort »groß« wieder einführte, wäre Fettleibigkeit über Nacht verschwunden. Ich bezahlte die Transe für einen fetten Klumpen Carbolite – Joghurt, gesüßt mit Maltitol (verursacht starke Blähungen, aber enthält keinen Zukker) – und, endlich ruhig, saß ich da und starrte ausdruckslos auf den Santa Monica Boulevard. Dank Joghurteis hatte ich meinen Frieden mit der Welt gefunden.

Der endlose Santa Monica Boulevard war nicht das alte Hollywood, dies hier war Hollywood 2050. Die Architektur war perfekt, die Leute stets höflich und immer in Bewegung, die Hunde, Rasen und Fingernägel waren nicht verdreckt, und es gab dort ein Erholungsgebiet, das nach einem ermordeten Schwulen benannt war. Durch den Matthew Shepard Human Rights Triangle Park schlendernd, fragte ich mich, ob nicht alle Bürgerpflichten an Schwule überantwortet werden sollten. Dort gab es sogar einen offenen Doggingplatz mit dem Namen Vaseline Alley; die Verderbtheit war auf eine vorbestimmte, angemessen abgegrenzte Bumszone beschränkt.

Ein Polizeiwagen fuhr vorbei, an den Seiten das City Logo in den Regenbogenfarben von Gay Pride. Einmal sah ich zwei Polizisten Hand in Hand auf dem Santa Monica Boulevard, und keiner von beiden war in der Band The Village People. Vielleicht sollte ich einen Film über schwule Polizisten schreiben. Handeln nicht alle Polizistenfilme von Schwulen? »Sie waren Polizisten. Und sie waren Männer. Und sie waren gekommen, um die Hintern der anderen zu schützen und die eigenen hinzuhalten…«

Zumindest habe ich die Situation nicht akzeptiert,

dachte ich und spähte in einen Eimer Joghurteis mit Schokoladensplittern. Ich glaube, es waren Schokoladensplitter. Ich hatte mir extradicke schwarze Sonnengläser aufgesetzt, so daß ich kaum etwas sehen konnte. Es waren Leute um mich herum, aber ich konnte sie nicht hören. Ich trug den ganzen Tag Ohrenstöpsel, so daß ich von den LA Telefongesprächen und Schoßhündchenkämpfen kaum etwas mitbekam. *Vielleicht wird Kevin Spacey irgendwann von Chihuahuas angegriffen, und die Herren von WeHo (West Hollywood) werden gezwungen sein, die Hundepopulation mit Baseballschlägern zu reduzieren. Ich habe Bürgerstolz, ich könnte helfen. Ein Liter Eiscremeersatz mit null Kohlehydraten, es ist gar nicht so schlecht hier…* Selbstzufrieden pulte ich gerade mit dem kleinen Finger Schokoladenstückchen aus dem Becher, als das Telefon klingelte.

Die neutral klingende Stimme eines Mannes fragte: »Ist dort Jane Bussmann?« *Scheißegal, wer immer es ist.* »Marty Singer am Apparat. Ich bin Anwalt und vertrete Ashton Kutcher. Ashton möchte, daß Sie wissen, wie aufgebracht er ist, daß jemand, der so nett zu sein schien, *so etwas* tun konnte.« Pause. Das war selbst für die konventionellen Standards von LA ein grober Einstieg.

»Nein, tut mir leid, ich weiß nicht, worum es geht. Sie müssen mir schon etwas mehr sagen.« *Ich wußte es. Ich hätte sagen sollen, ich liebe Priester. Alle Priester – die fetten, die dünnen, ich kann gar nicht genug Soutanen um mich sehen. Au weia, mein Magen...*

»Ich meine das Zitat in dem Londoner *Evening Standard.*« Der *Standard?* Was habe ich geschrieben? Demi wäre verrückt, wenn sie nicht mit ihm ginge… Oh mein Gott. Was hatte der *Evening Standard* gedruckt?

Marty fuhr fort: »Lassen Sie es mich Ihnen vorlesen. ›Ashton sagt: Sie war die geilste Schauspielerin in Hollywood, als ich aufwuchs… Und jetzt ficke ich sie. Das ist fantastisch. Von Jane Bussmann‹.« Mein Joghurteis war nur noch ein Becher mit brauner Kotze. Mama!

13

Wir verwendeten keine Zitate, die auf irgendeine Weise negativ waren

Zu Hause brach der E-Mail-Wahnsinn aus. Meine Redakteurin, die ungenannt bleiben soll und sowieso dort nicht mehr arbeitet, erklärte mir, daß »ein paar kleine Schnipsel« hinzugefügt wurden, was »nicht ideal« war, aber das passiere nun einmal in den Medien, wenn Artikel aktualisiert würden. Darüber hinaus betonte sie, daß keine Zitate verwendet wurden, die auf irgendeine Weise negativ seien. Sie schloß mit:

Alles Gute
Liz

Ich setzte mich mit meinen Freunden zusammen, und die Panik wuchs. Vielleicht war Marty Singer einer dieser Anwälte, die ihre Dienste auf den Rückseiten von Bussen anbieten: »Sollten Sie am Arbeitsplatz mit Ihrem Schniepel in einen Mähdrescher geraten sein, rufen Sie mich an.« Dann befragten wir Señor Google: »›MAD DOG‹ SINGER von Lavely und Singer ist seit langem der scharfe Medien-Wachhund für Stars wie Arnold Schwarzenegger…« Marty vertrat Rick Salomon, der Paris Hilton dabei gefilmt hatte, wie sie ihm einen blies. Anstatt von den Hiltons durch alle Gerichte verfolgt zu werden, war Rick innerhalb kurzer Zeit Millionär geworden, dank Marty Singer. Marty war der größte Prozeßanwalt in Hollywood. Ach du Scheiße, das war nicht gerade ideal.

Ich kannte die ungenannte Redakteurin vom *Evening Standard* schon aus der Zeit, als sie noch bei *Marie Claire* arbeitete, und fand sie sehr nett. Sie hatte einen

Fimmel für Tierrechte und gab gerne Artikel über die tragischen Hurenelefanten von Sri Lanka in Auftrag, die gezwungen wurden, deutsche Touristen für eine Rupie zu masturbieren. Ich dachte, sie übertreibt es ein bißchen mit den Rechten für Tiere, ahnte aber nicht, daß sie auch versessen auf Prozesse war. Britische Tageszeitungen verstehen Amerika nicht. In Großbritannien sind Anwälte alte Männer mit langer, lockiger, weißer Perücke und mit schwarzem Barett, und sie ähneln senilen Fledermäusen; größtenteils sind sie harmlos. In Amerika gibt es Anwälte, die dein Leben beenden können. Und Marty war Ashtons Anwalt, das hieß, er war wahrscheinlich Demis Anwalt, das hieß, er war wahrscheinlich Bruces Anwalt, das hieß, ich war erledigt.

Ich konnte es mir nicht leisten, ein drittes Mal ein Verfahren am Hals zu haben, wobei es bei den ersten zwei bloß um leichte Autounfälle ging, nicht um die Rufschädigung eines Filmstars. Ich würde geradewegs ins Gefängnis wandern. *Und dann werde ich einer dieser neuen fetten Obdachlosen sein: 300 Pfund mit Winkarmen und vor der Autobahnausfahrt in einem Coke-Becher Münzen sammeln. Ein Becher für einen Liter Coke*... Warum hatte ich nicht wie jeder richtige Journalist meine Zitate einfach gestohlen?

*

Aber Marty Singers Büro rief wieder an, und diesmal war ein Engel am anderen Ende: eine mütterlich klingende Frau.

Sie sagte, es tue ihr so leid, daß sie mir Ärger machten, und fügte hinzu, sie würden mich in Ruhe lassen, wenn ich schriftlich bestätigte, daß Ashton jene Sätze nicht gesagt hatte. *Ja, bitte! Ich möchte NICHT verklagt werden! Gott sei Dank, sie haben sich dazu entschieden, die Sache außergerichtlich zu regeln. Promis wollen solche Episoden möglichst ruhig und schnell zu Ende bringen*. Ich schickte Martys Büro sofort eine E-Mail: »In den vierzehn Jahren, seit ich Leute interviewe, ist es nie passiert, daß völlig frei erfundene Zitate in meine Artikel gesetzt wurden. Ich bin besonders erbost… Nie zuvor hat sich eine Redaktion so etwas erlaubt… Ich wußte es sehr zu schätzen, daß Ashton mir seine Zeit schenkte und das kluge Interview gab…« Übersetzung: Ich besitze nichts von Wert. Ich besiegelte den Deal, indem ich Ashton ein Exemplar meines üblichen seifigen Gefasels schickte, begleitet von einem Brief, der ihm mitteilte, wie fantastisch er sei, und der vermutlich in dem Haufen seiner Fanpost verschwand. Anschließend machte ich zur Buße einen langen Spaziergang. Überall, wo ich herumlief, waren die Zeitungsstände vollgeklebt mit Fotos von Ashton und Demi. Ich fühlte mich wie eine Gotteslästerin.

Ich kam mit einem Liter Joghurteis, das für die nächsten Tage bestimmt war, nach Hause zurück, und mir ging es schon viel besser. Zwei Stunden später starrte ich in den leeren Styroportopf, als meine Freundin, eine BBC-Korrespondentin, mich auf den neusten Stand der Nachrichten brachte. Schlagartig änderte sich alles. »Die Story ist raus, Schätzchen! Was du über den *Evening Standard* sagst!« Marty hatte die winselnde E-Mail als mein offizielles öffentliches Statement in Umlauf gebracht. Es war nicht so gedacht, daß ich Teil der Promi-Kultur werde, sondern vielmehr wollte ich aus dem Hinterhalt mich lustig über sie machen, während ich ihren Niedergang plante. Nun saß ich hilflos da, während die Medien in ganz Amerika meine Beleidigungen meines Arbeitgebers zitierten. Am nächsten Tag hielt ich es für klug, mich nach einer neuen Tätigkeit umzusehen.

14

Die Bedeutung von Epiphanien

Wo zum Teufel sollte ich hin? Nach Deutschland und für den Rest meines Lebens *Der Naked Guys Gerfarten* schreiben? Meine Familie meinte, es sei keine Schande, nach Hause zurückzukehren und meinem früheren Arbeitgeber beim Fernsehen zu gestehen, daß ich für Hollywood doch nicht gut genug war. Mein andersdenkender Freund Michael sagte, es sei überhaupt nicht schwierig, eine Geburtsurkunde von jemandem meines Alters zu bekommen, der als Kind gestorben war, und damit einen Führerschein zu beantragen. »Dann kannst du – dein richtiges du – sagen, du seist bei einem Flugzeugabsturz umgekommen. Natürlich ein kleines Flugzeug, über das nicht in den Zeitungen berichtet wurde…«

Ich beschloß, mich erst einmal zu verschanzen. Ich zog wieder um, in eine geteilte Eigentumswohnung, die einem älteren Mann gehörte. Er war der Sohn einer berühmten Person und der knickerigste Mensch, den ich je traf. Er tauschte seine alten Teppiche nicht aus, obwohl schon schwarze Pilze auf ihnen wuchsen, und er war selbst zu geizig, seine alte Badehose wegzuschmeißen, und glauben Sie mir, wenn sie naß war, konnte man hindurchsehen. Jeden Morgen unterbrach ich meine Schreibarbeit, um ihm beim Rückenschwimmen zu beobachten. Seine alten Hoden hüpften auf und ab wie neugierige Seemöwen. Der Anblick half beim Nachdenken. Ich mußte mein Leben ändern, und zwar vollständig. Ich bedauerte nichts, außer daß ich bei Modeshootings nicht mehr geklaut hatte – ich hätte zumindest ein iBook ergattern können. Aber wenn man einen beschissenen Job hat und Tagträumen nachhängt, fällt einem in dem Moment, wo der Job weg ist, auf, daß es mit den Tagträumen nicht sehr weit her war, oder schlimmer noch, die Tagträume ließen einen an dem beschissenen Job festhalten, während die Jahre dahingingen. Gelegentlich bekam ich, oh Horror, noch einen Interviewauftrag, aber es war zu spät. Ich entschied, ich würde a) an dem Drehbuch weiterarbeiten, b) nicht die Nerven verlieren und c) nicht meine Ersparnisse aufbrauchen. Ich scheiterte bei a) und b) und wachte nachts schweißgebadet auf. Ich träumte immer wieder von einem Streit, den ich mit der US-Einwanderungsbehörde am Flughafen Fort Worth in Texas hatte. Mit diesen Leuten legt man sich nicht an, schon gar nicht in Texas.

»Sie können von Glück sagen, daß ich Ihren Paß nicht auf der Stelle zerreiße und Sie zu einem zweiten Interview nach oben schicke«, hatte der Mann in Texas gesagt. »Sie arbeiten hier NICHT. Sie LEBEN hier NICHT. Sie werden sich bei der Einwanderungsbehörde melden, bevor Sie versuchen, das Land zu verlassen.«

John Taylor erzählte mir, daß er einmal vom US-Zoll beiseite genommen und stundenlang befragt wurde, und Duran Duran mehr zu der amerikanischen Wirtschaft beigetragen hat als die Saudis. Falls ich zur »Secondary Immigration« hinaufgeschickt werden sollte, würde ich keine zwölf Stunden später in der Wohnung meiner Mutti sitzen.

»Nicht gut«, sagte der Arzt im Cedars Sinai Hospital. Ich hatte noch meine Ersparnisse und wollte zumindest meinen Tunnelblick und die allgemeine körperliche Erschöpfung kurieren. Im Goldenen Zeitalter der Bescheuerten gab es auch bescheuerte Ärzte.

»Nicht … gut?«

»Es besteht die beträchtliche Wahrscheinlichkeit einer Krebserkrankung Ihrer Adrenaldrüsen. Die Urintests zeigen, daß Sie eine große Menge an Cortisol produzieren. Das ist das Kampf-oder-Flucht-Hormon.«

»Nun, es ist viel wahrscheinlicher, daß ich ein unschlüssiger, streitlustiger Feigling bin...«

»Das ist nicht zum Lachen«, sagte der Arzt und fügte hinzu, daß er mir, wenn ich mehrere hundert Dollar bezahlte, sagen würde, ob ich Krebs hatte. Das klang nicht nach einem Deal.

»Dann ändern Sie ihre Lebensweise«, sagte er, diagnostizierte »Nicht genug Geld« und schickte Rechnungen über mehrere tausend Dollar, die sich um c) kümmerten und tatsächlich eine Veränderung in meinem Leben brachten. Ich lernte eine wertvolle Lektion: Piß nur in eine Toilette.

So konnte es nicht weitergehen; das Drehbuch hatte sich hartnäckig geweigert, sich selbst zu schreiben, und ich brauchte dringend einen Plan. Es mußte doch etwas geben, was ich tun konnte. Dann, eines Abends, ich war auf Stellensuche, das heißt, ich sah fern, hatte ich eine Erleuchtung. Im Fernseher liefen die Auslandsnachrichten – endlose Reportagen über glückliche Iraker, die ihre amerikanischen Befreier willkommen hießen. Die Realität entglitt schnell: Es war herausgekommen, daß die amerikanische Regierung für die Verbreitung dieser Bilder von glücklichen Irakern sorgte – sie waren gefälscht, im Auftrag der Regierung hergestellt, aber die Fernsehanstalten sendeten sie weiter. Niemand scherte das.

Aber dann erschien ein Mann auf dem Bildschirm, der nicht plünderte, bombte oder nach einem Wiederaufbauvertrag gierte: Ein Neurochirurg von Ärzte ohne Grenzen. Er bewegte sich durch das Kriegsgebiet, nur mit einem Walkie-Talkie ausgerüstet. Als ich den Kanal wechselte, sah ich einen Mann, der auch ein Funksprechgerät in der Hand hielt: ein Presseagent, der etwas in die Muschel rief, als Tom Cruise in eine Limousine stieg; er schrie, als kommandierten er und seine Leute ein Feldlazarett, und dabei ging es doch nur um einen winzigen Scientologen, dessen größte Leistung in meinen Augen das Tragen einer Zahnspange war, die ihn bescheuert aussehen ließ.* Dieser scheußliche Auftritt löste meine Epiphanie aus: Es gibt zwei Arten von Menschen auf der Welt, Leute, die nützlich und nicht nützlich sind, und ich hatte mein ganzes Erwachsenenleben mit absolut nutzloser Arbeit verbracht. Was war dagegen dieser Typ von Ärzte ohne Grenzen. Ich wette, daß er jeden Flüchtling ficken konnte, der ihm gefiel.

Ich schaute mich in der Wohnung um. Wahrscheinlich konnte ich nicht einmal mehr die Aufmerksamkeit eines Delphins erregen. So hatte ich mir das Ende meines Lebens nicht vorgestellt: mit NutraSweet abgefüllt, in einer geteilten Wohnung sitzend und auf einen wackligen IKEA-Schreibtisch starrend: nicht in meinem Alter.

Man kann nicht vor sich selbst davonlaufen. Aber man kann sich verstecken. Ich machte einen Plan: Ich werde Hollywood verlassen und mich den nützlichen Leuten anschließen. Ich mailte sofort meinen Lebenslauf an Ärzte ohne Grenzen.

* Dies ist nicht die Meinung des Verlags Macmillan Publishers Ltd. oder irgendeines seiner Agenten.

15

Er beendet Kriege

Ärzte ohne Grenzen brauchte zur Zeit keine Promi-Journalisten. Ich fühlte mich gekränkt, aber sah auf ihrer Website eine Liste mit der Kopfzeile: »Berufe, die MSF (Medicines Sans Frontiers) momentan nicht rekrutiert.« An zweiter Stelle standen Aromatherapeuten. Ich wußte nicht, welcher internationale Vorfall zu dieser Entscheidung geführt hatte, aber die Tatsache hatte doch etwas Tröstliches.

Das Internet bot jede Menge freier Stellen für nützliche Leute: Amnesty International, die Vereinten Nationen, sogar ein Flüchtlingslager für Kinder, die wegen Zauberei aus ihren Dörfern verjagt worden waren. Ich sah mich schon in einer afrikanischen Morgendämmerung, den Frühstücksgong schlagend: »Also, wer von euch kleinen Scheißern hat die Milch gerinnen lassen?« Jedoch, in der Welt der Selbstlosigkeit herrschte harte Konkurrenz. Ich verschickte zwanzig Lebensläufe und bekam eine Antwort von der britischen Hilfsorganisation Save the Children, die mich nach meinen Qualifikationen fragte. Ich teilte ihnen sofort mit, was ich konnte, und hörte nie wieder etwas von ihnen. Anscheinend rangiert pädiatrische Chirurgie höher als das Schreiben von Sketchen für BBC Radio 4. Nun gut, das war's. Ich war nutzlos. Ich konnte morgen sterben, und niemand würde leiden, abgesehen von Topshops Unterwäscheabteilung und meiner Mutti.

Ich lag im Bett, auf dem überall Schokorosinen verstreut waren, und glaubte, verrückt zu werden. *Laßt mich abhauen. Ich werde alles tun. Die Realität hier ist so gut wie dahin.* Es war die Endphase der amerikanischen Präsidentenwahl 2004, und Experten sagten voraus, daß George Bush wieder gewinnen werde. Erneut, erklärten sie, werde er die Wahlergebnisse manipulieren, aber diesmal in Ohio, nicht in Florida; erneut tat niemand etwas, um das zu verhindern. Ich verließ für kurze Zeit mein Bett, um mit Karl Penn (von der TV-Serie *House*) für einen lokalen Radiosender einige politische Sketche zu produzieren. Dann kam die Wahl, der Präsident manipulierte die Wahlergebnisse,* aber diesmal in Ohio; und wieder geschah nichts. Mein Gott, die Sketche hatten keine Wirkung gezeigt. Ich rief meinen Freund Laurence in London an, um mich etwas abzulenken. Laurence erzählte mir, daß eine amerikanische Universität seinen Vater, einen Archäologen, kontaktiert hatte. Die US-Regierung wollte von ihm wissen, wie es zu der Plünderung von Kunstschätzen in Bagdad kommen konnte, als Amerika den Irak besetzte, und wie das zu verhindern sei, wenn sie in Iran einmarschierten. Wir fuhren zur Hölle, und mein Beitrag zur Gesellschaft bestand in der Beschaffung von mit Schokolade überzogenen Früchten.

Ich war wieder im Bett und blätterte in einem obskuren politischen Journal – ich glaube, es war *Vanity Fair* –, als ich auf das Foto eines Mannes stieß. Er schaute mich aus einer Seite an, die mit »Reihe der Berühmtheiten« überschrieben war und Leute porträtierte, die einen Krieg in Afrika zu beenden versuchten. Da rechts, das ist er. Ich riß die Seite heraus, stand auf und zeigte sie meiner Freundin Pauline, eine Journalistin bei der *New York Times*.

»Schau mal, Pauline«, sagte ich. »Der Hauptberuf von diesem Typ ist es, Kriege zu beenden. In Afrika.« Sein Name war John Prendergast, einundvierzig, ein Held. Unter Clinton im Weißen Haus der Direktor für afrika-

* Dies ist die Meinung der Autorin, die sich auf Indizien und persönliche Vorurteile gründet. Ich habe für längere Ausführungen keine Zeit, aber es gibt Sites von Leuten, die mehr rechiert haben.

nische Angelegenheiten, war er nun einer der meistrespektierten Konfliktlösungsexperten auf der Welt.

HALL OF FAME

VANITY FAIR NOMINATES DARFUR MOBILIZERS

PHOTOGRAPHS BY MARK SCHÄFER

Es war mir nicht entgangen, daß er auch äußerst attraktiv aussah. Aus rein journalistischen Gründen verbrachte ich die nächsten achtundvierzig Stunden damit, bei Google etwas über ihn herauszubekommen, und verfluchte John Prendergast, Hochzeitsfotograf in Liverpool, weil er die Suchergebnisse blockierte.

Der richtige John war ein Rätsel. Woher kam er? Was

hatte ihn nach Afrika gebracht? War er unverheiratet? Alles schrecklich unbekannt. Die besten Zeitungen veröffentlichten Johns Artikel über die schweren Fehler der Außenpolitik, aber so zornig seine Worte auch waren, sie gaben nichts über den Mann preis, der sie schrieb. Als ich ihn dann auf CNN fand und reden hörte, wußte ich, daß ich an etwas Besonderem dran war. Ich las Konferenzprotokolle (Frauen sind schrecklich gründlich). Bei jeder dieser hochtrabenden Debatten war er das unvorhersehbare Element, und ich konnte mühelos verstehen, worüber er sprach.

Dieser Mann hatte eine klare, knappe Definition von Krieg: Während traditionelle Armut und Ungerechtigkeit die Vorausetzungen schaffen, werden Kriege von Bösewichten geführt, die klassische Verbrechen wie Mord, Raub und Vergewaltigung begehen, und wir lassen sie ungestraft davonkommen, indem wir vorgeben, daß alles komplizierter sei. Und er, kaum zu glauben, behauptete, diese Probleme könnten tatsächlich gelöst werden.

Über 800000 Menschen wurden in Ruanda zerhackt, und vier Millionen starben in Kongo, während die Supermächte tatenlos zusahen. Mehr als das, die Supermächte spielten bewußt diese Verbrechen herunter als alte Stammes-/religiöse/ethnische Streitereien, die zu komplex für uns seien, um sich einzumischen. Drehen wir den Spieß doch einmal um: Europa wäre von Afrika kolonisiert worden, und nichts hätte Afrikaner dazu bringen können, sich in den schwierigen Stammeskonflikt zwischen Hitler und den Juden hineinziehen zu lassen. Keine Frage, ich mußte John Prendergast treffen. Er war nicht nur ein toller Typ, er war auch klug. Ich fragte mich, ob es falsch wäre, während des Interviews auf seinen Knien zu sitzen.

Aber die Hindernisse waren gewaltig. John hatte sich auf Konfliktlösung spezialisiert. Ich komme aus der englischen Mittelklasse, wir sind Spezialisten für Konfliktvermeidung. Meine Eltern sprachen zwischen 1976 und

1990 nicht miteinander, nur um eine Szene zu vermeiden. Wie also konnte ich einen Mann, der im Weißen Haus gearbeitet hatte, davon überzeugen, mich, die immer noch freiberuflich für das Magazin *Glamour* tätig war, mit nach Afrika zu nehmen? Ich machte mir nichts vor: Ich war eine gescheiterte Schulabgängerin aus Muswell Hill; für jemanden wie mich gab es keine Möglichkeit, einen früheren Direktor aus dem Weißen Haus kennenzulernen. Da rief, völlig unerwartet, die hochangesehene Zeitung *The Independent* an.

»Wir wüßten gern, ob Sie etwas für uns schreiben würden?« *Ich? Mein Gott!*

»Ja, würde ich gern!« *Bitte über Politik. Etwas über Politik.*

»Verstehen Sie uns bitte nicht falsch«, sagte der *Independent.* »Aber wir glauben, daß Sie genau die Richtige sind, um einen Artikel über Freundschaften zwischen Männer und Frauen zu schreiben, die aus verschiedenen Verhältnissen kommen.«

Pause.

Bevor Sie den nächsten Satz lesen, bedenken Sie, daß ich keinen Sinn für Ironie habe.

»Es gibt da diesen Mann in Washington«, sagte ich. »Ich würde ihn liebend gern interviewen.«

»Was macht er?«

»Er beendet Kriege.«

»Ist er attraktiv?«

Ich werd nicht mehr.

»Nun ja, er hat Klasse... aber er verdient sein Geld mit der Beendigung von Kriegen!«

»Ich bin nicht sicher, daß er für den *Indie* der Richtige ist...«

»Er ist perfekt für Ihre Zeitung. Er befindet sich auf einer Ein-Mann-Mission, um die Welt zu retten, aber er ist normal...«

»Ah ja...«

»Stellen Sie sich vor, Bob Geldof wäre kein [redacted].

Okay, lassen wir das. Denken Sie an jemanden, der sich einen Dreck um den Rest der Menschheit schert, aber kein Popstar der achtziger Jahre ist.«

»Diese Sache über Freundschaften, die für einen von beiden eine Nummer zu groß sind... Kennen Sie jemanden, der das machen könnte?«

Ja. Lisa Snowdon. Wie sie George Clooney rumgekriegt hat, ich werd's nie wissen. Vielleicht dachte er, sie ist Kellnerin. Aber der *Independent* war die einzige Chance, die ich hatte. Für ein Interview mit *InStyle* würde John sich nicht mit mir treffen. Der Mann am anderen Ende der Leitung war schon im Begriff aufzulegen, als mir einfiel, daß die Wahrheit mich noch nie irgendwohin gebracht hatte.

»Sie müssen unbedingt etwas über ihn bringen – John ist ein Star!«

Umgehend erhielt ich den Auftrag, ein Flugzeug zu nehmen und John zu treffen.

16

Liebestoll von Östrogenpflastern

Washington DC: Ich interessierte mich inzwischen so für Politik, daß ich mir einen Trenchcoat gekauft hatte. Dazu trug ich eine Sonnenbrille und sah lächerlich aus. Die Glastüren am Ronald Reagan National Airport – Ronald-Nichtswiewegvonhier-Reagan Airport – öffneten sich automatisch, und ich stand in einem Schneesturm. Schnee! Dies war das gescheiteste Wetter, das ich seit Monaten erlebt hatte, und ich war auf dem Weg, die attraktivste ernsthafte Person auf der Welt zu interviewen. Er würde nie darauf kommen, daß die ernsteste Sache, die ich bisher geschrieben hatte, ein Artikel über Kurhotels für Hunde war, und vielleicht noch der Sketch für *Brass Eye* über die Jungfrau Maria am Steuer eines Autos.

Ich saß hinten in einem Taxi und fuhr durch Schnee. Jeder, den wir passierten, schien in Eile zu sein, gewiß im Dienste des Allgemeinwohls; alle sahen so aus, als ob sie an der Regierung der Welt beteiligt waren. Los Angeles ist eine Stadt des Egoismus, was auf die Dauer deprimiert. Wenn man den ganzen Tag nur in den Abgrund seines Nabels schaut, dann ist man irgendwann so weit zu springen. In LA sind ganze Bürogebäude am Wilshire Boulevard geheime Kliniken für Schönheitsoperationen. Aus versteckten Hintereingängen kommen Promis in Bandagen, die sich in Stücke schneiden lassen, um mehr sie selbst zu sein. Hier in DC sah jedes Gebäude so aus, als würden dort drinnen Entscheidungen gefällt, die viele Menschen betrafen.

Mein Interview mit John war auf 15 Uhr in seinem Büro bei der International Crisis Group festgesetzt, aber ich wollte mich schon vorher vorstellen. Er hatte am Morgen eine Diskussion mit Georges Bushs Botschafter für Kriegsverbrechen. Thema: Genozid im Sudan. Ort: das Brooking Institute, ein legendärer Think-Tank. Heilige Scheiße, dieser Mann begann seinen Tag mit Massenmord, und diese Stadt hatte Orte, wo Leute zusammenkamen, um zu denken. In LA kamen sie zusammen, um Händchen zu halten und für die Stärke zu beten, einem ganz gewöhnlichen Drink zu widerstehen, bevor sie einen Liter der Droge GBH auf ex trinken und vor den Augen der Polizei auf dem Pacific Coast Highway wilde Wendemanöver machen.

Ich kam ziemlich aufgelöst und spät an, weil ich den Namen Brookings vergessen hatte, und die bloße Angabe »Think-Tank« reichte in Washington nicht. Geradewegs von LA kommend, hatte ich niedrigen Blutzucker, und der Riesenbecher Venti-Kaffee machte es nur noch schlimmer. Brookings war ein elegantes Gebäude, und es wimmelte von wissenschaftlichen Experten; alte Männer und ältere Frauen, verhutzelt und verkrüppelt durch Jahrzehnte des Denkens. Die Atmosphäre war gespannt, man wartete auf den Hauptakt; es hätte das Hammersmith Apollo in London sein können, wenn die Menge nicht aus lauter 75jährigen bestanden und sich an Budweiser statt an Kaffee festgehalten hätte. John war offensichtlich der Rockstar der Menschenrechtsverletzungen.

Der muntere Sprecher des Instituts stellte sich mir vor.

»Wir denken besser als die anderen Think-Tanks«, sagte er. »Darf ich Ihren Mantel nehmen?«

»Nein! ... danke.« Ich hatte mir wirklich Mühe gegeben, mich optisch anzugleichen – schwarzer Rollkragen, Trenchcoat, Netzstrümpfe –, und es funktionierte nicht. Schlimmer noch. Als ich eine der Broschüren las, bemerkte ich, daß ich soviel Zeit mit dem Lip Plumper und dem Konturenstift verbracht hatte – ach ja, der natürliche Look –, daß ich den ganzen Genozid falsch verstanden hatte: Sudanesische Volksbefreiungsarmee = gute Jungs.

Nationale Kongreßpartei = völkermörderische Irre. *OK, wie auch immer, gut.* Aber wo war John? Niemand hatte eine Ahnung. *Nennen sich selbst Think-Tank und wissen nicht...*

Und dann sah ich ihn. Er stürmte aus einem Taxi und streifte sich einen weiten Mantel über. Als er durch die Glastür hereinkam, schien er unnatürlich groß zu werden, vielleicht schrumpfte ich aber auch; jedenfalls fühlte ich mich fünf Jahre älter, als er vor mir stand. *Er sieht aus wie ein Feuergott.* Er sah noch besser aus als auf dem Foto, weil er inzwischen älter war und sein Haar graue Strähnen hatte, was ihn in meiner Fantasie ungebundener machte. Graue Strähnen waren nun das Coolste, was ich je gesehen hatte. Er schüttelte mir als erste die Hand, weil ich sie ihm schnell entgegengestreckt hatte, bevor überhaupt irgendjemand reagierte.

»Hallo, Jane Bussmann, *Independent.*« Das war gleich die erste Lüge.

»Hi! Hi! Freut mich, Sie kennenzulernen.« *Hi. Wow. Er sagte Hi.*

Ich versuchte, professionell neutral wie die Kriegsreporterin Kate Adie zu erscheinen und gleichzeitig mit allem Mut in seine Augen zu blicken. *Ich wußte es: Seine Augen sind gerötet von der Anstrengung, die Welt zu retten.*

Ich sah, wie er jeden anlächelte. Das war für mich der Inbegriff des Erwachsenseins: Wenn man sich nicht schon früh so hatte einschüchtern lassen, daß man stets reserviert blieb. Andere hielten Zurückhaltung für ein Zeichen der Reife, während man sich doch nur in Acht nahm wie ein schmollender Teenager. Ich beobachtete die Frauen, die ihn beobachteten. Frauen, die mit ihm sprachen, neigten leicht ihren Kopf. Die jüngeren wandten sich ihm mit großen glänzenden Augen zu und versagten sich unangemessene Bitten: »Wollen Sie...? Unsere Klasse macht eine Party und würden Sie...?«, bevor sie dann schließlich fragten: »Wie muß ich mich für ein

Praktikum bewerben?« Die älteren Frauen neigten ihre Köpfe leicht nach hinten, die Augen halb geschlossen in mütterlicher Freude über dieses menschliche Kunstwerk, blieben aber trotzdem kokett. Und ich selbst hielt mich für die vollendete Erwachsene, weil ich seine Verehrerinnen wie eine unbeteiligte Außenstehende beobachtete. Oder war es nur meine verzweifelte Selbstverteidigung, die vorgab, ich hätte noch Kraft angesichts dieser Flutwelle der Liebe, mit der die Welt ihn überschwemmte? Ja, ich war hin und weg.

Ich pflanzte mich in die erste Reihe; die Investition in die Netzstrümpfe sollte nicht umsonst gewesen sein. Dann entdeckte ich Kameras und mir dämmerte, daß die Sache vom Fernsehsender C-Span, die Fernuniversität spannender Liveberichterstattung, übertragen wurde. Ein langer Vormittag stand uns bevor. Ich spürte, daß sich Flugreisemüdigkeit über mich ausbreitete wie sanft rieselnder Schnee. Und dann ging es in der Diskussion um das brutale Niedermetzeln, Bombardieren und Massenvergewaltigen von Zivilisten, die das Pech hatten, in der Nähe von Ölfeldern zu leben... glaube ich; das Ganze wurde etwas verschwommen. Als eine Akademikerin die Verbrechen der sudanesischen Regierung an den Stämmen Darfurs aufzulisten begann, merkte ich, daß ich meinen Kopf nicht mehr aufrecht halten konnte. Ich schlief tatsächlich während der Beschreibung unerträglicher menschlicher Leiden ein. Und dabei hatte ich extra einen Nachtflug genommen.

Ich kam wieder zu mir, als John seinen Platz einnahm. Mein Interesse an ihm – ich meine, den sudanesischen Dorfbewohnern – wuchs. Er war der Sonnyboy der Veranstaltung.

»Wenn der Präsident der Vereinigten Staaten Sie anriefe und Sie hätten eine Minute, um ihm zu erklären, was in Darfur geschehen muß, was würden Sie ihm sagen?« fragte der Diskussionsleiter. John grinste, sein Clooney-Lächeln wärmte jeden Kaffee in Washington. *Oh, mein*

Gott, er lächelt mich an. Ich lächelte zurück. Dann schaute ich mich um. *Ich wußte es.* All diese alten Damen machten ihm schöne Augen.

»Ich hatte meine Minute mit dem Präsidenten«, sagte John. *Verdammt, er beschreibt seine Audienz bei George Bush und klingt immer noch wie ein netter Kerl.* Ich mußte mich zusammenreißen: Ich war live auf C-Span, sechs Zuschauer beobachteten mich. »Ich war im Weißen Haus, es ging um die Verabschiedung irgendeines Gesetzes. Unsere Blicke trafen sich, und er kam zu mir herüber. Er plauderte, als wäre ich sein bester Freund, und schien viel darüber zu wissen, was in Afrika los war; er hatte auch nicht den Texas-Akzent, den man sonst immer hört. Er sagte, er freue sich darauf, mit mir zusammenzuarbeiten, was mir wirklich Angst einjagte«, sagte John. »Später erzählte mir einer seiner Berater, daß er dachte, ich sei Bono.« Ein Raum voller Professoren brach in Gelächter aus. Ich glaube, ich fiel auf den Boden.

John erklärte, was in Afrika zu tun war: Die Verantwortlichen sollten endlich mit dem Geschwafel aufhören und die Bösewichte stoppen. Frauen wurden nicht wahllos vergewaltigt, sagte er. Jeder wisse, die sudanesische Regierung habe Vergewaltigungsgangs, aber anstatt internationale Truppen zu schicken, überließen wir es lieber 2000 einheimischen Soldaten, ein Gebiet von der Größe Frankreichs zu beschützen. »Mit anderen Worten, wir haben uns entschieden – ja, entschieden –, Frauen, die täglich ihre Häuser verlassen müssen, nicht zu schützen.« Selbst ich konnte verstehen, daß hier etwas schief lief, und ich verdiente meinen Lebensunterhalt mit Sätzen wie »Nicole sieht fantastisch aus«.

Ebenso wissen wir, wer die Verbrecher sind, und wir wissen, daß sie reich sind. Trefft sie, wo es ihnen wehtut: Sperrt ihre Bankkonten. Wie die meisten reichen Kerle sind sie eitel, also verbietet ihnen das Reisen. Das ist äußerst peinlich an Flughäfen. Das hat schon zuvor funktioniert: Als wir dieselben Leute in den neunziger Jahren am

Reisen hinderten, weil sie Al-Quaida Unterschlupf gewährten, »warfen sie lieber Osama bin Laden aus dem Land«, als auf den Jetset zu verzichten. Mein Gott. Das war brilliant. Mich überkam ein seltsames Gefühl. Ich glaube, es war Hoffnung.

Blitzartig sah ich vor mir mein zukünftiges nützliches Leben: Ich mixe Cocktails in einem alten Safarizelt in der Serengeti, auf dem Boden liegen arabische Teppiche, und die tragbare Bar ist erstaunlich gut bestückt. Aus irgendeinem Grund bin ich wie Doris Day gekleidet. Ich bringe die Cocktails nach draußen, wo John sich mit einem Guerillaführer, einem Großwildjäger und einem Mitglied von MI6 unterhält. Oh, und mit einem Pygmäen. Ich gehe zurück in das Zelt, um die Snacks zu holen, die ich nicht anrühre, weil ich zu glücklich bin, um jemals wieder zu essen.

*

Die Diskussion war zu Ende und ich kämpfte mich durch die Menge hormonbehandelter Expertinnen, die John umlagerten. Er sprach mit allen. So gut er mit Leuten umging, so hoffnungslos war sein Umgang mit technischen Geräten. Er ließ sein Telefon fallen, fummelte an seinem BlackBerry herum und verlor die Visitenkarten, die man ihm gerade erst in die Hand gedrückt hatte.

»Hi, ich frage nur wegen des Interviews heute nachmittag. Könnte ich eine Stunde bekommen?« sagte ich. Ich war längst überwältigt. Ich wollte den Rest meines Lebens mit ihm verbringen – 50 Jahre Kriegsverbrechen, politische Diskurse und Schweinereien. Die Gefühle beruhten nicht auf Gegenseitigkeit. Ich spürte das, denn er lachte mir ins Gesicht.

»Auf keinen Fall! Sie können maximal dreißig Minuten haben, oder ich werde es nicht machen!«

Aber... ich habe soviel Vorbereitungen getroffen... der Lip Plumper allein kostete 15 Dollar...

Ich litt nun buchstäblich unter irgendeinem namenlosen 15 Dollar teuren Reizstoff, der dafür gedacht war, die Schleimhäute zu entzünden, etwas, was nur eine Frau zur Stützung ihrer mentalen Verfassung benutzte. John hatte sich bereits umgedreht und ging mit Bushs Botschafter für Kriegsverbrechen davon.

Ich gehöre zum Leck-mich-ich-gebe-nicht-auf-Lager. Das Interview am Nachmittag stand fest, ich sprang in ein Taxi und ließ mich ins Zentrum bringen. Ich hatte Hoffnung.

17

Toffeekuchen

Ich führte meine Recherchen im Starbucks, das gegenüber von Johns Büro lag, durch und konzentrierte mich auf den Genozid am Horn von Afrika und andere Dinge.

»Caramel Macchiato und ein Stück Toffeekuchen bitte.« Der Lip Plumper war noch gar nichts. In Vorbereitung auf das Treffen hatte ich völlig auf Zucker verzichtet. Ach, ein Mann müßte man sein. Du kannst die mädchenhafte Figur von Harvey Weinstein haben, und die Leute sind immer noch nett zu dir.

Draußen kam die neue Welt von Washington zum Mittagessen heraus: Männer und Frauen in Anzügen, sexy und wirklich. In LA will jeder von zehn bis fünfzig gekleidet sein wie Xtina Aguilera, die sich für ihre Zeit im Mickey Mouse Club rächt. Hier in dieser Stadt tragen Erwachsene Hemden mit Rücken und stellen keine Schmetterlingtattoos zur Schau.

Um Punkt 15 Uhr marschierte ich in das Bürogebäude der International Crisis Group. Es erinnerte mich an Stockwerk 7 1/2 aus dem Film *Being John Malkovich*: ein grauer und marineblauer Tunnel, vollbehangen mit Berichten über Kriege auf der ganzen Welt. Junge Praktikantinnen trugen Dokumente hin und her. Ich versuchte, eine Rothaarige mit Blicken zu töten, aber es funktionierte nicht. Keine Spur von John, also las ich seinen Lebenslauf: In der Sparte Fachgebiete stand »Terrorismusbekämpfung«. Immer noch nichts von ihm zu sehen. Ich fand einen Stapel von Berichten, die John und seine Kollegen verfaßt hatten. Die Islamische Befreiungsfront kämpfte auf den Philippinen. Zwölf Tote in Pakistan. Ein

König in Nepal löste seine eigene Regierung auf. Stöße von Fotokopien dokumentierten abgehackte Glieder, gärende Konflikte und verpfuschte Gelegenheiten. Soweit ich es verstand, begannen John und seine Kollegen jeden Morgen damit, herauszufinden, wo der nächste Krieg drohte, und schickten dann E-Mails an internationale Regierungen, um ihnen zu sagen, wie der Krieg aufzuhalten ist. Außenministerien rund um die Welt abonnierten die Mitteilungen des Instituts; 40 Prozent der Ratschläge wurden Gesetz. Und sie klangen auch noch überraschend vernünftig. Ich las, daß in vielen Gegenden Pakistans die einzig kostenlosen Schulen von islamischen Extremisten geleitet werden. Wenn man also die Verbreitung von islamischem Extremismus verhindern will, schlug der Bericht vor, dann soll man sie nicht bombardieren und noch mehr erzürnen, sondern damit beginnen, normale Schulen zu bauen. *Die Rothaarige ist schon wieder da; was hat sie vor? Macht sie...*

John kam heraus.

Oh lieber Gott. Er trägt einen Aran-Pullover. Das ist nicht fair. Das ist so wie eine Frau, die in einem Bikini aus ihrem Büro kommt.

Ich riß mich zusammen und sagte nichts, öffnete stattdessen meinen Laptop. Er guckte irritiert.

»Sie checken Ihre E-Mail?« fragte er.

»Nein«, sagte ich, nicht aufschauend. »Ich gehe nur noch mal die Fragen durch, um nichts zu vermasseln.« *Keine groben Flüche.*

»Darf ich Ihnen Ihren Mantel abnehmen?« fragte John. Ich reichte ihm den Trenchcoat. Der hatte seine Arbeit getan: Das Liebesabenteuer begann, zumindest in meiner Fantasie. Ich war nicht mehr eine Showbiz-Schreiberin in Hollywood, vollgepumpt mit Glukose und Kaffee. Ich war Kate Adie auf dem Matterhorn, wenn das denn der höchste Berg in Afrika ist. Ich mußte nur eine den Lauf der Geschichte verändernde Titelgeschichte über den schlimmsten Krieg des Jahrhunderts schreiben und dafür sorgen, daß John nicht meine schreckliche Vergangenheit beim Magazin *She* entdeckte.

»Ist Ihnen kalt?« fragte er. »Ich jedenfalls friere. Lassen Sie mich die Heizung höher stellen. Moment, ich hole Ihnen einen Stuhl.« *Nein, das ist Ok. Ich sitze lieber auf deinen Knien.* Nach Jahren, die ich in der Nähe von Promis verbracht hatte, war ich so gerührt, daß jemand höflich zu mir ist, daß diese kleinen Gesten wie ein Heiratsantrag erschienen. Das Interview war phänomenal. (Zweiundreißig Minuten. Ha, ich gewann.) Er sprach über Kriegsverbrechen, Terrorismusbekämpfung, Menschenrechtsverletzungen. Er erwähnte keine Ehefrau. Man konnte sehen, daß er sein Geld mit Verhandeln verdiente. Während wir uns unterhielten, übersetzte er komplexe Kriegsgründe in einfache Muster und unterstrich seine Erklärungen mit den Händen in der Luft. Zu meiner Beschämung bemerkte ich, daß ich unter dem Tisch die Beine schwang wie ein Kind, das Sugar Puffs ißt.

Er erzählte mir von einem seiner Einsätze in Ostafrika, in Uganda, bei der ein verrückter Rebell namens Joseph Kony zu einer Waffenruhe überredet werden sollte. Ich fragte ihn, ob er den Mann selbst treffen werde.

»Man kann nicht einfach dorthin gehen und den Rebellenführer treffen«, sagte er. »Nein, kein Mensch aus dem Westen, der das versucht hat, ist lebend zurückgekommen.«

»Befürchten Sie denn nicht, daß es Ihnen genauso ergehen wird?«

»Nee.«

Das ist so unglaublich. Mein Hirn war wie gelähmt.

»Warum nicht?«

»Nun, wenn man abends im Norden Ugandas herumläuft, dann sieht man all diese Kinder, und sie wollen nur eins: sicher nach Hause kommen und nicht in der Nacht entführt und zu Soldaten oder Sexsklaven gemacht werden«, sagte er mit sich senkender Stimme. »Es ist also sehr leicht, die Motivation für diese Art von Arbeit zu haben, wenn...« Ich hörte nicht zu, weil ich mich nach dem Wort »Kinder« anstrengen mußte, nicht an meinem Fingerknöchel zu kauen. Und dabei will ich überhaupt keine. John sagte, er werde bald nach Uganda gehen und mit einem einheimischen Friedensstifter zusammenarbeiten, um Joseph Konys Forderungen herauszufinden. Der Friedensstifter in Uganda schien eine wahrlich mutige und wunderbare Person zu sein. Hoffentlich war er derjenige, der getötet wurde. Über sein Privatleben wollte John nicht sprechen, aber ich hatte eine fünfzehnjährige Erfahrung als gewiefte Interviewerin.

»Für einen Friedenstifter tragen Sie ziemlich lange Haare«, sagte ich. Und so erfuhr ich bald, daß er als Sohn eines Handelsreisenden aufgewachsen war. Er erzählte, daß er nachts kaum mehr als vier Stunden schlafe und 500 E-Mails pro Tag bekomme.

»Ich kann sie unmöglich alle beantworten, sie sind von Leuten, die mich irgendwo sprechen sahen, vielleicht helfen wollen...« Er hatte Campylobacter nie getroffen.

Sein Vater verkaufte Corn Dogs – aufgespießte Hot Dogs im Maisteig – aus dem Kofferraum ihres Wagens. »Wir blieben nie länger als drei Jahre an einem Ort und zogen weiter, um Leute zu finden, die noch nicht genug von Corn Dogs hatten«, sagte er und lachte. Ich vermutete, daß es für ihn als Kind weniger lustig war. Es könnte erklären, warum er der Mensch wurde, der er war, ein Mann, der jeden Morgen erschöpft aufstand und dann versuchte, Leute zu retten, die er nicht kannte. Ich wette, er wußte sogar, wie es war, im Grenzland Muswell Hill aufzuwachsen. Vielleicht würde er, wenn ihm mein Artikel gefiel, mit der NATO in die Gegend einfallen und sie für mich niederbrennen.

Wenn das alles in den Sternen geschrieben stand, so stand dort auch in Klammern, daß John einige Freundinnen haben sollte. Und von all den Frauen, die es dort draußen gab, war es nicht genug, daß sie nicht nur die weltbekannteste Menschenfreundin war und Millionen für wohltätige Zwecke spendete. Sie hatte auch die sexieste Frau der Welt 2002, 3, 4 und 5 zu sein.

»Wenn Sie mich fragten, wer die stärkste Unterstützerin für diese Belange ist, dann müßte ich Angelina Jolie nennen«, sagte er. »Ich traf sie am Weltflüchtlingstag.« *Mist, wenn ich gewußt hätte, daß dieser Tag immer noch groß gefeiert wird, wäre ich dort gewesen und hätte sie vom Anbaggern abgehalten.* »Sie kam auf mich zu, wir unterhielten uns«, erzählte er. »Ich sagte ihr, daß ich in den Kongo fliegen werde, und sie sagte, daß sie schon seit langem eine Reise dorthin geplant habe...« *John, für einen Terrorismusbekämpfungsexperten bist du bemerkenswert naiv.* »Schließlich fuhren wir zusammen. Das Wichtigste für sie sind die Flüchtlinge, besonders interessieren sie die Rechte weiblicher Flüchtlinge. Sie ist hochmotiviert, was Gewalt gegen Frauen angeht. *Na klar, Hinternversohlen und so.* »Wir haben ein Rehabilitationszentrum für Kindersoldaten in Kongo gebaut.«

»Hat sie das finanziert?«

»Sie hat das ganze Ding bezahlt.« *Na gut, ich werde vielleicht einen beeindruckenden Origami-Kranich falten.*

Und dann geschah etwas Seltsames. Ich bat John, die schlimmste Gräueltat zu beschreiben, die er je gesehen hatte, und dieser Mann, der jeden Schrecken in Worte fassen konnte, hörte jäh auf zu sprechen. Seine Augen wurden glasig. Ich bemerkte, daß ich gerade meinen ersten 1000 Meter-Blick gesehen hatte. Nun waren wir in einer Welt weit weg von Washington und Hollywood. Ich hatte keine Ahnung, was er sah, aber es brachte ihn eine ganze Minute zum Schweigen. Schließlich kam er zurück und schlug auf den Tisch.

»Ich habe nicht ... Ich wähle ... Es ist am besten, wenn ich keine Erinnerungen habe«, sagte er. »Ich ziehe es vor, sie in politischen Rat umzusetzen ... versuche, Dinge zu ändern...« Offensichtlich unterdrückte er blinde Wut, Emotionen zuckten über sein Gesicht. Ich hatte eine Idee, und es war eine schlechte.

»Haben Sie je daran gedacht, an einem Dokumentarfilm mitzuwirken?« Ich sagte das zu einem Mann, der ständig in den Nachrichten von CNN oder CBS zu sehen war. »Ich kenne da ... kannte ... ein paar Fernsehleute in England.«

»Warum nicht?« Er gab mir seine Handynummer, als die Rothaarige wieder mit schwingenden Hüften vorbeikam. »Hallo, Lindsay.«

»Haben Sie später noch Zeit auf ein Bier?« Ich konnte nicht anders. Lindsay, der Name eines Flittchens.

»Ich trinke kein Bier...«, sagte er. *Oh je, warum habe ich einen so blöden Annäherungsversuch gemacht? Natürlich tust du das nicht; du mußt ja Kriege beenden, du kannst nicht einfach ausgehen und dich betrinken.* »Aber ich mag Orangensaft.« *Glaub ich sofort. Orangensaft, das ist leicht. Ich könnte das süßliche Zeug literweise trinken...*

An jenem Tag gab es keine Zeit für Orangensaft, aber John sagte, er sei sicher, daß wir uns wiedersehen. Er schüttelte mir die Hand. Diesmal schaute ich genau hin. Kein Ring.

18

Hintertür

Ich sauste in strahlendem Sonnenschein nach Hause, unter den Taxirädern spritzten die Pfützen auf. Asphalt hatte seit den Acid-House-Tagen nicht so vielversprechend ausgesehen. Ich hatte bei fünfzig Shows mitgearbeitet; in all den Jahren, als ich von einem Besprechungsraum zum nächsten stolperte, muß ich doch irgendjemandem über den Weg gelaufen sein, der einen Dokumentarfilm über John machen würde. Das war mein neuer Job: Dokumentarfilm-Brokerin. Scheiß auf Bob Geldof. Dieser Mann beendete Kriege, er hatte nicht versucht, eine zweite Popkarriere zu starten, und er roch gut.

Ich rief einfach den Leiter von BBC-Factual an. Er sagte, was John mache, klinge wirklich cool. »Beschaffen Sie etwas Filmmaterial über ihn.« Eine opportunistische Schlampe beim Sender Channel 4 sagte, John scheine ja wirklich sexy zu sein. »Beschaffen Sie etwas Filmmaterial über ihn.«

Ich? Ich hatte gehofft, Sie würden den Richtigen anrufen, der so etwas professionell machte, und ich könnte wie eine völlig neutrale Gönnerin am Set auftauchen, mit Orangensaft. Ich hatte überhaupt keine Ahnung, wie man einen Dokumentarfilm dreht, aber... Wie schwer konnte es schon sein, ein eindringliches, vielfach ausgezeichnetes Feature zu produzieren?

Beide Fernsehanstalten warnten mich, vorweg Geld dafür auszugeben. Ich verbrauchte auf einen Schlag 10000 Pfund von meinen Ersparnissen, um eine Kameraausrüstung und eine Crew zu mieten. Was konnte ich filmen? Wie sollte ich die Beendigung eines Krieges in einem fremden Land aufregend darstellen, wenn ich es mir nicht leisten konnte, eins zu besuchen? Ich arbeitete daran, während ich als Gastmoderatorin für einen Comedy-Sender am Sunset Boulevard, hoch über dem Meer der Großstadtlichter, eine Radioshow präsentierte. Am Strip befinden sich die Rockclubs: der Viper Room, der Rainbow und der Whiskey a Go Go. Dies war Led Zeppelins Los Angeles; sie zogen über den Strip auf der Jagd nach Muschis. Allerdings saßen sie gewöhnlich im Rainbow, und irgendwann bemerkten sie, daß eine Schnecke ihnen unter dem Tisch einen ablutschte. Stellen Sie sich das vor, Sie sitzen da mit einem Wodka Ananas, und plötzlich zieht Ihnen jemand, den sie nicht sehen können, die Unterhose runter.

Gastmoderatorin zu sein bedeutet, man kreiert eine wilde Party im Radio mit vielen verrückten Anrufern, die irgendwelche Mitteilungen loswerden wollen. Ununterbrochen kamen die Anrufe, weil ich sie mir ausdachte. Wer ruft schon einen Radiosender an? Es ist alles eine riesige Fälschung. Das heißt, ich fabrizierte sie selbst, denn die wenigen Male, da ich mit Leuten sprach, die tatsächlich anriefen, machten mich so depressiv, daß ich nie wieder ein Telefon mit Blinklicht anfaßte. Bei One FM, wie Radio One während seiner trostlosen trendigen Phase hieß, war gewöhnlich Carol in Staines die Hauptpreisgewinnerin. Carol gewann eine Menge Faxgeräte; die meisten davon verschenkte ich an Freunde. Es war ein ätzender Job, aber immerhin gab es die tägliche Penisparade einiger Radio One DJs. Einer kam jeden Tag mit offenem Hosenschlitz, die Eier gut sichtbar, ins Studio. Ich tat meist so, als würde ich unter dem Schreibtisch Bänder mit Toneffekten aufstapeln, das gab mir die Möglichkeit, gebannt hinzustarren und mich zu fragen, wie weit sich ein Paar auseinander leben konnte, daß die Frau ihren Ehemann so zur Arbeit gehen ließ, oder ob sie ihn so sehr haßte, daß dieser Anblick schon der Höhepunkt ihres Tages war. Entschuldigung, das ist völlig unwichtig. Und es handelte sich auch nicht um Alan Fluff oder John Peel, die sehr nett waren.

Wieder im Studio am Sunset Strip. Ich versuchte krampfhaft, Zeit zu schinden, und ließ eine lange Chris Rock-Routine spielen, während ich meinen Laptop nach alten Witzen über Pornographie (Löschen: Pamela, Ersetzen: Paris) durchforstete. Da klingelte mein Telefon. Es war John Prendergast. Ich schaltete das Mikro ab. John fragte, ob ich gerade Zeit hätte, das Interview noch mal durchzugehen. Ich hatte erwähnt, daß ich mit ihm noch einige Fakten checken müßte. Im Hintergrund konnte ich Lärm und Schreie hören. Vielleicht hatte er einen Warlord verärgert.

»Ähmm, ich hab im Moment ein bißchen viel zu tun... Ach was, warum nicht«, sagte ich.

»Gut, gut, denn dies ist gerade die einzige freie Minute, die ich habe«, sagte John. »Hätten Sie was dagegen, wenn wir es im Fitnessstudio machen?« Gott segne Amerika für seinen Mangel an Zweideutigkeiten.

»Äh, sicher, John...«

»Großartig! Ich mache meine Übungen, und Sie legen los.« Im Hintergrund fielen Gewichte auf den Boden.

»Nun, was haben Sie im Sudan gemacht?«

»BEEEEschaffung von Beweisen für Kriegsverbrechen des Bashir-Regimes an der nichtarabischen Bevölkerung, um von Genozid sprechen zu können...« ÄCHZ! KLIRR.

»Denn wenn es als Genozid definiert ist...?«

»Wenn nach der Genfer Konvention ein Land ... ÄÄÄCHZ! ... Genozid begeht, dann ist die übrige Welt verpflichtet, darauf zu reagieren.«

»Ist das der Grund, warum sie es ethnische Säuberung nennen?«

»Genau... Phhh... Phhh...« Er keuchte. Ach...

Lange Pause.

»Sind Sie noch da?«

»Entschuldigung, John. Zurück zum Genozid... äh, was für Beweise haben Sie gefunden?«

»Frauen zeigten mir die Narben, wo Bashirs Männer ihnen die Beine aufschlitzten. Das ist für ihre Familien ein Zeichen, daß sie von der arabischen Miliz vergewaltigt wurden. Sie nennen sie ›Ihr Schwarzen‹, ›Ihr Sklaven‹ – Sie verstehen, Massenvergewaltigung ist hochpolitisch, eine Kriegswaffe...«

»Wow, das ist irre. Moment, John, nur eine Minute. Sie hören Comedy FM, live vom Sunset Strip! Es gibt die Nachricht, daß Paris Hilton einen Nachtclub hier in Hollywood eröffnet hat. Sehr strenge Zutrittsregeln. Aber Leute, macht euch keine Sorgen, versucht es einfach an der Hintertür, sie wird jeden reinlassen... Hier kommt Bill Hicks.« *Gott, ich hasse mich.* »Sorry, John, Massenvergewaltigung, wo waren wir...?« *Frag ihn, frag ihn, frag ihn.* »Ach ja! Hören Sie, die BBC und Channel 4 möchten Filmmaterial über Sie haben. Machen Sie demnächst etwas, was wir filmen könnten?«

»Nun... ich fliege nach New York zu einem Treffen mit Kofi Annan. Wäre das brauchbar?«

Der Generalsekretär der Vereinten Nationen. Ich schaltete das Mikro ab, weil ich laut lachen mußte. Dies war so daneben.

19

Ein Spionagefilm

John traf in New York am Montag um 7 Uhr ein, weil am Dienstag um 15 Uhr die Supermächte darüber abstimmten, ob der sudanesische Präsident Omar al-Bashir am Kauf weiterer Waffen gehindert werden sollte... oder ob man ihn so weitermachen ließ. Kofi Annan hatte John zusammen mit den Köpfen all der anderen nützlichen Organisationen – Amnesty International, Human Rights Watch, Save the Children – gerufen, damit sie ihm rieten, was in dieser Lage zu tun sei. Ich machte ein paar Recherchen – ich war nun eine Dokumentarfilmerin – und stellte fest, daß Bashir wie ein Doppelgänger von Chef aus der TV-Serie *South Park* aussah.

Ich flog mit meinem Kameramann nach Newark. Guy war ein Israeli mit einem Gesicht, das aus Kreisen bestand: runde Wangen, lockiges Haar, ein Halbmondlächeln. Kameraleute sind oft grantig, weil »das Licht Scheiße ist«, und sie wissen genau, daß sie deinen Film wie *Titanic* aussehen lassen könnten, wenn du nur 200 Millionen Dollar hättest. Aber je mehr Guy von allem die Schnauze voll hatte, umso mehr lachte er. Ich fragte mich, ob das so war, weil er den Autobomben in Tel Aviv entronnen oder weil er einfach nicht ganz dicht war.

Unser Flugzeug aus Los Angeles landete in strömendem Regen.

»Das wird verdammt scheußlich aussehen, das ist Ihnen klar?« sagte Guy. »Ha ha ha ha ha. Ein totales Desaster. Ha ha ha ha. *Gott.*«

Mich kümmerte das nicht: Ich verbrannte das Geld, das ich mit Promi-Interviews verdient hatte, für einen Dokumentarfilm über Haßverbrechen und einen heißen Typen. Das Wetter schien symbolisch zu sein.

Wir hatten keine Filmerlaubnis, und die Sicherheitsleute scheuchten uns weg. Daher versteckten wir uns mit unserer Kamera hinter dem Starbucks am Newarker Flughafen und warteten auf Johns Flugzeug, das aus Miami kam. Er war gerade in Uganda und Tschad gewesen und wollte nun in amerikanischen Universitäten von San Francisco bis Boston reden, um Studentenproteste gegen Präsident Bashir zu mobilisieren. Nach dem, was ich über das Chaos am Horn von Afrika gelesen hatte, war Bashir so etwas wie die Wiederkehr von Hitler, nur weniger tuntig. Mich erinnerte die Situation im Sudan an 1938, als Hitler seine Schergen losschickte, um Fensterscheiben einzuschmeißen und jüdische Geschäfte in Brand zu stecken. Es war wieder Kristallnacht, und erneut sahen alle tatenlos zu. Ich habe mich oft gefragt, warum niemand Hitler nach dem Pogrom aufhielt. Es lebten doch so viele kluge Leute im Europa der dreißiger Jahre. Meine Großmutter zum Beispiel, eine junge Medizinstudentin, die mit sechzehn von zu Hause weglief und nach Berlin ging, wo sie sich ihr Haar kurz schneiden ließ und am Staatstheater als Requisitenschieberin ihr Studium verdiente. Sich umschauend, muß ihr klar geworden sein, daß der Aufmarsch mehrerer hundert Nazis in einem jüdischen Stadtteil nichts Gutes bedeutete.

Es könnte sein, daß Genozid für eine Krankheit der Armen gehalten wird; viele reiche Juden meinten, der Krieg würde ihnen nichts anhaben, ein Glaube, der ihnen keinen Erste-Klasse-Holocaust sicherte, als die Gestapo vor der Tür stand. Reich, sagen Sie? Gut, dann nehmen Sie im vorderen Teil des Zuges Platz und lassen Sie Ihre Kunstsammlung auf dem Küchentisch, sie wird noch dort sein, wenn Sie zurückkommen. Meine Großmutter war zwar nicht jüdisch, aber ihre Mutter hatte Geld, und sie hatte einen jüdischen Chocolatier geheiratet, um ihn zu schützen.

Ich weiß nicht, ob meine Urgroßeltern am Abend der Kristallnacht festgenommen wurden oder ob sie sich am nächsten Morgen für jene bedauernswerte Zugfahrt selbst präsentierten. Ich weiß auch nicht, was dann geschah, aber ich stelle mir vor, daß es keine die ganze Nacht durchgefeierte Tanzparty war. Meine Tante zeigte mir ihre Ausweise aus dem Dritten Reich mit einem großen Adlerstempel darauf; meine Urgroßeltern waren umbenannt worden. Sie hießen jetzt »Israel« und »Sara«. Das Dritte Reich hatte offensichtlich eine Vorliebe für komische jüdische Namen, und wie der deutsche Humor so ist, finden Deutsche das lustiger als *Schindler's Liste*. Meine übrige Familie kam irgendwie raus; mein Großonkel Hermann, der Wert auf Stil legte, zog sich einen Pelzmantel an und floh vor den Nazis über die Alpen. Oder er kämpfte für die Nazis an der russischen Front, bis er von der Saukälte krank wurde, da er keinen Pelzmantel hatte. Ich habe keine Ahnung, was geschah und was nicht. Ganz sicher weiß ich nur, daß ich jedesmal an Weihnachten an meinen Urgroßvater denke und an all die Schokolade, die ich nicht bekomme, und das ärgert mich mehr, als es sich irgendjemand vorstellen kann.

Wenn dies eine Wiederholung von 1938 und Bashir Hitler war, dann war John ein Informant, der verzweifelt versuchte, die Leute zum Zuhören zu bringen. *Dörfer, er brennt ganze Dörfer nieder, Sie müssen mir glauben...* Johns Problem war es natürlich, daß dieser Genozid in Afrika stattfand, und in der internationalen Wahrnehmung waren Afrikaner Juden ohne Geld, Bagels oder *Seinfeld.* Als John zum Ausgang kam, sagte ich, wie ein Pfleger in einer Klapsmühle: »Hier bitte, ich habe einen Orangensaft für Sie.«

John war so charmant wie zuvor, und auch seine Augen waren wieder gerötet vor Erschöpfung. Er sah krank aus, aber davon ließ er sich nicht aufhalten. Nun, da er nicht mehr im Weißen Haus war, konnte er Gesetze nicht mehr *machen*, nur noch diejenigen, die dafür zuständig waren, beraten. Und diesmal hatte er die große Chance, die Verantwortlichen dazu zu bringen, die Geschichte zu ändern. Wie ein Schmutzfleck erschien New Jersey durch die beschlagenen Fenster des Taxis, als wir hinüber nach Manhattan fuhren.

Ich lutschte Schokolinsen und fragte John, ob er jemals Angst um sein Leben gehabt habe.

»Auf mich ist mehrfach geschossen worden, vor allem in Somalia. Sogar Raketen wurden auf ein Flugzeug abgefeuert, in dem ich saß. Gewehre, Sie wissen schon, an die Schläfe...«

»Ja.« Ich weiß schon.

»Eine Landmine explodierte direkt unter dem Auto vor mir... aber wenn man diese Sache lange macht, dann hat es irgendwann keine Wirkung mehr. Mein Puls schlägt in solchen Momenten nicht mehr höher.«

»Eine Schokolinse?«

»Äh, nein danke. Ich habe eine Laktoseunverträglichkeit.«

»Was war das Schlimmste, was Sie jemals in einem Kriegsgebiet gesehen haben?« fragte ich. Er bekam wieder diesen starren 1000 Meter-Blick.

»Ich möchte darüber lieber nicht sprechen«, sagte er. »Und was war es bei Ihnen?«

Ich erinnerte mich an Ashton, der die Priester, die er kannte, aufzählte. »Ich möchte darüber lieber nicht sprechen«, murmelte ich.

»Verstehe«, sagte John. Zweifellos hatte dieser Mann nicht nach mir gegoogelt. Gut, gut. Sein BlackBerry meldete sich.

»Mia Farrow«, sagte John. »Sie möchte wissen, wann wir die Benefizveranstaltung in Stings Haus organisieren.« Er sah sehr zufrieden aus. Zweifellos hatte er Sting auch nicht gegoogelt.

*

Kofi wartete auf John im UN-Hauptquartier, ein hochaufragender grüner Sockel, der den East River überschaut, eine Kulisse aus einem Spionagefilm des Kalten Kriegs. Ich war immer noch entschlossen, mich anzupassen – schwarzer Rollkragen, Minirock, aber die Netzstrümpfe hatte ich inzwischen verloren –, und es begann zu funktionieren. Umwerfend aussehende Frauen mit stahlhartem Blick verschwanden in dem Hauptquartier, viele trugen einen schwarzen Rollkragenpullover: perfekt. An dem Ort arbeiteten Bondgirls, und es waren nicht die nuttigen aus den achtziger Jahren.

Die Sicherheitskontrollen waren so gründlich wie im Kalten Krieg, und ich hatte nicht genug Papiere, um mich auszuweisen. John rief seinen alten Kumpel Fred an, irgendein hohes Tier bei der UNO, und wir wurden sofort hineingelassen. Es gibt keine Regeln, nur Kennworte, und du bist entweder einer von uns oder von ihnen.

Wir liefen an riesigen Fenstern entlang durch blaßgrüne ringförmige Gänge mit Rollbahnlichtern wie in *Doctor No*. Sobald Leute John erblickten, kamen sie auf ihn zu, als wäre er tatsächlich Bono. Ein kleiner terrierähnlicher Mann schüttelte ihm die Hand.

»Ich möchte Ihnen nur sagen, daß das, was Sie tun ... machen Sie weiter so«, sagte er überschwänglich. »Weiter so.« John sah mich leicht verdutzt an.

»Das ist Bushs Stellvertretender UNO-Botschafter«, sagte er. »Das ist er.« All die Anstrengungen, all die Reden, vielleicht erreichten sie auch diesen kleinen Kläffer, und er ginge zu seinem Boss und sagte: »Egal, was wir wollen, die Öffentlichkeit verlangt nach Taten.« Johns Augen verrieten Optimismus, aber er hielt sich zurück.

Bernardo, ein riesiger Italiener mit einem roten runden Kopf, der irgendetwas mit Sicherheit im Haus zu tun hatte, bat mich, in seinem Büro zu warten. An den Wänden hingen Fotos einer kleinen rotgesichtigen Enkelin. Bernardo kam zurück, und ich glaube nicht, daß ich ihm sagte, für einen UN-Beamten sei er in erstaunlicher

Form, aber ich gratulierte ihm zu seiner schönen Tochter und drückte mein Erstaunen aus, daß er alt genug war, schon eine Enkelin zu haben. So kam es nicht dazu, daß er mich fragte, was zum Teufel ich eigentlich im UN-Hauptquartier mache; vielmehr erzählte er mir von seinen Tagen als junger Soldat an den Ufern des Schwarzen Meers.

»Du kannst einem Araber nicht trauen, sie stechen selbst einen Schulfreund nieder«, sagte er väterlich.

»Sie haben vollkommen recht«, sagte ich mit dem Reflex einer Promi-Journalistin.

*

Annans holzverkleidetes Konferenzzimmer befand sich irgendwo weit oben im Gebäude und wurde von Schlägertypen bewacht. Hier fand das geheime Gipfeltreffen der Weisen in der Welt der nützlichen Leute statt. John nahm Platz unter einem großen goldenen UN-Logo, direkt gegenüber von Kofis Thron, und ich wartete im Hintergrund zusammen mit richtigen politischen Journalisten. Das Ganze wurde immer grotesker. Herein kam Nicholas Kristof, ein engagierter Korrespondent der *New York Times*. Er sah zynisch aus, aber auch aufgeregt: Dies hier war ein glanzvolles Ereignis im Genozid-Kalender. Herein kam Samantha Power, eine 34 Jahre alte Harvard-Professorin mit langen roten Haaren und großen blauen Augen, die auch wie John diesen starren Blick in die Ferne hatte. Anstatt zwei Jahre lang Schokoriegel zu essen, hatte Samantha ihre Examen bestanden und war eine erfolgreiche Athletin geworden. Als ich Witze über Lenny Henry schrieb, berichtete Samantha über das Massaker von Srebrenica. Mit zweiunddreißig gewann sie einen Pulitzer-Preis für ein Buch über Völkermord. Für die Abendnachrichten hatte sie zusammen mit John Massengräber ausfindig gemacht. Die Kit-Kat sind wirklich gut, wenn man sie in heiße Schokolade tunkt.

Dann marschierte ein Kordon von Männern in dunklen Anzügen herein. Sie traten zur Seite, und da war Kofi. Bernardo scheuchte alle Journalisten hinaus auf den Flur, ließ mich aber zwischen dem UN-Personal stehen. *Weil ich einem riesigen Italiener zugestimmt hatte, daß Araber ihre Schulfreunde niederstechen, befinde ich mich nun in einer geschlossenen Sitzung mit Kofi Annan. Wenn Kofi das Magazin* Grazia *liest, bin ich geliefert.* Der Bulle neben mir war ein furchterregender FBI-Typ mit Cowboystiefeln unter seinem Anzug. Er ahnte wohl, daß etwas nicht in Ordnung war, schon allein deswegen, weil ich alles, was gesagt wurde, hektisch auf die Rückseite einer Starbucks-Serviette schrieb.

»Vier Entwicklungshelfer sind im Dezember ermordet worden. Gerade erst wurde am hellichten Tag auf eine junge Mitarbeiterin von USAID geschossen«, berichtete einer der Weisen, der einen Bart wie der Weihnachtsmann hatte und deshalb wahrscheinlich der weiseste war.

»Ich werde das nachprüfen lassen«, sagte Kofi, dessen Stimme immer gleich blieb. Man konnte sehen, daß Leute ihm den ganzen Tag solche Horrormeldungen brachten. Seine Nummer zwei jedoch, Jan Egeland, ein hitziger baumlanger Norweger, rieb sich das Gesicht, wenn Leute berichteten, daß sudanesische Überlebende von Massenvergewaltigungen, die es von ihren Dörfern in die Flüchtlingslager geschafft hatten, von denselben Söldnern bewacht wurden, die sie vergewaltigt hatten. Übrigens Lager, erfuhr ich später, die von dir und mir bezahlt werden.

»Wir können etwas tun«, sagte Samantha Power. »Wir könnten den Funkverkehr überprüfen, wie wir es in Ruanda hätten tun sollen... wenn wir damals Radio Mille Collines unterbrochen hätten...« Mille Collines war der Propagandasender, der die Hutus dazu aufgerufen hatte, die Tutsi-»Kakerlaken« auszurotten.

Kofi stimmte zu, daß die örtlichen Truppen der Afrikanischen Union ihre Aufgabe nicht erfüllten, und die Entsendung von Friedenswächtern werde vorbereitet, um Darfur zu helfen. Die nützlichen Leute fragten ihn, wann das sein werde. Kofi sagte, er wisse es noch nicht, er habe zur Zeit keine Soldaten zur Verfügung, da sie im Irak und in Afghanistan seien.

»Es ist so, als ob die Welt zwei Jahre lang in den Wehen gelegen hätte, nur um eine Maus zu gebären!« schimpfte Egeland. Ich beobachtete John, und plötzlich erinnerte er mich an Harrison Ford in *Blade Runner*. Der FBI-Cowboy schaute sich um. Vielleicht hatte ich meine Beobachtung laut ausgesprochen.

*

Nach der Sitzung kam Kofi mit den Vertretern der fünf Supermächte zusammen, um ihnen mitzuteilen, was John und die Weisen ihm berichtet hatten. Es blieben noch sechsunddreißig Stunden, bis Amerika, Rußland, China, Großbritannien und Frankreich darüber abstimmten, ob Bashir mit einem Waffenverbot belegt werden sollte. Das Problem war, daß vier der fünf Supermächte ihm Waffen verkauften oder anderen dabei halfen, ihm Waffen zu liefern: Rußland, China, Großbritannien und Frankreich.

»Glauben Sie, daß es klappen wird?« fragte ich John.

»Ich habe schon früh gelernt, in diesem Job weder optimistisch noch pessimistisch zu sein«, sagte er. Wir beide wußten, daß er log.

John verbrachte diese sechsunddreißig Stunden rastlos in New York und sprach mit jedem, der die Abstimmung beeinflussen konnte. Ich folgte ihm die ganze Zeit mit der Kamera, stellte Fragen und versuchte, mich keinen Fantasien hinzugeben. Ich saß an seinem Bettende, als er mir von seinem letzten Besuch in Khartum, Bashirs Hauptstadt, erzählte.

»Ich war dort im Fernsehen, beim Sender Al-Jazeera, und sagte unumwunden, was ich denke: Der Präsident von Sudan sollte wegen Verbrechen gegen die Menschheit strafrechtlich verfolgt werden. Am nächsten Tag war in der örtlichen Zeitung zu lesen: Es gibt einen bestimmten Gast, der sich in einem bestimmten Hotel – meins – in einem bestimmten Zimmer – meine Zimmernummer – aufhält und der seine gefährlichen Aktivitäten unterlassen sollte... Marinesoldaten mußten kommen und mich dort rausholen, bevor... Sie wissen schon.«

Ich wußte schon. Ich fühlte mich wohler mit Johns schusseliger Seite – hoffnunglos verloren in seinen Sätzen um 4 Uhr nachmittags, als der fehlende Schlaf sich bemerkbar machte. Er trug Hemden, die überhaupt nicht zu seinen Krawatten paßten, und was die technischen Geräte anging, nun ja, da war er völlig unfähig. Das Hotelpersonal riß sich darum, ihm DSL anzubieten.

»DSL? Was ist das?« fragte er verängstigt. »Jagt das den Computer in die Luft? Denn den ich jetzt habe, der gehört mir nicht. Meiner explodierte...« Ich wollte ihn auch als einen ganz normalen Menschen zeigen und fragte ihn, ob er je etwas anderes tue als nur arbeiten.

»Nun... Sie könnten mich im Fitnessstudio filmen.« Eine Stunde später stemmte er im Unterhemd Gewichte. Ich wußte nicht, wo ich hinsehen sollte. Aber es war ja seine Idee, nicht meine.

»Meine Mutter hat einen Rosenkranzverein – Frauen sitzen im Kreis und beten – und von dort kommt wohl die Kraft, die mich schon in einigen dieser schlimmen Situationen gerettet hat...«, sagte er. Ich glaube, ich hörte nicht hin. Wie hätte ich das auch tun sollen?

»War es einer von Bashirs Leuten, der Ihnen ein Gewehr an die Schläfe hielt?«

»Nein, das war ein Junge an der ruandischen Grenze. Vermutlich hatte er etwas genommen, er war jedenfalls völlig überdreht.«

»Warum hat er nicht abgedrückt?«

»Der Rosenkranzverein, nicht wahr?«

»John, wenn Sie aufwachen, wissen Sie dann immer, in welcher Stadt Sie sind?«

»Mindestens fünfzig Prozent der Zeit«, sagte er mit großer Gewißheit.

Unsere Gesprächszeit ging zu Ende. Die Schlaflosigkeit bereitete mir Kopfschmerzen; Alka-Seltzer mußte den Kaffeeverbrauch unten halten. John dagegen blieb jede Nacht wach und beantwortete 500 E-Mails. Aus einer Laune heraus fragte ich ihn, welcher Tag heute sei.

»Mittwoch«, sagte er. »Es ist definitiv Mittwoch.« Es war Dienstag. Die ganze Woche hatte ich ihn nichts anderes essen sehen als ein paar Schokokekse. Dazu kaute er eine Laktosetablette. »Gegen die Migräne. Schokolade. Ich nehme jetzt eine.« Ich wußte immer noch nichts über sein Privatleben. Er schien auf der Flucht zu sein wie Spezialkräfte hinter der Feindeslinie. Ich vermutete, daß er wahrscheinlich jung geheiratet hatte, und seine Frau war eine Meeresbiologin, die sich nun auf einer antarktischen Außenstelle aufhielt, wo sie aus Treue zu den flugunfähigen Pinguinen für immer bleiben mußte. Ich hielt das für ganz in Ordnung, denn sie war dort mit einigen väterlichen Geologen zusammen, die ihr das gaben, was John ihr nicht geben konnte. Ich bin ein netter Mensch.

*

Es waren nur noch wenige Stunden bis zur Abstimmung, und wir sausten mit einem Taxi zu einer juristischen Fakultät in einem eleganten Gebäude in Manhattan, die eine Veranstaltung zu den Nürnberger Prozessen ausrichtete. John sollte eine Rede halten, um die Unterstützung von jungen Anwälten zu gewinnen, aber wir waren schon spät dran, und das Taxi fuhr zur 5th Street anstatt zur Fifth Avenue.

Ich schaute John an. Es schien ihn schließlich doch noch einzuholen; sein Gesicht hatte sich verändert. Ich sah eine Wut, die wie ein Sturm am Horizont heranrollte. Er hätte den Taxifahrer beinahe ermordet, als wir endlich am Ziel ankamen. Die Hälfte seiner Redezeit war bereits dahin. Ich hatte Angst. So höflich John auch war, man durfte ihm nicht blöd kommen.

Im Foyer trafen wir auf zwei ältere Herren, die Richter bei den Nürnberger Prozessen waren. Ich fragte den einen der beiden, einen nachlässig gekleideten, gebeugten Mann, ob er sich an meinen Großvater erinnerte, und sein trüber Blick sank zurück in die Zeit. Mein Großvater war Dolmetscher bei den Prozessen. Mein Vater erzählte, daß er einmal das Geräusch eines Seils beschrieben habe, wenn jemand erhängt wurde: Bing.

»Was haben Sie von den Prozessen noch besonders in Erinnerung?« fragte ich den zweiten Richter, einen temperamentvollen kleinen Mann. Ohne zu zögern, sagte er: »Nazis, die Kugeln sparten, indem sie durch die Babys die Mütter erschossen.« Und da wird immer noch behauptet, die Juden seien geizig. Ich schaute zu dem geistesabwesenden ersten Herrn und fragte mich, ob mein Großvater je versucht war, die Worte zu ändern, als er das Zeugnis der Männer übersetzte, die die Eltern seiner Frau vergast hatten; ein Adjektiv hier, ein Superlativ dort. Dann lief ich hinüber zu dem Buffett, denn ich entdeckte Alec Baldwin, und es gab Sushi umsonst.

Endlich begann die Abstimmung. Johns Augen konnten sich kaum noch etwas fixieren. Er war wütend auf China, wütend auf Rußland und auf mich. Ich hatte ihn seit dem Morgen mit einer Kamera belästigt. Montag. Spät am Abend, wir waren noch in der Fakultät, bekam er einen Anruf von seinen Kollegen bei der International Crisis Group. Dem Ausdruck auf seinem Gesicht nach zu urteilen, dachte ich, er wird Kofi Annans Bürotür eintreten.

»Das erste Mal in zwei Jahren haben sie dafür gestimmt, gegen Bashir Maßnahmen zu ergreifen«, sagte er, sorgfältig darauf bedacht, keine Gefühle zu zeigen. Aber dann lächelte er.

»Sind Sie glücklich?«

»Ich würde nicht sagen glücklich«, sagte er. »Ich würde sagen zufrieden.« Er war sehr glücklich.

20

Niedergeschlagen

Wie schwer konnte es sein, einen Dokumentarfilm zu schneiden? Während John mit seinem acht Jahre alten Bruder Jay-Z (nicht das Ergebnis einer Affäre seiner Mutter mit dem gleichnamigen Rapper, sondern seiner Teilnahme an einem Sozialprojekt »Großer Bruder« für Kinder aus schwierigen Familien) auf Klettertour in den Bergen war, versuchte ich, mit Avid zu arbeiten, die komplizierteste Software der Welt. Um 4 Uhr morgens gab es keinen Platz mehr auf der Festplatte. *Scheiß drauf! Lösch ich eben meine iTunes Mediathek. Wer braucht schon Musik?* Ich wankte aus der Wohnung zum Frühstück mit Teri Hatcher, so daß sie der Welt ihr Herz öffnen konnte. Als Teri mich fragte, was ich machte, war ich zu müde, um zu lügen, und nach meinem Bericht sagte sie: »Ich verstehe vollkommen.« Sie spendierte mir einen Double-Shot-Capuccino und gab mir schnell noch einige Zitate für den Artikel »Suche nach neuer Liebe«. So konnte ich bald nach Hause zurück und an dem Filmmaterial basteln. Eine Woche später bezahlte ich einen richtigen Cutter.

*

Vielleicht war es der schwankende Ton, vielleicht der Mangel an präziser Schilderung, vielleicht war es der *I'm Alan Partridge*-Autor Peter Baynham (Oscarnominierung für *Borat*. Nicht schlecht, Pete!), der den Presseagenten einer Todesschwadron der Dschandschawid spielte:

REPORTER (JANE): Ihr Klient wurde dabei beobachtet, wie er die Gruppenvergewaltigung eines achtjährigen Mädchens anführte.

DSCHANSCHAWID-AGENT (BAYNHAM): Nein, er suchte nur nach seinen Autoschlüsseln!

Vielleicht war es einfach Mist, jedenfalls lehnten BBC und Channel 4 das Projekt ab.

Wenn man ein Drehbuch schreibt, sind die erfundenen Gestalten vollkommen real. Man kann sie hören, man sieht sie herumfuchteln, man leidet mit ihnen, wenn sie schreckliche Entscheidungen treffen. John Sullivan, der die TV-Serie *Only Fools and Horses* schreibt, erzählt, seine Frau nehme ihn nicht mehr zu Marks & Spencer mit, weil er laut mit den Stimmen seiner Figuren zu sich selbst spricht.* Aber wenn diese Figuren von irgendwelchen Redakteuren abgelehnt werden, folgt eine bittere Woche des Selbsthasses, und man fragt sich, welche Verbrecher diesen unglaublichen Scheiß in Auftrag gegeben haben, der jeden Abend um 20 Uhr 30 die Öffentlichkeit beleidigt. Danach verschwimmen allmählich die Gesichter deiner Figuren, ihre Stimmen werden immer schwerer hörbar, und schließlich fallen dir neue Ideen ein. Aber ich hatte John – eine wirkliche Person – betrogen, und dies war ein unbekanntes schreckliches Gefühl, das nicht mit einem »Aber es ist schon OK, weil...« aufhörte.

Nicht einmal der Auftrag für eine neue Kolumne im Magazin *Red* über mein glamouröses Leben in Hollywood konnte das schlechte Gewissen beruhigen. Ich stand auf meinem Balkon in LA und stellte bedrückt fest, daß ich nach der Bezahlung des Cutters 20 Riesen Schulden hatte. Oh, und ich hatte nicht an einem einzigen Kriegsverbrechen etwas geändert. Unten im Swimming-

* Siehe das Interview mit ihm in dem Buch: *Now That's Funny!* Von David Bradbury und Joe McGrath. Methuen, 2000.

pool zeigte mein Vermieter wieder seine Hoden. Alles ging schief.

Dann schickte John wie aus dem Nichts eine E-Mail. Zuletzt hatte ich gehört, daß er bei der CIA ein Seminar über Terrorismus abhielt. Nun hatte er von seinen eigenen Spionen – Analysten und Einheimische in Ostafrika – neue Nachrichten bekommen, und er hatte einen neuen Einsatz: Uganda.

Der verrückte Rebell Joseph Kony verhielt sich wahnsinnig wie immer, aber vor kurzem hatte sich sein Propagandist – Sam Kolo, der Karl Rove von Uganda – abgesetzt. Kony hatte Kontakt aufgenommen zu jener mutigen Friedensstifterin, Johns Freundin, eine Uganderin namens Betty Bigombe. Er teilte ihr mit, daß er seine Verwandten vermisse und sich Sorgen um die Zukunft seiner Kinder mache. Das Monster war müde.

Ugandas Präsident Museveni hatte auch die Trommeln für eine Waffenruhe gerührt, und John wollte die Chance nutzen und zusammen mit Betty den Deal durch einen Friedensvertrag besiegeln, bevor beide Seiten ihre Meinung änderten. Ein zwanzigjähriger Krieg konnte zu Ende gehen – mit Johns und Bettys Hilfe.

Einige Worte am Ende seiner E-Mail erregten meine Aufmerksamkeit: »Wollen / Müssen Sie nach Uganda gehen?«

Du Mistkerl! Ja natürlich, aber unter welchem Vorwand? Mein Dokumentationsversuch war gerade von jedem im Show Business in den Mülleimer geworfen worden. Ich konnte nicht noch einmal die Zeit dieses Mannes mit einem überflüssigen Film verschwenden.

Ich rief ihn an.

»Könnte ich darüber... *schreiben,* was Sie in Uganda machen werden?« fragte ich.

Durch den gescheiterten Dokumentarfilm gewarnt, knurrte John: »Für wen?«

»Eine Zeitung«, blaffte ich, was ziemlich töricht war, denn John sagte: »Ja.«

21

Der böseste Mann der Welt

Es ließ sich nicht leugnen. Meine einzige Job-Qualifikation war es, Leute in Prominente zu verwandeln. Wenn alles, was ich konnte, nur darin bestand, Paris Hilton interessant zu machen, warum schrieb ich dann nicht über wirkliche Schurken? Warlords, Kriegsverbrecher, korrupte Präsidenten. Diese Arbeit war doch genau das Richtige für mich, und ein DKNY Safarikleid hatte ich bereits. Ich werde eine Auslandskorrespondentin, die mit sexy gefährlichen Männern in exotischen Hotels sexy gefährliche Cocktails trinkt. Uganda wäre nur der Anfang: Kate Adie berichtete aus Albanien, Sierra Leone und vom Tiananmen Platz, und ich konnte das auch alles, sobald ich herausgefunden hatte, wo diese Orte waren. Ich mußte nur eine wirklich große Story schreiben, also wendete ich mich direkt an Google.

Auf gut Glück tippte ich »Der böseste Mann der Welt« ein. *Osama bin Laden, Blabla. Warum bekommt der Kerl kein besseres Foto? Du kannst einen Jihad führen, aber du kriegst nicht mal ein professionelles Porträtfoto... Bush in einer albernen Fliegerjacke. Er kann das World Trade Center bombardieren,* * *sich aber keinen Mantel kaufen...* Dann starrte mich ein neues Gesicht an: ein Schwarzer mit Dreadlocks, einem Cowboyhut und einer Spiegelsonnenbrille. Ich hatte, was ich wollte. Die Story, die ich schreiben würde, handelte von John, der Joseph Kony, dem bösesten Mann der Welt, das Handwerk legte.

* Das ist eine Verschwörungstheorie, also höchstwahrscheinlich Schwachsinn.

Auf den Fotos mag er ja wie David Chappelle in der Rolle von Rick James aussehen, aber er ist Joseph Kony, Anführer der ugandischen Guerillatruppe, die sich Lord's Resistance Army nennt. Ich hatte von der LRA schon gehört, konnte sie aber nirgendwo unterbringen. In einem Bürgerrechtsbericht, der so langweilig war, daß ich ihn mit dem Finger lesen mußte, fand ich eine kleine Fußnote, die mich jäh innehalten ließ. »Wenn Kony glaubt, du hast etwas Schlechtes über ihn gesagt, schneidet er dir die Lippen ab und läßt sie dich essen.« Das war noch gar nichts. Wenn Kony in kreativer Stimmung war, schlug er dem Schuldigen ein Vorhängeschloß durch den Mund und warf den Schlüssel weg. »Joseph Kony hat spirituelle, wenn nicht magische Kräfte.«

Das kann doch nicht wahr sein. Ich überprüfte es noch einmal: Der Report war von Rechtsanwälten und politischen Analysten verfaßt. Kony war so hirnzerfetzend böse, daß Menschen mit richtigen Jobs dem Übernatürlichen die Schuld gaben. So hirnzerfetzend böse, daß er solche Klamotten tragen konnte und Leute immer noch taten, was er sagte. Gummistiefel!

Joseph Kony sprach mit Gott. Gott war ziemlich redselig und befahl ihm, einen großen Krieg gegen einen bestimmten Mann zu führen: Ugandas Präsident Yoweri Museveni, einer von Großbritanniens und Amerikas Lieblingspolitikern und hochangesehen auf der Weltbühne. Hier ist er mit dem früheren Außenminister Jack Straw zu sehen. Der Schwarze ist Museveni.

Yoweri Museveni, Chef eines großen afrikanischen Landes, aber Microsoft Word unterstreicht seinen Namen rot: »falsch«. Der Ordnung halber teilte Microsoft mir mit, ich müsse Yoda aus den Star Wars meinen. Bill Gates, nieder mit der Dritten Welt!

Museveni hatte genug Probleme am Hals, etwa mit Armut und AIDS – 6,4 Prozent der ugandischen Frauen haben eine tödliche Immunschwäche. Glücklicherweise erhielt Museveni Budgetunterstützung von Großbritannien und Amerika, wahrscheinlich als ein Dankeschön-Geschenk dafür, daß er nicht Robert Mugabe ist.

Etwas an diesen beiden Männern verwirrte mich jedoch. Wie schaffte es ein offensichtlich Irrer wie Kony, eine Armee aufzustellen und dann sich auch noch gegen Museveni, der doch Millionen vom Westen bekam, behaupten zu können? Anfangs hatte Kony sehr wenige Anhänger; er versuchte, mehr zu bekommen, indem er versprach, daß seinen Leuten Kugeln nichts anhaben konnten, aber die Rekrutierung blieb schwierig. Dann kam er auf eine viel simplere Idee: Joseph Kony entführte Kinder. Und nicht nur ein paar. Er hatte »zwischen 20 bis 30000 Kinder« verschleppt. Das war kein Druckfehler – Kony kidnappte seit zwanzig Jahren Kinder, und niemand konnte ihn fassen. Keineswegs überraschend, wenn es dort drüben so schludrig zuging, daß die offizielle Zahl der Entführten 25000 lautete, also plus/minus *5000* Kinder.

Dies war der Grund, warum die LRA so vertraut klang: Kony führte eine Kinderarmee an, die er irgendwie dazu brachte, als seine Soldaten und Sexsklaven zu arbeiten. Großbritannien und Amerika, so schien es, hatten wenig dagegen getan. Wir waren bereits involviert: Unsere Regierungen hatten Steuergelder an Museveni geschickt. In meinem Fall schickten sie die Mehrwertsteuer, die ich für Unterwäsche bezahlte, aber Kony entführte weiterhin, und ich habe 83 Schlüpfer. Die meisten sind von Topshop, also ich schätze mal das ist eine Mwst. von 50£.

Mittlerweile waren in Uganda Menschen in so großer Zahl gekidnappt worden, daß das Verschwinden in den ersten zwölf Wochen nicht als Entführung galt. Das hieß, man kam in dieser Zeit einfach zu spät zum Abendessen. So ungefähr der einzige Amerikaner, der nach ugandischen Maßstäben als gekidnappt galt, war der Teenager John Paul Getty III, und das auch nur, weil sein steinreicher Großvater zu geizig war, das geforderte Lösegeld zu zahlen, bis die Kidnapper dem jungen Mann ein Ohr abschnitten. Die Gettys hielten nichts davon, Kinder zu verwöhnen. Gerne wäre ich in jenem Jahr bei dem Weihnachtsessen der Familie dabeigewesen.

»Noch etwas Truthahn, John Paul III?«

»Wie bitte, Mutter? Vielleicht erinnerst du dich: ICH KANN DICH NICHT HÖREN.«

Kony, der Kidnapper, das war eine unglaubliche Geschichte. Heute war der 10. Juli. John flog am 21. Juli. Im Wettlauf mit der Uhr mußte ich meinen Weg nach Afrika erschwindeln.

22

Der Schwindel

Das war mein Plan: Mitten im Goldenen Zeitalter der Bescheuerten mußte ich einen Redakteur überreden, daß er oder sie eine große starke Story brachte und mir dafür sofort Flugtickets kaufte, denn entführte ugandische Kinder waren cool. Erfolg: unwahrscheinlich. Die Aussicht wurde noch unwahrscheinlicher durch die Tatsache, daß es nicht nur ein Wettlauf gegen die Uhr, sondern auch die surrealste Zeit meines Lebens in LA war.

Ich konnte den Anblick der alten Hoden nicht länger ertragen und war wieder umgezogen, diesmal auf ein Wohngelände, das dem Drehort von Yellow Submarine glich. Es lag auf einem Hügel, wo langohrige Kojoten und einen halben Meter große Eulen lebten und Zitronenbäume standen, deren Früchte so schwer waren, daß sie beim Herunterfallen die Autos einbeulten. Unter uns schwebten die Wolkenkratzer von Los Angeles auf einem violetten Zauberteppich aus Smog. Meine Mitbewohner waren Bohemien-Journalisten, Spielzeugmacher und australische Musiker, die erstaunliche Partys veranstalteten. Wir freundeten uns mit Lucha VaVoom an, eine Truppe maskierter mexikanischer Ringer und Burlesque-Tänzer, die nach ihren Shows auf dem Gelände feierten. Während ich mein Katie-Adie-Rolle einübte, war ich umgeben von mexikanischen Ringern. Ihre Bühnenauftritte hatten sie mit gleichaussehenden Zwergen (Mascara und Mascarita); dann waren da die Wau Wau Sisters, die als katholische Schulmädchen auftraten und auf Trapezen entschwanden; Roky Roulette kam als Cowboy verkleidet auf die Bühne, machte einen Striptease auf einem Pogostick und war bei seinem Abgang nackt bis auf die Goldfarbe, eine blonde Perücke und einen Tanga; Karis kam als Frau auf die Bühne und verließ sie nach einer Reihe von Hula-Hoops und mittels eines sehr langen Seils als Mann. Kommandiert wurde die ganze Vorstellung von Liz, einer Femme fatale, vor der selbst der härteste Ringer in die Knie ging, und von Rita alias Ursulina, einer winzigen blonden Sexbombe, die als viktorianische Witwe mit einer Pferdepeitsche auftrat und als Pferd die Bühne verließ, und ich weiß immer noch nicht, wie sie das macht.

Vor diesem Hintergrund führte ich den ersten Teil meines Plans aus: Uganda als cooles Thema anzupreisen. Mir war klar, daß ich dafür in der Lage sein mußte, auf die Frage zu antworten: »Wo zum Teufel ist Uganda?« Also recherchierte ich ein bißchen. Uganda liegt in der Mitte von Afrika, und da ist noch mehr! Uganda war im Gegensatz zu Ruanda und Simbabwe eines von Großbritanniens und Amerikas Vorzeigeländern. Eine Karte und kurze Geschichte des Landes finden Sie im Anhang.

*

Montag. Ich machte, bedeckt mit Goldfarbe in der Form eines männlichen Torsos dort, wo ich Roky Roulette umarmt hatte, meine ersten Anpreisungsversuche. Ich führte Gespräche wie das folgende mit einem Tanga-Abdruck auf dem Bauch. Die Namen sind falsch, aus naheliegenden Gründen.

»*Telegraph?*«

»Könnten Sie mich bitte mit dem Auslandsredakteur verbinden? Warten Sie. Wie heißt er doch gleich? Emma, hallo, mein Name ist Jane Bussmann. Ich möchte Ihnen eine Reportage über einen Guerillaaufstand in Uganda anbieten...«.

»Sprechen Sie jetzt. Wenn Sie mit Ihrer Nachricht zufrieden sind, drücken Sie die Eins.«

Nun darf man nicht vergessen, daß ich nichts über Guerillaaufstände in Uganda wußte, und während ich sprach, suchte ich bei Google, immer in dem Bewußtsein, daß die Leute am anderen Ende der Leitung, äh, Experten waren. Einmal verlor ich völlig den Faden und mußte so tun, als ob das Gespräch unterbrochen worden wäre.

Dienstag. John brach in wenigen Tagen auf, und ich hatte ein kleines Problem: Niemand wollte die Story, an der ich, wie ich ihm erzählt hatte, schrieb. Am Ende der Gespräche kam immer wieder die ärgerliche Frage, ob ich es schon bei *Woman's Hour*, dem Hausfrauenprogramm der BBC, versucht hätte.

Ich rief alle an, die mir einfielen. Nichts.

Ich war wütend auf mich. Was dachte ich mir denn? Ich versuchte eine Geschichte über 25000 junge Schwarze zu verkaufen, von denen nicht einer in den Duschräumen von Arsenal mißbraucht worden war. Ich saß an der größten Story der Welt, und mir fiel kein Weg ein, wie ich irgendjemanden dazu bringen konnte, sie mir abzukaufen. Nutzlos. Während ich herumtelefonierte, wurden Tausende von Kindern gefoltert und gezwungen, als Sexsklaven zu leben. Dann kam es zu einem Wortwechsel, der mir den Rest gab.

»Nein«, sagte der Redakteur.

»Warum nicht?«

»Wir hatten bereits eine Afrika-Woche.« Wortwörtlich. *Newsnight.*

*

Mittwoch. Die Ringer verschwanden, aber die Party ging weiter. Ich wurde langsam verrückt. Ich rief *Woman's Hour* an.

»Und ich dachte mir gleich, das ist eine Geschichte für Ihr Programm, weil doch die Hälfte der Kinder eines Tages Frauen sein werden, wenn sie nicht vorher ermordet werden.,.«

Aber die Redaktion von *Woman's Hour* hatte ihre eigene Korrespondentin, niemand brauchte eine Britney Spears-Lobrednerin in Afrika, und auf meinem Bett saß ein großer Kerl, verkleidet als Weihnachtsmann, der behauptete, Keith Richards Dealer zu sein. Das war noch nicht besonders irritierend. Das surreale Moment war, daß jemand einen neuen Pogostick hatte, mit dem man anderthalb Meter in die Luft springen konnte. Ich war gerade am Telefon und schaute aus dem Fenster, als eine Gestalt vorbeisauste und völlig aus dem Blick verschwand.

Mir wurde allmählich klar, in welcher Zwickmühle ich mich befand: Während die Kinder weiter in Gefangenschaft waren und gequält wurden, gab es keine Story. Hören Sie sich dies an, es ist der genaue Wortlaut:

»Falls Kony sich dazu entschließen würde, die Kinder freizulassen, könnten wir etwas bringen«, sagte der Redakteur, »außerdem hatten wir gerade die Bob Geldof-Serie... Sie verstehen...«

Die Geschichte der Kinder war unsexy und alt, die beiden schlimmsten Wörter im Medienbetrieb. Ich war dem Untergang geweiht.

*

Aber dann rief meine Schwester an. Kate war Featurredakteurin beim Magazin *InStyle* – freiwillig. Sie machte ihren Job viel besser als ich, ganz zu schweigen davon, daß sie jünger, blonder, dünner und unendlich attraktiver war als ich. Sie haßte dumme Witze und meinte, Superstars verdienten Respekt. Kate hatte einen Auftrag.

»Das wird dir gefallen«, sagte sie in ihrer nüchternmunteren Art. »Rachel Weisz hat gerade *The Constant Gardener* gemacht, einen Film über die Pharmakonzerne, die die Slums von Kenia ausbeuten. Wir möchten, daß du Rachel interviewst und sie vor allem danach fragst, wer ihr bevorzugter Designer ist.«

Ich sagte meiner Schwester: »Nein.«

Und etwas später: »Ja.« Wegen des Geldes.

Aber das brachte mich auf eine Idee: das Show Business. Ich schaute auf eine Landkarte. Kenia liegt neben Uganda. Ich heckte einen klasse Plan aus, wie ich nach Uganda kommen könnte: Ich schriebe einen Artikel, finanziert von einem Reiseunternehmen, über die Örtlichkeiten des Films, gespickt mit Zitaten der berühmten und liebenswürdigen Rachel Weisz und mittendrin ein hübsches großes Foto von ihr in sexy Pose. Wenn ich erst einmal in Kenia bin, nehme ich einen Bus und fahre in die Hauptstadt von Uganda, eine Strecke von nur ... etwa zehn Zentimetern auf der Karte. Das war nicht nur perfekt geplant, es war auch eine glänzende Idee, weil John, sobald er den Krieg beendet hatte, vielleicht Zeit für eine Kenia-Safari haben würde. Eine Safarihütte mit Blick über die Serengeti – ich dachte bis jetzt, so etwas gibt es nur in den Songs von Toto.

Ich machte mich auf den Weg zum Soho Grand Hotel in New York, wo die schrecklich nette Rachel Weisz in einem Satinrock, über den ich etwas schreiben sollte, auf mich wartete. Fünfundvierzig Minuten lang befragte ich sie gnadenlos über die Örtlichkeiten des Films, und auch wenn sie der Wechsel der redaktionellen Linie bei *InStyle* offensichtlich verwirrte, kam Rachel wie ich aus der englischen Mittelklasse und wollte daher jeden Konflikt vermeiden. Als uns noch fünf Minuten blieben, erinnerte ich mich daran, daß das Interview für ein Frauenmagazin gedacht war. Rachel war ein Profi: Wir erledigten ihre Hoffnungen und Träume in genau vier Minuten und dreißig Sekunden. Oh Scheiße – beinahe hätt ich's vergessen – wer ist ihr Lieblingsdesigner? Bob Gay? Nie von ihm gehört. Danke, tschüs. Sie druckten den Artikel. Jetzt hör aber auf, Kate, du hast gesagt, daß deine Redakteurin ihn für ein Paradebeispiel des Promi-Journalismus hält.

Ich lief zum Flughafen zurück und geradewegs in ein neues Hindernis: Dem Reiseunternehmen, das ich dazu gebracht hatte, den Artikel »Die Örtlichkeiten des Films *Der ewige Gärtner*« zu finanzieren, war aufgefallen, daß ich eine Rundreise plante: zuerst der pittoreske Turkana-See, wo Ralph Fiennes von Auftragskillern ermordet wird, dann das geschäftige Nairobi, wo man bei Rachels Autopsie Blutergüsse von einer Vergewaltigung feststellt, und schließlich die idyllische Landschaft, wo Hubert Koundé die Eier abgeschnitten und in den Mund gestopft werden. Das ließ sich nicht in eine Charterreise packen. *Scheiße.* Egal, denn ich hatte gelesen, daß Uganda eine Menge Affen hat. Eine Gesellschaft, die Reisen zu einem ugandischen Affenreservat organisierte, erklärte sich bereit, meinen Trip zu bezahlen. Ich werde zuerst Affen umarmen und dann über einen Krieg berichten. Ich begann zu packen. Aber unerwartet tauchte ein neues Hindernis auf.

»Welche Impfungen haben Sie gehabt?« fragten die Leute vom Affenreservat.

»Denn es gibt da ein kleines Risiko, die Masern zu bekommen.«

»Riskier ich«, sagte ich.

»Es geht nicht so sehr um Sie«, sagten die Affenreservatsleute. »Schimpansen sind sehr verwundbare Primaten. Wir wollen sie nicht der Gefahr aussetzen...«

Ich war zu dreckig für eine Horde Schimpansen. Scheiß auf die Affen. Wie wär's mit *Cosmopolitan*...?

*

Donnerstag. John traf die letzten Reisevorbereitungen. Er fuhr mit Don Cheadle. Der Star aus dem Film *Hotel Ruanda* hatte ein starkes Interesse an Afrika entwickelt, nachdem er eine längere Zeit mit dem Hotelier Paul Rusesabagina, dem Mann, den er spielte, verbracht hatte. Für mehrere Monate verzichtete er auf lukrative Rollen, um sich für humanitäre Zwecke einzusetzen. Nun flog er mit seiner Familie nach Uganda, um auf eigene Kosten mit John einen Dokumentarfilm über die Kinder zu drehen. Angeber. Ich saß immer noch in Hollywood fest.

*

Mein Mitbewohner, der Weihnachtsmann, brachte als Steigerung einen Beutel voll magischer Pilze mit zigarettendicken Stengeln. Zu der Zeit herrschte in LA die Theorie, daß der schnellste Weg, ihre Wirkung zu spüren, darin bestand, die Pilze zu Pulver zu zermahlen und es mit Orangensaft zu vermischen. Während ich um sechs Uhr morgens die Auslandsseiten britischer Tageszeitungen anschrieb, ging die Party munter weiter, und ich konnte das Surren einer Kaffeemühle hören, die nicht Kaffeepulver produzierte, sondern den Tagestripp nach Pepperland.

*

Meine Kräfte erlahmten allmählich. Dann schickte John mir eine E-Mail. Er beendete sie mit einem Smiley. Nun hatte ich kein Wahl, ich war zum Erfolg verdammt: Ich hatte von einem früheren Direktor des Weißen Hauses ein Emoticon bekommen. Ich peppte den Artikel auf, spielte die Rolle der schwarzen Kinder herunter, stellte John in den Mittelpunkt und schickte den Text an britische Sonntagsbeilagen. Dies mußte ein Volltreffer werden.

»Er ist ein Held, ein wirklicher Held...« *Was zum Teufel ist das in dem Orangensaft – oh nein...* »Und Joseph Kony ist ein wirklicher Schurke...« Redakteure erklärten mir, daß es sich für das Publikum nicht *echt* genug anfühlte. Schließlich befanden wir uns im Zeitalter des Reality-TV. Könnte ich es nicht ein wenig umschreiben, Sie wissen schon... Was? *Allen Widrigkeiten zum Trotz wird dieser Kriegsverbrecher ... eine Lounge ausstatten. Aber würde IKEA ihn die LACK Regale, die großartig im*

Katalog aussahen, für die Rigipswände jedoch zu schwer waren, umtauschen lassen?

Es war der 17. Juli, und die Party war endlich zu Ende. Als die Sonne über den Kakteen aufging, lag das Gelände verloren da, abgesehen von ein paar Strippern, die nach einem Flaschenöffner suchten. Niemand wollte die Story. John war im Begriff abzureisen. Es mußte doch in den Medien irgendeinen Abnehmer geben, den ich noch nicht kontaktiert hatte. Ich war völlig verzweifelt.

So kam es, daß ich die *Mail on Sunday*, Großbritanniens Mitte-Rechts-Familienzeitung, anrief. Die Schlagzeile ihrer ersten Ausgabe 1982 lautete: SO VIELE SCHWARZE – WESSEN SCHULD IST DAS? Ich ließ mich mit dem Reiseredakteur der *Mail* verbinden, weil er ein netter Mann mit einem Sinn für Humor ist und weil ich auch eine ernsthafte Reiseschriftstellerin bin. »Vergessen sie den Hype, Bangkog ist hip.« Das war ich.

»Hallo Frank, hier ist Jane. Ich würde gerne eine Artikelserie über Leute schreiben, die als Freiwillige in einer ugandischen Schule unterrichten.«

Frank dachte einen Moment nach und antwortete dann: »Mach das. Altruismus ist gerade in.« *Dank sei den Tsunamis! Und jetzt bekomme ich richtiges Geld von einer rechten Zeitung, war nicht auf diesen* Independent-*Scheiß angewiesen.* Ich ging ins Internet und fand eine ugandische Schule. *Kann ich kommen und als Lehrerin arbeiten? Danke, tschüs.* Okay, die Anfrage war ein wenig länger, aber nicht viel. Es gab eine Wohltätigkeitsorganisation, die Freiwilligenprogramme anbot, es gab eine Schule in Uganda, und sie antworteten, sie würden sich freuen, wenn ich dort eine Zeitlang freiwillig als Lehrerin arbeiten wolle.

*

Also um es kurz zusammenzufassen: Ich flog nach Afrika, um dort ohne jede Qualifikation zu unterrichten, weil ich eigentlich einen ernsthaften Artikel über 25000 entführte Kinder und einen Friedensstifter schreiben wollte, und das war im heutigen Medienklima nur möglich, indem *Mail on Sunday*-Leser auf Urlaub in ein Kriegsgebiet geschickt wurden. Ein Kriegsgebiet voll schwarzer Menschen.

Ich besprach das mit den Übriggebliebenen der Party. Während ich noch Zweifel hatte, waren sie ungeheuer positiv.

»Also, du bist nun Kate Adie!« sagte einer meiner Freunde.

»Nein, ich bin eine Reiseautorin«, sagte ich.

»Es wird schon schiefgehen!« sagte ein anderer meiner Freunde.

»Aber ... John ist ein Friedensstifter«, sagte ich. »Was ist, wenn er sich am Ende neben den ›Zehn Besten Stränden für Senioren‹ mit einem Bild von Clint Eastwood in Speedos wiederfindet?«

»Er wird es großartig finden«, sagte ein dritter Freund.

»Wenn du nicht gehst, ist dir klar, wo du sein wirst?« sagte der erste. »Immer noch hier.«

»Ja Mensch, du hast recht ... und ich meine, wenn er anschließend Urlaub machen will, braucht die *Mail on Sunday* bestimmt einen Artikel über Safarihütten«, sagte ich.

»Und es gibt niemand, der keine Löwen mag«, sagte der Weihnachtsmann.

Scheiß drauf! Ich gehe nach Afrika! Dann dämmerte mir etwas.

»Ihr seid alle auf Ecstasy, oder?« sagte ich.

»Ja, sind wir! Ja«, riefen sie gleichzeitig.

23

In den Busch gezerrt und mit Macheten zerhackt

Ich hätte John nicht fragen können, ob es ihm etwas ausmachte, auf den Reiseseiten zu erscheinen, selbst wenn ich es gewollt hätte, denn er war von der Bildfläche verschwunden. Er war irgendwo tief in Kongo, das Land des Goldes, Silbers und Coltans (das Mineral in Mobiltelefonen, Videospielen und Computerchips). Alle wollten Coltan, und auf der Suche danach stahlen bewaffnete Gangs den einheimischen Dorfbewohnern ihr Land. Ich traf mich vor kurzem mit John in Los Angeles, und er erklärte mir, warum er damals abgetaucht war.

Wir aßen zu Mittag in der Bar eines dieser mausoleumsartigen Geschäftshotels, wo das Personal mit den Gästen flirtet, um nicht vor Langeweile Selbstmord zu begehen. Aber nicht mit mir. Der Kellner, ein Hetero, machte John schöne Augen.

»Der Anführer der größten Miliz in Kongo ist ein Kerl namens Laurent Nkunda«, sagte er und goß sich einen Becher Ketchup über ein einfaches Stück Hähnchen. Afrika hatte seinen Magen ruiniert. »Kein Land will mit Nkunda verhandeln, weil er ein Warlord ist, aber ich denke, wenn man nicht die 82. Luftlandedivision hinschicken und ihn töten will, muß man andere Wege finden, um ihn zu stoppen. Ich kannte einen Kongolesen, der meine Kollegen und mich zu Nkundas Versteck in den Bergen führte.«

»Ein richtiges Versteck? Mit Männern davor mit Gewehren und so?«

»Soll ich Ihnen noch etwas Ketch...«

»Danke, wir brauchen nichts. Erzählen Sie weiter.«

»Ein Kreis nach dem andern von Kerlen mit Gewehren. Er lebt auf einem Hügel in einer ehemaligen belgischen Kirche, schwer befestigt, aber mit uns redete er den ganzen Tag. Es wird behauptet, er ist ein Rebell ohne Grund, aber wir brachten ihn dazu, genau darzulegen, unter welchen Bedingungen er seine Milizsoldaten zurückziehen würde...« Der Kellner stand nun am Nebentisch und faltete dieselbe Serviette zum sechsten Mal.

»Warum sollten sie sich zurückziehen?« fragte ich.

»Sie überfallen die Dörfer, töten viele Bewohner und dann...«

»Alles okay bei Ihnen?« Der Kellner schon wieder.

»*Ja.*«

»Sie begehen diese brutalen Vergewaltigungen, so daß jeder darüber spricht und die Opfer nicht zurückkommen können«, sagte John.

»Wie zum Beispiel?«

»Nun jaaaa...«

Ich werde nicht auf das eingehen, was dann folgte, aber glauben Sie mir, das war das letzte Mal, daß ich einen Menschenrechtsermittler »Wie zum Beispiel?« fragte.

*

Doch damals wußte ich das alles nicht. Ich kaufte ein Ticket nach London. Mein Plan lautete: LAX – LHR. LHR – EBB. Von Los Angeles International nach London Heathrow, in Muttis Haus warten, bis John wieder auf der Bildfläche erscheint, ein Rendezvous ausmachen, und dann nach Entebbe (Uganda) fliegen. Ich kaufte ein neues Gepäckstück, das sich perfekt für einen Kriegsbericht aus Afrika eignete: einen 100 Dollar teuren Gucci-Koffer von eBay mit einem abgerissenen Reißverschluß, ohne Räder und ohne Schloß. Während ich packte, sagte ich zu mir: Hör zu, Jane, dafür mußt du dich nicht schämen. Kate Adie verdiente wahrscheinlich ihren Trip zum

Tiananmen Platz als Hostess in Shanghai. Wir wissen nicht, ob sie es nicht vielleicht tatsächlich tat. Meine Schwester war weniger zweideutig. Ich glaube, sie sagte so etwas wie: »Du wirst nie eine Kriegsreporterin sein, du hast ja schon Angst vor Paris Hilton. Und John heiratet dich sowieso nicht.«

Ich antwortete wahrscheinlich: »Kate, es geht nicht um ihn. Es geht um zwanzigtausend entführte Kinder.« Es könnte sein, daß ich gerade Stöckelschuhe einpackte.

Ich schaffte es bis zur Eingangshalle des Flughafens von Los Angeles, triumphierend. Es war noch etwas Zeit bis zum Einsteigen. Ich knallte gerade einen Geldschein für einen Margarita auf die Theke, als mein Telefon klingelte.

»Paul? Oh, hallo *Paul.*« Es war der Freund eines Freundes, der Dokumentarfilme machte. Er war in Uganda gewesen, und er sollte mir für mein Abenteuer den Rücken stärken. »Ja, Steve hat mir von Ihrem Uganda-Film erzählt, und daß er großartig ist – ich hab ihn noch nicht gesehen – ich habe vor, nach Uganda zu gehen, und ich dachte, Sie könnten mir ein paar Tips geben.«

Paul rief: »Nicht nach Uganda. Auf keinen Fall! Sie können kein Taxi nehmen, ohne ausgeraubt zu werden. Sie dürfen kein Regierungsgebäude fotografieren. Sie dürfen mit niemandem Blickkontakt aufnehmen – es macht die Leute wütend. Sie werden in den Busch gezerrt und mit Macheten zerhackt. Glauben Sie mir, ich mache keine Witze.«

Pause.

»Ich habe mich bereits gewissermaßen verpflichtet...«, sagte ich.

»Ach so. Gut, Ihnen wird schon nichts passieren«, sagte er. Ich starrte auf meine falschen Schuhe und das Fischglas mit dem Margarita.

Aufruf für Passagier Jane Bussmann. Wenn Sie nicht sofort an Bord gehen, wird Ihr Gepäck aus dem Flugzeug entfernt.

Ich tippte eine E-Mail an die *Mail on Sunday*: »Tut mir leid, Frank. Ich kann das nicht machen. Ich log: Es gibt keinen Ort namens Uganda.« Bevor ich sie abschickte, sah ich, daß eine neue Nachricht eingetroffen war. Sie war von der britischen *Sunday Times*, die großartigste Zeitung der Welt, und geschrieben hatte sie Sean Punkt Ryan, der Leiter des Auslandsressorts.

»Jane, wir wollen unbedingt diese Story über John Prendergast. Wie bald können Sie das machen?«

Ich war eine Auslandskorrespondentin. SCHEISSE! Ich verschwendete keine weitere Minute. Ich lief geradewegs zum Duty-Free-Shop und kaufte mir eine neue Sonnenbrille.

24

Schnösel in einem Wu-Tang Clan Sweatshirt

Warte in London auf Johns Anruf, dann geh und sei ... eine Auslandskorrespondentin? Für die Sunday Times? *Bist du dir sicher, daß das vernünftig ist?* Ich hatte beim Abflug ernsthafte Zweifel. Meine Knie drückten in die Nieren meines Nachbarn, dies war ein Virgin-Flug, der früher Spaß gemacht hatte, bis sie alle Economy-Sitze so eng zusammenschraubten, daß jeder Flug einem Viehtransport glich. Eine schlechtgelaunte Stewardess teilte mir mit, ich dürfe keine Zeitung lesen, während das Sicherheitsvideo abgespult wurde, das ich inzwischen auswendig kannte. Stattdessen sollte ich dankbar sein, von einer Cartoonfigur mit der Stimme Dani Behrs belehrt zu werden. *Dani Behr. Ich wette, wenn Sting dich in einem Besprechungszimmer anmachte, du würdest ihn ernsthaft in Betracht ziehen.*

Die ernsthaften Zweifel in mir übertönten Dani Behrs dröhnendes Geplapper. *Jane, vergiß, wer du bist, es wird ein scheußliches Durcheinander geben, und 25000 Kinder werden zurückbleiben und sterben... Flieg zurück nach Hollywood und arbeite weiter als Promi-Journalistin: Über Wichser schreiben ist ein Job fürs Leben...* Ich konnte keinen klaren Gedanken fassen, aber alles würde sich schon klären, sobald ich zu Hause in Großbritannien war, einem Land mit gesundem Menschenverstand. Ich ahnte ja nicht, daß sich Großbritannien in der Zeit meiner Abwesenheit verändert hatte.

*

21. Juli 2005, ein heller früher Morgen. Ich war auf dem Weg zu Field & Trek in der Baker Street, um mich auf das Leben als Auslandskorrespondentin vorzubereiten. Ich wollte eine solche Khakihose kaufen, wie sie Angelina trug, als sie Kongo machte. Rettungswagen mit heulenden Sirenen rasten vorbei. Die Blumenkästen für die Geranien klapperten. Zivilfahrzeuge der Polizei schossen die Marylebone Road entlang. Wer sonst als die Bullen fuhr einen Vauxhall Hatchback mit 150 Kilometer die Stunde durch das Zentrum von London? Zwischen dem Geheul der Sirenen passierte nichts: Büromädchen, Kleintaxifahrer und Cafébesitzer sprachen nicht, starrten sich nur mit verschränkten Armen an. Egal ob Pole, Nigerianer oder Italiener, alle wollten jetzt britisch sein und beäugten heimlich die anderen Londoner, ob sie Zeichen von islamischem Fundamentalismus entdeckten oder gar schwarze Rucksäcke mit heraushängenden Drähten. Ich wußte, daß diese Bombenanschläge zwei Wochen zuvor passiert waren. Ich wußte nicht, daß wir den Verstand verloren hatten.

Die Stimme eines weiblichen DJs durchbrach das Schweigen des Taxiradios und rezitierte wichtigtuerisch Notfallnummern, als hätte sie ihre Radiokarriere nur auf diesen Winston-Churchill-Moment hin angelegt.

»Seien Sie auf einen weiteren Anschlag gefaßt...«, sagte sie. Was? Worüber sprach diese hirnlose Schlampe? Die Bomben vom 7. Juli mit dem 11. September zusammenzubringen, macht Großbritannien zum Verbündeten der USA. Großbritannien ist vernünftig, das ist unser Trost. Wenn der Film *The Day After Tomorrow* ein britischer Film gewesen wäre, hätte er den Titel *Etwas Frisch Draußen* bekommen. Das Schlimmste, was wir tun könnten, ist, uns von den Amis politisch führen zu lassen; sie sind total übergeschnappt. Ein Beweis für diese Behauptung? Ich habe das falsche Anthrax in den Händen von Colin Powell gesehen.

Alles in dieser Sache war lächerlich, bis hin zu dem

Bild der vier Attentäter, die sich in den vier Himmelsrichtungen der U-Bahn-Linien ins Paradies sprengen wollten, wobei der eine bemerkte, daß die Northern Line selbst für einen Jihad zu deprimierend war und sich in einem Bus mit der Nummer 30 zum Märtyrer machte. Auf gut Glück in ein afrikanisches Kriegsgebiet zu fliegen, war nicht mehr so abwegig, es war, verglichen mit diesem Chaos, einfach logisch.

Die Stimme im Radio plapperte weiter. »Der verdächtige Bombenleger, der pakistanischer Herkunft sein soll, wurde von Fahrgästen schwer verprügelt, wir erfahren gerade...« Wir. Du und irgendein schnöseliger Praktikant namens Crispin in einem Wu-Tang Clan Sweatshirt. Zwei fette Bullen mit Maschinenpistolen standen draußen vor dem Pizza Express. Ich hatte gelesen, daß Großbritannien der zweitgrößte Exporteur von Waffen ist, ich hatte nur bis dahin noch keine gesehen. Der nervöse Blick der Bullen machte mir Angst, ihre Finger streichelten die Waffen, als wären sie nicht Waffen, sondern zappelige Welpen, die mir jeden Augenblick ins Gesicht springen konnten. Britische Polizisten sollten eigentlich nicht bewaffnet sein. Holt mich hier raus.

Am nächsten Tag war ich wieder in der Baker Street, um die Hose zu kaufen, als mein Telefon klingelte. Ich fühlte mich sofort schuldig, hatte aber auch Angst, es aus meinem Rucksack zu holen. Vielleicht stürzte sich in dem Moment jemand auf mich und warf mich zu Boden.

»Hast du die Nachrichten gesehen?« fragte meine Freundin am anderen Ende der Leitung. »Polizeibeamte in Zivil haben gerade jemanden in der U-Bahn fünfmal in den Kopf geschossen.«

»In den Kopf? Warum nicht in den Arm? Hatte er eine Bombe?«

»Er hätte eine haben können.«

»Wollte er sie mit der Zunge zünden? Ich meine, verdammt noch mal...«.

»Jane, sie hatten keine *Wahl.*«

Mein Mund war plötzlich ganz trocken. Ich mußte raus aus London. Ich brauchte etwas zu trinken, hatte aber nicht den Mut, in die Drogerie an der Baker Street Station zu gehen. Wenn ich eine Selbstmordattentäterin wäre, hätte ich die aufgeweichten Snapers Sandwiches mit in die Luft gejagt.

Ich flitzte in eine kleine Drogerie in einer Nebenstraße und fand eine Flasche Evian, aber es war niemand hinter dem Tresen. Plötzlich sah ich die Besitzerin, eine schwere Frau in den Fünfzigern, die zusammengesackt zwischen leeren Gläsern Babynahrung lag, die Augen voller Tränen. *Meine Güte, ich bin ein Arschloch.* Hier war jemand bestürzt, weil unschuldige Menschen verletzt worden waren. Sie stand schnell auf und nahm das Wasser.

»79 Pence«, sagte sie, und ihre Stimme klang frustriert. »'ne Tüte?«

»Ja, ich benutze lieber nicht meinen Rucksack, oder sie schießen mir noch in den Kopf.« Scheiße! Das Tourette-Syndrom wieder, und es war noch nicht mal komisch. Eine Träne lief über das Gesicht der Drogistin.

»Wir sollten sie nicht hereinlassen«, platzte es aus ihr heraus.

»Wie bitte?«

»Amerika läßt sie nicht herein, warum machen wir das?« Sie weinte BNP*-Tränen. All die Jahre verkaufte sie Haargel, Müsliriegel und Nurofen-Tabletten an Libanesen, Somali und Bangladeshi und sagte: »79 Pence. 'Ne Tüte?«, aber was sie eigentlich sagen wollte, war: »Haut ab aus unserem Land, ihr Wilden, bevor etwas passiert.« Ich gab ihr 80p und ließ sie das Wechselgeld behalten.

Weiter oben in der Straße hatte ein muslimischer Buchhändler einen Artikel aus dem *Guardian* an sein Schaufenster geklebt und mit einem rosa Textmarker die Schlagzeilen »IRA-MITGLIEDER WURDEN NICHT

* Die rechtsextreme British National Party.

KATHOLISCHE BOMBERLEGER GENANNT« und »MUSLIMISCHE FÜHRER VERURTEILEN TERRORISMUS« hervorgehoben. Ich lief an den Maschinenpistolen der Bullen vorbei zurück zu Muttis Haus. Die Website der BBC wurde pausenlos angeklickt. Ein Fahrgast namens Mark Whitby beschrieb die Erschießung in der U-Bahn:

»Ich sah einen Asiaten. Er rannte zu dem Zug, ihm dicht auf den Fersen waren drei Polizeibeamte in Zivil, einer von ihnen schwang eine schwarze Handfeuerwaffe... Er stolperte halb... Sie stießen ihn zu Boden und schossen fünfmal auf ihn... Er sah aus wie ein in die Enge getriebener Fuchs. Er trug eine Baseballkappe und einen etwas dickeren Mantel – so einen, wie man ihn im Winter trägt, so eine Art wattierter Jacke. Vielleicht hatte er darunter etwas versteckt, ich weiß es nicht... Er sah eher dick aus, so ein ziemlich pummeliger Typ. Später fragten mich ein Polizist und Angestellte der U-Bahn, ob ich professionelle Hilfe bräuchte.«

Pummelig mit einem dicken Mantel. Ich bin überrascht, daß ihn die Fahrgäste nicht zuerst erschossen. Hier, nehmt mein Steuergeld, damit Mark Whitby professionell betreut werden kann. Die neue, publikumsfreundliche BBC appellierte an Zeugen: Sie sollten nicht bei den Ermittlungen helfen, sondern ihre Handybilder zur Verfügung stellen.

Noch am selben Abend identifizierte die Polizei den rundlichen, in die enge getriebenen Fuchs als Jean Charles de Menezes, siebenundzwanzig Jahre alt und ein brasilianischer Fitnessfan. Ein pummeliger, gehetzter Fuchs in jeder Hinsicht, außer daß er nicht dick, asiatisch oder ein Fuchs war. Die Realität verzerrte sich in Großbritannien schneller als in Amerika.

Ich schrieb vor einigen Jahren mit David Quantick eine Sitcom, in der ein kluges Kaninchen, gespielt von Matt Lucas, in einen Krieg geschickt wird.

»Ich habe den Auftrag, Propaganda zu schreiben, und

das ist furchtbar«, sagte das Kaninchen und machte sich vor Angst in die Hose. Ich mußte nach Afrika gehen, heraus aus diesem gottverlassenen Chaos einer westlichen Welt.

*

Ich hatte nicht die Zeit, einen richtigen Journalistenausweis zu bekommen, aber die *Sunday Times* gab mir einen Empfehlungsbrief, in dem stand, daß ich für sie eine Story schrieb. Sobald ich etwas von John hörte, war ich weg von hier.

Ich hatte jedoch nicht mit meiner Mutter gerechnet. Sie hielt überhaupts nichts von der ganzen Sache. Mutti bügelte meine Socken, um die Reise doch noch zu verhindern. Aber ich telefonierte bereits mit all meinen Kreditkartengesellschaften und mußte ständig das Telefonkabel hochheben, damit meine Mutter sich nicht selbst erdrosselte. Sie ist keine 1,60 groß.

»Ich versuche, mit der Kreditabteilung zu sprechen. Mutti, du mußt nicht die Pyjamas bügeln...«

»Ja, aber es sieht netter aus, oder etwa nicht? Ich wette, du hast keine Impfungen«, sagte sie und eröffnete ihren Angriff mit einer Überraschungssalve.

»Ich bleibe in Kampala, das ist eine Hauptstadt, es ist nicht Bagdad. Ich mache Spaß«, sagte ich und setzte auf Diplomatie.

»Ist in Uganda nicht der Flughafen Entebbe? Der Überfall auf Entebbe, wo die israelische Luftwaffe all diese Flugzeuge zerschoß... Ach, die armen Geiseln... Das war ein schreckliches Chaos«, sagte sie und verspritzte überall Wasser.

»Ja, ich warte auf die Kreditabteilung...«, sagte ich in den Hörer und packte den Koffer extra chaotisch in der Hoffnung, meine Mutter werde das in die Hand nehmen. Sie griff erneut an.

»Ach, laß mich das machen, das kriegt ja alles Falten.

Und du kannst dir den Flug doch gar nicht leisten«, sagte sie.

»Acht Kreditkarten«, sagte ich.

»Kreditkarten? Wie willst du die denn bezahlen?«

»Ich heb damit Bargeld ab. So trickst man sie aus.«

»Kreditkarten. Ich hatte nicht mal ein eigenes Zimmer, bis ich sechzehn war. Ich hatte die ganze Schulzeit nur drei Kleider, und eins davon war gelb.«

»Malariatabletten hab ich.« Mein Gegenangriff.

»Brot und Milch, das gab's am Freitagabend. Brot und Milch und Zuckersandwiches«, sagte sie und wandte sich ab.

»Ich werde in einer Woche wieder zurück sein.« Ich ahnte, daß dieser Streit nicht zu gewinnen war.

»Warum gehst du nicht nach Italien?« sagte sie und attackierte mit gesammelter Kraft von links. »Ich glaube nicht, daß dieser Mann für dich...«

»Darum geht es nicht! Es geht um zwanzigtausend entführte Kinder! Bitte, bügle die nicht, das ist meine beste Hose. Mutti...«

»Du hattest immer neue Schuhe. Meine Mutter kaufte Schuhe auf dem Markt. Oh, die Frostbeulen. Ich werde das nie vergessen, als ich einmal auf einem Insekt stand. Ich höre immer noch das Knirschen«, schloß meine Mutter. Sie hatte gewonnen. Ich ging in mein Zimmer.

*

Dann kam eine E-Mail von John. Er hatte es bis nach Uganda geschafft, wo er in einer Hotelsuite den Friedensvorschlag ausarbeitete. Allein. Ein Freund von ihm, Dr. John, war gerade tot aufgefunden worden. Hubschrauberabsturz. »Er war ein echter Freund«, schrieb John. »Obwohl er mich einmal im Süden Sudans ins Gefängis warf, ein harter Knochen.« *Der medizinische Verhaltenskodex muß in Ostafrika ein wenig freier sein...* »Bis zu den Ellbogen im Blut«, *such dir einen neuen*

Arzt, ich jedenfalls würde es tun, »aber ein brillianter Stratege, und er kämpfte sein ganzes Leben für Frieden und Gerechtigkeit.« *Hah, noch ein Rebell.*

»Wie geht es Ihnen jetzt?« emailte ich zurück.

Kurze Zeit später kam die Antwort. »Ich bin so unendlich traurig.«

Es sollte moralische Vorbehaltsklauseln für traurige E-Mails von harten Burschen geben, die allein in Hotelzimmern sitzen. Ich nahm das Telefon meiner Mutter, während sie in der Küche Auberginen salzte.

»Reservierung bitte. Entebbe, Uganda.« Und damit war ich auf dem Weg nach Afrika.

25

Sie bewahrt sich für die Ehe auf

Afrika. Ich schaute zwischen Wolken nach unten. Wir flogen über die Wälder von Kongo, reich an Gold und Diamanten, eine Beute, um die seit langem Könige, Söldner und Offiziere rangelten. Kenia, Tansania, Ruanda… die Lektüre der ugandischen Klatschzeitung eines Mitreisenden enthüllte, daß in Uganda »Mordsding« ein Slangwort für Penis ist. Dies ist Afrika, Baby.

Im Flugzeug überkam mich ein seltsames Gefühl. Offensichtlich war ich betrunken, doch da war noch etwas Anderes. *Mein Gott, zum erstenmal in meiner Karriere fühle ich mich nicht wie ein Arschloch. Ich fühle mich... nützlich.* Lange hatte ich den Verdacht, daß mein Leben ein schrecklicher Traum war, aber nun war ich erwacht, und meine Zukunft hatte endlich begonnen. *Ich bin bei meinen Leuten...*

Wohlwollend schaute ich zu der nützlichen Frau neben mir, bewunderte ihr ungefärbtes Haar, ihre ungebleichten Zähne, das einfache T-Shirt, das sie und alle ihre Freunde zu tragen schienen. Sackartige T-Shirts sind cool in Afrika, bedruckt waren sie mit – ist es die Hitze oder was? – »Ashford Parish Church Outreach Group«. Nein... Da stimmte doch was nicht. Sie sind zu ruhig. Was...? Was lesen sie alle?

Bibeln! Das war Ashton Kutchers Werk. Ich flog nach Afrika mit einer Flugzeugladung von Missionaren, die kamen, um den schwarzen Mann vor allen irgendwie interessanten sexuellen Stellungen zu retten.

Ich flüchtete mich auf die Toilette; ein aufgefrischtes Makeup würde mir das Überlegenheitsgefühl zurückgeben. Und prompt fiel mein Lip-Plumper in das Flugzeugklo. Dies war eine Warnung, ein schlechtes Omen in jeder Kultur. Ich hätte in das blaue Klowasser greifen müssen, aber der Stift wurde jäh hinaus zu den Wolken gesaugt, bevor ich auch nur die geringste Chance hatte.

»Verdammter Mist!« Weg war er, mein Glücksbringer, und trudelte nun nach unten in ein nordafrikanisches islamistisches Drecksloch, wo ihn eine junge Frau finden und dafür zu Tode gesteinigt wird.

Ich ging zurück zu meinem Platz und wollte die Christen wegschlafen. Ich schloß die Augen, und dann kamen die Bilder: Robert Redford wusch Meryl Streep die Haare. Bryan Brown nahm ein Bad mit Sigourney Weaver, und Virginia McKenna tollte in *Born Free* mit großen Katzen herum und mit diesem bärtigen Kerl, wie hieß er doch gleich? Dann tauchten im Hintergrund Missionare auf und mokierten sich. Aber schließlich dämmerte ich doch ein und träumte von Löwenjungen, die mich tätschelten.

*

Die Flugzeugtür öffnete sich am Flughafen Entebbe, und wir waren am Ufer des Viktoria-Sees, eine riesige Schüssel voll Morgennebel, die aussah wie das Meer. Ich sah bewaffnete Soldaten und weiße seltsam geformte UN-Flugzeuge. Dies war richtig aufregend: endlich einmal Flugzeuge, die etwas Gutes taten und Truppen nützlicher Leute an alle Orte der Welt beförderten.

Die Schlange vor dem Zoll war endlos lang, nicht wegen der afrikanischen Entspanntheit, sondern weil zwei Dutzend Missionare mit vorstehenden Zähnen den Zollbeamten Scheiße erzählten. Was schreiben Missionare unter »Absicht des Besuchs«? »Euer schmutziges Volk von seiner minderwertigen Moral reinwaschen?« Warum ließ man sie überhaupt ins Land? Brachten sie vielleicht Kekse mit?

Während ich in der Schlange wartete, klaute ich einem Soldaten eine alte Tageszeitung. Ugandische Boulevardblätter wurden ein wichtiger Lesestoff. Sie brachten Geschichten über Oppositionsführer, die unter mysteriösen Umständen getötet worden waren, über Gefängnisinsassen, die »keine Ahnung hatten, daß Männer ihre Ärsche für falsche Zwecke benutzen konnten«, und über einen Minister, der offiziell bekanntgab: »Ich bin nicht homosexuell. Ich bin es nicht. Ich habe eine Frau und die Fähigkeit, fünfzig Frauen zu heiraten.« Wow. Und dies nach hundert Jahren Mission.

Ich sollte John in Kampala interviewen. Ins Stadtzentrum konnte man nur mit einem Taxi gelangen, und ich war doch bereits gewarnt worden, daß man dann mit Sicherheit ausgeraubt werden würde. Verschlagen aussehende Taxifahrer kamen schnurstracks auf mich zu. Ich schaute hinüber zum Schalter für Fahrservice: verlassen. Eine Art Informationsbüro: verlassen. Eine Polizeikabine: leer. Einer der Taxifahrer sah nett aus, und er hatte ein Abzeichen mit einem Foto. Es war das Foto einer Katze. Aber ich stieg trotzdem in sein Taxi.

»Ist Uganda... sicher?« fragte ich.

Der Fahrer, Harry, kicherte. »Ohhh, ja«, sagte er und verriegelte alle Türen.

Als wir den Flughafen verließen, hieß uns Afrika mit einer Statue zweier Nashörner willkommen, die unglücklicherweise von hinten so aussahen, als ob sie sich paarten. Die Landschaft war grün und fruchtbar. Ich hatte gelesen, daß 39 Prozent der ugandischen Kinder durch Nahrungsmangel in ihrem Wachstum gehemmt waren, und dabei war dies ein Land, das sich – zumindest theoretisch – selbst ernähren konnte. An jedem Gebäude hing eine Aufforderung zu harter Arbeit. »LEISTUNG! EINSATZ!« stand auf einem Schulschild. Irgendwas war schief gelaufen.

Ich war sehr müde, und die afrikanische Sonne hatte bereits ein Loch in den Himmel gebrannt. Ich bat Harry, mich wach zu halten, und er stellte sich der Herausforderung, indem er ganz dicht an die Fahrzeuge vor uns heranfuhr und dann jäh die Spur wechselte. Er schaltete das Radio ein. Schauspielerstimmen in Werbespots überschrien die dröhnende Musik, sie wußten, daß es laut auf den Straßen war. »Wenn Sie die Wahl haben, das Shampoo Sleeping Baby ist die RICHTIGE WAHL.«

Die erste Plakatwand, die ich sah, machte Werbung für Enthaltsamkeit; sie zeigte das Bild einer lächelnden Frau, die glücklich war, keinen Sex zu haben. »Sie bewahrt sich für die Ehe auf«, verkündete das Plakat. »Und du?« Nun, ich versuchte gerade, mich zum Selbstkostenpreis wegzugeben, aber trotzdem Danke für die Erinnerung.

Harry erzählte mir, daß sexuelle Enthaltsamkeit die offizielle Linie der Regierung war, um AIDS zu besiegen. Du mußt nur bis zur Heirat Jungfrau bleiben und dein zukünftiger Ehemann auch, und verheiratete Leute schlafen sowieso nie mit jemand anderem. Ich war neugierig zu erfahren, woher dieser Rat kam, daher bat ich Harry, anzuhalten, um mir das Riesenplakat aus der Nähe anzuschauen. Darauf war das Logo der Regierung der Vereinigten Staaten von Amerika: George Bush Seniors US-Agentur für Internationale Entwicklung. Junge Afrikaner, habt keinen Sex, sagte GB sen. Das war schon ein starkes Stück von einem Mann, dessen eigene Vögelei den gegenwärtigen Präsidenten produzierte. Und ist das Desaster in der Hochzeitsnacht nicht garantiert, wenn beide Seiten völlig unerfahren sind?

Die Propaganda der sexuellen Abstinenz war für Museveni in den neunziger Jahren ein großer Erfolg, aber auf die Dauer ließ sich ein unwiderstehliches menschliches Verlangen nicht unterdrücken, und inzwischen richtete die Strategie mehr Schaden an, als daß sie Gutes tat, weil sie von christlichen Fundamentalisten gepredigt wurde, die auch Kondome verdammten. Aber die USA gaben immer noch großzügig Gelder für solche Plakate, die sagten: Gute Afrikaner mögen keinen Sex.

Bretterbuden wurden von modernen Gebäuden abgelöst: einfache Wohnwürfel aus den Siebzigern, die in aller Eile errichtet und dann der Verwahrlosung überlassen wurden. Wir fuhren nach Kampala hinein, die Hauptstadt, ein provisorisch aussehender Ort, wo die Ladenfronten alte Reklameschilder trugen, die offensichtlich in der Dritten Welt entsorgt wurden, wie abgelaufene Medikamente auch. *Es ist der Geschmack, den du schmeckst!*

Kampala war der Tummelplatz von Idi Amin. Man spürte, daß diese Stadt vor nicht allzu langer Zeit das Zuhause eines Diktators war; irgendjemand hatte anscheinend für Jahre das Geld und die Herrschaft des Rechts abgeschafft. Die scheußlichen Akte politischer Gewalt mal beiseite gelassen, es war irgendwie großartig. Hier war ein Land, das mit dem ganzen Hollywood-Schwachsinn nichts im Sinn hatte. In LA schwafelten die Leute von ihrem neuen Toyota Hybrid, als ob er ein Staubsauger für die schmutzige Landschaft wäre. In Afrika lachten die Fahrzeuge: *Wir sind Autos, wir verschmutzen die Luft, das ist das, was wir tun!* Auf der Kyagwe Road nahmen mir chinesische Lastwagen mit schwarzen Kissen aus Abgasen die Luft. Selbst die Bekleidungsgeschäfte für Männer hielten sich nicht zurück. *Wir tragen Safarianzüge aus Jeansstoff mit Leopardenhaut an den Ellbogen, und wir tragen sie mit rosa hochhackigen Stiefeln aus der Haut von Boa constrictors, weil wir MÄNNER sind, Baby!*

Auch die Tierwelt kannte keine Regeln. Als ich aus

dem Taxifenster schaute, traf mich der Blick eines übergroßen Vogels, der mitten in der Stadt auf dem Bürgersteig hockte, sich kratzend und mich unverwandt anstarrend. Es war ein entsetzliches Wesen mit einem widerlichen Schnabel und einem rötlich-grauen Kehllappen, der von seinem Kopf herunterhing wie ein riesiges Skrotum. Der Marabu – ein kuschliger Name für einen offensichtlichen Kinderschänder. Wenn dieser Storch die Babys brachte, dann würden sie gewiß ohne Augen ankommen.

Von hier also bekamen die »It Girls« ihre Riesenfedern. In der Luft kreisten mehr Störche. Harry sah, wie ich nach oben schaute, und strahlte.

»Die wissen, daß es ganz in der Nähe ein Schlachthaus gibt«, sagte er. »Sie fressen die Köpfe der Kühe. Warum sind Sie in Uganda?«

»Ich schreibe über Joseph Kony«, sagte ich. Der Name löste bei Harry keine Reaktion aus. *Aber... ich dachte, wir sind hier in einem totalen Bürgerkrieg.* »Kony...?«

»Ach, der Kony. Er raubt Mädchen aus Schulen und gebraucht sie als Frauen. Großes Problem«, sagte Harry und pfiff durch die Zähne. Dann der Nachklapp: »Ich glaube, er ist tot.«

Ich war schlagartig hellwach. Harry zeigte mir ein altes Boulevardblatt. Präsident Museveni äußerte sich über Kony. Kony sei besiegt. Bis auf eine Handvoll Soldaten. *Aber... Mann, gib mir eine Chance; ich hab ja noch nicht mal mein Hotel erreicht.* Wenn der böseste Mann der Welt bereits geschlagen war, war meine Karriere als Auslandskorrespondentin am Arsch.

Plötzlich scherte Harry aus, um einen Unfall zu vermeiden. Ein Lastwagen steuerte direkt auf uns zu. Harry drückte sich in seinen Sitz, als er das Steuer herumriß und an dem Lastwagen vorbeischoß. RUMS! Der Lastwagen knallte gegen irgendetwas. Ich schaute mich um.

»Ist jemand verletzt?« fragte ich.

Harry kicherte wieder. »Ohhh, nein«, sagte er. Dann sah er prüfend zurück. »Nein.«

Die Gegend wurde vornehmer. Hier mußten Weiße wohnen, weil vor den Häusern Männer mit Gewehren standen. Dann sah ich ein handgemaltes Schild: das Refugium Red Chili. Dort hatte ich ein Zimmer reserviert. Eine Jugendherberge. Ich hatte es nicht genommen, weil ich hoffte, Prinz Harry in der Gemeinschaftsdusche einen runterholen zu können, sondern weil diese ganze Mission, John zu treffen und die Welt zu retten, mit meinen Kreditkarten bezahlt wurde.

»Dort ist mein Hotel. Das Red Chili«, sagte ich.

Harry war besorgt. »Sie sind nicht im Sheraton untergebracht?«

»Nein, dies ist mein Hotel.«

»Das ist kein Hotel, das ist eine Jugendherberge.«

»Ich weiß«, sagte ich.

»Das Sheraton ist viel besser«, sagte er.

»Ich weiß«, sagte ich.

Harry gab auf und fuhr mit dem Taxi nicht allzu hart gegen die Bordsteinkante. Am Ende der Straße sah man die Massenkarambolage. Ein Telefonmast hatte sich quer über die Autos gelegt. Ich war eher als eine heimliche Schaulustige bei Unfällen bekannt. Doch ganz in der Nähe hielt ein Auto an, aus dem vier Leute stiegen. Es sah so aus, als ob sie extra die Fahrt hierher gemacht hätten, um die Unfallstelle zu besichtigen. Aber ihren Gesichtern nach zu urteilen, entsprach das Chaos nicht dem, was sie erwartet hatten.

26

Zu Spät

Ich stieß das rote Eisentor des Red Chili auf und ging auf den Wachmann zu, einen spindeldürren Mann in Mantel und Gummistiefeln.

»Wie geht's?« sagte ich mit einem strahlenden Lächeln.

»Gut«, sagte er.

»Oh, nur gut? Was ist los?« fragte ich.

»Malaria.« *Scheiße.*

»Sie sollten nicht arbeiten«, bemerkte ich entgegenkommend. »Sie sollten im Krankenhaus sein.«

»Ich hab kein Geld«, sagte er. Ich war erst zwei Stunden in Afrika, und ich machte alles nur schlimmer. Ich fummelte in meiner Tasche herum und gab ihm alles, was bei Malaria vielleicht hilfreich war: ein Beutelchen mit zwei Paracetamol und eine Banane. »Das kann ich nicht nehmen«, sagte er und hielt die Tabletten hoch. »Ich habe kein Geld!«

»Nein, wirklich, nehmen Sie es, ich habe nichts dafür bezahlt.«

»Sie haben das so bekommen? *Kostenlos*?« sagte er.

»Ja, ich rannte beim Halbmarathon von San Diego...«

»Sie laufen Marathon? Aber ... warum?«

»Halbmarathon. Um ... um ... nun ja, Gewicht zu verlieren...« *Geh jetzt. Geh einfach.* Das ist ein lebenslanges Mantra neben »Er mag dich nicht« und »Finde den Ausgang«.

Ich eilte durch die Rezeption, da ich zwei Stunden brauchen würde, um vor dem Anruf bei John mein Makeup aufzulegen. Ich sollte auch nicht vergessen, die Schule anzurufen, wo ich angeblich vorhatte zu unterrichten... Plötzlich ließ mich etwas innehalten: Dies hier sah nicht wie eine Jugendherberge aus.

Ich befand mich in einer Bar für romantische Äquatorialreisende. Die Strahlen der Morgensonne kletterten über die grellrote Farbe und wärmten die Luft, die von dem üppigen Garten hereinwehte. Da war der vertraute Geruch von Moskitospiralen. Aschehäufchen lagen zu meinen Füßen. Die Gummisandalen von Frauen, die Wäsche nach draußen trugen, klatschten auf dem Boden. Der Verkehr von Kampala war weit weg, und ich hörte das Klirren von Bierflaschen, als der Barkeeper den Kühlschrank füllte. Nile Special heißt es, und auf dem Etikett der kleinen braunen Flaschen brüllen Cartoon-Löwen. Das Red Chili war perfekt. Nichts an diesem Ort sagte: »Du bist pleite und eine absolute Null.«

Die Empfangsdame las zwei Zeitungen gleichzeitig. Niemand tut das in LA.

»Hallo, ich möchte mich anmelden. Irgendwelche Nachrichten für mich? Jane Bussmann.« Und fügte beiläufig hinzu: »*Sunday Times* Auslandsressort.«

»Ja!«, sagte die Dame und ging hinten ins Büro. Ich lächelte in mich hinein. Die Sonnenstrahlen berührten meine Schultern wie eine heiße Hand. Draußen im Garten kreischten Affen. Die Empfangsdame kam mit einer Nachricht zurück und öffnete sie ganz langsam.

»Aber dies ist für Jane Bussmann, *Mail on Sunday* Reiseredak...«

»Keine anderen Mitteilungen?«

»Sind Sie Lehrerin? Denn es ist von einer Schule. Da steht: Miss Bussmann, könnten Sie uns anrufen? Es ist dringend.« *Nein, ist es nicht, ihr seid eine Schule.* Ich zerknüllte die Nachricht. An jenem Tag hatte John ein Treffen mit Präsident Museveni. Er war im Begriff, den Krieg zu beenden, und ich berichtete darüber. Danach könnte man vielleicht zu Cocktails übergehen. Ich rief ihn an.

Eine ugandische Telefonistin mit Sirupstimme teilte mir mit, daß die Person, die ich zu sprechen wünschte, zur Zeit leider nicht erreichbar sei. Die Sonne stach mir in die Augen. Die Zeit entglitt. Ich mußte meine E-Mails checken, da John den Tag über unterwegs war, aber der Computer wurde von einem jungen weißen Mädchen in Beschlag genommen, das offensichtlich nach Uganda geflogen war, um seine iTunes Titelliste neu zu mischen. *Oh, sie ist doch nicht. Ist sie?* Und dann trafen andere Gäste des Red Chili ein. Das gab's doch nicht. *Sie ist. Sie alle sind. Aber was zum Teufel wollen Trustafarians in Uganda?*

Die Bar war von total gelangweilten Neunzehnjährigen übernommen worden. Ihre sonnengebräunten hohen Wangenknochen hatten sie von Generationen reicher Männer geerbt, die ihren trüben Genpool mit Supermodels auffrischten. Sie rochen, und nicht nur nach Geld. Ich war die einzige weiße Frau dort ohne Bandana und Sarong. Weiße: Sowie sie in Afrika ankommen, fangen sie an, sich wie Mammy aus *Vom Winde verweht* zu kleiden. Aber selbst Mammy wußte, daß Schwarze sich so nicht anziehen.

»Babes, wollt ihr das AIDS-Waisenhaus machen oder Wildwasserrafting?« fragte eine.

»Beides«, sagte die am Computer und seufzte. »Es ist so schwer, in diesem Land AIDS-Leute zu erkennen, sie sehen alle so gesund aus.« Mir ist egal, was sie denkt, aber sie wird zurück nach England gehen, einen höheren Posten bei der Coutts Bank bekommen, was sie dann irgendwann für das Amt der Gesundheitsministerin qualifiziert mit der Aufgabe, den »National Health Service« zu zerstören.

Ihre Männer taten, was männliche Trustafarians immer im Ausland tun: sich einen ungewöhnlichen Bart wachsen lassen und Sandalen mit Klettverschluß und folkloristische Pluderhosen tragen. King Trusty, ihr Anführer, hielt sein Haar mit zwei rosa Gummibändern zusammen und stolzierte ohne Hemd durch die Rezeption. *Du kannst nicht den harten Mann markieren, du Jamiroquai Flachswichser, du hast einen Pferdeschwanz.* Er versuchte, Marlboro gegen Bier zu tauschen. *Ich frage mich, ob er Prinz Harry vögelt. Wahrscheinlich. Wenn man ein Schnösel ist, muß man nicht auch noch schwul sein.*

Es kam noch schlimmer. Deutsche tauchten auf. Nicht die reichen Deutschen vom Strand mit ihren gold gepunkteten Halstüchern und einer Sonnenbräune wie Schweinebratenkruste, dies waren die zotteligen coolen Deutschen, die zerrissene Unterhemden trugen, aber immer noch Befehle brüllten. Sie waren auf einer Bustour quer durch Afrika. Warum? Sie haben ihren Rassismus überwunden. *Scheiß drauf. Die Barclaycard muß einfach zwei Nächte im Sheraton finanzieren. Und dann geht's auf Safari.*

John wird nicht mehr da sein, und diese blöde Kuh ist immer noch am Computer. Mensch, konnte sie noch langsamer tippen? Bringen sie in der Channing School den Schülern keine Wörter mehr bei? Es gibt hier Leute, die Arbeit zu erledigen haben – er wird weg sein...

»Sind Sie Lehrerin?«

»Nein. Könnte ich kurz – ich erwarte eine E-Mail – danke.« Ich loggte ein. *Nein, Dummchen, ich bin keine Lehrerin. Ich bin jetzt Auslandskorrespondentin. Und ich habe eine E-Mail von John Prendergast.* Ich öffnete sie selbstgefällig. Da stand: »Tut mir leid, Jane, ich bin zurück nach Washington geflogen.«

27

Der selbstsüchtige Mistkerl

Ich lag in meinem Zimmer und studierte die Blutflecken an den Wänden. Einige waren klein mit getrockneten Resten von Moskitos. Andere waren irritierend groß. Ich hatte vier Riesen für Flugkosten und eine unglaublich teure Sonnenbrille ausgegeben, und ich stank nach Missionarsfürzen.

Ich wischte mein gräßliches Make-up ab. John würde frühestens in einem Monat wieder in Uganda sein, weil Präsident Museveni sich gezwungen sah, ihr Treffen zu verschieben. Das Interesse der Empfangsdame an Zeitungen war eine weitere Warnung gewesen, die ich ignoriert hatte – ich war an dem Tag nach dem Tod von Afrikas JFK eingetroffen: Dr. John, so schien es, war nicht bloß einer von Johns regimekritischen Freunden. John Garang war Sudans populärster Rebellenführer, der bei einem Hubschrauberabsturz tödlich verunglückte. Selbstsüchtiger Mistkerl.

Joseph Kony war vielleicht tot, John Prendergast war weg, und ich konnte es mir nicht leisten, schnell mal nach Hause zu fliegen und zurückzukommen. Ich starrte auf den reliefierten Gips über meinem Kopf und dachte: »Eine wie Hüttenkäse aussehende Decke. Konnte es noch schlimmer kommen?«, als ich bemerkte, daß ich nicht unter Hubbeln aus Gips lag, sondern es schienen Tausende von Kokons zu sein. Ich sprang auf und verschob das Bett. Da sah ich, daß es längs der Wand einen großen Fleck verborgen hatte, der wie ... fette Kacke aussah. Prinz Harry, wer sonst? Er war mitten in der Nacht aufgewacht und sagte sich: »Ich muß mal scheißen, aber die

Toilette ist weit weg. Ich kann nicht einen Riesenhaufen mitten im Zimmer lassen, das wäre nicht in Ordnung. Aber wenn ich es verschmiere...« Noch vor einer halben Stunde war ich in einer meiner Einbildung nach fantastischen Beziehung. Nun befand ich mich in einem kriegsgeschundenen afrikanischen Land, allein in einem Kackzimmer.

Dann, nach einer Weile, fiel mir wieder ein, daß ich doch als Auslandskorrespondentin für die *Sunday Times* Nachforschungen über den bösesten Mann der Welt anstellen sollte und nicht darauf warten, daß John ihn faßte. Gott hatte offensichtlich entschieden, daß ich eine richtige Reporterin werde trotz all meiner Bemühungen, das zu verhindern. Johns E-Mail hatte einen Freund erwähnt, mit dem ich sprechen könne, ein Kony-Experte, der seit Jahren die Fronten kannte. Ich setzte meinen Hintern in Bewegung und machte mich auf die Suche nach ihm.

28

Sie können das meinetwegen aufschreiben

Ich begann meine Karriere als Auslandskorrespondentin mit nichts als einer Telefonnummer, aber mehr hatte ich ja auch nicht, als ich nach Los Angeles auswanderte, und Jackie Brambles ließ mich auf ihrer Couch schlafen trotz der schrecklichen Witze, die ich für ihre Sendung bei Radio One geschrieben hatte.

»Ich warte auf Sie im Sheraton«, sagte Johns Freund mit leiser klarer Stimme. »In anderthalb Stunden.«

Ich wankte aus dem Red Chili. In der Gemeinschaftsdusche hatte ich mit den Schamhaaren der Jungschnösel zwischen meinen Zehen zu kämpfen. Um auch nicht entfernt wie ein Trustafarian auszusehen, lief ich lieber in einem Grace Kelly Wickelkleid und in Stöckelschuhen herum, was bei den Schlaglöchern nicht ganz einfach war. Ich fragte den Wachmann mit der Malaria – er lebte noch, was Paracetamol doch vermag – nach dem Weg ins Stadtzentrum. »*Boda boda*«, antwortete er. Ich lächelte und winkte; wahrscheinlich halluzinierte er.

Hinten auf der Yussuf Lule Road ging die Massenkarambolage immer noch weiter; sie dauerte jetzt schon vier Stunden. Ein Motorroller mit einem lebenden Schwein, das auf dem Rücksitz festgebunden war, raste auf die ineinander verkeilte Karosseriemasse zu, und ich bedeckte meine Augen. Das Schwein zappelte wie wild, vermutlich versuchte es auch, seine Augen zu bedecken, aber die Maschine verfehlte die Wagen. Zwei Männer mühten sich, ein Wrack von der Straße zu schieben. Das war bestenfalls eine symbolische Geste, und sie gaben schnell auf. Ein Taxi schlitterte unaufhaltsam in den

Schrottberg. Ich wunderte mich, warum er nicht die Bremse benutzte. Vielleicht hatte er das Taxi ohne sie billiger bekommen.

Ein Moped kam jäh vor meinen Füßen zum Stehen. »*Boda boda!*« sagte der kleine Fahrer. Seine Stimme war schrill, weil er noch keinen Stimmbruch hatte. »Sie gehen in die Stadt?« Ach so, *Boda boda* heißt Motorrollertaxi.

»Aber du hast ja überhaupt keinen Helm«, sagte ich. Er schüttelte den Kopf. »Die Polizei kriegt mich nicht«, beruhigte er die nervöse Erwachsene.

Wir fuhren so schnell, daß die Mädchen, die die Straße mit Körben voll grüner Orangen auf dem Kopf überquerten, kreischten. Ich duckte mich auf dem Rücksitz, hielt mein Kleid fest und versuchte nicht, laut zu wimmern, aber dieser Junge, halb so groß wie ich, kannte keine Furcht: Wenn wir im Verkehr stecken blieben, verschaffte er sich mit den Füßen seinen Weg zwischen den Autos. An einer Ampel hielten wir neben einem anderen *Boda-boda*-Jungen mit Augäpfeln, die aussahen wie orangefarbene Wunderkugeln. Ich hatte nicht daran gedacht, die Pupillen meines Fahrers anzuschauen. Einfallsreich hatten die *Boda-boda*-Jungs dafür gesorgt, daß die Straßen ihnen weniger gefährlich erschienen: Sie waren völlig zugedröhnt.

Johns Freund, der Kony-Experte, wartete irgendwo im Garten des zum Sheraton gehörenden Rhino Pubs, das sich noch nicht entschieden hatte, ob es eine Sportbar oder ein afrikanisches Themenpub war. Vorerst hatte jemand wahllos Nummernschilder an die Wände genagelt. Ein großes Cartoon-Rhinozeros, das aussah wie Jack Black nach ein paar Runden MDMA, machte mir schöne Augen.

Ich wußte, daß Johns Freund Joshua hieß und er über den Krieg und die Lord's Resistance Army auf dem laufenden war – so etwas wie ein intelligenter Späher. Sonst wußte ich nichts über ihn. Ich schaute über die Stühle, konnte aber nur hinten in der Ecke ein paar Geschäftsleute ausmachen. Dann sah ich ihn, direkt an dem Tisch vor mir. Ein langgesichtiger Mann saß dort allein mit einem markenlosen Laptop. Sein Orangensaft stand in der Sonne.

Joshua schien ein stiller Beobachter seiner Mitmenschen zu sein. So jemand hatte ich in Hollywood nie getroffen. Ich strahlte und stellte mein Bandgerät an.

»Nichts dagegen?«

»Sie können von mir aus mitschreiben«, sagte er leise.

»Ist es okay, wenn ich unser Gespräch aufnehme?«

»Sie können mitschreiben«, sagte er kaum hörbar. Allmählich dämmerte es mir, daß dies anders laufen würde als ein Interview mit einem Girl aus *Buffy the Vampire Slayer* im Garten des Chateau Marmont in Hollywood. Das Treffen der Geschäftsleute sah harmlos aus – zwei weiße Europäer belehrten einen Afrikaner über Selbsthilfe –, aber Joshua entspannte sich nicht. Also nahm ich die Rolle als Interviewerin ein, die jahrelang in Hollywood funktioniert hatte: arglos und ganz aufgeschlossen für die Meinungen des Gastgebers.

»Nun, was halten Sie von all diesen Geschichten über Kony und Schwarze Magie?« fragte ich. Joshua zuckte zusammen.

»Wenn man sich nicht ausgiebig damit beschäftigt hat, dann ist es schwer zu verstehen«, sagte er. Zum erstenmal seit Jahren gab ich die eingeübte Rolle auf und spürte, daß von uns beiden die Spannung abfiel.

»Ich verstehe nicht, wie Kony seit beinahe zwanzig Jahren ungestraft davongekommen ist«, sagte ich. »Ich habe über seine magischen Kräfte gelesen, aber bestimmt glaubt doch niemand daran oder?«

»Sie alle glauben daran, und er selbst auch«, sagte Joshua. »Es geht quer durch alle Ränge. Ich sprach mit Soldaten, ich sprach mit Befehlshabern, jeder sagt: Er nimmt einen Stein in die Hand, und der beginnt zu sprühen und explodiert wie eine Bombe.«

»Sie sagen das, weil sie Angst vor ihm haben?«

»Vielleicht. Die Kinder sind anfangs sicher völlig verwirrt. Heute bist du ein Achtjähriger in der Schule, und am nächsten Tag feuerst du eine Flugabwehrrakete ab. Aber sie alle sagen: Wenn man mit Kony zusammen ist, ist er so freundlich und so höflich.«

»Joshua... das ist derselbe Kony, der Kinder mit Waffengewalt kidnappt, der Leuten die Lippen abschneidet...«

»Das ist ja sein Geheimnis. Ich habe nie jemanden sagen hören, er sei ein schlechter Mensch.«

Diese Geschichte war zu gut, um wahr zu sein: Joseph Kony war nicht irgendein mieser kleiner Kriegsverbrecher, er war ein würdiger Gegner für die Bond-Girls im UNO-Hauptquartier.

»Es gibt da ein paar Familien in Gulu, mit denen Sie sprechen sollten. Fragen Sie dort nach dem ›Verband besorgter Eltern‹.«

»Was verbirgt sich dahinter?«

»Ihre Kinder wurden verschleppt«, sagte er, »aber sie verhalten sich nicht still wie die anderen.« Besorgt klang ziemlich untertrieben.

»Jemand hat mir gesagt, Kony sei tot«.

»Das ist typisch Kampala. Die Leute in der Hauptstadt haben keine Ahnung, was dort oben vor sich geht. Gehen Sie in den Norden, Sie werden es selbst sehen, Menschen leben dort unter Armeebewachung. Gehen Sie in die beschützten Dörfer.«

»Können Sie mir ein paar Namen von Leuten geben, die in solchen Dörfern wohnen?« Joshua rückte seinen Stuhl zurück und lachte kurz auf.

»In diesen Orten leben eins Komma sechs Millionen«, sagte er und fuhr fort: »Dies ist ein Land der Farmer. Sie bebauen fruchtbares Land. Uganda wird auch die Kornkammer Afrikas genannt. Aber diese Bauern sind nicht mehr auf ihren Höfen, sie sind seit Jahren in den sogenannten geschützten Dörfern. Niemand kümmert sich um die Bauernhöfe, und die Menschen leben von Nahrungsmittelhilfe.«

»Das heißt, es gibt hier so gutes Land und Bauern, die darauf arbeiten wollen, und vom Ausland werden Lebensmittel herangeschafft?«

»Genau.« Ich hatte den Eindruck, daß er mir noch etwas anderes mitteilen wollte, aber er hörte sofort auf zu sprechen, als ein paar Gäste an uns vorbeikamen. Ein Land mit künstlichem Hunger, wo Eltern die Kinder gestohlen wurden und sie das ruhig hinnahmen. Was für ein Ort war das? Schwarze Magie oder nicht, 1,6 Millionen Menschen auf der Flucht vor einem Mann, das war nicht zu verstehen.

Joshua lehnte sich nach vorn. »Ich glaube, daß sehr, sehr starke Kräfte Kony in Besitz nahmen, als er jung war, sie hegten ihn und seine Ideen.«

Dies war mehr als eine Kurznachricht auf Seite 23. Ich war nun Feuer und Flamme. Ich wühlte in meiner Tasche nach dem Telefon und wollte Joshua möglichst viele Nummern entlocken.

»Wenn Konys Kinder Flugabwehrraketen haben, glauben Sie, daß sie John Garang abgeschossen haben könnten?« fragte ich, um ein bißchen Zeit für die Suche zu gewinnen.

»Nun, immerhin haben sie 2002 einen Regierungshubschrauber abgeschossen«, sagte er. »Aber das können sie nicht schreiben, sonst landen Sie wie der andere Journalist im Gefängnis.«

Ich hielt jäh inne.

»Welcher andere Journalist?«

29

Der tolle Frank

Zwei *Boda bodas* vor dem Sheraton boten mir sogleich ihre Dienste an. Ich fuhr mit dem, das billiger war.

»Du wußtest nicht, wo das Zeitungshaus ist, stimmt's?« sagte ich zu dem jungen Fahrer, als wir eine Kehrtwendung in einer Gegend machten, die beunruhigend ähnlich aussah wie Wood Green Shopping City in Nord-London.

»Stimmt!«, sagte er.

»Du hast gerade mit überzeugender Stimme wiederholt, was ich gesagt habe, stimmt's?«

»Stimmt!« sagte er und strahlte.

Ich bezahlte das Doppelte.

Zu dem Zeitpunkt, da wir in einem Industriegebiet vor dem Bürogebäude der Tageszeitung *Monitor* ankamen, war ich überzeugt davon, daß mir jemand folgte.

»Frank Nyakairu bitte. Ich bin von der *Sunday Times*. Aus Großbritannien.« Niemand stellte mir Fragen.

Frank war ein bekannter Enthüllungsreporter, groß und lebhaft mit einem feurigen Blick. Er schaute mich unverwandt an – seine Wimpern so dick wie die von Ashton Kutcher –, und nie zuvor hatte ich einen Mann mit weniger Zweifel in den Augen gesehen. Was machte Frank so sicher? Und wessen war er so sicher?

Er nahm eine Ausgabe des *Monitor* und ging mit mir zu dem Café außerhalb des Gebäudes, wo er mir eine Tasse Tee spendierte.

»Ich habe gelesen, daß Präsident Museveni sagt, Kony sei bis auf ein paar versprengte Truppen erledigt«, sagte ich.

Frank lächelte und schrieb etwas auf seine Zeitung. Er schob sie mir rüber. Es war eine Telefonnummer: Betty

Bigombe, Johns Freundin, die Friedensstifterin. »Ich war mit Betty im Buschland. Sie versuchte, mit den Rebellen zu verhandeln«, sagte Frank. »Ich sah dreißig von ihnen, was bedeutete, daß sich fünfzig mehr in der Nähe versteckt hielten. Letztes Jahr erklärte ein Mitglied des Parlaments, es gebe allein Viertausend im Grenzgebiet des Sudans.« Frank sagte das fast beiläufig.

»Wie kam es, daß Sie im Gefängnis landeten?« fragte ich.

»Ich war oben in Gulu und wollte die Stelle finden, wo 2002 der Hubschrauber abstürzte. Die Polizei nahm mich fest. Als ich entlassen wurde, war mein Computer konfisziert, und die Zeitung durfte eine Woche nicht erscheinen.«

»Glauben Sie, daß Konys Kinder auch John Garang abgeschossen haben?«

»Ich weiß nicht. Von einem Freund hörte ich nur, daß man zu viele Arme und Beine fand. Die einen meinen, vielleicht ein Entführer, die anderen, vielleicht eine Hure«, sagte Frank. »Es war Musevenis Hubschrauber, er gab Garang seinen eigenen Piloten.«

»Es war angeblich ein Pilotenfehler«, sagte ich.

»Der Pilot hatte dreißig Jahre Berufserfahrung.«

»Aber wenn die Wetterbedingungen schlecht waren...«

»Dann wäre er nicht geflogen«, sagte Frank.

»Sind Sie sicher?«

»Ja. Er war mein Vater.« Aus ihm sprach die Gewißheit eines gezeichneten Mannes. Jeder Zweifel in Frank Nyakairu war nun verschwunden. Und sein Vater war gerade erst bei einem Hubschrauberabsturz mit einem Rebellenführer an Bord ums Leben gekommen... *Nein, wag ja nicht, ihn zu fragen, ob er unverheiratet ist...*

»Das tut mir sehr leid«, sagte ich und straffte meinen Rücken. »Werden Sie sofort in den Sudan fliegen?«

»Nein, ich muß an diesem Wochenende umziehen«, sagte er.

»Umziehen. Du lieber Himmel. Was sagt Ihre Frau dazu?«

»Sie ist froh. Wir brauchen mehr Platz für die Kinder.«

Ich beendete das Interview gleich danach, und Frank begleitete mich hinaus. Zumindest hatte ich erfahren, daß sich der ugandische Präsident irrte, falls er wirklich glauben sollte, Kony sei so gut wie besiegt.

»Frank, das ist vielleicht eine dumme Frage, aber warum sollte die Regierung jemanden einsperren, der über den abgeschossenen Hubschrauber schrieb?«

»Weil Kony offiziell besiegt ist.«

Als wir die Tür erreichten, wandte sich Frank mir zu. »Als mein Vater noch lebte, sagte er oft: ›Ich mache mir Sorgen um dich, weil du die Regierung kritisierst.‹ Jetzt habe ich nichts mehr zu befürchten.« Frank lächelte fast.

*

Tagelang saß ich auf meinem Bett im Red Chili und wählte immer wieder Betty Bigombes Nummer. Ich fragte mich, ob Betty noch im Buschland war und mit Kony verhandelte. Ugandische Telefone hatten keine Voicemail, nach endlosem Klingeln sagte eine sirupsüße Stimme: »Die Nummer, die Sie gewählt haben, ist zur Zeit nicht erreichbar. Bitte versuchen Sie es später wieder.« *Scheiße. Und was ist, wenn Betty tot ist? Ich kann diese Sonnenbrille nicht zurückgeben.*

Das Zimmer war eine Art Schlafsaal, und selbst wenn ich dachte, ich hätte die Tür zugemacht, kamen spät abends die Trusties lärmend herein, warfen ihre scheußlichen Folkloretaschen auf den Boden, begrapschten ihre scheußlichen blonden Haare und begannen ihr scheußliches Gerede.

»Du kennst den Typ, Ben?«

»Wen? Marcus?«

»Nein, er heißt Ben. Egal, meine Schwester fuhr mit ihm nach Frankreich...«

Was kümmert mich dieses Gerede, aber in zehn Jahren wird sie Außenministerin sein, ihre Freundin wird die Marketingabteilung für die Sheraton Hotel Group leiten, und sie werden über ihr primitives Leben in Uganda lachen.

Ich lief zur Bar. Nein, John Prendergast würde ich nicht anrufen. Ich war ja nun Auslandkorrespondentin. Ich hatte es nicht nötig, weinerliche Telefonanrufe zu machen.

»John am Apparat«, knurrte eine tiefe Baßstimme. Er entschuldigte sich überschwänglich, daß er Uganda so rasch verlassen mußte. Es war nicht überschwänglich genug.

»Wo sind Sie jetzt?« fragte ich mit dem stillen Vorwurf: *Wie konntest du mir das antun?*

»In Los Angeles«, sagte er.

Ach, du meine Güte. »Ja? Was machen Sie dort?«

»Ich habe einige Filmgesellschaften besucht. Sie wollen etwas über mich machen, na ja, eine Story über das, was ich so tue. Sie haben den Artikel in *Vanity Fair* gelesen und wollen nun sehen, ob uns was einfällt...«

»Wow! Das ist fantastisch«, sagte ich. *Scarlett Johansson hat sein Hotel gefunden. Sie ist schon im Fahrstuhl und übt im Spiegel ihr sexy Gesicht, und ganz zufällig ist ihr BH-Träger zu sehen.* »Kommt was bei raus?«

»Nein. Johnny Depps Produzent war am meisten interessiert. Wir sprachen darüber, ob sich ein Menschenrechtsermittler und ein Darfur-Flüchtling anfreunden und zusammen auf eine Reise gehen könnten...«

»Wie sind die Chancen?« *Mach nicht die Tür auf. Es ist nicht der Zimmerservice.*

»Er sagte: Ich sehe so ein Szenario wie in *Brokeback Mountain*. Das war ein witziger Typ. Ich muß noch zu anderen Treffen...« *Sie wird ihn finden. Es ist nur eine Frage der Zeit.*

Es gab keinen Hinweis darauf, daß John bald wieder nach Uganda kommen würde. Wir verabschiedeten uns, und ich kratzte an dem brüllenden Löwen auf meiner Bierflasche herum. Nach den wenigen Nachforschungen, die ich bislang angestellt hatte, war klar, daß der böseste Mann der Welt eine echte Story war, größer, als ich zu hoffen gewagt hatte. Ich würde in Kampala bleiben und sorgfältig Fakten sammeln. Mein neues unabhängiges Leben als Auslandskorrespondentin.

Es wurde Abend, und die Einwohner von Kampala machten sich auf den Weg nach Hause. In meinem Bier spiegelte sich ein äquatorialer Sonnenuntergang. Die rosa und orangefarbenen Blasen platzten, und ich ging durch den Garten zum Schlafraum. Zwei Nektarvögel flogen durch die glühenden Wolken zu ihrem Nest. Ich sah die Silhouette eines Paares, das Händchen hielt: Die Frau war King Trusty in seinem Sarong und mit Rattenschwänzen; der Mann, seine Freundin, trug seine scheußliche Pluderhose. Sie kamen in den Schlafsaal. Er riß sich den Sarong runter – keine Hose, schlenkernde Eier – und zog sich eine Jeans an. Was war *das*? Ein Internatsding? Bringen ihnen Lehrer dort dieses Verhalten bei, um sie für die Welt der testosterongesteuerten Machos abzuhärten?

Ich drehte mich weg und starrte auf die verschmierte Kacke. *Okay, das reicht. Ich muß weg von hier.* Da war doch was mit einer Schule. *Scheiße! Die* Mail on Sunday *– Reisejournalismus. Ich hatte den Auftrag für einen Artikel.*

Ich rief den Schulleiter an, ein armer Kerl, der wahrscheinlich seit dem Morgengrauen Hefte zensierte, und murmelte etwas wie »Ich könnte bald kommen und als Lehrerin arbeiten« ins Telefon. Er klang ziemlich erfreut. Das war die Lösung. Ich würde die Kinder von Uganda unterrichten und sie dann vor dem Krieg retten.

30

Die zweitkomischste Sache

Die St. Luke's Primary and Secondary School ist eine Haupt- und Realschule 40 Kilometer von Queenstown entfernt, das drei Autostunden nordöstlich in Richtung der kenianischen Grenze liegt. Die Schule schickte jemanden, der mir helfen sollte, eine Blondine mit Namen Ruth. Sie strahlte die pragmatische Ruhe eines Zeitalters in der britischen Geschichte aus, das wahrscheinlich niemals existierte. Zwei *Boda bodas* boten sogleich eilfertig ihre Dienste an. Ruth mit fliegenden Haaren durch Kampala fahren zu sehen, erweckte die Vorstellung, daß sie eines Morgens in Devon aufgewacht war, ein Schwein gemolken und dann entschieden hatte, in ein Kriegsgebiet zu verschwinden, um für Waisenkinder gekochte Eier und Toaststreifen zu machen. Unterwegs sah sie meine Zeitung und ließ die Motorroller anhalten.

»*The New Vision*? Ein Mistblatt! Propaganda!« sagte Ruth und starrte wütend auf die Schlagzeile, als ob sie von ihr eine Ohrfeige bekommen hätte. »Regierungszeitung. In Staatsbesitz.* Der *Monitor* bringt das wirklich Wichtige.« Sie lief zu einem jungen Zeitungsverkäufer und gab ihm einen schmutzigen Geldschein für eine Zeitung, die genauso aussah wie die andere, mit unscharfen Fotos und blumigen Überschriften. Auf der Titelseite stand Franks Name. »Als Museveni die Verfassung än-

* *The New Vision* vom 11. August 2005, Leserbriefseite: DANKE PRÄSIDENT MUSEVENI. »Sehr geehrte Damen und Herren, ich danke Präsident Museveni dafür, daß er uns eine erstklassige Asphaltstraße gegeben hat...«

derte, um für eine dritte Amtszeit zu kandidieren, gab es Unruhen«, bemerkte Ruth.

»Ich habe gelesen, daß die Wahl ein großer Erfolg war, die erste demokratische Abstimmung«, sagte ich.

»Die Wahl war ein *Witz*. Die Stimmzettel zeigten nur einen Baum und ein Haus. Niemand wußte, was das bedeutete. Eine Freundin von mir ging zur Wahl, sie wurde gefragt, für wen sie stimmen wird, und als sie sagte: Für die Regierung, gaben sie ihr sieben Wahlzettel.«

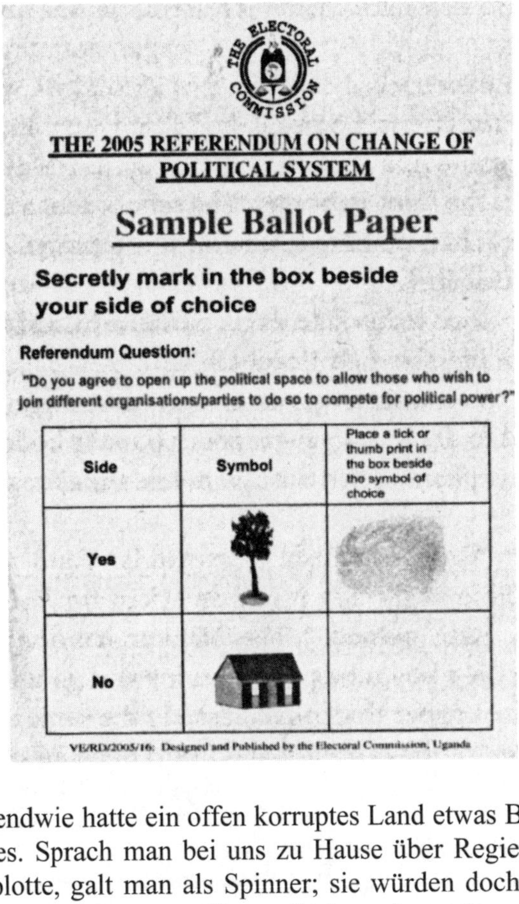
THE ELECTORAL COMMISSION

THE 2005 REFERENDUM ON CHANGE OF POLITICAL SYSTEM

Sample Ballot Paper

Secretly mark in the box beside your side of choice

Referendum Question:

"Do you agree to open up the political space to allow those who wish to join different organisations/parties to do so to compete for political power?"

Side	Symbol	Place a tick or thumb print in the box beside the symbol of choice
Yes		
No		

VE/RD/2005/16: Designed and Published by the Electoral Commission, Uganda

Irgendwie hatte ein offen korruptes Land etwas Beruhigendes. Sprach man bei uns zu Hause über Regierungskomplotte, galt man als Spinner; sie würden doch keine Massenvernichtungswaffen erfinden, das wäre albern.

Hier wurde es erwartet. Erwartet und angezweifelt. Ruth schaltete meine SIM-Karte frei, klemmte meinen Gucci-Koffer unter das Kinn des kleinen *Boda-boda*-Fahrers und sagte ihm, er solle mich zum Busparkplatz bringen. Als ich mich umschaute, winkte sie mir zum Abschied, ganz wieder die Frau eines Farmers.

Ich fuhr quer durch die schmutzige Stadt vorbei an einem Schild für Didis Freizeitpark. »5 Hektar wahres Vergnügen!« In der Nähe kündigte die Namirembe Parents School ein Theaterstück an: *Die hölzerne Nabelschnur von Mbele.* Ruckartig kam das *Boda boda* zum Stehen.

»Taxiparkplatz!« verkündete der Zehnjährige. Wir sahen hinunter auf einen Platz mit Hunderten von weißen Minibussen. Von oben sahen sie wie ein Schwarm von Stahlbienen aus. Mit röhrendem Motor brachen die Busse in die verschiedenen Provinzen auf.

»MBALE! MBALE!« schrie eine Stimme.

»TSCHOOM! TSCHOOM!« rief eine andere. Ich wühlte in meiner Tasche nach Münzen, um den *Boda-boda*-Jungen zu bezahlen, dann schaute ich auf. Er hatte meinen Koffer gepackt und verschwand in der Menge. Das bekiffte kleine Arschloch wollte meinen Gucci-Koffer für Meth verkaufen. Ich stolperte ihm in meinen Stöckelschuhen nach, fragte nach dem Queenstown-Bus und war hoffnungslos verwirrt von all den Fahrzeugen mit großen gemalten Aufschriften wie ARSENAL! GOD IS GOOD! BISMILLAH! Ein netter Mann führte mich zu der abgefuckten Hülle eines Toyota, wo ich den *Boda-boda*-Jungen wiedersah. Er hatte meinen Koffer auf dem Dach festgezurrt und mir den besten Platz reserviert. Ich gab ihm natürlich ein Riesentrinkgeld. 3600 Shillings waren etwa ein Pfund wert; Dritte-Welt-Länder versuchen, ihre ärmsten Bürger bei Laune zu halten, indem sie dafür sorgen, daß jeder ein Stück von dem Kuchen bekommt, und seien es auch nur Penny-Beträge.

Auf dem New Bus Park verkaufte jeder irgendetwas. Hosen. Mobiltelefone. Kugeln aus Erdnüssen und Sesamkörnern, zusammengehalten von Zucker. Somalierinnen mit ovalen Gesichtern falteten Bananenblätter zu Würfeln und füllten sie mit grünen Khatblättern. Sie machten gute Geschäfte trotz ihrer glasigen Augen. Man soll eigentlich nicht von seinem eigenen Vorrat high werden, es sei denn, man führt ein Zwei-Frauen-Khat-Unternehmen in einem Land, das so am Arsch ist, daß es nicht mal eine Regierung hat; in dem Fall ist es ratsam, sich bis zur Mitte der nächsten Woche vollzudröhnen, weil es sehr wahrscheinlich ist, daß man sie sowieso nicht erlebt. Ein Teenager hielt Kindermalstifte in seiner Hand, fächerförmig ausgebreitet wie eine schweinchenrosa Nagelbombe. Da war ein Mann, der Wasserflaschen mit einer gelben Flüssigkeit verkaufte. Ich wurde nervös. Verkaufte er seine eigene Pisse? War dies eine lang gehegte Geschäftsidee, oder wachte er eines Morgens auf und dachte sich: Was mache ich nur mit dieser rekordverdächtigen Sammlung von Pisse?

Der Bus war in einem alarmierenden Zustand; er hatte nicht einmal mehr ein Armaturenbrett. Aber dafür kam aus einem riesigen Lautsprecher, der an einem Sicherungsdraht hing, ohrenbetäubender Reggae. Meine Füße fühlten sich angenehm warm an trotz der Löcher im Boden. Ich schaute nach unten und sah, daß meine Zehen im Gefieder eines lebenden Huhns steckten. Schlimm genug für das arme Tier, als Hausschuh zu dienen, aber es befand sich dazu auch noch in einem unwürdigen Zustand: Um es vom Picken abzuhalten, hatte man seinen Schnabel in seinen Hintern gesteckt und festgebunden. Diese Ugander sind sehr praktische Leute. Dem Huhn schien es allerdings nichts auszumachen; ja, ich glaube, es furzte sogar. Als ich hinunterschaute, drehte es sich schnell weg und starrte in die Luft.

Während ich da saß und versuchte, Hühnerfürze von Menschenfürzen zu unterscheiden, lief eine Frau durch den Bus und verkaufte Drei-Gänge-Menüs auf Tellern, die in Frischhaltefolie eingewickelt waren – Omeletts mit Gurkenscheiben und Reis. Der Mann neben mir, ein sehr großer Mensch mit gnadenlos guter Laune, kaufte für uns beide Kekse mit dem Namen *Maximum Glucose!* Das Etikett zeigte das Bild eines Sumo-Ringers als Beweis, wie fett und stark die Kekse ihren Konsumenten machen werden. Ein Land, in dem Zucker einem noch Energie gab. Verkäufer drängten mir durch die Fenster irgendwelches Zeug auf. Ein Mann schob seinen Arm herein, an dem er bis zur Schulter Uhren trug.

»Uhren, Uhren, Uhren!«

»Äh... nein danke. Ich hab schon eine.«

Entsetzen packte ihn. »Nur eine?«

Ein anderer hielt einen roten großen Kamm durch das Minibusfenster; zwischen den Zinken waren Halsketten geschlungen. Ein Junge präsentierte mir schweigend ein Tablett aus Pappkarton, auf dem über hundert Nippsachen, akribisch mit Nadeln befestigt, ausgestellt waren. Ich fragte ihn, wie teuer die runden Ohrringe waren.

»Eintausendfünfhundert«, sagte er.

»Eintausend?« bot ich.

»Ich gebe keinen Rabatt«, sagte der Junge.

»Guter Mann«, sagte ich und bezahlte. Der Junge hatte ein sehr ugandisches Gesicht: dreieckig, die Augen ein wenig verdreht, was ihnen einen leicht gekränkten Ausdruck gab. *Scheiße. Ich hatte nicht nur mit einem ugandischen Kind gefeilscht, ich nahm auch noch das Wechselgeld von 40 Cent.*

Der Busfahrer sagte, wir würden in einer Minute abfahren. Der sehr große Mann neben mir fand das amüsant.

»Wir fahren, wenn der Bus voll ist«, sagte er. Mit dreizehn Leuten auf vierzehn Plätzen sah es schon ziemlich voll aus, zumindest für mich.

Zwei Stunden später standen wir immer noch da; wir hatten dreiundzwanzig Fahrgäste auf vierzehn Plätzen, und der sehr große Mann saß nun auf meinem Schoß und schwitzte heftig. Er war ein schwitzender netter, sehr großer Mann, aber das war nicht der Urlaub, den ich geplant hatte. Mir war schwarz vor Augen von der Hitze. Die Dame mit dem Drei-Gänge-Menü kam wieder vorbei, diesmal mit Nachtisch und Coca-Cola, und ich wußte schon, was ich sie fragen werde, egal, wie hart ich dagegen ankämpfte.

»Haben Sie auch Cola light?« Eine peinliche Pause.

Und schon hielt ich meine erste vollfette Cola in der Hand, seitdem ich nach Los Angeles gezogen war, und wagte nicht, sie aufzumachen. Der Busmotor sprang an. Die Essenslady geriet in Panik. »Sie will die Flasche zurück wegen dem Pfand«, sagte der Mann auf meinem Schoß. Und tatsächlich setzte sich der Bus endlich in Bewegung. Ich trank die ganze Flasche in einem Zug, gab sie zurück und spürte schon das Schwindelgefühl vom Zuckerrausch. Das war's; ich wußte von mehreren maßgeblichen Diät-Blogs, daß ich soeben zwanzig Kilo zugenommen hatte.

Wir verließen Kampala in flottem Tempo. Nachdem er zwei Stunden gewartet hatte, schien der Fahrer nun darauf aus zu sein, seinen Tag mit einer Aufholjagd zu beleben. Wir überquerten auf einem Staudamm einen riesigen Fluß. Rückblickend glaube ich, daß es der Nil war. Ich sollte wirklich Reiseführer lesen, bevor ich aufbreche. Ich schaute hinunter und sah einen Vogel auf einem Baumstamm treiben. Der Baumstamm öffnete sein Maul: ein Alligator! Oder ein Krokodil, eines von beiden. Ich schaute auf und sah einen anderen Bus geradewegs auf uns zusteuern. Ich klammerte mich an das Dach über mir.

»Hat es hier schon Busunfälle gegeben?« fragte ich den Mann auf meinem Schoß.

Er ignorierte das Stichwort für ein beruhigendes Lachen und sagte: »Natürlich nicht, junge Frau.« Der Bus scherte aus und wäre beinahe in den Fluß gerast. »Ständig!« rief er außer sich vor Glück. »Ich hab hier etwas sehr Komisches gesehen. Ein Bus stürzte vom Staudamm. Ha ha ha! Ein Mann auf einem Fahrrad sah den Unfall und war so schockiert, daß er vom Damm in den Fluß sprang. Huuuh! Ha ha ha! Und dann stahl ein Dieb sein Fahrrad. Ha ha!« Eine Pause. Er runzelte die Stirn. »Eigentlich war das nicht das Lustigste.«

»Was dann?« fragte ich.

»Die Schlagzeile in der Zeitung: Militärcoup am Dienstag.«

Wenn man sich erst einmal an die ständigen Gefahren gewöhnt hatte, war Uganda ein schönes Land. Roterdige Pfade schnitten durch elektrischgrüne Felder unter königsblauen Bergen. Keine Igel auf den Straßen; viele Paviane. Irgendwo in den Bergen von Uganda gab es Gorillas, und ich stellte mir vor, Sigourney Weaver zu sein oder wie auch immer die lesbische Affenlady hieß. Es war ein rührender Tagtraum, bis ich an die Zecken dachte, die von den Gorillas wegsprangen, und ob Gorillas furzen oder nicht und ob sie einen mit ihrem stummeligen Daumen am Hintern herumgrapschen.

Bei einem Halt erhob sich ein Mann, baute sich im Gang auf und fing an zu schwadronieren.

»Ich meine das ganz ernst! Wer sind die Leute, die euch helfen werden?« sagte er. »Die Chinesen!« Er setzte sich eine Spiegelsonnenbrille auf und hielt eine kleine Flasche mit grüner Flüssigkeit hoch. »Dies ist das beste neue Medikament! Halsschmerzen? Sie können nicht schlafen? Magenkrämpfe?« Er verrieb etwas davon auf seinem Arm. Die weiblichen Fahrgäste brachen in johlendes Gelächter aus. »Ich meine es ernst!« insistierte er verärgert. Er ging durch den Gang und zeigte eine Aktentasche voll mit dem Zeug, aber niemand kaufte etwas, also setzte er sich beleidigt wieder hin.

Es gab nur eine Möglichkeit, eine Bushaltestelle zu erkennen: Jugendliche saßen auf einem Baumstamm und hielten Stöcke in die Luft. Wenn der Bus langsamer fuhr, stürzten sie auf uns zu und winkten mit ihren Stöcken; es waren Spieße mit Kebab. Dann brachte eine andere Gruppe Plastiktabletts mit Chapattis, gefolgt von ihren kleinen Brüdern, die schwere schwarze Plastiktüten, prallgefüllt mit grünen Orangen, trugen. Dritte-Welt-Praxis: Man läßt die Kleinen die schweren Sachen tragen, bevor sie Bescheid wissen. Schließlich kamen die Mütter mit der Nachspeise, geröstete Bananen in Bechern. Für den Zuckerjunkie schleppten dünne Männer mit sehr starken Muskeln drei Meter lange Zuckerrohre heran, hackten sie mit der Machete genau auf die Weite des Mittelganges im Bus zu und schoben sie durch die Fenster. Ich gierte nach einem Stück Zuckerohr, also kaufte ich eine Tüte grüne Orangen. Sie waren nicht bloß bitter; ihre Wirkung war verheerend.

*

Die Landschaft um Queenstown war unverdorbenes Uganda. Fruchtbar und schön erstreckte sie sich am Fuß des Mount Elgon. Wir fuhren an Kaffeeplantagen vorbei, Kinder arbeiteten auf den Feldern, eine Frau saß allein am Straßenrand, die eine Brust entblößt und eine Hacke auf dem Kopf. Sie sah aus, als wäre sie für eine heimliche Fluppe aus dem Büroraum gekommen, hätte sich ihre Bluse zerrissen und gedacht: Ach Scheiß drauf.

Die Fahrt endete im Zentrum von Queenstown, ein kleiner staubiger Platz mit ein paar indischen Läden, vollgestopft mit chinesischen Koffern, und Ständen, wo man Uhren kaufen und reparieren lassen konnte. So viele Uhren in Gang zu halten, war eine große Verantwortung. Wir hielten schließlich an einem trostlosen Ort. »Bitte lassen Sie die Fahrgäste zuerst aussteigen« galt hier nicht. Schmutzig und erschöpft verpaßte ich die Chance, schnell rauszukommen; die neuen Fahrgäste stießen mich zurück, als ob dies der letzte Bus vor der Apokalypse wäre. Für einen Moment dachte ich, ich würde nie dem Gedränge von Hintern und Händen entkommen, aber da packte mich jemand am Handgelenk, und ich schoß aus dem Bus wie eine Erbse aus einem Pusterohr. Es war die lokale Abordnung der Wohltätigkeitsorganisation: Roddy, ein immer lächelnder junger Mann, der den ganzen Sommer über die Elite amerikanischer Studenten, die als Freiwillige kamen, in Empfang genommen hatte.

»Herzlichen Dank, daß Sie mir die Möglichkeit geben zu unterrichten«, sagte ich. »Ich wollte immer schon im Erziehungswesen arbeiten.«

»Wunderbar«, sagte Roddy. »Werden Sie das ganze Sommersemester bleiben?«

»Nein, ein Monat ist genug«, sagte ich. »Kann ich eine Quittung bekommen? Sie wissen schon wegen der Spesen.«

»Natürlich. Sie beginnen mit dem Unterricht am Montag, Sie haben also das Wochenende, um sich an das Leben in einem Dorf zu gewöhnen. Ich werde Sie zu ihrer neuen Familie bringen.« Ich wollte nicht irritiert aussehen. »Wußten Sie nicht, daß Sie bei einer ugandischen Familie wohnen?« fragte Roddy. Natürlich nicht, denn das hätte bedeutet, daß ich die Ausschreibung gelesen hatte. *Ich bin nur gekommen, um einen Monat zu faulenzen; Unterrichten wäre da übertrieben. Und ich werde auch nicht irgendjemandes Kind sein.* So war das nicht gedacht. Ich schmollte schweigend und stieg ins Auto.

31

Meine neuen Verwandten

Wir fuhren weg von dem Schmutz und Gedränge der Busstation hinaus aufs Land, vorbei an Guinness- und Omo-Reklametafeln. Das Straßenschild hatte nur zwei Optionen: Queenstown und »Zuckerfabrik: Doppelt so süß wie normaler Zucker«. Wir passierten kleine Hütten und kamen dann durch ein Viertel mit schicken großen Häusern. Die meisten waren ein Stück von der Straße entfernt, eines wurde von Gipsstatuen flankiert. Schließlich hielten wir vor einem ummauerten Haus und hupten. Ein Dienstmädchen in einem blaßblauen Kleid öffnete ein mit Eisenspitzen versehenes Tor, und Kinder rannten heraus – siebzehn an der Zahl.

»Dies ist Ihr Vater, Wallace«, sagte Roddy.

Ich drehte mich um und sah einen älteren großen Mann mit einem schönen Lächeln und halbgeschlossenen Augen. Roddy stellte mich als die neue Tochter vor, eine Tochter, die bedeckt war von Staub und dem Schweiß vieler Leute. Aber Wallace ließ sich davon nicht abhalten, mich mit einem dreifachen Händedruck zu begrüßen. Ich kannte ihn gerade sechs Sekunden, und er umarmte mich. Schon war er der beste Verwandte, den ich je hatte.

»Sie sind sehr willkommen«, sagte Rebecca, seine Frau. Sie hatte nicht gleich gehört, daß die Gäste eingetroffen waren, und begann sofort, Popcorn zu machen. Wir gingen hinein; das Haus hatte kein Dach, und man hörte alles vom Nebenzimmer. Aber es war nicht arm, im Gegenteil, es gab mehr Sofas als in Graceland. Fotos von Graduierten schauten von den Wänden herab. Rebecca und Wallace hatten sieben Kinder – der Landesdurchschnitt – trotz der fehlenden Zimmerdecken. Rebeccas siebzehn Enkelkinder stellten sich nacheinander vor mir auf und lächelten. Keine Spur von ihren Eltern, aber jedes Kind nannte Rebecca Mama. Draußen meckerten und gackerten Hühner, Ziegen und Truthähne, die mir bis zur Hüfte reichten – keine Haustiere, die man nicht essen konnte. Ich hörte ganz in der Nähe so etwas wie Hundegebell, aber dann sah ich hinter mir auf dem Sofa eine alte Mutterhenne sitzen. Rebecca scheuchte sie raus und brachte Passionsfruchtsaft, ich versank in der Couch und lauschte den Stimmen im Haus. Sie sprachen einen weichen Singsang-Dialekt, der wie Taubengurren auf dem Dach klang.

*

In den folgenden Tagen vergaß ich völlig die Kony-Mission. Bettys Telefon blieb weiterhin stumm. Ich sagte mir, dies sei Hintergrundrecherche und atmosphärische Einstimmung für den Artikel in der *Sunday Times*. Und außerdem war das Essen großartig.

Das Leben in dem Dorf war langsam und freundlich, vor nichts mußte man Angst haben außer dem Tod. Nach einer Weile wurde mir klar, warum ich mich hier so wohlfühlte: Überall, wo ich hinkam, freuten sich die Menschen, mich zu sehen. In Hollywood ist niemand über deine Anwesenheit erfreut, es sei denn, du machst das Casting für *Ocean's 14*. Ugander können sich nicht entspannen, solange der Gast es sich nicht bequem gemacht hat, und ich hatte immer noch das Gefühl, zufällig auf einem Treffen mit unerwartet netten Personen zu sein. Ich weiß, daß die aufgeschlossenen Leute immer sagen, Einheimische seien nett, »arm, aber freundlich«, »traurig, aber stolz« usw., aber ich bin viel gereist und habe andere Erfahrungen gemacht. Rumänien: mürrisch. Marokko: arrogant. Sumatra: Jahrhunderte des Kannibalismus, was einfach unfreundlich ist. In Uganda dagegen war die Nettigkeit außer Kontrolle. Ich stand blinzelnd da, während Leute mich unaufhörlich umarmten. Sie brachten mir Schalen mit warmen Erdnüssen. Chöre sangen mir Ständchen. Ich fühlte mich wie Prinz Andrew in den achtziger Jahren, abzüglich des Pornostars und der Matrosen.

Nacheinander lernte ich meine neue Familie kennen. Ein Mädchen von etwa 14 Jahren kam zuerst herein, schlank und selbstbewußt, ein Tuch um den Hals gebunden wie Audrey Hepburn.

»Dies ist deine Schwester, Lucy«, sagte Rebecca. Lucy machte einen Knicks und kniete dann vor mir nieder. Diese Menschen waren offensichtlich sehr höflich. Sie hielt meine alte Evian-Flasche in der Hand.

»Wir fanden Ihre Wasserflasche – im Müll!«

»Oh, sie muß ... runtergefallen sein«, sagte ich. Ich hatte ein schlechtes Gewissen. Doch am Flughafen Heathrow hatte ich drei Pfund dafür bezahlt, sie war also offensichtlich etwas Kostbares.

»Haben Sie Brüder und Schwestern?« fragte Wallace.

»Zwei Brüder und eine Schwester, Kate«, sagte ich.

»Wo ist sie?«

Ich schaute auf meine Uhr. »Wahrscheinlich auf Elton Johns Party«, sagte ich. »Haben Sie Geschwister?«

»Einen Bruder«, antwortete Wallace.

»Wo ist er?« sagte ich freundlich. Diese Art Konversation fällt mir leicht.

»Er wurde von Idi Amins Soldaten verschleppt. Sie hackten ihm die Füße ab und tötete ihn dann. Lucy, es ist gut, du kannst jetzt aufstehen«, sagte Wallace. Lucy rappelte sich auf. Es war offensichtlich meine Aufgabe gewesen, sie aus ihrer Position zu erlösen.

»Gut«, sagte ich. »Kann ich ein Bad nehmen?«

»Jetzt?« sagte Rebecca. Zu spät bemerkte ich, was die Frage auslöste.

»Sybil!« rief Rebecca. Das Dienstmädchen verließ ihre Arbeit bei den Ziegen und schlurfte ins Zimmer. »Das ist kein Problem. Wenn Sie ein Bad möchten, wird Sybil etwas Feuerholz hacken – die Bäume sind ganz in der Nähe, wie Sie sehen können –, und sie kann leicht ein Feuer machen. Wir haben einen Wasserhahn im Hof, dort kann sie Wasser holen und es kochen, und wenn sie genug hat, um damit eine Kanne zu füllen, wird sie es für Sie in das Badezimmer tragen«, sagte Rebecca. »Wollen Sie sich jetzt waschen?« Sybil suchte meinen Blick.

Eine Stunde später wußte ich, daß man, um in einem afrikanischen Dorf ein Bad zu nehmen, seine eigene Schüssel und einen Krug braucht, wie in einem Roman von Jane Austen – nur mit dem Unterschied, daß man damals, wenn man all den Verfilmungen glauben darf, die Kleider anbehielt. Jane Austen starb wahrscheinlich an Blasenentzündung.

Nach ugandischen Maßstäben hatte ich eine Menge zu lernen. Alle Mädchen trugen lange Röcke und bequeme Schuhe und begrüßten mich mit den Worten: »You are most welcome.« Förmliches Englisch, ein Relikt aus Kolonialzeiten. Uganda war bis 1962 britische Kolonie, und die Briten behielten ihre Hände im Spiel. MI6 half dabei, einen Staatsstreich durchzuführen und den damaligen Armeechef an die Macht zu bringen, ein intelligenter junger Kerl mit Namen Idi Amin.

Wallace und Rebecca bemerkten, daß ihr neues Kind nicht die Toilette benutzen wollte. Aber unvermeidlich kam der Moment, vor dem ich mich gefürchtet hatte. Ein Klo in der Dritten Welt bedeutet normalerweise eine Latrine: Ugander nennen es »kurz mal verschwinden«. Ich würde es ein Loch im Boden eines Schuppens nennen. Ich fand das sehr verwirrend. Man könnte meinen: »Es ist ein Loch im Boden, in das man pißt, was ist daran verwirrend?« Nun, die Öffnung ist so groß wie ein Schlüsselloch. Ich versuchte es jedesmal mit einer anderen Position, aber jedesmal schaffte ich es, mir auf die Füße zu pinkeln. Dann stellte sich die Frage, ob die Tür wohl offenbliebe. Wenn man hineinging, schwärmten schwarze Fliegen aus dem Loch. Schloß man die Tür, befand man sich in völliger Dunkelheit mit den Fliegen, also ließ ich sie einen Spalt weit offen. Doch gerade, als ich meine Hose runterließ, liefen, *gack, gack, gack*, Küken herein, direkt auf das Loch zu. Ich tappte, die Hose um die Knöchel, im Dunkel herum und scheuchte das ahnungslose Junggeflügel raus. Schließlich gab ich es auf und pinkelte im Bad, das heißt, in den Abfluß im Badezimmerboden. *Piß nur in eine Toilette:* Als ich herauskam, sah ich ein Rinnsal über den Hof laufen, wo eine alte Frau mit gekreuzten Beine inmitten einer Pfütze aus Urin saß. Sie rührte sich nicht; vermutlich dachte sie, die neue Tochter wird schon irgendwann diese schlechte Angewohnheit ablegen.

Ich beschloß, Lucy unter meine Fittiche zu nehmen. Und es wurde ein voller Erfolg, da sie die Anti-Kate war. Sie wusch meine Wäsche, lachte über meine Witze und akzeptierte, daß ich älter und weiser war und deshalb bedient werden mußte. Lucy war so wohlerzogen, daß es schwierig war, ihr beizubringen, wie man Leute verarschte und wie man fluchte. Wir saßen oft zusammen und hörten Radio und kicherten über den unfähigen Sprecher. An Lucys Zögern konnte ich erkennen, daß sie sich wahrscheinlich noch nie über jemanden lustig gemacht hatte.

»Zehntausende sind aus Burundi geflohen, wo Angriffe der Nationalen Befreiungsfront... die Burundische Befreiungsfront... ich bitte um Entschuldigung... die... weiterhin«, meldete der Nachrichtensprecher. »Das Landwirtschaftsministerium fördert den Anbau von gelben Süßkartoffeln und eine starke neue Art von Cholera« – PAPIERRASCHELN – »hat bisher achtzig Menschen getötet. Das waren die Nachrichten.« Diese jüngste Cholera wurde Super Cholera genannt, Lucy und ich tauften sie »Smashing« (»Umwerfend«).

Bei unserem ersten Abendessen hätte ich mir beinahe die Gabel ins Gesicht gestoßen, als ich Rebecca sagen hörte: »Danke, Gott, für diese Gabe. Möge sie uns stärken.« Ich war neugierig auf die Grundnahrung in Uganda – Posho, ein wäßriger Maisbrei –, und ich erinnerte mich daran, daß 39 Prozent der ugandischen Kinder wegen Nahrungsmangel in ihrem Wachstum gehemmt waren.

Das brachte mich auf einen schönen Gedanken: Ich könnte in einem Monat 10 Pfund verlieren. An jenem Abend bekam ich gebratenes Hähnchen.

»War es gut?« wollte Rebecca wissen.

»Ja, danke, es war köstlich«, sagte ich. Von da an bekam ich jeden Abend gebratenes Hähnchen. Ich versuchte, dem ein Ende zu setzen, ich versuchte es wirklich, aber Ugander können sich nicht entspannen, solange der Gast sich nicht wohlfühlt, und ich hatte nun einmal gesagt, daß Brathähnchen mich glücklich machen. Beim Frühstück versuchte ich, wie die Kinder Bananen und Posho zu bekommen, aber Rebecca hatte ein Vermögen für Weißbrot und Margarine ausgeben, weil es vornehm und amerikanisch war. Ich wollte die Kekse, die sie für mich gekauft hatte, dem Dienstmädchen schenken, aber Sybil trieb die Bescheidenheit auf eine afrikanische Spitze: Sie nahm keinen Keks direkt aus der Packung, sondern ich mußte ihr jeden Tag einen in die Hand geben. Am liebsten hätte ich sie alle auf einmal gegessen, so verrückt machte mich schon die bloße Berührung des zuckrigen Gebäcks. Aber auch so hatte ich nach einer Woche vier Pfund zugenommen, und draußen liefen weniger Hühner herum.

Abends stellte Wallace seinen alten, mit Chromleisten verzierten Schwarzweißfernseher an, und das Ugandische Fernsehen rauschte, während die Mutterhenne heftig an meinen Schienbeinen pickte. Es gab nur einen Kanal, der unbekümmert sendete, wenn auch oft der Ton ausfiel. Mein Lieblingsprogramm war eine Sendung mit telefonischer Publikumsbeteiligung zum Thema Tuberkulose. Als Moderator agierte ein etwa fünfzigjähriger Intellektueller, der sich selbst sehr gefiel; der im Studio anwesende Experte war ein dicklicher Arzt mit einem strengen Schnurrbart, der, während er seine Ratschläge zum Besten gab, direkt in die Kamera schaute.

»Wenn Sie Leute mit TB kennen, sagen Sie ihnen, sie sollen sofort ins Krankenhaus gehen«, sagte er eindringlich. Währenddessen glaubte der Moderator, er sei nicht mehr im Bild, und begann, mit einem Kuli in seinem Ohr herumzuwühlen, aber der Kameramann folgte seinen eigenen Regeln und schwenkte und zoomte hin und her, so daß wir den Moderator eine Zeitlang dabei zusehen konnten, wie er sich Schmalz aus den Ohren pulte.

Ein heiserer alter Mann rief an und fragte, ob er Leute mit rosa Lippen meiden solle.

»Ich glaube, er ist bereits ein Opfer«, sagte Wallace traurig.

»Nein, das trifft nicht zu«, sagte der Arzt, den Klumpen Ohrenschmalz am Ende des Kugelschreibers des Moderators nachdenklich betrachtend. »Man kann sich nur bei jemandem anstecken, der schon krank ist. Aber neunzig Prozent der Ugander sind von TB-Bakterien infiziert.« *Neunzig Prozent? Scheiße, ich war bereits tot.* »Die Lage ist besonders schlimm in Gegenden, wo Menschen dicht zusammen leben...« *Oh nein. Er wird jetzt sagen: die geschützten Dörfer. Warum hatte ich in der Schule keine Impfung? Warum versteckte ich mich damals im Schrank? Es wäre nur eine Kerbe in meinem Arm gewesen, es war kein Sittlichkeitsverbrechen.*

»... und besonders schlimm ist es in den geschützten Dörfern im Norden.« Na großartig. Wenn Kony mich nicht erwischte, würde ich sterben wie D. H. Lawrence, der in Briefumschläge hustete und sie überall im Haus herumliegen ließ, um seiner Frau eine Lektion über das Heiraten romantischer Schriftsteller zu erteilen.

Manchmal ging der Fernseher nicht, und ohne Internet kehrte ich zurück zur einfachen Nachricht auf Papier, zu dem, was man früher Zeitung nannte. Die Boulevardblätter wurden immer besser: Ich war begeistert von der Kolumne eines zornigen spanischen Missionars mit Namen Pater Carlos Rodriguez, der darüber schimpfte, daß einem Freund, den er in einem der Regierung gehörigen Hotel untergebracht hatte, Kinderprostituierte angeboten wurden. Die Regenbogenpresse war voll von Porträtfotos, die bekannte westliche Wohltätigkeitsorganisationen bezahlt hatten mit Warnungen wie »Öffentliche Bekanntmachung: Der Mann, der sich Rupert nennt, ist nicht mehr beim Internationalen Roten Kreuz beschäftigt.« Auf den Unterhaltungsseiten war zu erfahren, daß Popstar Chameleon sich mit den Künstlerkollegen Bebe Cool und Bobi Wine geschlagen hatte. Chameleon stellte sich später der Polizei, begleitet von seinem Bruder Weasel und seinem Anwalt Paul.

Morgens ging ich joggen, vorbei an Frauen, die Maiskolben schälten, vorbei an der alten Dame mit der großen Yootha Joyce-Brille, die vor ihrer Hütte saß und jeden Tag die Bibel las, vorbei an dickbäuchigen Kindern an der Wasserpumpe. Beim erstenmal hörte ich eine Stimme kreischen: »*Mzungu!*«, was auf Swahili »weiße Person« bedeutet. Ich drehte mich um und sah die Kinder auf mich zustürzen. Sie hielten mein Jogging für irrsinnig komisch; nie zuvor hatten sie einen Erwachsenen freiwillig rennen sehen.

»Na los, kommt schon«, sagte ich. Sie johlten und liefen hinter mir her. Ich schaffte es als erste zum Tor und hüpfte auf und ab, die Faust in die Luft stoßend. *Na klasse, du bejubelst dich, weil du gerade einen Haufen barfüßiger hungernder Kinder besiegt hast. Kommt doch und versucht es, wenn ihr glaubt, stark genug zu sein, AIDS Babys! Ich nehm's mit euch allen auf!* Ich schüttelte den Kindern die Hand, gewissermaßen als Entschuldigung, und sie rannten zurück zu ihren Müttern dreimal so schnell. Die kleinen Scheißer waren zu höflich gewesen, mich zu besiegen.

32

Eine Heldin namens Jane

Ich saß draußen vor dem Haus und lieferte mir mit der Henne einen Starrkampf, als Rebecca die schlechte Nachricht brachte.

»Morgen gehst du zur Schule«, sagte sie. Ich wollte nicht unterrichten. Rebecca gab mir frische Wäsche, darunter meine weiße Hemdbluse und das blaue Button-Down-Kleid meiner Freundin Pauline. *Meine Güte, nicht diese Sachen, ich werde wie eine Nonne aussehen...* »Ich habe deine Kleider gestärkt!« sagte Rebecca. »Für die Schule!« Wallace kam auch nach draußen.

»Was hast du für den Unterricht vorbereitet?« wollte er wissen. Sie ließen von dieser Schulsache nicht ab.

»Bereiten sich Lehrer... normalerweise vor?« fragte ich vorsichtig. Meine afrikanischen Eltern tauschten Blicke. Aber wie schwer konnte der Unterricht in einer großen Klasse von ländlichen Grundschulkindern mit Englisch als Zweitsprache sein?

Am nächsten Morgen um halb acht ging ich mit Lucy zur Schule. Meine Kleidung war gestärkt, mein Victoria's Secret Schlüpfer fühlte sich steif wie Pappkarton an. Ich weiß nicht, ob die Sachen knarrten, Lucy sagte jedenfalls nichts.

»Ich kann unterrichten. Ich meine, ich bin ja auch mal zur Schule gegangen«, sprach ich zu ihr. »Ich darf nur nicht wie einer dieser Lehrer mit Schweißflecken und offenem Hosenschlitz dastehen.« Lucy stimmte zu, daß das für den Anfang nicht schlecht war. Meine Zuversicht wuchs. Am Abend zuvor hatte Rebecca mir eine gute Geschichte über eine Ratte erzählt, die einen Laib Brot stahl.

Um doch etwas für die Schule vorzubereiten, hatte ich dieses Bild einer Ratte gezeichnet.

Unterwegs sah ich einige Kinder in Schuluniform. Sie waren vielleicht fünfzehn, sechzehn Jahre alt. Die Ratte würde sie nicht beeindrucken. Scheiße, ich hatte nichts. Dann kam mir ein Einfall: Drehbücher schreiben. Großartig! Ich werde afrikanischen Dorfkindern beibringen, wie man mit einem unerwarteten Hindernis zu Anfang von Akt Zwei fertig wird.

Als ich mich dem Schulgebäude näherte, kamen die ersten Kinder auf mich zugelaufen und begrüßten mich erfreut.

»Hallo! Hallo! Hallo!«

Ich rief »Hallo!« zurück.

»Hallo! Hallo! Es ist die Lehrerin!«

Das war ein fantastischer Empfang. Ich wurde hier gebraucht. Alle sahen in mir die Lehrerin. Dann rief eines der Kinder: »Andrea! Du bist ja wieder da!« Alle Kinder rannten zur Schule und jubelten: »Andrea ist zurückgekommen!«

*

Ich war schon eingeschnappt, bevor ich das Büro des Schulleiters erreichte. Der Schulhof, umringt von niedrigen Klassenräumen aus Beton, war groß. An den Wänden hingen die Namenslisten der Schüler, die ich unterrichten sollte. Sehr lange Listen. Nirgendwo war der Rektor zu sehen, nicht einmal ein Lehrer. Ein Schuljunge saß mit untergeschlagenen Beinen allein in einer Ecke und wartete scheinbar auf eine Bestrafung.

»Wo ist der Schulleiter?«, fragte ich ihn schließlich.

»Er ist dort, Andrea«, sagte das Schulkind und zeigte auf ein Fenster. Ein Mann rannte vorbei und jagte Kinder vom Schulhof. Einige Zeit später kam er in sein Büro und stützte sich keuchend auf seine Knie.

»Sie haben ihr Schulgeld nicht bezahlt, deshalb lasse ich sie auch nicht zu den Prüfungen zu!« schnaufte der Rektor.

»Ersetzen Sie Andrea?«

»Vielleicht«, sagte ich bedrückt.

»Andrea war hier sehr willkommen«, sagte er noch bedrückter. »Sie gründete einen Umweltclub. Sie legte einen Garten mit Biogemüse an. Sie beschaffte kostenlosen Samen für uns... Sehen Sie, das dort ist ihr Mangobaum. Sehr nahrhaft.« Er schaute wehmütig aus dem Fenster. Das Schulkind sehnte sich nach der guten alten Zeit. Dann reckte er den Kopf.

»Miss Ochana! Kommen Sie doch mal her!« rief er. »Diese junge Dame wird Andrea ersetzen!«

»Oh, das ist wunderbar«, sagte die unsensible Lehrkraft. »Andrea war wirklich toll. Sie unterrichtete Mathematik und Biologie, sehr kompetent.« Eine andere Lehrerin kam ins Büro und reichte mir gedankenlos ein Foto, das ein junges, sauberes, klug dreinschauendes Miststück zeigte. Dies war Andrea, die freiwillige Lehrerin vor mir. Eine Amerikanerin natürlich, etwa zweiundzwanzig, die Art von Erfolgsmensch, die sich nicht mit vierzig völlig verausgabt hat, sondern dann Senatorin wird und nebenbei eine Wohltätigkeitsorganisation repräsentiert.

»Andrea holte auch Leute von der Familienplanung hierher, und sie zeigten einen Film...«

Ich wechselte das Thema. »Wie viele Lehrer arbeiten hier?« fragte ich mit bemerkenswerter Selbstbeherrschung.

»Zwölf«, sagte der Rektor, überrascht von meiner stummen Aggression.

»Und wie viele Schüler?« Er wußte genau, worauf ich hinauswollte.

»Wir haben neunhundert Schüler«, sagte er.

»Die Klassen müssen riesig sein.« Er kann doch nicht erwarten, daß ich neunhundert, geteilt durch zwölf, unterrichte.

»Nur in den jüngeren Klassen. P1 hat zweihundert Schüler. Aber S2 ist viel, viel kleiner. Sie werden also Andreas Klasse übernehmen?«

»Vielleicht«, sagte ich und machte dabei ein mürrisches Gesicht.

»Das ist gut. Die Kinder liebten Andreas Theaterunterricht. Und ihren Fußballklub für Mädchen. Sie war für eine Woche sogar Schulleiterin, und wir hatten nie Ärger. Im Gegenteil, die Schule war sauberer.« Vielleicht war sie das. Aber konnte Andrea etwas darüber sagen, wie man in einem Filmdrehbuch durch ein unerwartetes Ereignis Spannung aufbaut?

Der Rektor begleitete mich hinaus auf den Schulhof. Ich beruhigte mich. *Denk dran, Jane. Für Andrea konnten die Kinder nichts. Frauen wie sie überfallen die Dritte Welt ohne Warnung. Schau nur auf Geri Halliwell.*

»Hier ist Jane«, sagte der Rektor zu den wartenden Kindern. »Wißt ihr, woher sie kommt? Erinnert ihr euch noch daran, was ich euch über den Zweiten Weltkrieg erzählt habe? Wie hießen die Länder der Alliierten?«

Schweigen. Ich konnte nicht klar denken, da die grelle Sonne mich blendete und ein Meer von 900 Kindern mich anstarrte und sie bestimmt dachten: »Was zum Teufel ist das?«, während ich dachte: »Sonnenschaden! Sonnenschaden!«

Eine Glocke klingelte, und alle Kinder fingen an zu rennen. Da sah ich, daß die meisten von ihnen nicht einmal Gummisandalen hatten. Ein kleines Mädchen stolperte und ließ ihr Beutelchen fallen. Eine Handvoll Erbsen rollte in den Staub. Sie brüllte vor Schmerz über das verlorene Mittagessen. Es war geradezu biblisch.

*

Im Klassenzimmer ging das Anstarren weiter. Ich sagte mir, es wird schon alles gut werden. Du mußt nur eine Beziehung zu ihnen aufbauen.

»Hallo, mein Name ist Jane. Wißt ihr, wer die reichste Frau der Welt ist?«

Ausdruckslose Mienen. Ich warf einen Blick über die Klasse. Bitte, irgendjemand soll sagen: »J.K. Rowling, Miss. Ach, erzählen Sie uns doch die Geschichte, wie sie arm war, als sie das erste Harry Potter Buch in einem Café schrieb und wie sie es dank der alten Kunst des Geschichtenerzählens geschafft hat, reicher als die Königin zu werden.« Völliges Schweigen. Scheiße.

»Hand hoch. Wer mag Harry Potter?«

Ausdruckslose Mienen. Lassen wir Harry Potter, die Hälfte dieser Kinder stirbt sowieso vor dem Erwachsenenalter. Ich holte tief Luft.

»Okay. Ich werde euch das Erzählen von Geschichten beibringen, das weit bis hinter die alten Griechen... äh... Nun gut, da war dieser junge Mann. Nicht in Griechenland, in Amerika, und er war arm. Nicht so arm wie...« *Sie denken, die ist blöd verglichen mit Andrea.* »Äh, wie dieser junge Mann seine große Chance bekam, also er nahm immer wieder an den Führungen durch die Universal Studios teil. Das ist wie... äh... Eines Tages machte er wieder eine Führung mit und entfernte sich dann heimlich von den anderen Touristen, er fand ein leeres Büro und hängte seinen Namen an die Bürotür – ich vergaß zu sagen, daß er schon vorher ein Schild gemacht hatte, auf dem sein Name stand und daß er Filmregisseur war –, und dann lud er Leute ein, die in den Studios arbeiteten, um sich mit ihnen zu treffen, Aber insgeheim versuchte er, von ihnen zu erfahren, was sie machten.« *Okay, jetzt denken sie, ich bin geistesgestört. Mist, es ist zu spät, die Geschichte hat keine Moral.* »Aber die Moral der Geschichte ist, jeder kann ein Geschichtenerzähler sein, wenn er die Grundsätze lernt, denn wißt ihr, wer der junge Mann war? *Ich wünsche, ich wäre tot, ich wünsche, ich wäre tot.* »Steven ... Spielberg.«* Die Kinder starrten mich verwirrt an.

Ich hatte eine Mattscheibe. *Denk dir eine Geschichte aus, irgendeine Geschichte.* Alles, was mir durch den Kopf ging, war, daß diese netten Kinder ein paar Pennys zusammengekratzt hatten, um heute zur Schule zu kommen, und mir fiel nicht eine einzige Sache ein, die ich ihnen beibringen konnte. *Finde den Ausgang.* Die Tür war offen, weil keine da war. *Lauf einfach weg, sie werden dich nicht finden... Irgendeine beschissene verdammte Story, na los...* Das perfekte Beispiel der Suche eines Helden tauchte vor meinem inneren Auge auf. *Wie wäre es mit...? Oh ja, das wird ihnen gefallen. Vielleicht finden sie mich doch großartig.*

»Okay, dies ist eine ›Überleg dir gut, was du dir wünschst‹-Geschichte. Es gibt einen Helden, sein Name ist Rick, und er ist Polizist. Er hat ein einschneidendes Erlebnis. Das ist so ein Moment, wo er erkennt, daß sein Leben Mist ist. Er muß vier Kriminelle fangen. Die sind entflohen...« Ich begann, hektisch Strichmännchen an die Tafel zu zeichnen. »... und dann trifft er dieses Mädchen, und dann wird ihm befohlen, daß er sie töten soll, und...« *Warum zeichne ich die Handlung von* Blade Runner *an eine Tafel in Uganda?* Aber ich konnte einfach nicht mehr aufhören. Andreas Bild beobachtete mich. Ich konnte es spüren.

»Ende von Akt Zwei, seine Partnerin kommt in einem fliegenden Fahrzeug...« *Mist.* »So etwas wie ein Luftkissenboot...« *Scheiße.* »Das ist wie ein Auto im Welt-

* Diese Geschichte muß nicht wahr sein.

raum...« *Blöder* Blade Runner! »... und am Ende erfahren wir, daß ihr Geist wichtiger ist als die Tatsache, daß sie eine...« *Schwachsinn!* »... Replikantin ist. Das ist so etwas wie ein Roboter. Egal. Schreibt einfach: Da ist ein Held, und er hat ein Problem. Kann sich jemand von euch einen Namen für diesen Helden ausdenken?«

Ein Mädchen in der ersten Reihe hatte Mitleid mit mir. Sie sagte langsam: »Sein Name. Ist Jane.«

»Danke schön. Wie heißt du? Melanie? Danke, Melanie.« Ich zeichnete ein Strichmännchen und nannte es Jane. »Das ist also unser Held. Sein Name ist Jane.«

Ich fühlte die Schweißflecken. Ich setzte mich hin, und die Wäschestärke ließ Paulines Kleid hinten aufplatzen. Sie konnten meinen Schlüpfer sehen.

»Ich komme gleich wieder und sammle eure Hefte ein...« sagte ich und rannte hinaus.

*

Einige Minuten später brachte mir ein Junge einen Stapel grüner Aufgabenhefte. Und was hatten die Kinder geschrieben?

»Da ist eine Heldin. Ihr Name ist Jane... *Ach, das ist aber nett.* »... und sie hat ein Problem. Sie hat AIDS.«

»Da ist eine Heldin. Ihr Name ist Jane. Sie hat ein Problem. Sie hat Armut, schlechte Ernährung und AIDS.«

»Da ist eine Heldin. Ihr Name ist Jane. Sie hat ein Problem. Ein Mann folgt ihr von der Schule nach Hause, und jetzt hat sie AIDS.«

Diese Kinder hatten alle voneinander abgeschrieben!

Sie brachten mir immer mehr Leidensgeschichten. Um Himmels willen, was hatte ich getan? Als ich schließlich die letzte Arbeit las, war die Heldin »wegen der großen Schande« aus ihrem Dorf verstoßen worden und starb als Prostituierte in einem Slum in Kampala. Auf der Rückseite der Hausaufgabe eines Mädchens fand ich einen Brief an mich. »Sehr verehrte Frau«, schrieb sie, »ich bin eine Vollwaisin. Können Sie mir helfen, da ich mein

Schulgeld nicht bezahlen kann. Meine Mutter und mein Vater sind tot, beide starben an...« Na klasse, es war 9 Uhr 20, und ich hatte sechzig AIDS-Waisen klargemacht, daß sie alle verloren waren.

»Ihr könnt, äh, diese Übung aus euren Heften reißen und sie mir geben«, sagte ich beiläufig. Wenn jemand vom Erziehungsministerium davon erfuhr, war ich erledigt.

Herr Kikuubo, ihr richtiger Lehrer, kam herein. Er war ein Lehrer in jeder Hinsicht, sein ganzer Körper war vom Unterrichten geformt. Er lief mit geschwellter Brust herum, die Hände hinter dem Rücken verschränkt, als ob er einen Stock hielte, sein Gürtel hing tief, obwohl er keinen Bauch hatte.

»Wie läuft's? Macht es Ihnen Spaß, in Afrika zu unterrichten?«

»Ich glaube, ich hab es vermasselt. Ich wollte ihnen etwas über das Geschichtenerzählen beibringen, aber, äh... sehen Sie mal.« Ich zeigte ihm all die Blätter mit wahren Tragödien.

»Die Lektion, die Sie lehren, ist was? Man muß den Schülern Lebensfertigkeiten beibringen!« sagte er. Gott sei Dank, was auch immer Lebensfertigkeiten waren. Herr Kibuuko nahm ein Textbuch und blätterte darin. Diese Standardausgabe enthielt die Zeilen: »Denk über die Folgen jeder Entscheidung, die du triffst, nach, und fälle Entscheidungen, die gute Folgen haben. Schlechte Entscheidungen werden dein zukünftiges Leben beeinflussen. Während deiner freien Zeit bleib zu Hause und spiel dort, dann werden dich diejenigen, die dich zu Drogen und Alkohol verführen wollen, nicht finden.« Eine Freundin von mir bezahlte mehrere tausend Dollar, um sich das in einer Klinik in Malibu sagen zu lassen, und sie mußte noch an Sitzungen mit Gruppenumarmungen teilnehmen, bei denen auch das Kind aus *Terminator* dabei war.

Herr Kikuubo blätterte weiter in dem Lehrbuch. Ich betete, daß er nicht bei Sexualkunde hängenblieb, aber

Gott war nicht da, er ruhte irgendwo aus und bohrte in seiner Nase, und Herr Kibuuko schlug triumphierend das Buch auf einer Seite auf, die das Schaubild eines riesigen Penis zeigte. Selbst Lehrbuch-Penisse waren in Uganda größer.

»Also, hier haben Sie die Lektion, die jetzt dran ist...«

*

Und so kam ich dazu, mein afrikanisches ABC zu lernen: »Abstinence, Be faithful, Condoms,« (Enthaltsamkeit, Treue und Kondome), gefolgt von dem praktischen Rat: »Wie du dich an der Sicherheitsnadel deiner Mutter nicht mit AIDS infizierst.« Als ich das an die Tafel schrieb, entschlossen, den Tag doch noch zu wenden, bemerkte ich, wie Melanie mich anschaute, und ich erkannte den vorwurfsvollen Blick: Verrat. Ich war gekleidet in einer weißen Hemdbluse mit einem blauen Rock, und ich war nach Afrika geflogen, um Teenager über Enthaltsamkeit zu belehren. Wie kam es dazu? Vergiß Andrea. Ich war Julie Blödfrau Andrews.

»Also gut, soviel zu diesem Thema. Vielen Dank.« Ich griff nach meiner Tasche und lief hinaus. Pause. Die Kinder saßen da und schauten sich an. Ich stand draußen, sah auf meine Uhr und ging dann möglichst lässig wieder zurück in die Klasse.

»Okay, wir haben noch vierzig Minuten...« Da kam wie aus dem Nichts ein Einfall. »Wer möchte mit einer Digitalkamera spielen?« Sofort umdrängten sie mich. Ich war plötzlich der beliebteste Lehrer seit Jahren. Andrea war nur noch ein Name auf dem Papier.

Als ich die Schule verließ, sah ich einen einzelnen Priester durch die Straße laufen und griff instinktiv nach Melanies Hand. Die Kinder sahen nun, daß sie mich berühren durften, und begleiteten mich nach Hause. Beim Abschied versuchten alle auf einmal, mich zu umarmen. Das war denn doch ein bißchen viel, und ehrlich gesagt, diese Kinder wären als Guerillakämpfer nutzlos.

*

An jenem Abend führte mich Rebecca durch ihren Garten zu dem Haus ihres Sohnes, damit ich mit eigenen Augen die wundersame Genesung von Faith sah, die Tochter einer Freundin der Familie. Faith war auf dem Weg zur Schule plötzlich zusammengebrochen. Sie war gelähmt, im Krankenhaus stellte man eine mysteriöse Infektion des Rückenmarks fest. Aber nun konnte Faith wieder gehen, und Rebecca ließ sie sich im Haus ihres Sohnes erholen, weil Faiths Mutter ihr ganzes Geld für die Krankenhausrechnungen ausgegeben hatte.

Um nicht noch mehr Kosten für Rebecca zu verursachen, saßen Faith und ihre Mutter im Dunkeln. »Mensch, ist das dunkel hier«, sagte ich beim Eintreten. Ich kannte ja die Vorgeschichte nicht. Auf dem Weg zurück durch den Garten kamen wir an Figuren vorbei, die aussahen wie Statuen.

»Oh, die sind schön, Rebecca. Was bedeuten sie?« fragte ich und erwartete wahrscheinlich die Antwort: »Stammesgottheiten, die Faith von ihrem Leiden geheilt haben.«

»Das ist das Grab meiner Tochter, und daneben das meiner anderen Tochter, Lucys Mutter«, sagte Rebecca.

Endlich verstand ich, warum alle Kinder im Haus Rebecca Mama nannten und warum sie darüber nicht allzu glücklich war. Wegen AIDS waren Rebeccas Pläne für ihren Ruhestand hinfällig geworden. Ich konnte mich irren, aber ich hatte gelesen, daß der Mann, dem George Bush die Verantwortung für die Auslandshilfe übertrug, die Möglichkeit hatte, AIDS-Mittel in Afrika erschwinglich zu machen. Bekannt jedoch wurde er, Andrew Natsios ist sein wie »Nazi« klingender Name, nur durch die Äußerung, daß das unverantwortlich gewesen wäre, weil diese Tabletten jeden Tag zur gleichen Zeit eingenommen werden mußten. Er meinte tatsächlich, daß Afrikaner die Uhr nicht kennen.* Was für eine Ironie! Afrikaner haben mehr Uhren als Leute auf irgendeinem Kontinent sonst.

*

Das Leben im Dorf war toll. Ich hatte nette Eltern. Dem Priester jagte ich Angst mit meiner Wäscheleine ein, die mit Topshop Paillettenhosen geschmückt war, und jeden Morgen ging ich mit sieben Kindern joggen. Auslandskorrespondentin zu sein, war einfach klasse. *Ich könnte für Monate hier bleiben. Wirklich versuchen, diesen Kindern zu helfen...*

Dann rief John an.

»Könnten Sie...« *Jaja, klar kann ich.* »... nach Gulu kommen?« John kehrte nach Uganda zurück, um mit Betty Bigombe an dem Friedensabkommen zu arbeiten. Sie würden in Gulu sein, am Rande des Kriegsgebiets. Ich könne mich ihnen anschließen und über die Ereignisse berichten.

*

Nun, Sie betrachten das Ganze von außen. Mir ist bewußt, daß es für Sie so aussehen mag, als hätte ich die Kinder im Stich gelassen, aber fragen Sie sich selbst: Hätte ein schlechter Mensch sechzig AIDS-Waisen gezeigt, wie man auf Urlaubsfotos die Rotfärbung der Augen reduziert?

Ich rief ein Hotel in Gulu an, das ich im Internet gefunden hatte, und reservierte ein Zimmer. Erst später fiel mir ein, Rebecca zu fragen, ob es dort gefährlich sei.

* »Wenn man etwa sagt: ›Ein Uhr nachmittags‹, wissen sie nicht, wovon man spricht... Sie richten sich nach der Sonne.« USAID-Chef Andrew Natsios.

»Kann John Prendergast nicht hierher kommen?« war alles, was sie sagte. Ich malte mir aus, daß John im Garten mit den Enkelkindern Kricket spielte. Es war ein schönes Bild. Er war großartig im Umgang mit Kindern und ließ sie immer gewinnen. Wie reizend von ihm. Aber dann, als das Kricketspiel zu Ende war, ging er weg, um in den Klassenzimmern der Schule Türen anzubringen. Es war jetzt 22 Uhr, und er war immer noch nicht wieder da. Ich konnte ihm keine Vorwürfe machen, selbst wenn es mein Tagtraum war.

Ich verabschiedete mich von meiner ugandischen Familie und sechzig AIDS-Waisen und machte mich auf die Reise nach Gulu, an den Rand des Kriegsgebiets.

33

Wenn es Nacht wird in Gulu

Im Bus drehte sich ein Mann zu mir. Ein Mitreisender und freundliches Mitglied der Öffentlichkeit.

»Sind Sie Journalistin?« fragte er. Ganz schön frech.

»Nein, ich bin Auslandskorrespondentin.«

»Nun, seien Sie vorsichtig. Man wird Sie beobachten.« Eine weitere Warnung, diesmal ganz direkt, da ich offensichtlich die vorherigen Zeichen, Omen und Ohrfeigen nicht richtig verstanden hatte. Ich hätte mir eigentlich Sorgen machen müssen. Stattdessen dachte ich: »Unter Beobachtung. Wie cool.«

Um nach Gulu zu kommen, hatten Rebecca und Wallace mir dringend geraten, möglichst früh einen Bus zu nehmen und anzukommen, bevor es dunkel wird. Einige von Konys Rebellen waren nachts auf der Straße nach Gulu aktiv; ehe man sich versah, stürzten Kinder mit Gewehren aus dem hohen Gras. Kein Problem, es war noch nicht einmal Mittagszeit. Dann hatte der Bus eine Panne.

Es war inzwischen später Nachmittag, als der Bus zum hundersten Mal stehen blieb. Der Fahrer zog etwas aus dem Motor, das wie ein toter Tintenfisch aussah, sagte, er kenne jemanden in der Nähe, der ihm helfen könne, und lief davon. Instinktiv stiegen alle Fahrgäste aus, um einen anderen Bus anzuhalten, aber unser Schaffner ließ uns nicht weggehen. Ein Bischof legte sich mit ihm an. Ich kaufte eine Coca-Cola und schaute zu. Eine beeindruckende Szene, zumindest für die ersten fünfzehn Minuten, dann begann ich, nervös zu werden. Es würde bald dunkel sein.

»Wir werden es schaffen«, sagte Helen, ein schlankes Mädchen in modischen engen Jeans. »So Gott will«, fügte sie hinzu und sang mit mitreißender Stimme jedermanns Lieblingslied auf Beerdigungen: »I will always love you.« Sie liebten hier Country-Musik, wahrscheinlich um sich mit dem Tod anzufreunden.

Es war noch keine 18 Uhr, als die Dunkelheit hereinbrach, und wir warteten immer noch. Dann kam der Fahrer tatsächlich mit einem neuen Tintenfisch zurück, und die Fahrt wurde fortgesetzt.

Spät abends kamen wir in Gulu an. Ich konnte Gräben ausmachen, die bis zum Rand gefüllt waren mit Bananenschalen, Plastikflaschen und leeren Beuteln, die, wie ich später erfuhr, billigen Gin enthielten. Man spürte, daß hier etwas nicht stimmte.

Ich ging zum Hotel Roma, wo ich gebucht hatte. Es sah freundlich aus. Ich kümmerte mich nicht weiter um die beiden irritierenden weißen Missionare auf der Veranda; ich war erst einmal in Sicherheit.

Aber das Hotel Roma wußte nichts von meinem Anruf wegen eines Zimmers. Ich bekam ein mulmiges Gefühl. Eine fette Motte verbrannte an einer Lampe. Die Dame am Empfang vertiefte sich in das Reservierungsbuch.

»Ich habe diesen Namen hier nicht«, sagte sie. »Sind Sie sicher, daß Sie angerufen haben?« Ich sagte ihr, daß ich jedes Zimmer, Raucher oder Nichtraucher, nehme. Sie waren ausgebucht. Ich schaute mich um. Die Missionare hatten sich nach drinnen zurückgezogen. Dies war kein Ort, an dem man einfach so ankam.

Ich ging zum nächsten Hotel. Der Mann am Empfang schüttelte den Kopf. Ich war nun auf der Straße die einzige weiße Person, und Leute starrten mich an.

Das dritte Hotel: kein Zimmer frei. Ich schleppte meinen Koffer zum Busparkplatz zurück in der Hoffnung, einen Nachtbus zu kriegen und irgendwo aufzuwachen, wo es weniger unheimlich war. Aber dort sagte man mir, ich hätte den letzten Bus stadtauswärts verpaßt.

Inzwischen war es Nacht, und ich war allein. Plötzlich sah Gulu wie eine Cartoon-Hölle aus. Flammen schossen aus der offenen Kanalisation, wo der Müll verbrannt wurde. Schatten, die die Straße überquerten, schienen zu humpeln. Warum kamen all diese Amputierten nachts heraus?

Ich stand da mit meinem Koffer und dachte: »Oh, Scheiße«, als aus dem Nichts eine Frau vor mir auftauchte. Eine sehr große Frau in einem Geschäftsanzug.

»Kommen Sie, ich helfe Ihnen, ein Hotel zu finden«, sagte sie. »Ich bin Cleo. Ich bin Betty Bigombes Nichte.« Johns Kollegin. Gerettet. Bevor ich etwas sagen konnte, hatte sie sich schon meinen schweren Koffer geschnappt, als wäre er voll Cornflakes, und marschierte los. Ich trottete hinter ihr her. Ich hatte nur einen Gedanken: »Ich bin so froh, dich zu sehen, Cleo, auch wenn du ein riesiger Freak bist.«

Cleo brachte mich zu einem Hotel mit dem Namen Sunset, das gruselig, dunkel und voller Polizisten war. Da gab es keine touristischen Nettigkeiten, keine abgerundeten Kanten, nur grau gestrichene Türen, offene Duschen und Plastikstühle um einen Fernseher in einem Raum, der aussah wie die Messe in einer Kaserne. An den Wänden hingen nicht einmal die Reproduktionen gemalter Rosen, wie sie massenhaft an Motels und Krebsstationen auf der ganzen Welt verteilt werden. Aber es war immer noch besser als eine Nacht in einem brennenden Abflußkanal, und Cleo lächelte und schloß das Zimmer auf.

»Das ist sehr freundlich von Ihnen«, sagte ich.

»Sie sind herzlich willkommen.« Wieder ein Lächeln. Cleo war froh, daß jemand von der internationalen Presse gekommen war, um über den Krieg zu berichten, und ich pries Bettys Bemühungen, Kony aus dem Buschland zu locken. Wahrscheinlich hoffte ich, daß diese große Frau ihrer Tante von dem wirklich netten Mädchen erzählen würde, das sie unbedingt mit John zum Abendessen einladen sollten. Wir tauschten unsere Telefonnummern aus, und Cleo ging.

Ich saß auf dem harten Bett und spähte durch die Vorhänge. Auf der gegenüberliegenden Straße trank eine Gruppe von Polizisten. Ich sagte mir: »Nicht paranoid werden, dies hier ist ein Kriegsgebiet.« Doch für alle Fälle sicherte ich meine ganze Festplatte auf einer CD und etikettierte sie mit dem Namen der Band »COLDPLAY«, so daß sie bestimmt niemand mitnehmen würde.

34

Sie dachte, er ist immer noch Single

Am nächsten Morgen weckte mich der Ruf eines Muezzins; das Hotel Sunset befand sich in der Nähe einer Moschee. Der Islam ist wirklich die stimmungsvollste Religion.

Mir war gesagt worden, ich sollte für mein Interview im Acholi Inn warten, das vornehmste Hotel in Norduganda. Ich machte mich auf den Weg. Mitten auf der Straße vor meiner Unterkunft schlief eine Kuh mit riesigen Hörnern.

Im Tageslicht sah ich die Stadt erst richtig: Gulu war am Ende. Ich kenne nicht die Durchschnittszahl der Amputierten pro Kopf der Bevölkerung, aber Gulu hatte eindeutig zu viele. Was ich sah und was ich wußte, paßte nicht zusammen. Ich hatte irgendwo gelesen, daß Gulu Ugandas Stadt mit dem größten Wachstum sein sollte, aber überall waren Trümmer und Ruinen. Schneider saßen zwischen Baumwollstoffen an Nähmaschinen und warteten vergeblich auf Kundschaft; Stände verkauften selbstgemachte Blechbüchsen und Öllampen, hergestellt aus Motoröldosen. Und die Müllmänner von Gulu hatten offensichtlich 1979 ihre Solidarität mit den streikenden Müllmännern in London erklärt und seitdem ihre Arbeit aus Prinzip nicht wiederaufgenommen. Ich war perplex. Wenn dies das prosperierende Uganda der Nachkriegszeit war, warum verkauften Menschen auf den Straßen leere Flaschen als Behälter?

Ich lief durch einen Straßenmarkt, wo Marble-Wash-Jeans verkauft wurden, und kam zu einem Kreisel mit einer riesigen Wand voller Schilder, fast alle von Wohltätigkeitsorganisationen: War Child Holland, American Refugee Commitee, Norwegian Refugee Council, die guten Samariter jeder Nation und dazu zahllose NGOs. Überall waren Weiße zu sehen: zielstrebige Weiße in Khaki, die zielstrebige weiße Toyota Land Cruiser fuhren, das Standardfahrzeug für nützliche Leute. Ich war schwer beeindruckt, wie die nützlichen Leute es geschafft hatten, in einem Land, von dem ich so gut wie nichts wußte, zu landen und ihre Arbeit aufzunehmen. Macht Platz und überlaßt uns die Aufgabe, wir werden das schon in Ordnung bringen.

Auf dem Weg zum Acholi Inn holte ich mir am Straßenrand etwas zu essen, zuerst einen Doughnut und dann ein Chapati Rolex. Chapati und »Curry-Houses« brachten die Inder nach Uganda. 1972 warf Idi Amin zwar alle Asiaten aus dem Land, aber ihre Küche durfte bleiben. Er mochte verrückt sein, aber blöd war er nicht. Rolex war die Luxusversion mit Spiegelei und Tomaten als Füllung.

Es gibt diejenigen, die sagen, man soll bei Straßenessen vorsichtig sein. Ja stimmt, aber diese Leute haben nie gelernt, wie man seinen eigenen intravenösen Tropf benutzt, nachdem man auf einer Vampirparty in einem transsylvanischen Schloß eine Käsekugel, geformt wie Draculas Kopf, gegessen hat. Diese Leute sind nie in ihrem Leben nach dem Genuß eines Getränks, das Einheimische »schlimmer als Red Bull« nennen, in einem Zigeunerdorf am Andamanischen Meer mit zahleichen unerklärlichen Blutergüssen aufgewacht. Und in Uganda würden sie sich angeekelt abwenden, wenn sie ein Huhn im Doughnutteig herumspringen sähen. Der Verkäufer am Straßenrand scheuchte es weg und frittierte den Doughnut, mit Hühnerdreck und allem drum und dran.

Das Acholi Inn, das angeblich vornehmste Hotel in Norduganda, sah aus wie ein englisches Urlaubshotel mit einem bewaffneten Wächter. Die Bar war voll mit Leuten aus dem Westen, die gekommen waren, um die Kinder zu retten: Dokumentarfilmer, Wohltätigkeitsarbeiter und Diplomaten. Alle kauften Drinks von einem gelangweilten und zugleich aggressiven Barmann – ein Verhalten, das so lange dauern würde, wie die Westler kamen, um ugandische Kinder zu retten. Das ganze Personal im Acholi Inn ertrug diese Kundschaft mit stillem Mißvergnügen und hoffte, daß sie irgendwann wieder gingen. Ich schien die einzige zu sein, der die zerbrochenen Linoleum-Fliesen auffielen; auf der Damentoilette fehlten die Türen, und ein Spülkasten war halb zertrümmert. Lautsprecher, die in den Bäumen hingen, spielten so laut Reggae, daß der Ton verzerrt war, aber niemand bat darum, sie leiser zu stellen. Ich fragte den Barmann, ein Mann mit ausdruckslosem Gesicht und dem Namen Roger, ob er den Lautstärkeregler ein wenig herunterdrehen könne. Er ging einfach weg und kam nicht wieder. Den nützlichen Leuten schien es nichts auszumachen. *Ich wette, wenn der Koch eines Tages keinen Bock mehr hätte, zur Arbeit zu kommen, würde UNICEF Lebensmittel abwerfen.* Ich mußte lernen, ähnlich wie sie zu denken und auf nichts, nicht einmal Klopapier, Wert zu legen, wenn ich mit John und Betty unterwegs war.

*

Ich wartete auf John in einem Plastikstuhl an dem unpassenden Swimmingpool des Acholi Inns. Inzwischen war ich so aufgeregt, daß ich mich verhielt, als ob zentimeterlange Ameisen aus meinem Haar fielen. Ich versuchte, nicht über unsere Silberhochzeit hinaus zu planen. Wir würden bei Sonnenuntergang in einer Safari-Lodge sein, kein Zelt diesmal, eher ein grandioses Kolonialhaus in Botswana mit Blick auf Elefantenherden, wenn es die dort gab. John und ich wären alt, hätten aber nur Krähenfüße, keine Buckel und Klauen. Wir würden Gin Fizz zusammen mit seinen coolen Freunden trinken, ehemalige Diplomaten – nein, Archäologen. Der Pygmäe wäre auch alt, aber immer noch treu. Händchen haltend mit seiner Pygmäenfrau. Nein, das ist widerlich. Jedenfalls sind wir gerade von einem Tag an der Front zurückgekehrt, wo wir versuchten... äh... mit Rebellen oder so zu sprechen...

Ich war auf dem Korbsofa eingeschlafen, hatte aber nicht geschnarcht, und er war hereingekommen... Mensch, wo zum Teufel ist er? Ich bin seit Stunden hier.

Roger, der Barmann, brachte mir die Rechnung.

»Wow! Das ist nicht billig!« sagte ich.

»Ja, aber die anderen Hotels sind nicht sicher«, sagte er. »Wohnen Sie hier?«

»Nein, anscheinend muß man für eine Wohltätigkeitsorganisation arbeiten, um sich das leisten zu können...«

»Jane?«

Ich drehte mich um. Es war nicht John Prendergast. Es war eine kleine schwarze Frau in einem hellroten und weißen Trainingsanzug und mit einer Baseballkappe. Sie sagte, John sei nicht in Gulu. Plötzlich spürte ich die Ameisen am ganzen Körper. John war in Washington. Er mußte dort bleiben und Gespräche führen, weil die internationale Gemeinschaft sich weigerte, in Darfur zu intervenieren.

»Sie scherzen«, sagte ich.

»Ich weiß, die internationale Gemeinschaft hat bis jetzt sehr langsam reagiert«, sagte sie. Ich wandte mich Roger zu, dem Barmann.

»Verdammter Genozid. Es ist meinetwegen, nicht wahr?«

»Glaub ich nicht. Es geht tatsächlich um den Genozid«, sagte Roger.

»Ich bin der Grund. John will mich nicht sehen.« Beim Aufstehen schwankte ich ein wenig. Die Reggae-Musik tat mir in den Ohren weh. »Na gut, es ist erst 9 Uhr. Ich denke, ich gehe wieder ins Bett. Können Sie mir noch ein paar Flaschen Bier mitgeben?«

In diesem Moment bestieg die Frau ihren Stuhl und riß das Kabel aus dem Lautsprecher. Das war Betty Bigombe, die härteste Friedensunterhändlerin der Welt.

Kaum zu glauben: Wo alle anderen offiziellen Vertreter versagt hatten, da war diese kleine Frau allein in den Urwald gegangen, um mit Joseph Kony, dem bösesten Mann der Welt, zu verhandeln. Die frühere Regierungsministerin Betty Bigombe spielte im ugandischen Friedensprozeß eine weitaus wichtigere Rolle als John, daher beschloß ich, sie zu interviewen, um sie über John auszufragen. Zwanzig Minuten später hatte ich herausgefunden, daß sie meinte, er lebe als Single.

Bettys Lebensgeschichte war noch unglaublicher. Als eines von elf Geschwistern, die mit einer Mahlzeit am Tag auskommen mußten, wuchs die nunmehr alleinerziehende fünfzigjährige Mutter in einem Dorf dieser Region auf.

»Oh, ich habe in einem Dorf unterrichtet«, sagte ich. »Wo gingen Sie zur Schule?«

»Harvard«, sagte Betty. Sie wurde Regierungsministerin und bekam den Auftrag, den Krieg mit Kony zu beenden, verlor 1994 ihren Posten und begann ein neues Leben in Washington, nicht zu reden von den Harvard-Auszeichnungen. Dann gab sie das alles auf und kehrte nach Uganda zurück, um in einem letzten Alleingang Kony doch noch zur Aufgabe zu bewegen. Ich wußte schon, welche Frage Magazine von mir erwarteten: Findet Sie es schwer, Männer kennenzulernen?

Damit beide Seiten ihr vertrauten, arbeitete Betty unabhängig. »Ich bezahlte selber die Rechnungen für das Satellitentelefon, und die Rebellen erwarten von dir, daß du sie jeden Morgen und jeden Abend anrufst. Ich gab 1000 Dollar in einer Woche aus. Ich konnte eines meiner Kinder nicht wieder in die Schule schicken, weil alle meine finanziellen Möglichkeiten erschöpft waren. Ich dachte oft daran, nach Amerika zurückzufliegen«, sagte sie. Aber sie hielt durch.

Kein Weißer ist lebend zurückgekehrt... Betty umgab sich mit Dorfältesten und einigen Leuten der »Acholi Religious Leaders Peace Initiative«, eine interreligiöse Gruppe von Leuten, die zusammenkamen, um mit Konys Rebellen Friedensgespräche aufzunehmen.

»Natürlich gibt es immer wieder beängstigende Augenblicke«, erzählte Betty. »Du gehst in den Urwald. Weit und breit kein Leben. Häuser, die seit Jahren verlassen sind. Und du weißt, daß die Rebellen dich beobachten. Ich habe einen der Ältesten gesehen, der sich vor Angst in die Hose pinkelte und nicht weitergehen konnte.«

»Würde Kony Sie töten?« fragte ich Betty. Sie schaute nach oben in den Baum.

»Ich fragte das Kony und seine Nummer Zwei, Vincent Otti, und sie sagten: ›Nein, Kony möchte dir nichts tun.‹« Aber dann erwähnten sie, daß absolut nichts zu machen sei, falls Konys Berater etwas anderes entschieden. Kony hatte mehrere Berater, darunter einen sehr alten Veteranen aus dem Ersten Weltkrieg namens Lakwena, einen Chinesen namens Ing Chu, der behauptete, er könne Geisterjeeps herbeizaubern, um den ugandischen Soldaten Angst einzujagen, und zwei Amerikaner: King Bruce, der angeblich Felsen in Bomben verwandelte, und einen Schlägertyp namens Jim Brickley alias »Who Are You« (kurz für: Wer bist du für Gott?). Sie alle waren furchterregend, unberechenbar und Konys Hirngespinste.

Mir drehte sich der Kopf. Wer war dieser Mann?

»Es begann, als er noch ein Teenager war«, erzählte Betty. »Er bekam so ein Fieber mit Halluzinationen, wo Leute anfangen, mit sich selbst zu sprechen. Dann verschwand er. Eines Tages kam er zurück und sprach tagelang nicht. Schließlich ließ er einige Mädchen zu sich kommen und bat sie, ihm zu sagen, was mit ihm geschehen wird, und zwei Mädchen sagten unabhängig voneinander, daß er ein Anführer sein und Menschen heilen wird. Ich denke, Kony hatte zerebrale Malaria.« Zerebrale Malaria bringt das Hirn durcheinander und wäre eine prosaische Erklärung für Konys Verrücktheit und wahrscheinlich auch für die ausgedachten Gestalten. Aber die physischen Manifestationen von Konys übernatürlichen Kräften verblüfften jeden. »Ob Sie es glauben oder nicht, die Rebellen machen kleine Modelle von Armeehubschraubern, dann zünden sie sie an, und aus der Art und Weise, wie die Hubschrauber verbrennen, kann Kony vorhersagen, wie die nächste Schlacht ausgeht. Und er hat immer recht, sagen seine Kommandanten.«

Lakwena war das wirkliche Problem. Der italienische Kriegsveteran war der Geist, der den Krieg 1986 begann, als Alice Auma, eine einfache Bäuerin, ihren Nachbarn verkündete, daß sie ihr gehorchen sollten, weil sie von dem Geist eines italienischen Militäroffiziers besessen sei. Alice versprach ihren Anhängern, daß Kugeln ihnen nichts anhaben konnten, wenn sie sich mit Sheabutter einrieben. Und trotz zahlreicher Hinweise auf das Gegenteil folgten ihr die Leute. Die Menschen im Norden Ugandas waren ihre Armut so leid, daß eine total Verrückte, beschmiert mit Nußbutter, ihnen noch die beste Repräsentantin ihrer Interessen zu sein schien. Alices »Holy Spirit Movement« (»Bewegung des Heiligen Geistes«) gewann sogar Kämpfe mit der Armee, bevor eine Konfrontation mit Musevenis Artillerie in einem vernichtenden Kugelhagel endete. Der Geist verließ Alice, fuhr in ihren brutalen Vater, Severino, und nahm schließlich Zuflucht bei einem ihrer Anhänger, Kony. Alice tauchte später in einem Flüchtlingslager in Kenia auf, von wo aus sie Betty Bigombe mit Telefonanrufen belästigte.

»Sie ist eine Nervensäge. Sie will einfach nur Geld.« Betty runzelte nachdenklich die Stirn. »Sie sagt immer wieder, daß sie zurückkommen will, daß sie den stärkeren Geist in sich hat und Kony exorzieren kann.«

Oberflächlich betrachtet erschien das alles wie völliger Schwachsinn, aber ein Schwachsinn von Leuten mit Macheten. Ich hatte keine Ahnung, wie John und Betty mit einem solchen Mann Friedensgespräche führen wollten. Dann erzählte Betty mir etwas, was meine geplante Story über den Haufen warf.

Kony, der Kinderentführer, wollte angeblich mit dem Kidnappen aufhören. Er forderte Friedensverhandlungen, und das schon seit zehn Jahren.

Mein Kopf schmerzte: Kony hört mit den Entführungen auf? Das war eine schlimme Nachricht. Wenn John versuchte, einen Mann zu stoppen, der sich genau das wünschte, dann hatte ich keine Story mehr. Jeder Promi-Journalist weiß, daß sich ohne einen bestimmten Aufhänger eine Story nicht verkaufen läßt, und ich hatte John bereits erzählt, daß mein Artikel in Arbeit war. Der Person, die man interviewen will, zu sagen, daß die Story nicht erscheint, ist so ziemlich das letzte. Es ist eine Sache, wenn es sich, sagen wir, um Tom Cruise handelt, aber John Prendergast... das würde seinen Glauben an mich als Profi endgültig erschüttern. Ich müßte den ganzen schönen Traum aufgeben und nach Hause fahren.

Ich fragte Betty: »Sind Sie sicher, daß Kony wirklich Friedensgespräche will? Was ist, wenn er der böseste Mensch der Welt und ein *Lügner* ist?«

Betty antwortete, daß die Rebellen seit Jahren Friedensangebote machten. Noch in der letzten Woche hätten sie davon gesprochen, obwohl die Armee sie angegriffen, Konys Frau gefangengenommen und ein Satellitentelefon erbeutet hatte. *Frieden?* Ich war am Boden zerstört.

Dann erzählte Betty mir noch etwas anderes, vielleicht aus Gefälligkeit: »Es sieht allmählich wie ein Muster aus. Jedesmal, wenn ich die Regierung informiere, daß ich die Rebellen treffen werde, greift die Armee kurze Zeit später an. Die Gegend, wo die Rebellen sich aufhalten, ist wegen der Netzabdeckung leicht identifizierbar.«

Tief in meinem von NutraSweet verstopften, sonnenverbrannten Hirn begannen Rädchen zu arbeiten. Die Armee verfolgt Bettys Anrufe und geht unmittelbar danach zum Angriff über. Attackiert was? Konys Truppen bestehen zum größten Teil aus Kindern. Die ugandische Regierung ist unser Freund; wir geben ihr eine Menge Geld. Und sie sabotiert Friedensverhandlungen und bombardiert Kinder? Das war doch eine Riesenstory. Ich mußte sie schreiben, und wenn er sie gelesen hat, wird sich John Prendergast vielleicht in mich verlieben.

Jäh kehrte ich in die Wirklichkeit zurück, weil um mich herum alles erstarrte. Ein brandneuer grüner Range Rover hielt vor dem Hotel. Das Nummernschild hatte keine Zahlen, nur vier goldene Sterne, und ein Mann stieg aus: ein riesiges Barbecue-Steak von Mann in Kampfkleidung und Schirmmütze. Mit einer unglaublich tiefen Stimme blaffte er die Frau am Empfang an. Sein Blick flog hin und her, als ob er nach jemandem Ausschau hielte, der ihn angepißt hatte. Ich vermutete, daß er immer so schaute. Aber was mir am stärksten an dem Mann auffiel, das war sein merkwürdiger Gang: ein Schritt vorwärts, einen halben zurück, als hätte er ein Pendel im Leib.

Mein Gott. Sein Mordsding ist so groß, daß es seinen Gang behindert.

Das war Oberstleutnant Charles Otema, Boss der guten Jungs in dem Kriegsgebiet. Chef des militärischen Abwehrdienstes der ugandischen Armee. Als Auslandskorrespondentin wußte ich, daß es meine Pflicht war, diesen Mann bei der ersten Gelegenheit zu interviewen, aber aus irgendeinem Grund, vielleicht ein Doughnut mit Hühnerdreck, mußte ich ganz dringend aufs Klo. Als ich zurückkam, nicht länger als eine Stunde später, war der Oberst schon wieder weg.

Ich sah Betty davongehen und lief ihr nach.

»Betty, diese religiösen Führer, wo kann ich die erreichen?«

»Ihr Büro liegt direkt der Radiostation Mega FM gegenüber«, sagte sie.

»Ausgezeichnet. Ich danke Ihnen. Ach, und sagen Sie auch Ihrer Nichte nochmals vielen Dank.«

Betty runzelte die Stirn.

»Sagen Sie Cleo danke«, sagte ich, »Danke dafür, daß Sie mir das Hotel besorgt hat.«

»Ich habe keine Nichte mit dem Namen Cleo«, sagte Betty und ging zu ihrer nächsten Verabredung.

35

Zwei großartige Priester

Na gut. Betty hat zehn Brüder und Schwestern mit je sieben Kindern; das macht siebzig Neffen und Nichten. Darunter wird es eine geben, von der sie nichts weiß. Mein Großonkel Hermann gab meinem Bruder und mir zu Weihnachten die gleichen Kleider, und wir waren nur zwei... *Jane, Betty studierte in Harvard. Natürlich könnte sie sich an eine Nichte mit diesem Namen erinnern.* Scheiße. Und wenn Cleo irgendeine Verrückte ist, wie hätte sie dich finden können, und warum kannte sie einen der beiden einzigen Namen, die mich ihr vertrauen ließen? *Und du hast Cleo alles über Johns und Bettys vermutlich geheime Verbindung zu Kony erzählt.* Wenn Bettys Telefon abgehört wird, dann ist es die Geheimpolizei, der militärische Nachrichtendienst... Oberst Otema, der Riese. Scheiße.

Ich mochte keine Priester, und bestimmt gab es welche bei der »Acholi Religious Leaders Peace Initiative«. Doch Bettys Beschreibung eines Ältesten, der sich vor Angst angepinkelt hatte, war mir im Gedächtnis geblieben. Vielleicht konnte ich einen von ihnen überreden, es noch einmal vor der Kamera zu machen. Im Büro der interreligiösen Gruppe saß nur eine Sekretärin, und sie gab mir eine Telefonnummer, bei der ich sogleich anrufen sollte. Es war die Nummer von Pater Carlos Rodriguez, Verfasser der zornigen Zeitungskolumnen, die ich im Haus meiner afrikanischen Eltern in Queenstown gelesen hatte. Er schien sehr erpicht darauf zu sein, mit mir zu sprechen, und sagte, er werde am nächsten Morgen kommen.

Um 7 Uhr 30 roch es im Hotel Roma nach frisch geröstetem Kaffee und frisch gegrillter Ziege. Ich war vom Hotel Sunset herübergekommen, um hier auf den Missionar zu warten. Ich saß auf der Veranda und hielt Ausschau nach einem Mann, der aussah wie Richard Chamberlain in dem Film *Die Dornenvögel.* So fiel mir der weiße Pick-up nicht auf, der am Straßenrand hielt, auch nicht der Mann, der in einem T-Shirt und Khakihose vorsichtig ausstieg. Pater Carlos hätte ein deutscher Tourist sein können, außer daß er nett war; ein Mann Anfang Vierzig, aber mit jugendlichen Augen, die hinter einer Brille mit Drahtgestell blinzelten.

Der Missionar erzählte mir, daß er vor siebzehn Jahren von Madrid nach Uganda gekommen war und auch weiterhin bleiben wollte. Die Menschen seien einfach so freundlich, und da sei selbst das, was Ende August 2002 und danach geschah, zu ertragen.

Es begann mit einem Brief, der aus dem Buschland eintraf.

»Ein anderer Priester, ein älterer Mann namens Pater Tarcisio, und ich hatten eine Beziehung zu einem von Joseph Konys Topleuten aufgebaut, einem Kommandanten mit dem Namen Charles Tabuley«, sagte er.

Der Brief war von den Rebellen und enthielt ein Angebot. Pater Carlos und Pater Tarcisio, bewaffnet mit nichts als einer Bibel, trafen sich mit Konys Männern im Buschland. Die Rebellen brachten siebzehn Kinder mit und übergaben sie den beiden Priestern.

»So kamen sie frei«, sagte Pater Carlos und zeigte auf seinen Pick-up; kein einziger Schuß fiel. Die Kinder kehrten zu ihren Familien zurück, sagte er, und wenn ich einige der früheren Kindersoldaten kennenlernen wolle, es gebe da eine Wohltätigkeitsorganisation in Gulu, die ich besuchen könne.

Die beiden erhielten von der Regierung und dem militärischen Geheimdienst die Erlaubnis, die Rebellen nochmals zu treffen. Doch als die Priester zurückkamen, um mehr Kinder zu holen – und wie oft kann man das in einem positiven Kontext sagen? –, wurde plötzlich auf sie geschossen. Pater Carlos warf sich auf den Boden: Offensichtlich war er in eine Falle getappt.

»Etwa eine halbe Stunde lang gab es ein Trommelfeuer der Artillerie«, erzählte er. Der Missionar kroch in eine Hütte, als ihm einfiel – das Grasdach. Er rannte hinaus, und kurze Zeit später ging die Hütte in Flammen auf.

Aber es waren nicht Tabuleys oder Konys Leute, die auf die unbewaffneten Missionare feuerten; es war die Regierungsarmee. Sie nahm die Priester fest, verprügelte sie und sperrte sie ein paar Tage ein. Und der Vorfall wiederholte sich 2002, als Pater Tarcisio und ein Distriktvorsteher während eines Friedensgesprächs von einer Armeeinheit angegriffen wurden. Und im folgenden Jahr wurde die Verbindung der Priester zu den Rebellen erneut sabotiert. Sagte Pater Carlos die Wahrheit? Von seinen Zeitungskolumnen wußte ich, daß er kein Freund der Regierung war. Meine Zweifel ahnend, rollte er sein ausgeleiertes T-Shirt hoch. Sein Ellbogen war verbrannt und bedeckt mit fleischfarbenen Narben. Katholische religiöse Führer neigen nicht dazu, sich um öffentlicher Anerkennung willen selbst zu opfern; das Vorrecht haben bereits die Buddhisten für sich in Anspruch genommen. Ich versuchte, mir die Armee vorzustellen, die eine solche Entscheidung traf. Ich mag keine Priester, aber ich habe nie einen angezündet.

Für mich war die Sache klar: Die Priester hatten bewiesen, daß es möglich war, die Kinder unverletzt rauszuholen, aber es gab Leute, die das nicht wollten. Und nun hatte ich den lebenden Beweis in Gestalt eines Missionars und seines verbrannten Arms. Ich machte ein Foto von Pater Carlos und ging zurück zum Hotel Sunset.

36

Ein verstörter Bischof

Ich tat, was jeder getan hätte, um diese Information zu verdauen: Ich ging joggen. Ich wußte bereits, daß dies nicht ein 800 Wörter-Artikel für das Magazin *Glamour* über Nicole Richie und ihren armen Rettungshund Foxxy Cleopatra war.

Sie ist ein nettes Mädchen, aber Foxxy ist kein armer Hund, sondern eine Ratte, die Glück hatte.

Vieles sprach dafür, daß so etwas wie eine Vertuschung versucht wurde, möglicherweise von der britischen Regierung mit Hilfe meiner Schlüpfersteuer bezahlt. Oder noch beängstigender, niemand machte sich die Mühe, etwas zu vertuschen – und niemand berichtete darüber. Dies war eine schockierende Einsicht, ja mehr als das, es war ein Desaster. Es bedeutete, daß ich in Gulu bleiben und weiter recherchieren mußte. Mit John hätte ich jetzt beim Abendessen mit Sonnenuntergang in einer Safari-Lodge die Fakten überprüft. Aber was ich allein herausgefunden hatte, würde ihn bestimmt beeindrucken.

Dann begann die Sache merkwürdig zu werden. Vom Joggen zurück, stellte ich fest, daß mein Zimmer aufgeschlossen worden war. Jemand hatte meine Kamera mitgenommen. Nicht das Geld, nur die Kamera. Ich schaute mich um, aber der Hof war leer. Ich ging zur Rezeption und hatte mit der Dame folgende Unterhaltung.

»Hi, meine Kamera ist gestohlen worden...«

»Das glaub ich nicht«, sagte sie aggressiv lächelnd.

»Sie lag in meinem Zimmer, und nun ist sie nicht mehr da«, sagte ich.

»Vielleicht haben Sie sie irgendwo liegen lassen. Wo waren Sie denn heute?«

»Hören Sie, jemand war in meinem Zimmer! Es wimmelt hier von Polizisten, aber der Schlüssel steckt in der Tür, und meine Kamera ist weg!«

Sie lächelte mich wieder an. »Sind Sie sicher, daß Sie eine Kamera hatten?«

Verwicklungen sind ein Luxus für Frauen mit großen starken Freunden. Ich erwartete nicht einen Kundenservice wie in Los Angeles, wo die Empfangsdame mir den Rücken massiert hätte, um mich davon abzuhalten, sie wegen »Verletzung des Glücksanspruchs« anzuzeigen.* Ich zog aus und nahm ein Zimmer im Hotel St Jude.

* Das ist noch gar nichts. Ein Immobilienmakler in LA, den ich interviewte, wurde von einem Klienten verklagt, nachdem ein anderer Käufer das Haus, das er wollte, bekommen hatte. Der Rechtsstreit? »Vorsätzliche Enttäuschung einer Hoffnung«.

Das Hotel St Jude war auf schräge Weise angenehm; Blumen blühten in Kanistern, die eigentlich dafür gedacht waren, Sojaöl-Rationen für die Hungernden aufzubewahren. Die Zimmer waren tollkühn mit englischen Toiletten ausgestattet, die allerdings mit afrikanischen Wasserleitungen nicht fertig wurden und infolgedessen mit stinkenden gelben WC-Tabletten vollgepackt waren. Ich faßte den Entschluß, nicht mehr zu pinkeln. In dem zum Hotel gehörigen Straßencafé kämpfte sich ein niederländischer Student durch Materialien zu Konfliktlösungen in Afrika – keine sechs Monate Studium der Kunstgeschichte in der Toskana für diese stämmige Rasse –, und ein Paar, beide mit beunruhigend weit vorstehenden Zähnen, schlurfte wie Vogelbeobachter in Sandalen herum. Mir taten sie leid, daß sie sich unglücklicherweise für einen Urlaub in Gulu entschieden hatten, bis ich die Frau beim Frühstück sich beklagen hörte. Irgendein unglaublicher moralischer Verfall empörte sie.

»Es ist so schwer, heutzutage gut gemachte Bibeln zu bekommen«, schnaubte sie. Ich stand auf und verschwand.

*

Ich vermutete, daß die religiöse Gruppe mich auf eine Spur bringen würde. Da ich nie ein Junge mit rosa Popo war, hatte ich auch keine Schläge von Priestern bekommen, aber ich erinnerte mich vage aus dem Geschichtsunterricht, daß viele von ihnen hingerichtet worden waren; sie mußten also bestimmten Leuten in die Quere gekommen sein.

Da ich mehrfach in dem Büro der »Friedensinitiative« auftauchte, sprach es sich unter den religiösen Führern schnell herum, daß da eine britische Journalistin in der Stadt war, die mit ihnen sprechen wollte.

Der erste war ein Priester aus der Frontstadt Kitgum; bei einer Tasse Tee redete er wie ein Schulklassenstreber, der der Mogelei beschuldigt wurde: aufgeregt und entrüstet. »Ich werde beobachtet. Sie installierten im Hotel Bomah eine Wanze in meinem Auto!« behauptete er. Er hatte seiner Gemeinde eine von Pater Carlos Kolumnen vorgelesen, und kurz danach standen siebzig Soldaten vor seinem Haus. Man beschuldigte ihn, mit den Rebellen zu kollaborieren, er wurde eingesperrt und dann ohne Anklage wieder freigelassen.

Ein hohes Tier erklärte sich bereit, mit mir zu sprechen: ein altgedienter Bischof. Ich fuhr gleich mit einem Motorradtaxi zur Mission. Der Bischof war ein weißhaariger Mann in einem purpurroten Hemd; er saß in seinem Büro vor einer himmelblauen Wand, ein Bild wie aus einem Designer-Magazin. Er begrüßte mich mit der in Uganda traditionellen Thermosflasche voll kochend heißem Tee und schüttete, ohne zu fragen, Zucker in meine Tasse. Soviel Zucker hatte ich seit der Großen Männerdürre 1991 bis 97 nicht mehr zu mir genommen.

»Ich habe Behauptungen gehört, daß Priester, die Friedensgespräche mit Joseph Kony organisieren, gewaltsam daran gehindert werden«, begann ich und stellte meine Tasse Teesirup hin, um Notizen zu machen. Aber der Bischof antwortete nicht darauf, er hatte etwas auf dem Herzen.

»Etwas ist in einem Lager passiert. Eine Frau hat etwas ganz, ganz Schlimmes getan. Eine schlimme Sache in einem der Lager«, sagte er. Was immer es war, es ließ dem Bischof keine Ruhe. »Sie machte etwas sehr Schmutziges. Eine wirklich schmutzige Angelegenheit. Wenn ich Ihnen erzähle, was sie getan hat, Sie würden es nicht glauben. Wollen Sie es hören?«

»Natürlich«, log ich und legte meinen Kuli wieder hin.

»Der Mann hat jetzt nur noch einen Arm«, sagte er warnend.

»Wirklich?« sagte ich, die Warnung nicht beachtend.

»Die Leute glauben, daß das so ist, weil er verhext wurde.«

»Wie?«

»Sie wusch ihre Genitalien und gab dem Mann das Wasser zu trinken!« rief er aus.

»Okay.«

»Ich sagte zu meiner Frau: ›Wenn sie es wie andere in einem Swimmingpool getan, sich dort gewaschen hätte, das wäre in Ordnung, das würde mich nicht so anwidern.‹«

»Nein, das wäre wirklich etwas anders gewesen«, stimmte ich zu. Er grübelte noch eine Weile über das Mösenwasser nach, bis sich sein Gesicht entspannte. Ich nahm meinen Kuli wieder in die Hand.

Dann runzelte der Bischof die Stirn. »Aber wenn sie zuvor Sex hatte und sich dann die Genitalien waschen und mir das Wasser zu trinken geben würde, das würde mir überhaupt nicht gefallen.«

»Nein«, sagte ich. Es gelang mir einfach nicht, die Geschichte von Pater Carlos' bestätigt zu bekommen.

Doch dann hatte ich unerwartet Glück. Der Bischof hatte noch etwas anderes auf dem Herzen. Vor einiger Zeit war er in etwas verwickelt, was schlimm ausgegangen war. Seitdem lebte er in Angst.

Seine Kollegen hatten sich mit einigen Kommandanten Konys getroffen, erzählte er. »Sie wurden angegriffen. Das Gleiche wiederholte sich bei einem Treffen mit Mitgliedern aus dem Umkreis des Präsidenten. Auch sie wurden bei einem solchen Treffen attackiert.« Und nun sei er in einer heiklen Lage. »Die Rebellen betrachten die Kirchenleute inzwischen mit Mißtrauen. Verstehen Sie, in welcher Lage wir uns befinden? Eine sehr gefährliche Lage. Wir sitzen in der Falle.«

Die Friedensgespräche von 2003, die Pater Carlos erwähnt hatte, waren eine größere Sache, als ich gedacht hatte. Zumindest verstand ich, was es bedeutete, wenn man in einem Land, das einen Guerillakrieg führte, eine der beiden Seiten verärgerte. In der nahegelegen Provinz Pader griffen sich Konys Männer siebenundzwanzig Menschen heraus, von denen sie behaupteten, sie hätten Verbindung zu einem »Kollaborateur«. Einige von ihnen wurden ermordet. Ich war froh, daß dieser gastfreundliche alte Mann sich für eine Weile mit einem einfachen Fall von Schwarzer Magie ablenken konnte.

Ich überließ ihn seinen Gedanken über Genitalwaschung und dem überzuckerten Tee und fuhr wieder zu dem Missionar.

Pater Carlos' Büro ähnelte eher einer Anwaltskanzlei als einer religiösen Institution; es hatte mehr Aktenschränke als Bücherregale.

Pater Carlos lud von seinem Laptop eine Datei auf einen USB-Stick und gab ihn mir; es war ein Tagebuch. Hier sind zwei Auszüge daraus:

> *6. März 2003*
>
> Als Salim Saleh [Präsident Musevenis Bruder und hochrangiger Armeeoffizier] eintraf, teilte er uns mit, daß der Präsident sich vielleicht ein wenig verspäten wird... In der Zwischenzeit riefen uns Pater Tarcisio und Rwot Oywak an, um uns zu sagen, daß das für die Friedensgespräche vorgeschlagene Gebiet voll von schwer bewaffneten UPDF [Ugandan People's Defence Force]-Einheiten war.

Mit anderen Worten, die Armee hatte den Verhandlungsort infiltriert, bevor die Gespräche beginnen konnten. Im Tagebuch hieß es weiter:

> Um die Verwirrung noch zu vergrößern, rief mich ein Major der UPDF an (seine Nummer ist in meinem Telefonbuch) und gab sich als Rebellenkommandant aus. Ich beschloß, das Spiel mitzumachen. Was Salim Saleh mir sagte, ist wahr. Es gibt zweifellos Leute beim militärischen Geheimdienst, die versuchen, diese Friedensbemühungen zu vereiteln, aus Gründen, die sie selbst am besten kennen... Wir brachten die Rebellen dazu, sich für Friedensgespräche in einem bestimmten Gebiet zu versammeln, und dann ließ die Regierung sie angrei-

fen. Wir sind wirklich bestürzt, daß man uns als Köder benutzt...

Sogar ich verstand das: Der eigene Bruder des Präsidenten war nicht in der Lage, die Sabotage der Friedensgespräche durch das Militär zu verhindern. Und dem Geheimdienst schien es nichts auszumachen, daß Pater Carlos Telefonnummern seiner Leute speicherte. Hieß das, daß der Präsident keine Ahnung hatte von dem, was vor sich ging, und daß seine Armeechefs verrückt spielten wie einst Idi Amin, oder bedeutete das, daß Präsident Museveni sehr genau wußte, was gespielt wurde, und sich nur zurückhielt, um die Friedensgespräche zu verhindern und gleichzeitig als der »good guy« dazustehen?

Pater Carlos schien Recht zu haben mit seiner Feststellung, daß sie nur als Köder benutzt wurden: Wenn ich Kony wäre, würde ich den Priestern nicht einmal mehr die Reinigung der Toiletten anvertrauen.

37

Die Fanta Gang

Etwas war im Gange in Uganda. Ein teuflischer Rattenfänger zog Kinder aus ihren Häusern, und das seit Jahren, doch die Armee attackierte diejenigen, die etwas dagegen unternahmen. Ich war nun sehr erpicht darauf, den Oberst zu treffen. Also ging ich dorthin, wo er sich gern aufhielt – dem Garten des Acholi Inns –, kaufte ein Glas Ameisen in Bier und wartete.

Schließlich hielt ein Lastwagen mit quietschenden Bremsen vor dem Hotel, die Tür ging auf und der Oberst schälte sich heraus. Sofort erschrak ich wieder. Er war wirklich ein Angst einjagender Mann, und mir war noch nicht klar, ob er dumm war, was ihn noch gefährlicher machen würde. Beim Gehen schwenkte er die Arme, vielleicht um das Gleichgewicht zu halten. Wenn er sich plötzlich mit dem, was in seiner Hose herumschlenkerte, umdrehte, konnte es ihn bestimmt wie ein Lasso einfangen.

»Oberst, es ist mir ein Vergnügen. Ich bin von der *Sunday Times* und...«

»Heute bin ich zu beschäftigt. Ein Armeesprecher wird sich Ihrer annehmen. Zeigen Sie ihm Ihre Arbeitserlaubnis«, sagte er. Er gab mir noch den Namen des Mannes, der mir alles, was ich über ihn wissen wollte, erzählen würde, vermutlich auch, daß er immer noch größer als Christina Aguilera ist, und ging weiter.

Ich setzte mich wieder hin und teilte mit den Ameisen das Bier. Das Acholi Inn wurde zusehends unerfreulicher: Der ganze Ort hatte die Ehrlichkeit einer Supermarkttoilette, die nur widerwillig installiert worden war, damit die Kunden nicht auf den Boden pinkelten. Die einzigen Leute, die einen Drink in weniger als zwanzig Minuten bekamen, waren einige hohe Tiere unter dem Mangobaum. Die Kellner brachten ihnen übereifrig Flaschen mit orangefarbener und gelber Fanta, und die Teller, die sie bekamen, waren vollgepackt mit Reis. Die Bosse kamen gern in das Acholi Inn, da es einen Swimmingpool hatte. Natürlich war niemand drin. Überall auf der Welt ziehen Hotelpools Leute an, die Wasser als Hintergrund mögen, um nonchalant auszusehen, während sie vollständig angezogen sind. Hollywood ist die Ausnahme, da alle bei jeder Gelegenheit ihre Heimarbeit – ihren Körper – vorführen wollen. Auf der letzten Party in Malibu, zu der ich ging,* wimmelte es von Frauen, die sich in ihren Bikinis am Buffet rumtrieben. Mich schert es einen Dreck, wie viele Pilates-Übungen sie machen, ich will nur nicht ihre kaum verhüllten Schamberge über meinem Guacamole. Das ist einfach unpassend.

Ich wollte den Sprecher des Obersts auf keinen Fall kontaktieren: Das letzte, was ich brauchte, war ein Pressemensch; ich mußte mit dem Boss sprechen. Arbeitserlaubnis? Ich wußte nicht mal, daß man so etwas als Journalist in Uganda benötigte. Das konnte ein Problem werden, da der offizielle Brief von der *Sunday Times*, der besagte, daß ich für sie arbeitete, zerknittert in meiner Reisetasche lag und inzwischen aussah, als hätte ich ihn selbst in einem Kopierladen hergestellt.

Der Barmann kam zu mir herüber. »Warten Sie auf jemanden?«

Aber ja. Er ist in den Vereinigten Staaten. Ach, leider ist die Zeit der Reisegefährten und Diener für Ladies vorbei, da sie einfach jemanden anwerben konnten, der sie um die Welt begleitete, und niemand fragte, was mit ihnen los war. In Los Angeles stellt eine unverheiratete Schauspielerin normalerweise ihre Schwester ein und

* Ich glaube, es war die von Snoop Doggs Manager, aber ich habe keine Fakten, die das bestätigen.

nennt die Glückliche ihre Produzentin; Schauspieler, die Single sind, lassen sich von einem befreundeten Kiffer begleiten und nennen ihn ihren Berater.

Während der Barmann das Besteck vom Tisch nahm, wurde mir bewußt, daß ein Begleiter nicht nur dazu diente, dem Hotelpersonal das Gefühl zu geben, daß man normal war, sondern auch einem selbst. Das Gefährliche am Alleinsein ist der Zweifel. Mach ich dies oder das? Geh ich dorthin? Vertraue ich dieser Person? Ich weiß nicht. In LA beschreiben Leute ihre »Lebenspartner« als einen Ort der Sicherheit, was widerlich, aber zutreffend ist. Ohne ihn dreht man sich in endlosem Zweifel. Was machte ich eigentlich in *Uganda*?

Und was *ist* das für ein Lärm? Jemand wählte einen Klingelton aus dem weltweit gleichen Angebot erbärmlicher Pieptöne. Futuristisch? Er kam von der Fanta Gang unter dem Mangobaum. Das brachte mich auf eine Idee. Wenn du kein Date mit dem Chef kriegen kannst, dann mach dich an seine Freunde ran und richte dich auf ein langes Spiel ein. Einer von ihnen war bestimmt mit dem Oberst befreundet. Scheiß auf die Zweifel. Ich tippte eine falsche Nummer in mein Telefon, nahm einen Kuli aus der Tasche und ging hinüber zur Fanta Gang.

*

Sie waren zu sechst. Am einen Ende saß ein kleiner Mann mit den Zügen eines gealterten Kindes, am anderen ein schlanker hartgesichtiger Mann, der nicht mitredete, nur etwas von Geschwüren murmelte und sich den Bauch rieb. In der Mitte saß ein riesiger kegelförmiger Mensch, der vom Himmel direkt auf den Stuhl gefallen zu sein schien. Er sah aus wie eine Kreuzung zwischen dem Wrestler Giant Haystacks und Elvis. Hier mitten in Gulu war ein Mann mit großen schwarzen Elvis-Koteletten, einer Tolle und einer Elvis-Jacke mit passendem Hemd und einer Hose aus wild gemustertem Stoff. Er war unverkennbar ein wichtiger Mann; ich war mir nur noch nicht sicher, ob er die Elvis-Imitation bewußt kultivierte oder ob es niemand gewagt hatte, ihm die Wahrheit zu sagen.

»Hier, schau mal. Ich mache ein Foto«, sagte der Riesen-Elvis, nahm ein Handy und fotografierte seinen Freund. »Nun bring ich sein Bild mit seiner Nummer zusammen, schau, und du rufst mich jetzt an... Nicht du, er... nein! Ich sagte du, nicht er!« Schließlich klingelte ein Telefon. »Und seht her! Er ist es jetzt, der mich anruft!«

Ich steuerte auf den Riesen-Elvis zu.

»Entschuldigen Sie, ich versuche immer wieder, in Kampala anzurufen, aber es funktioniert nicht.«

»Geben Sie mal her. Ah, sehen Sie, Sie müssen zuerst die Null drücken.« Das Großartige der Fortschritte in der Technik ist, daß sie Frauen die Möglichkeit geben, so zu tun, als ob sie dumm wären, gerade dann, wenn es mit den alten Tricks zu offensichtlich geworden ist.

»Arbeiten Sie für eine NGO?« fragte er.

»Nein, ich bin Schriftstellerin – Jane, hallo. Ich schreibe eine Geschichte über den Krieg. Es ist toll, daß der Krieg jetzt vorbei zu sein scheint – Entschuldigung...« Ich ließ meinen Kuli zu Boden fallen und hob ihn wieder auf, wobei ich mich weit nach vorn beugte in einem Kleid, das besser zugeknöpft gewesen wäre.

»Nehmen Sie Platz. Ich bin Walter«, sagte der Riesen-Elvis. »Sie würden das Gulu von damals nicht wiedererkennen.«

»Wie sah es denn hier aus?«

»Überall liefen Rebellen herum...« Es stellte sich schnell heraus, daß Walter der Vorsitzende von Gulu – also der Bürgermeister – und ein netter Kerl war; die anderen stellten sich als höhere Offiziere und Bosse von Wohltätigkeitsorganisationen vor.

»Können Sie mir erklären, wie Kony es all die Jahre geschafft hat, ungestraft davonzukommen?«

»Der Sudan«, sagte Walter. »Kony versteckte sich im Sudan.«

»Warum haben Sie ihn nicht einfach von dort geholt?«

»Die rote Linie«, sagte das gealterte Kind. »Die Armee darf nicht die rote Linie überschreiten.«

»Welche rote Linie? Und wer bestimmt das?«

»Bashir.« Die rote Linie, erfuhr ich, markierte die Grenze eines gesetzlosen Landstreifens im Süden des Sudans, wo sich Konys Versteck befand. Im Jahr 2002 erlaubte Bashir der ugandischen Regierung, in den Sudan zu kommen, um Kony zu jagen. Nördlich der roten Linie jedoch war es ihnen nicht erlaubt, nach ihm zu suchen. Wohin also zog sich Kony zurück? Nördlich der roten Linie. Als die Gefahr vorüber war, ging er wieder zurück nach Uganda.

Jetzt war er irgendwo in der Republik Kongo. Also gleich nebenan. Warum haben sie ihn dort nicht gefaßt? Mangel an Ausrüstung, antworteten sie, aber nun hätten sie hochmoderne Hubschrauber, um nahe an das Ziel heranzukommen: Der Bombenangriff, von dem Betty gesprochen hatte – in der vergangenen Woche, als die Armee Konys Satellitentelefon und seine Frau kriegte –, sei ein voller Erfolg gewesen. Konys Hauptbrigade sei zerstört. *Aber Frank sagte mir, es gebe achtzig in einer Gruppe allein...*

Wann? Vor Monaten? Die Armee habe alles unter Kontrolle, sagte die Fanta Gang einhellig. Oberst Otema habe auf diese Weise Tausende von Kindern gerettet.

Aber die Priester hätten es ohne Blutvergießen geschafft, wandte ich ein.

Ja, eine Handvoll Kinder, kam die Antwort.

»Aber wenn es eine Chance gibt, daß Betty Kony dazu bringt aufzuhören, ohne daß massenhaft Soldaten und Kinder getötet werden...«

Fast alle Mitglieder der Fanta Gang nannten Betty eine Optimistin – was niemals als Lob gemeint ist. General Joseph Kony führe eine Armee an, die bis zum Tod kämpfen werde, Oberst Charles Otema sei ein Mann des Militärs, dies sei eine Angelegenheit zwischen Soldaten.

Ich fragte, ob sie John Prendergast kannten, und der schlanke hartgesichtige Mann sagte schließlich: »Ah ja, der Friedensmann« und strich lachend mit den Händen über eingebildetes langes Haar.

Okay, das reicht. Ich murmelte, daß ich mir eine neue Kamera kaufen müsse, stand auf und prallte mit einem Mann zusammen, der in dem Moment an den Tisch trat: ein knuddeliger Großvatertyp mit meliertem Haar und einer sanften Stimme. Er stellte sich als Brigadier Kenneth Banya vor und fragte sogleich, als er von meiner gestohlenen Kamera hörte, ob er mir irgendwie behilflich sein könne. Er lächelte mich mit einem seligen Ausdruck an. *Na toll, ich werde von einem alten Sack angemacht.*

Es stellte sich schnell heraus, daß Banya der Leiter eines Rehabilitationszentrums für Kindersoldaten war. Auf der Labora Farm versuchte man, Kindern zu helfen, die den Rebellen entkommen waren. Großartig: Ich hatte selbst die Fanta Gang falsch eingeschätzt. Und Banya erzählte mir noch etwas, was ich nicht wußte. Kony entführte auch Erwachsene. Banya war genau die richtige Person, um den Kindern zu helfen, weil er wußte, was sie durchgemacht hatten; er war selbst in Konys Armee gewesen, bis Männer des Obersts ihn befreit hatten.

»Im Busch gibt es Schlangen, Löwen, Leoparden, Büffel und Elefanten«, sagte er.

Es kam noch schlimmer. Als ich Banya fragte, warum niemand Kony bisher gefaßt hatte, sagte dieser nüchterne alte Mann, selbst er könne die Geister nicht einfach und pauschal abtun.

»Es ist komisch«, sinnierte Banya, »alle Kinder sagen: ›Seine Geister können hören, was ich denke; er hört mich selbst jetzt‹.«

Was wußte ich schon? Nord-London war nicht berüchtigt als Ort dämonischer Besessenheit, mal abgesehen von Amy Winehouse, und ihre Dämonen flüsterten ihr nicht zu, in den Südsudan einzudringen, sondern forderten sie auf, mehr Drogen zu kaufen.

Banya lud mich ein, die Labora Farm zu besuchen und mit den Kindern zu sprechen. Walter sagte, er werde mir sehr gerne bei meiner Story helfen und ich sei jederzeit auf seiner Fischfarm willkommen. Ich glaube nicht, daß es ein Euphemismus war.

Ich ging zurück zu meinem Hotel und schmollte wie ein richtiger Reporter. Vielleicht gab es doch keine Verschwörung, Kony entkommen zu lassen. Vielleicht wollte der Oberst nicht die Einmischung der Priester, weil dies eine Sache zwischen ihm und Kony war, zwei Männern des Militärs. Vielleicht wollte der Oberst den Krieg auf seine Weise beenden, mit einer Bombe, um dann auch wirklich sicher zu sein, daß Kony tot war. Fazit: Die Mitglieder der Fanta Gang waren wie Kony afrikanische Soldaten, die Jahrzehnte kämpfend im Buschland verbracht hatten. Ich war nur ein Mittelklassemädchen aus Muswell Hill-Highgate, das nicht mehr wußte, was es denken sollte.

38

Aus einem Roman von Stephen King

Draußen wurde es dunkel, und diesmal saß ich nicht mit einer Schüssel heißen Posho auf dem Bett, sondern ich war auf der Straße. Plötzlich geriet ich in eine Szene aus einem Roman von Stephen King. Wie aus dem Nichts tauchten von allen Seiten Kinder auf. Tausende von ihnen, eine Menschenwoge aus Kindern jeden Alters. Sie strömten aus jeder Straße und jedem Feldweg in die Stadt; manche trugen Schulbücher, andere Decken, einige hatten sich weiße Säcke der UN-Lebensmittelhilfe übergezogen. Das Ganze hatte etwas Außerirdisches – ein kleines Mädchen in einem steifen rosa Ballkleid schien zu schweben. Sie wußten genau, wohin sie gingen, und einige sangen. Das Singen von Kindern finde ich immer unheimlich, und hier machte es die Szene noch bedrükkender. Eine Gruppe trennte sich und lief über ein Feld. Ich hatte Mühe, mit ihnen Schritt zu halten. Neben mir ging ein kleiner Junge.

»Wo sind deine Eltern?«

»Im Dorf.«

»Wohin geht ihr?«

»Zu den Schutzhütten.«

»Warum geht ihr dorthin?«

Da rannte er weg und schlüpfte durch ein Tor, hinter dem so etwas wie ein großer Schuppen war. An dem Tor stand ein Wachmann mit einem Gewehr. Die Kinder kämen jeden Abend zum Schlafen hierher, sagte er, wegen der Rebellen. Morgens gingen sie dann wieder in die Schule und kehrten zurück, bevor es dunkel wurde. Innen drin schienen keine Schlafräume zu sein oder auch nur Betten. Ich konnte nur einige scheußliche Betonhütten sehen. Ich versuchte, mehr auszuspähen, aber der Wächter stützte sich schwer auf sein Gewehr und ließ mich nicht hinein.

Immer mehr Kinder kamen aus der Umgebung, und nun bemerkte ich, daß überall auf dem Gelände Schlafplätze waren. Eine ganze Stadt aus Kindern wurde von bewaffneten Männern bewacht, damit das Schreckgespenst Kony, das nicht aufzuhalten war, sie nicht in der Nacht aus ihren Betten wegzaubern konnte.

Die Welle versiegte allmählich, und nach und nach fielen die Tore zu. Alle Kinder waren aus der Stadt verschwunden. Ein Hund bellte. Ich stand allein in einer pechschwarzen Nacht. Nichts. Nur Dunkelheit.

39

Unter Kindersoldaten

Kony war nicht tot. Sonst hätten Eltern ihre Kinder nicht jeden Abend kilometerweit an einen sicheren Ort geschickt. Ich rief Banya an, um ihn wegen seiner Einladung beim Wort zu nehmen, und machte mich dann auf den Weg zur Labora Farm. Vielleicht entführte Kony immer noch Menschen, weil er das einfach am besten konnte. Es gab einen Weg, um herauszufinden, ob er seinen Job gut machte: Man fragt die Leute, die für ihn arbeiteten. Niemand kennt die Geheimnisse eines Chefs besser als seine Angestellten.

Ich nahm das *Boda*, dessen Fahrer am breitesten lächelte, und schon nach kurzer Zeit fuhren wir durch einsame Felder mit Sonnenblumen. Die Hitze lastete wie ein Gewicht auf den Schultern. Ich hatte so etwas wie ein erlebnispädagogisches Zentrum erwartet, mit Kindern, die Selbstbildnisse machten, indem sie Makkaroni auf Pappkarton klebten. Stattdessen war die Labora Farm nur ein Bauernhof, auf dem Kinder arbeiteten; Teenager saßen auf einer Plane und pulten die Körner aus Zuckermaiskolben.

Von Banya keine Spur, aber schließlich hüpfte ein Mann auf einem Bein heran, Achama Jackson, ein früherer Gefangener, der nun als Farmverwalter arbeitete. Er sagte mir, Banya sei irgendwo aufgehalten worden. Auch Achama war nicht mehr der Jüngste, und wie Banya schien er an Geister zu glauben. Er erzählte mir, daß er von einem Jungen gehört habe, der darauf vorbereitet worden sei, als Gefäß für Konys Geist zu dienen, falls er sterben würde.

Ich fragte die Kinder nach Kony, aber sie waren verschlossen, starrten auf die Plane und flüsterten kaum verständlich ihre Namen. Ich hatte keine Ahnung, ob sie Angst vor Konys Geistern hatten, trotzdem versuchte ich, mich als eine Person mit einem stärkeren Geist auszugeben. Offensichtlich funktionierte es nicht.

Ich bedankte mich bei Achama und ging zurück zu dem *Boda*-Fahrer, der sein breites Lächeln verlor, als er mich mit den Kindern sprechen sah. Auf der Rückfahrt übers Land brannte die Sonne noch heißer. Ich sah unterwegs ein Mädchen, das auf einem Seil balancierte, in der Hand eine Sandale, mit der es redete. Alles schien die verschwommenen Ränder eines Traums zu haben. Hatte Betty recht? Hatte John recht? Hatten die Männer unter dem Mangobaum recht? War überhaupt irgendetwas von all dem geschehen? Ich hatte nicht bemerkt, daß der Fahrer auf mich einredete. Er war böse.

»Warum hassen Sie Jesus?« fragte er mich unvermittelt. Das machte mich hellwach. Wann endlich werde ich lernen, einen freundlichen Menschen von einem Verrückten zu unterscheiden? Großartig, es war mir nicht nur mißlungen, die Kinder davon zu überzeugen, daß ich einen Geist in mir hatte, geschweige denn einen mächtigen, nun war ich auch noch in einen Streit über Religion verwickelt. Wer sagt, daß schwarze Taxis teuer sind?

Irgendwie schafften wir es bis Gulu. Ich war reif fürs Bett, ließ mich jedoch von dem Verrückten an der »Charity« absetzen, die Pater Carlos erwähnt hatte, eine kleine lokale Hilfsorganisation für Kindersoldaten. Es klang ein bißchen nach frommem westlichen Altruismus, aber ich dachte, einen Versuch wäre es wert.

*

Ich hatte mich geirrt: Es war nicht eine Einrichtung *für* Kindersoldaten, sondern *von* Kindersoldaten. Sie alle waren vor Jahren entführt worden und konnten irgendwann fliehen; als sie erwachsen waren, schlossen sie sich zusammen und gründeten ihre eigene bescheidene Version von Oxfam. Jetzt ging es richtig los, denn im Gegensatz zu den Kindern der Labora Farm konnten die früheren Kindersoldaten nicht aufhören zu reden, und sie waren irrsinnig komisch. Als ich erwähnte, daß ich vielleicht auch meine Nachforschungen auf den Sudan ausdehnen müsse, aber kein Visum für das Land hätte, dachten sie sich als alte Soldaten sogleich ein paar hilfreiche Operationen aus. Wenn ich es richtig verstand, sollte ich um sieben Uhr morgens viele hundert Kilometer von Gulu entfernt auf einen Mann warten, und zwar im Hinterzimmer eines Ladens, versteckt hinter einem Stapel Margarinebecher, und von dort aus beobachten, welcher der Lieferanten mit den sudanesischen Grenzbeamten gemeinsame Sache machte.

»Nicht der, Jane... nicht der... *der da*! Er hat einen Bruder. Aber sag niemandem, daß er weiß, wo man ein Visum bekommt. Du triffst ihn morgen früh um sieben hinter der Grenze.« Ich bin fest davon überzeugt, wenn ich es getan hätte, hätte ich das Visum bekommen.

Später wurde ich Zeugin eines bühnenreifen Streits zwischen dem Friedenskoordinator und dem Vorsitzenden des Eingliederungsprogramms.

Entschuldigung, ich sollte ja schreiben, daß die Kindersoldaten ihre Leiden mit stoischer Würde ertragen. Da das impliziert, daß Leute in der Dritten Welt den ganzen Tag herumsitzen, gekidnappt werden und auf irgendeinen TV-Star warten, der mit ihnen während einer Wohltätigskeitswoche Fußball spielt, werde ich das nicht tun.

Die Kindersoldatengruppe hatte sechs Mitglieder, und während ich dort war, kamen immer wieder andere junge Leute herein, um mit mir zu reden; oft trugen sie Babys auf den Rücken. Beaufsichtigt wurden sie von Stella und Jessica, zwei ehemalige Sexsklavinnen, die jetzt für die Gesundheitserziehung verantwortlich waren. Die Gruppe besuchte regelmäßig die Flüchtlingslager, kümmerte sich um Entflohene, so daß sie und ihre Kinder, die sie aus dem Busch mitgebracht hatten, das Notwendigste verdienten. Es waren keine glamourösen Jobs. »Einige arbeiten für tausend Shilling [30 Cent] pro Tag. Sie schmieren Kuhdung an Wände«, erklärten sie mir. Diese Gruppe bekam keine Unterstützung von großen Wohltätigkeitsorganisationen; ihr Büro befand sich neben einer Schreinerei. Sie konnten sich bei dem Lärm oft nur schreiend verständigen.

Wohltätigkeitsvereine lieben Titel, und auch hier hatten sich alle sechs zu Vorstandmitgliedern ernannt. Steven war unter Kony einer seiner Geheimdienstexperten gewesen; er war als Spion ausgebildet und konnte sich das Verhalten nicht abgewöhnen. Er benutzte nie die Namen der Leute, nannte sie nur »dieser Mann« oder »diese Frau«, abgesehen von Kony, der stets nur »der Mann« war. Wann immer Steven mit mir sprechen wollte, schaute er über die Schulter und sagte: »Nicht hier«, und wir bewegten uns ein paar Schritte nach rechts. »Okay Jane. Dieser Mann sagt – Oh. Nicht hier.« Und wir gingen wieder ein paar Schritte nach links.

Der Vorsitzende, Alan, hatte Sinn für Wall-Street-Kleidung und war der fröhlichste Mensch, den ich seit Jahren getroffen hatte. Wenn man solchen Leuten in LA begegnet, sind sie gewöhnlich im Stimmungshoch eines Serotonin-Wiederaufnahmehemmers, kurz bevor sie durchdrehen und ein Postamt überfallen.

Vergnügt erzählte Alan, wie er entführt und einem fetten Schlägertyp namens Ochen übergeben worden war: »Ein kleiner Mann, braun und sehr grob. Er schlug gerne seine Frauen.« Einer seiner Brüder war vor seinen Augen getötet worden, ein anderer wurde im Busch krank und starb. »Ich kann nichts tun, um sie wieder zurückzubringen. Deshalb gründete ich diese Gruppe.«

Wir verstanden uns gut, und ich bat die Männer, mir von ihrem früheren Boss zu erzählen. Sie kannten das Militär, ich nicht, deshalb wollte ich von ihnen wissen, was Kony zu einem so fähigen Soldaten machte, daß der Oberst ihn nicht fassen konnte.

Zu meiner Überraschung erfuhr ich, daß Joseph Kony überhaupt kein Soldat war. Der Mann, der die Panzer und Hubschrauber und den Zehn-Tonnen-Penis des Obersts abwehrte, hatte keinerlei militärische Ausbildung. Joseph Kony schwang Reden, und das war's. Er ähnelte einem TV-Moderator mit Zugang zu Feuerwaffen. Ein Mann mit Charisma und, seltsam genug, mit einer Vorliebe für grelle Hosenanzüge. »Er zog sich immer schick an«, so Alan. Er mochte Stiefel. »Wie die Beatles.«

»Na, jetzt hören Sie aber auf«, sagte ich. »Er lebte doch im Busch, wo kriegte er da Anzüge her?« Alle sechs zeigten auf einen kleinen Mann mit ovalem Gesicht, der draußen auf dem Bürgersteig saß. Er hatte uns zugehört, nun wandte er sich um und sagte:

»Ich nähte für ihn einreihige Anzüge, grüne, aus verschiedenen Stoffen.« Kony, der Mann, der als vogelfreier Bandit galt, hielt sich im afrikanischen Busch persönliche Schneider. Benjamin war einer von ihnen, und nun arbeitete er auf Gulus Hauptstraße an seiner Nähmaschine.

»War Kony schwer zufriedenzustellen? Mußte jede Naht perfekt sein?«

»Jede Naht«, sagte Benjamin.

»Könnten Sie ein Hemd nachmachen?« Ich gab dem Schneider des Kriegsverbrechers einen Auftrag. Dies war der Beginn einer fruchtbaren Beziehung.

Kony schien wirklich kein ernsthafter Gegner für eine Armee zu sein. Den Berichten zufolge machte er eher den Eindruck eines Lifestyle-Gurus, ein Rundumratgeber für Beziehungen und häusliches Leben.

»Zu uns sagte er immer, ihr müßt eure Küchengeräte sauberhalten, und er kontrollierte alles im Haus«, erzählte Stella. Neben dieser Routine steckte er seine Nase in die Beziehungen seiner Soldaten; er verkündete, ein Mann solle mit einer Frau erst sieben Tage nach ihrer Periode Sex haben. Alles andere sei nicht produktiv.

»Ist es anders bei den Tieren? Bei den Vögeln«, pflegte er zu sagen. Es gab großes Gelächter unter den Mädchen, als ich fragte, ob Kony abends von einer Frau zur nächsten ging. Sie erklärten, daß mitten auf dem Gelände ein Haus stand, um das herum die Frauen wohnten. Die Sex-Regel war, daß alle drei Tage eine andere Frau zu dem Zentralhaus ging, bis »der Ehemann« den ganzen Kreis durchlaufen hatte. Alan sagte: »Als ich noch dort war, hatte Kony neunundachtzig Kinder und fünfzig Frauen.« Kony hatte so viele Frauen, daß er nicht ihre Namen kannte. Er benannte sie nach ihrer Heimatregion.

Ich kam ins Gespräch mit einer Gruppe ehemaliger Sexsklavinnen. Warum wir auch über mein Leben sprachen, weiß ich nicht.

»Wie wurdet ihr von den Rebellen entführt?« fragte ich.

»Sie überfielen unseren Schullastwagen aus dem Hinterhalt und erschossen alle, aber ich überlebte, weil ich wie tot unter den Leichen lag. Haben Sie Kinder?«

»Ich? Nein. Wurden alle deine Schulfreunde getötet?«

»Warum haben Sie keine Kinder?«

»Ich mag keine Babys. Also wie kriegten sie...«

»Wo leben Sie?«

»Ich? In Los Angeles, einige Pogo Sticks... Ich teile einen Platz mit einigen...«

»Sie haben kein Haus?«

»Äh... es ist sehr teuer, heutzutage ein Haus zu kaufen...«

»Ach ja«, sagten die früheren Sexsklavinnen, und mittlerweile tat ich ihnen wirklich leid. »Kann Ihr Ehemann nicht ein Haus kaufen?« *Oh, fangt bitte nicht damit an. Ich habe mir gerade eingeredet, daß ich froh bin, Single zu sein.*

»Ich bin nicht verheiratet.«

Das war zuviel für sie. Eines der Mädchen sah aus, als würde sie gleich in Tränen ausbrechen.

Konys großer Durchbruch als prominenter Warlord kam 1994: Er erhielt einen Anruf vom Präsidenten des Sudans, Omar al-Bashir. Und nun erfuhr ich von der Gruppe der Kindersoldaten Einzelheiten, die diesen Tag völlig surreal machten. Kony zog nicht mit einer traurigen Truppe in den Sudan oder errichtete ein schäbiges Rebellenlager aus Ästen und Stoffresten, wie ich es mir vorgestellt hatte. Nein, Omar al-Bashir persönlich, reichgeworden durch Ölverkäufe, lud Kony ein, sein Geschäft im Sudan weiter zu betreiben. Er bekam ein gutausgestattetes Dorf, und als Gegenleistung stellte er Bashir eine private Kinderarmee zur Verfügung. Sie wurde ausgebildet, um Bashirs Feind, Dr. John Garang (»der selbstsüchtige Mistkerl« aus Kapitel 29), zu bekämpfen.

So kam Joseph Kony, der Grundschulabbrecher, Bauer, Zauberer, von Malaria hirngeschädigte Irre, der zum Zweck strategischer Entscheidungen Spielzeughubschrauber abbrannte, in den Besitz einer Ministadt im Sudan, inklusive eines eigenen Waffenlagers, von anderen Luxusgegenständen ganz zu schweigen.

»Die sudanesische Regierung gab jedem Kommandanten große Flächen Land zum Bebauen, manchmal pflanzten sie auch Opium an«, sagte Steven. »Und in dem Haus des Großen Mannes war die Latrine sehr schön.« Kony, der seinen Anhängern befahl, jedem, den sie mit einem Fahrrad erwischten, die Beine abzunagen, hatte mehrere Motorräder und einen Jeep.

»Hatte er irgendwelche Hobbys?« wollte ich wissen.

»Der Mann hört ständig BBC-Nachrichten«, bestätigten alle aus der Gruppe.

»Warum?« Eine dumme Frage.

»Um zu sehen, ob man über ihn spricht!« Natürlich. Er war schließlich ein Prominenter. Ich war nur zwei Abende privat mit Stars zusammen; beide Male verbrachten sie die ganze Zeit damit, sich selbst zu googeln. Ich sollte das besser nicht mitteilen, nicht zuletzt deswegen, weil es darauf schließen läßt, daß ich langweiliger bin als eine Suchmaschine.

Kony mochte nicht nur die Nachrichten.

»Er schaut sich auch Filme an«, sagte Alan.

»Was für Filme?«

»Er mag sehr diesen Mann...«

»Welchen Mann?«

»Der gegen die Vietnamesen kämpft...« Kurze Pause. Dann fiel ihnen der Name wieder ein.

»*Rambo!*«

»Und *Missing in Action 2* mit Chuck Norris.«

»Eddie Murphy – *Coming to America*.«

»Er rief dann immer alle Offiziere zu sich und sagte zu ihnen: Schaut euch das an, wir müssen das üben so wie in dem Film, ihr müßt es genauso machen«, erzählte Steven.

»Oder man mußte lernen, wie man eine RPG-7 benutzt, wenn plötzlich eine Mamba auftaucht...« In meinem Kopf drehte sich alles. Kony verschleppte Tausende von Kindern in die sudanesische Wildnis und ließ sie *Rambo* nachahmen.

»Wie viele Kinder waren damals in seiner Armee?«

»Ich denke, etwa zehntausend«, sagte Steven. (Ich habe von Schätzungen zwischen 6000 bis 12000 Kindern gehört, die dort ständig lebten.)

»Weihnachten hatten wir immer eine große Party und schlachteten Bullen«, sagte Alan.

Dies war reine Science Fiction. Kony bildete in der Wüste eine Armee von Kindern aus. Er machte Überfälle auf Uganda, um Kinder zu rauben und sie in den Sudan zu bringen. Dort wurden sie mit ausgedachten religiösen Ritualen einer Gehirnwäsche unterzogen und mit Sheabutter eingeschmiert. Sie mußten Eier tragen, wobei jedem, der eins zerbrach, der Tod drohte. Während Kony von den Arabern durchgefüttert wurde, ernährten sich die Kinder oft nur von Blättern. Dann übergab er sie Befehlshabern wie Ochen, kleine Schläger, die alle auf die gleiche Weise vorgingen: Sorg dafür, daß jedes Kind einen Verwandten tötet, um es auf Linie zu halten, dann mach dich daran, die Mädchen zu schwängern. Die Kinderarmee wuchs ständig. Es mußte ein separates Lager für die schwangeren Mädchen und ihre Babys gebaut werden. Tausende von Kindern lebten so jahrelang, und Kony passierte nichts.

Es blieb mir unverständlich. Von den Berichten konnte man den Eindruck gewinnen, daß Kony gute Menschenkenntnis besaß, ein Verrückter, der Glück hatte. Mit Hitler, Stalin oder Karl Rove konnte man ihn nicht vergleichen. Er war ein so unscheinbarer Mann, daß Bashir bei dem ersten Treffen mit Anführern der »Lord's Resistance Army« aus Versehen zuerst Vincent Otti, Konys Stellvertreter, begrüßte, da Otti der große charismatische Typ war. Kony war noch nicht einmal Soldat.

»Was passierte mit dem Ort in der Wüste?«

Die Araber hätten plötzlich ihre Besuche eingestellt, erzählte Alan. »Sie kamen nicht mehr, als die sudanesische Regierung ugandische Truppen willkommen hieß.« Mit anderen Worten, es war eine Art Friedensabkommen zwischen beiden Ländern getroffen worden, die UDPF marschierte ein, und für die Rebellen war es Zeit zu verschwinden.

Kony zog sich in die Republik Kongo zurück, wo der Oberst ihn jedoch genauso wenig fassen konnte. Mein Gefühl sagte mir, daß ich mit meiner Vermutung recht hatte: Dieses Fiasko war die Schuld des Obersts. Irgendetwas stimmte nicht. Dann nahm das Gespräch erneut eine merkwürdige Wendung.

Ich fragte die Gruppe, ob Kony magische Kräfte habe. Sie alle äußerten die Überzeugung, daß es etwas Besonderes gab, was ihn unzerstörbar machte.

»Er hat viele Angriffe überlebt«, sagte Steven. »Er nannte uns im voraus die Anzahl der Regierungstruppen und wann und mit welchen Waffen sie kommen würden, und es stellte sich immer als richtig heraus.«

»Er ist sehr schlau«, sagte Alan. »Er ahnte, wenn Soldaten uns zu umzingeln versuchten und flüchtete rechtzeitig. Wir merkten nie was; sein Kopf ist immer wach.«

Aber als ich sie fragte, warum niemand Kony gestoppt hatte, verstummten sie. Nur der frühere Spion sagte dann: »Das ist streng geheim, Jane.«

Ich bohrte weiter, aber das einzige, was sie sagten, war: »Schau dich um.«

*

Steven ging mit mir zum Acholi Inn, um zu sehen, ob der Oberst besser gelaunt zurückgekommen war. Unterwegs sah ich ein wirklich cooles Gebäude aus den sechziger Jahren und wollte es fotografieren.

Sobald ich darauf zeigte, rückte Steven ein paar Schritte von mir weg. Er wollte nicht, daß ich ein Foto machte, drängte mich, weiterzugehen. Er hätte nicht verstanden, daß man für ein solches Haus, verschiffte man es nach Hollywood, leicht eine Million Pfund bekommen konnte. Und dann war da an der Fassade ein interessantes Schild.

Sollten Sie es nicht lesen können, dann sind das die ersten Anzeichen eines sehr ernsthaften Augenleidens. Dort steht deutlich sichtbar: »LINT MARKETING BOARD«. Keine Frage, Mull braucht einen Publicity-Manager. Aber als ich die Aufnahme machte, kam ein Mann auf uns zugerannt und schrie: »Sie! Gehen Sie sofort weg!«

Er meinte es ernst. Wir hauten schnell ab. Steven erzählte mir, daß die Einheimischen behaupteten, dies sei ein Gebäude der ugandischen Armee, aber nicht irgendeines.

»Dort verhört der Oberst Leute.« Was bedeutete, ich hatte zufällig die Folterkammer des Obersts fotografiert... Na klar... Niemand vermarktet Mull... Niemand.

Zurück im Hotel brannte ich sofort meine Fotos auf eine CD. Dabei fiel mir ein, was mir schon vor der Reise über das Fotografieren von Regierungsgebäuden in Uganda gesagt worden war. Ich hatte Glück, daß ich nicht bereits in einer Gefängniszelle saß oder gar mit dem Oberst über das öffentliche Image von Baumwollabfall diskutieren mußte.

Aber es gab eine gute Nachricht. In einer E-Mail teilte mir John mit, daß er die Idee eines Hollywood-Films über sich aufgegeben habe. Ich rief ihn an.

»Ich dachte, die Treffen mit den Produzenten verliefen gut.«

»Es war einfach ein unangenehmes Gefühl, im Mittelpunkt der Story zu stehen. Zu egomanisch, selbst für mich«, sagte er.

»Oh nein! Es würde Ihnen in LA gefallen!« *Danke, Gott. John wird in Washington bleiben, und dort würde Scarlett Johansson ihn niemals finden.*

40

Und ich werde Porridge machen

Ich ging zum Markt, kaufte einen schönen blauen Gingham-Stoff und ließ mir von Benjamin, dem Schneider, ein Kleid für das Treffen mit John machen. Es sollte ein Wickelkleid sein, so wie ich es in einem Laden der Modehauskette Gap gesehen hatte. Benjamin schien von der Idee nicht begeistert zu sein; er hätte mich lieber in einem traditionellen ugandischen Gewand – Tuch bis zu den Knöcheln und bauschige Ärmel weit über den Schultern – gesehen, aber der Schneider des Kriegsverbrechers arbeitete dann doch perfekt, und mein Kleid erregte viel Aufmerksamkeit. Irgendwann sagte mir jemand, ich hätte mir den Stoff ausgesucht, der auch für die örtlichen Schuluniformen verwendet wurde. Benjamin war ein sehr taktvoller Schneider.

Ich brauchte etwas Schickes, denn ich beabsichtigte, mit einigen Leuten zu reden, die sehr mißtrauisch waren. Auf Joshuas Rat hin nahm ich Verbindung mit der »Vereinigung der besorgten Eltern« auf. Dort gab man mir die Adresse einer Frau, deren Tochter Opfer eines der berüchtigtsten Schulverbrechen der Geschichte geworden war. Es wurde vor allem wegen einer Frau, die sich heldenhaft verhielt, rund um die Welt bekannt und rührte jeden, von Oprah Winfrey bis zum Papst. Els De Temmerman, eine richtige Journalistin, schrieb ein ausgezeichnetes Buch darüber: *Aboke Girls*.

Mir bereitete es allerdings ein Problem, denn die betroffenen Eltern waren zu oft befragt worden und hüllten sich nun in Schweigen. Hinzu kam, daß vor kurzem eine Sonntagszeitung besonders den Müttern Vorwürfe gemacht hatte. So war ich nicht überrascht, als die Frau mit mir zuerst nicht sprechen wollte. Aber ich muß unprofessionell genug geklungen haben, um harmlos zu erscheinen, vielleicht war es auch das Kleid, das an die Schuluniform erinnerte, jedenfalls willigte Laura schließlich ein, mir zu erzählen, was damals geschah. Ihr Büro lag in der Nähe des Marktes, und als wir uns draußen unter einen Baum setzten, stellten sich alle Kinder, die mit ihren Müttern einkaufen gingen, in einer Reihe vor uns auf und beobachteten uns.

Laura war eine attraktive Frau mit einem offenen Gesicht. Sie unterbrach sich von Zeit zu Zeit, als ob sie abschätzte, was sie preisgeben sollte. Zuerst erklärte sie mir, daß das St. Mary's College Aboke ein Internat war, das viel Geld kostete. Aber es war damals auch die beste Schule in Uganda, und deshalb entschied sie, ihre Tochter dorthin zu schicken. Zuvor hatte es in ihrer Familie eine Reihe tragischer Todesfälle gegeben, und daher dachte Laura: »Ich schulde es Marilyn, daß sie eine gute Erziehung bekommt.«

Sie hatte den schlimmsten Ort im Land gewählt. Am 9. Oktober 1996 näherten sich heimlich 150 von Konys Rebellen der Schule mit der Absicht, die Mädchen zu entführen. Doch Einheimische hatten die Männer entdeckt und die stellvertretende Schulleiterin und eine italienische Nonne, Schwester Rachele Fassera, gewarnt. Noch war genug Zeit, und die Nonne eilte sofort zur Kaserne im Ort, um sicher zu gehen, daß die Armee kommen und sie beschützen würde. Als dann am 10. Oktober um 2 Uhr morgens Konys Männer auftauchten, sahen sie Soldaten in der Nähe der Schule, gaben ihr Vorhaben auf, und die Mädchen waren gerettet.

Nein, genau das geschah *nicht*. Die Armee ließ sich nicht blicken. Konys Männer schlugen die Scheiben des Schlafsaals ein und entführten 139 Mädchen.

Vielleicht dachten die verantwortlichen Offiziere, es sei falscher Alarm. Aber die Schule war schon einige Jahre zuvor, 1991, angegriffen worden. Damals hatte Museveni sich bei den Lehrern entschuldigt und dauerhafte Sicherheit versprochen. Warum? Weil es bereits davor schon mal passiert war, 1989, als die Rebellen zehn Mädchen verschleppten, unter ihnen Susan, vierzehn Jahre alt, die nie wieder gesehen wurde.

Schwester Rachele war sich sicher, daß die Männer ihre Schülerinnen vergewaltigen würden; einer von ihnen hatte es schon in der Schule getan.

Da von den Soldaten keine Hilfe zu erwarten war, beschloß Schwester Rachele, selbst in den Busch zu gehen, um die Kinder zurückzuholen. Zusammen mit dem jungen Geographielehrer John Bosco Ocen folgte sie einer Spur aus Bonbonpapier. Die Rebellen hatten auch den Schulladen geplündert. In ihrer Nonnentracht watete sie durch Sümpfe und Unterholz und fand schließlich den Trupp auf einem Hügel – 139 Schulmädchen waren mit Seilen in einer Reihe zusammengebunden; unterwegs hatten die Rebellen noch 60 weitere Kinder verschleppt.

Laura erzählte: »Als Konys Männer die weißgekleidete Frau sahen, riefen sie ihr zu: Ihre Mädchen sind hier. Schwester Rachele sagte, sie wolle sie zurückhaben. Und sie sagten: Ja. Aber ruhen Sie sich erst mal aus. Sie sind müde. Sie wollte gleich wieder mit den Mädchen zurückgehen. Doch sie mußte zuerst ein Bad nehmen, und man kochte für sie. Sie wurde behandelt wie ein Gast, aber alles unter Zwang. Das war bestimmt schrecklich.« Schwester Rachele hatte zu Recht ein schlechtes Gefühl; tatsächlich wollten die Männer nur Zeit gewinnen, um eine Auswahl unter den Entführten zu treffen. »Sie gaben ihr einhundertneun Mädchen zurück und behielten diejenigen, die ihnen gefielen.« Schwester Rachele hatte keine Wahl, sie mußte dreißig Mädchen zurücklassen. Sie bat Judith, die Schulsprecherin, sich um ihre Mitschülerinnen zu kümmern, und gab ihr zum Abschied einen Rosenkranz. Schwester Rachele erfuhr später, daß Judith zu Tode gefoltert wurde.

Die Nachricht von der Entführung verbreitete sich rasch, und die Eltern eilten zur Schule. Dort las ihnen eine Nonne die Liste mit den Namen der entführten Mädchen vor.

»An erster Stelle stand der Name meiner Tochter Marilyn«, sagte Laura. »Sie war damals vierzehn. Ich konnte nur noch weinen, so wie die anderen Eltern auch.«

Laura wußte lange nicht, ob Marilyn noch am Leben war. »Immer wenn Kinder den Rebellen entkamen, lief ich zu dem Auffanglager und fragte jeden nach meiner Tochter. Es dauerte fast drei Jahre, bis ich von einem Mädchen erfuhr, daß Marilyn einem der Kommandanten gegeben worden war.«

»Was geschah mit Marilyn?« fragte ich.

»Die Mädchen wurden in den Sudan gebracht. Sie war schwanger. Als das Baby zur Welt kam, hatten sie dort nichts zu essen, und dazu kamen die Angriffe der ugandischen Armee, so daß die Mädchen nirgendwohin gehen konnten, um sich etwas Eßbares zu besorgen. Marilyn hatte keine Brustmilch, das Kind starb. Sie wurde noch zweimal schwanger. Man brachte sie in ein – wie heißt das? – Lazarett.«

Dann gab es Hoffnung, weil Präsident Museveni sich zu einem Treffen mit den Eltern der Entführten bereit erklärte.

»Bot er Ihnen Hilfe an?« fragte ich.

»Nein«, sagte Laura. »Er sagte nur: Wenn ihr nach euren Kindern sucht, werde ich meine Soldaten anweisen, nicht auf euch zu schießen.«

Schließlich half der Präsident dabei, daß Schwester Rachele und ein Elternteil in den Sudan fliegen konnten, aber sie erreichten nichts.

Sogar die damalige First Lady der Vereinigten Staaten, Hillary Clinton, lud Vertreter der »Vereinigung der besorgten Eltern« ins Weiße Haus ein. Sie sagte, die Mädchen seien zu einem »Leben in unbeschreiblichem Grauen« verdammt. So unbeschreiblich, daß sie nichts tun konnte, um sie zu retten. Aber es war schon in Ordnung, denn Schwester Rachele und die Eltern trafen auch den Papst, Kofi Annan, Nelson Mandela, Oberst Gadaffi und

Omar al-Bashir. Keiner von ihnen brachte die Mädchen zurück. Aber Schwester Rachele und die Eltern gaben keine Ruhe. Sie reisten um die ganze Welt. Der Papst verlas eine Botschaft im Radio. In der Zwischenzeit richtete sich Kony in der Stadt in der Wüste ein und brachte seine Beute, die gebildeten Mädchen von St Mary's, dorthin. Sie wurden vergewaltigt, geschwängert, bekamen Syphilis und mußten mitansehen, wie Babys an Bäumen zerschmettert wurden. Warum hatte seine Heiligkeit, Johannes Paul II, nicht die Macht des Vatikans dazu benutzt, etwas für die Mädchen zu tun? Ich wette, wenn an Kony eine 20 Cent-Münze befestigt gewesen wäre, hätte der Papst ihn längst gefunden. Was also taten letzten Endes die Mächtigen für die Mädchen von St Mary's? Sie überließen ihre Rettung faktisch der ugandischen Armee.

Eines Tages bekam Laura von einer anderen Mutter einen Anruf.

»Sie sagte: Kennst du Gott? Ich sagte ja. Kennst du Jesus? Ich sagte ja. Er ist mein Retter. Dann preise ihn, denn Marilyn ist wieder da!« Ich wollte mein Telefon in die Luft werfen. Ich schrie. Meine Nachbarn müssen gedacht haben, ich sei verrückt geworden«, sagte Laura, der immer noch die Freude anzusehen war. Inzwischen umringten uns Mädchen und Jungen, die nun nicht mehr neugierig starrten. »Marilyn war so viele Jahre weggewesen. Sie hatte drei weitere Kinder entbunden, nun kam sie nach Hause und sagte: Mama, ich möchte wieder in die Schule gehen. Ich sagte ihr: Ich werde mich um das Baby kümmern, du gehst zur Schule. Dein Kind wird nicht sterben, es ist jetzt bei mir.«

Tränen strömten über Lauras Wangen, als sie alle Lebensmittel aufzählte, die sie für ihren Enkel kaufen wollte. »Porridge und Erdnüsse und Gemüse...«

»Und all die Jahre kam nie irgend jemand zu Ihnen und sagte: Wir werden mit Ihnen gehen und Ihnen helfen, Ihre Kinder zu finden?« fragte ich.

»Nein«, antwortete Laura. Schwester Rachele war nach Rom zurückberufen worden. Sie war traumatisiert und mußte immer wieder weinen. Bevor ich das alles verarbeiten konnte, murmelte Laura: »Und die beiden anderen Mädchen sind immer noch irgendwo dort draußen...«

Sie sagte noch etwas, aber es war zu leise, um es zu verstehen.

*

Laura rief mich ein paar Tage später an. Ich hatte erwähnt, daß ich einen Computer habe, und angeboten, Marilyn ein bißchen Microsoft Word beizubringen. Weiß Gott, da war nichts sonst, was ich sagen konnte. Am nächsten Morgen wartete Marilyn in dem kleinen Hinterhofhaus ihrer Mutter auf mich. Sie hatte ein schönes Gesicht und ein zartes Lächeln. Ein Baby schlief in dem Tuch, das um ihren Rücken gewickelt war.

Mir ist es schon oft aufgefallen, daß in der Literatur weibliche Figuren, die nicht viel sprechen, wohlwollend dargestellt werden und als tiefer, weiser, gegenwärtiger erscheinen. Das klingt so überzeugend wie die Anwendung derselben Adjektive auf irgendein dümmliches Upperclass-Mitglied aus Westlondon, das sich bereit erklärt, in die Windsor-Familie einzuheiraten.

Marilyn sprach wenig, aber sie hatte eine eigene Ausstrahlung.

»Ich werde Lehrerin«, sagte sie, fast flüsternd. »Ich gehe nach Kampala, während Mama sich um das Baby kümmert. Ich danke dem allmächtigen Gott, der mir diese Chance gegeben hat.«

Sie wollte die verlorene Zeit unbedingt aufholen. Ihre Augen bohrten sich geradezu in den Computerbildschirm, als ob sie hinter die Pixel sehen könnte. Soviel konzentrierte Aufmerksamkeit hatte ich bisher nur bei Madonnas Fitneßtrainerin gesehen, und meines Wissens verbrachte Tracy Anderson nicht neun Jahre mit Guerilleros in der sudanesischen Wüste. Marilyn hatte das Schreibprogramm nach wenigen Stunden intus. Woher kam diese Fähigkeit zur Konzentration? Klug geboren, vermutete ich, und durch neun Jahre Balance auf einem Drahtseil über dem Tal des Todes. Erinnerungen von Kindersoldaten sind ja schön und gut, aber sie sollten lieber Ratgeber schreiben, wie man in der Geschäftswelt vorankommt.

»Dieser Unterricht hat mir sehr geholfen« sagte sie, bevor ich ging. »Danke.«

*

Nicht lange danach brachte die Zeitung *New Visi*on einen Artikel. Kampfhubschrauber der Regierung hatten in den Nyono Bergen nahe Kitgum eine von Konys Krankenstationen entdeckt. Geheimdienstkoordinator Oberst Charles Otema zufolge bombardierten sie sie und töteten sechs Rebellen.

41

Ein Pappkarton

Ich wurde das Gefühl nicht los, daß etwas an dieser Entführungsgeschichte faul war. Einhundertneununddreißig Internatsschülerinnen bei einem zufälligen Angriff aus ihrem Schlafsaal verschleppt, schrieben damals die Zeitungen. Nur, es war kein zufälliger Angriff. Ich wollte es genauer wissen.

Tatsächlich war nichts so, wie es schien. Niemand wagte es, sich direkt zu äußern, aber mit Hilfe einiger Leute traf ich im Hinterzimmer eines dunklen Restaurants, das nach gekochtem Trockenfleisch roch, einen alten Mann. Kurz danach wurde mir ein schäbiger Pappkarton ins Hotel gebracht. Er war vollgestopft mit gelblichem dünnen Schreibmaschinenpapier, unscharfen Fotos, handgeschriebenen Berichten, Warnungen, Bitten und Drohungen. Folgendes war aus all dem zu erfahren:

Seit den späten achtziger Jahren war die Schule attakkiert worden. Die Rebellen ließen keinen Zweifel daran, was sie wollten. Bei einem Überfall 1991 fragten sie die Nonnen: »Wo sind die Mädchen?« Damals hatten sie den Ort nur geplündert und gedroht: »Wir kommen wieder.« St Mary's College war die beste Schule des Landes, die Mädchen waren etwas ganz Besonderes, und Kony hatte sie für sich bestellt wie ein Porsche-Sondermodell. 1996 erhielt die Schule eine Art Bürgerwehr.

Aber zehn Tage vor jenem Angriff wurde sie ohne vorherige Warnung abgezogen, wodurch die Schule wieder jeden Schutz verlor. Ihr Schicksal war besiegelt: Die Mädchen wurden in eine Wildnis jenseits der sudanesischen Grenze verschleppt. Ihr Aufenthaltsort blieb den

Eltern und den Behörden, die versuchten, sie zurückzuholen, unbekannt. Nur, er war es gar nicht.

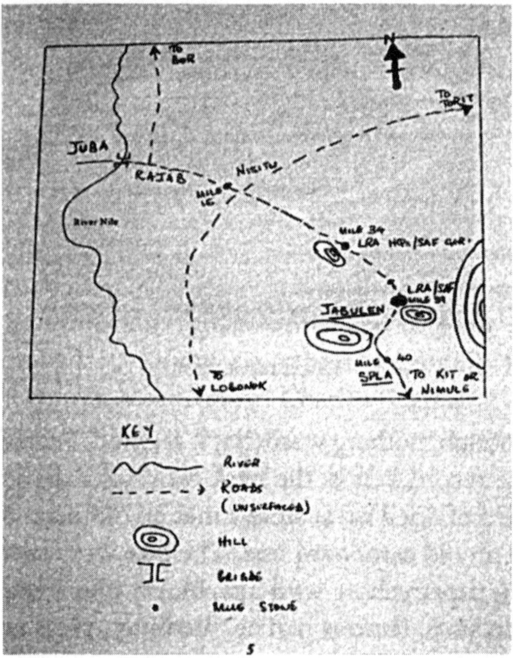

Diese Karte zeigt die drei Stützpunkte um Konys Stadt der Kinder in der sudanesischen Wüste, wo die Mädchen jahrelang »versteckt« wurden.

Aber ich bitte Sie, werden Sie sagen. Das sieht doch aus wie die Skizze für eine Schatzsuche. Johnny Depp macht die im Schlaf; ich habe *Fluch der Karibik II* gesehen.

Aber was ist das?

Ugandische Geheimdienste waren so gut informiert, daß sie dem mörderischen Fanatiker, Präsident Bashir, einen detaillierten Bericht liefern konnten. Er enthielt Informationen, die von zwei Büchern bestätigt werden. Als Schwester Rachele im Sudan ankam, um die 30 Mädchen ihrer Schule zurückzubekommen, warnte der Geheimdienst Kony, der das Lager räumen und die Mädchen verstecken konnte.

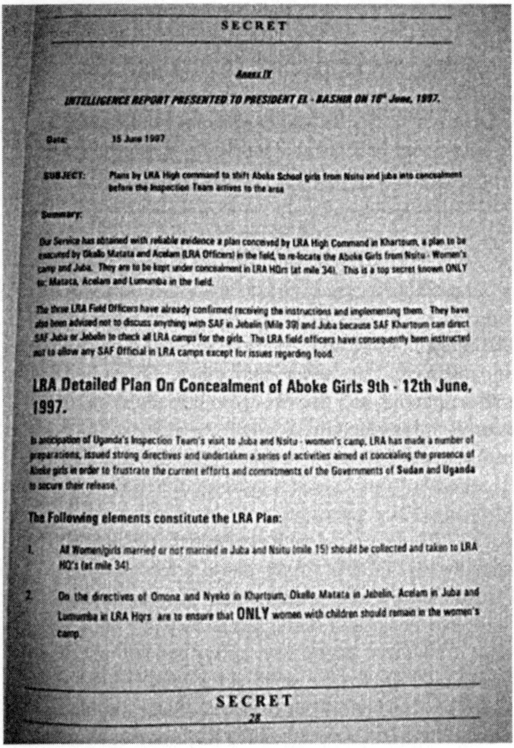

SECRET

Annex IV

INTELLIGENCE REPORT PRESENTED TO PRESIDENT EL - BASHIR ON 16th June, 1997.

Date: 15 June 1997

SUBJECT: Plans by LRA High command to shift Aboke School girls from Nsitu and Juba into concealment before the Inspection Team arrives to the area

Summary:

Our Service has obtained with reliable evidence a plan conceived by LRA High Command in Khartoum, a plan to be executed by Okello Matata and Acelam (LRA Officers) in the field, to re-locate the Aboke Girls from Nsitu - Women's camp and Juba. They are to be kept under concealment in LRA HQrs (at mile 34). This is a top secret known ONLY to: Matata, Acelam and Lumumba in the field.

The three LRA Field Officers have already confirmed receiving the instructions and implementing them. They have also been advised not to discuss anything with SAF in Jebelin (Mile 39) and Juba because SAF Khartoum can direct SAF Juba or Jebelin to check all LRA camps for the girls. The LRA field officers have consequently been instructed not to allow any SAF Official in LRA camps except for issues regarding food.

LRA Detailed Plan On Concealment of Aboke Girls 9th - 12th June, 1997.

In anticipation of Uganda's Inspection Team's visit to Juba and Nsitu - women's camp, LRA has made a number of preparations, issued strong directives and undertaken a series of activities aimed at concealing the presence of Aboke girls in order to frustrate the current efforts and commitments of the Governments of Sudan and Uganda to secure their release.

The Following elements constitute the LRA Plan:

1. All Women/girls married or not married in Juba and Nsitu (mile 15) should be collected and taken to LRA HQ's (at mile 34).

2. On the directives of Omona and Nyeko in Khartoum, Okello Matata in Jebelin, Acelam in Juba and Lumumba in LRA Hqrs are to ensure that **ONLY** women with children should remain in the women's camp.

SECRET
28

Zurück blieben nur einige junge Mütter, denen befohlen worden war, niemanden zu sagen, wo die Entführten waren. Und tatsächlich war das Lager verlassen, als Regierungsbeamte Schwester Rachele dort hinbrachten. Die jungen Mütter sagten nur, dies sei ein Flüchtlingslager und keiner von Konys Stützpunkten, und sie wüßten auch nicht, wo sich die Mädchen von St Mary's befänden. Die sudanesischen Begleiter fragten nicht weiter und verschwanden wieder. Schwester Rachele bestand darauf, am nächsten Tag zurückzukommen. Nun wimmelte das Lager von entführten Kindern, und in der Nähe parkte ein

Lastwagen der Regionalverwaltung. Von einer Zwölfjährigen mit Namen Monica erfuhren sie, daß die Schulmädchen zu dem LRA-Stützpunkt Jabulen gebracht worden waren. Niemand wollte Schwester Rachele dorthin begleiten. Monica wurde getötet, weil sie geredet hatte.

»Wenn dein Kind dir gewaltsam weggenommen wurde, erwartete man von dir keine Klagen, du hattest still zu sein«, hatte Laura mir gesagt. Aber die Eltern dieser Mädchen schwiegen nicht – sie waren keine Bauern, die kilometerweit laufen mußten, um Wasser zu holen. Sie gehörten zur Mittelklasse, waren Ärzte und Lehrer, sie hatten Telefon, Faxgerät und Internet, und sie benutzten diese Mittel. Sie machten sich laut bemerkbar trotz der Drohbriefe der LRA, auf denen ihre Namen standen.

Der St Mary's-Fall wurde weltweit bekannt, weil er einen Star hatte. Jeder vom Papst bis zu Nelson Mandela war von dem mutigen Alleingang der Nonne gerührt. Jeder konnte mit der kleinen zarten italienischen Schwester mitfühlen, die sich den Rebellen entgegenstellte, vor denen selbst ein SAS-Offizier Angst gehabt hätte, und die nicht in der Lage war, alle ihre Mädchen zu retten. Ein solch herzzerreißender Moment verfolgt einen für den Rest des Lebens. Aber als ich die Dokumente in dem Pappkarton sichtete, stieß ich auf einen Stoß Papiere mit persönlichen Aufzeichnungen. Es war nicht das erste Mal, daß Schwester Rachele ihren mutigen Versuch wagte: 1996 war *das dritte Mal.*

1987 fuhr sie mit dem Fahrrad mehrere Kilometer in den Busch, um Dina zu retten, eine Schülerin des St Mary's College. Sie war zufällig von einer bewaffneten Bande, nicht von der LRA entführt worden, als sie mit einer vermuteten Blinddarmentzündung unterwegs zum Krankenhaus war. Schwester Rachele sah sich einem der Bewaffneten gegenüber, der ihr drohte: »Willst du, daß ich dich abschlachte?« Glücklicherweise kam noch eine andere Nonne hinzu, Schwester Fernanda; einer der Kidnapper erkannte sie aus seiner Schulzeit und überließ ihnen das Mädchen, das gerade noch rechzeitig operiert werden konnte.

1989 fand der Überfall am hellichten Tag statt. Chaos brach aus: Hunderte von Mädchen rannten umher, sprangen über die Schulzäune und liefen 35 Kilometer zum nächsten Ort, um sich dort in der Kirche zu verstecken. Einhundertdrei Menschen wurden damals entführt – aus dem College, aus dem örtlichen Priesterseminar und aus der Grundschule. Wieder verfolgte Schwester Rachele die Rebellen. Unterwegs fand sie fünf Getötete und sah mehr als hundert Häuser, die die Rebellen in Brand gesteckt hatten. Sie konnte nicht weitergehen, weil Regierungssoldaten die Rebellen entdeckt hatten, und Schüsse fielen. Aber die Soldaten schossen nur in die Luft. Sechs Mädchen gelang in dem Durcheinander die Flucht. Susan nicht. Die Mädchen, stand in einem Bericht, waren alle vergewaltigt worden, selbst die kleinen aus der Grundschule. Nach diesem Vorfall fuhren die Nonnen jeden Tag auf Rädern oder Traktoren hinaus, um nach den Kindern zu suchen.

Als Außenstehende sollten wir mit der Armee Nachsicht üben. Dies ist Afrika: Fahrzeuge brechen zusammen, Ersatzteile sind auf die Schnelle nicht zu bekommen, und oft wird der Treibstoff anderweitig verwendet. Aber 1989, laut einem damaligen Bericht, hatten die Rebellen eine Hauptschule im nahegelegenen Ort Ngai überfallen und die Nachricht hinterlassen, daß Aboke St Mary's als nächste dran sei. Sobald die Schulleiterin, davon hörte, ging sie zur Kaserne – zweimal – und hoffte auf Schutz durch die Soldaten. Zwei Wochen später wurde die Schule angegriffen. 1996 bat Schwester Rachele Tage zuvor um Hilfe und gab sogar Benzingeld.

Üben wir Nachsicht mit den Soldaten, denen Einheimische zeigten, wo die LRA am Abend des Angriffs 1991 campierte, doch sie unternahmen nichts, weil »es schon spät« war. Sagen wir einfach, sie hatten Lotterielose gekauft und wollten rechtzeitig zur Ziehung zurück sein.

Zeigen wir noch mehr Verständnis für die Armee und halten fest, daß in der Nacht der Entführung 1996 Konys Rebellen die Kaserne in Iceme angegriffen und die Routine durcheinandergebracht hatten. Sagten die Verantwortlichen den Schwestern: »Tut uns leid, wir können da nichts machen – schicken Sie die Mädchen nach Hause«? Nein. Als die Schwester fragten, ob sie die Schule schließen sollten, drängte der Informationsoffizier sie, dort zu bleiben. Warum?

Wir wollen auch Verständnis zeigen für die Nachrichtendienste der Armee und unterstellen, daß die Rebellen teuflisch schlau waren. Aber nach den Angaben eines Mädchens aus dem Schlafsaal Vier stahl einer der Rebellen ein Stethoskop aus der Schulapotheke, weil er dachte, es sei ein Walkman. Später beklagte er sich, daß es nicht funktioniert, und warf es wütend weg.

Zeigen wir auch Verständnis für die drei Offiziere, die Rachele, als jene Nacht 1996 heranrückte, versprachen, sie würden Truppen schicken. Vermutlich hielten sie es nicht für angebracht, sich aufgrund eines Gerüchts hysterisch zu verhalten. Aber einer von ihnen gab später zu, er habe gewußt, daß die Schule ein Hauptziel war.

Ja, wir können einfach sagen, die Armeeleute sind auch nur Menschen – sie hatten eben zuviel Angst vor der Konfrontation mit den Rebellen. Auch das ist cool. Aber dann erscheint es ein wenig unsportlich, sich als Armee zu bezeichnen. Man ist dann höchstens eine Gruppe ähnlich gekleideter junger Männer und sitzt in einem nahegelegenen Gebäude mit zufällig erworbenen Waffen und Munition, die man nicht benutzen möchte. So vermeidet man den Eindruck, die Außenwelt hielte einen irrtümlich für Leute, die im Ernstfall Zivilisten verteidigen.

Ich fand in dem Karton auch das Schulfoto eines Mädchens; auf der Rückseite stand ihr Name: Judith. Dies war der verstörendste Teil des Puzzles. Als Schulsprecherin von St Mary's war Judith für die Rebellen eine besonders begehrte Beute. Die Nonnen hatten Judith die Verantwortung für die nicht freigelassenen Mädchen übertragen, und die Rebellen respektierten Schwester Rachele immerhin so, daß sie ihr 109 Schülerinnen zurückgaben. Das von den Nonnen ausgewählte Mädchen zu töten, war ein Schlag ins Gesicht, selbst nach den Vorstellungen der Rebellen. Judiths Schulfreundin brachte es nicht übers Herz, Schwester Rachele zu erzählen, wie sie starb. Stattdessen beschrieb sie Schwester Alba den Tag, an dem Judith mit Macheten, Fahrradketten und Stöcken zu Tode geprügelt wurde. Und ein grausames Detail: Judith lebte noch am nächsten Morgen. Eine Woche später fanden Mädchen, die nach Feuerholz suchten, Judith an einen Baum gebunden. Trotz der großen Hitze zeigte die Leiche kaum Zeichen von Verwesung, was darauf hindeutete, daß sie erst vor kurzem gestorben war.

Hillary Clinton hatte recht, das neue Leben der Mädchen war »unbeschreiblich«. Aber Kony war der Schurke des Tages, und zahllose Zeitungsartikel berichteten nur über diesen fotogenen, modebewußten Psychopathen, den niemand zu stoppen vermochte. Konys scheinbar machtloses Opfer, die ugandische Regierung, wurde weiterhin vom Westen bezahlt. Hillary warf noch Extrageld hinterher und übte Druck auf die Weltbank aus, dabei »zu helfen, daß die von Rebellenaktivitäten geplagten Menschen Jobs bekommen, damit sie ihre Gemeinschaften wieder aufbauen können«. Die Schülerinnen von St Mary's, die aus der Gefangenschaft zurückkehrten, wurden nicht gerettet; sie flüchteten, oft unter Lebensgefahr, während der Angriffe der ugandischen Armee.

Manche lebten jahrelang als Sexsklavinnen, bis ihre »Ehemänner« sich absetzten. Von 139 Mädchen rettete die Regierungsarmee nur Sylvia. Nonnen: 109, Armee: 1.

»Es gibt keine einfachen Antworten«, sagte Hillary Clinton. Du meine Güte, im Matheunterricht würde ich mich nicht neben sie setzen.

42

Weil sie lesbisch sind!

Ich verbrachte die nächsten Tage in meinem Zimmer im Hotel St Jude und ging nur raus, um Marilyn zu unterrichten. Ich tippte die Aussagen mehrerer mutiger Priester und Berichte über Angriffe im Sudan in meinen Laptop. Ich fühlte mich nützlich; ich hatte effektive Arbeit geleistet, und nichts davon betraf Chihuahuas. Zur Belohnung machte ich mich auf die Suche nach Joghurteis. Das war natürlich reine Zeitverschwendung, also rief ich Helen, die Dolly-Parton-Verehrerin, an und fragte sie, ob sie sich mit mir zum Essen treffen wollte.

»Gern!« sagte Helen. »Ich ruf zurück!« Sie rief mich kurze Zeit später an und sagte, wir würden zu ihrer Freundin gehen und dort die neuen DVDs aus Nigeria anschauen. Ich sagte, Helen rief zurück, aber genaugenommen tat sie etwas, was in Afrika ungeheuer beliebt ist: Piepsen.

Das heißt, man ruft jemanden von seinem Mobiltelefon aus an und schaltet es aus, bevor der andere abhebt. Dabei spart man die 10 Cent für den Anruf. Ich rief zurück, da ich die 10 Cent hatte. Doch meistens hat die andere Person keine 10 Cent, also kommt sie zu dir nach Hause, um herauszufinden, worum es geht.

Dies ist die afrikanische Form der sofortigen Nachrichtenübermittlung. In der Vergangenheit gab man einen Brief einem Postläufer, einem Mann, der 317 Kilometer in 60 Stunden schaffte. Manchmal erreichten sie ihr Ziel nicht, weil sie von wilden Tieren angegriffen wurden oder in einen Sumpf fielen.

»Ich habe für Nachtlieferung bezahlt!«

»Ja, laut Ihrer Auftragsnummer wurde er von einem Löwen gefressen.«

»Es ist immer irgendwas, nicht wahr?«

*

Ich wartete auf Helen vor dem Radiosender Mega FM und dachte mit Furcht an die nigerianischen DVDs. Mega FM war ein sandfarbenes großes Gebäude, das bis auf die bewaffnete Polizistin vor dem Eingang gut neben Kiss FM an der Hollywood Road gepaßt hätte. Helen führte mich durch dunkle Seitengassen in das Gulu der Mittelklasse – kleine Häuser um Betonbecken gebaut, in denen Kinder Wäsche wuschen. Rose war wie ihre Freundin Helen, jung und flippig; sie arbeitete für eine lokale Wohltätigkeitsorganisation. Wandteller, bemalt mit religiösen Sprüchen, verzierten die Wohnung. Jeder hier liebte Jesus. Im Hotel hatte ich einmal beiläufig erwähnt, daß ich nicht in die Kirche gehe, und sie glauben bis heute, daß ich Spaß machte. Als wir eintraten, hörten wir Rose zu dem Konzertfilm einer amerikanischen christlichen Stadionrockband singen. Die schmierige schwangere Vorsängerin brüllte »Jesus, You Are My Best Friend«, während hinter ihr nicht mehr ganz junge weiße Cheerleader mit Zopffrisur und in Plastikhosen Rad schlugen.

Zu essen gab es gebratenes Hähnchen. Während der Zeit, die ich dort war, sah ich, wie ein lebendes Huhn seinen letzten Tag erlebte und mit dem Bürzel in der Luft auf einem Teller endete. Ein Freund, der sich als Freddie The Man vorstellte, schaute kurz vorbei – er hatte sich diesen Namen gegeben, damit man ihn leicht identifizieren konnte –, und er sagte mir, er kenne einen Mann, den ich unbedingt treffen müsse. Einen Mann namens Bill, einen Fotojournalisten mit einem Hang zum Abenteuer, der mir helfen konnte, falls ich weiter in den Norden wollte, dorthin, wo die Rebellen am aktivsten waren. Auf jeden Fall, rülpste ich.

Nach dem Essen holte Rose eine große Kiste mit DVDs hervor. Nollywood Filme sind moralisierende Geschichten. Ihre Qualität erinnert mich an meine alte Digitalkamera, sie zeigen immer wieder dieselben Schauspieler, und die Handlung dreht sich um Zauberei im Alltag, Romanzen und prügelnde Ehemänner. Wir schauten uns eine Geschichte über ein junges Mädchen an, das aufs College ging und sich mit einer bösen Clique einließ – Frauen in engen Overalls mit magischen Dolchen, die Männer in ihre Häuser lockten, um ihnen ihr bestes Stück abzuschneiden und dann das Häufchen Männlichkeit zu verhöhnen.

»Rose, warum tun sie das?« fragte ich.

»Weil sie lesbisch sind«, antwortete sie. Die Girls in den Overalls lösten sich am Ende auf wie Captain Kirk in Star-Trek. Also waren sie lesbisch. Ich war mir nicht sicher, ob der Film nun eine Warnung vor Homosexualität, zu frühem Sex oder höherer Schulbildung war.

Ich verließ Rose und Helen, die gemeinsam die christliche Powerballade »Our God Is an Awesome God« sangen, und schlenderte zurück zum Hotel. Zum erstenmal fühlte ich mich wohl in Gulu. Ich war einer großen Story auf der Spur, ich hatte ein warmes Hähnchen gegessen, und ich wußte nun, wie man eine Lesbe erkennt. Aber als ich über den Innenhof des Hotels auf mein Zimmer zuging, sah ich, daß ich den Türknauf nicht zu drehen brauchte. Das Schloß war aufgebrochen worden. Mein Computer war weg. Das Hähnchen in meinem Magen wurde kalt.

43

Polizeiakademie Gulu

Es gab keinen Zweifel, ich stand unter Bewachung: Wer war an meinem brandneuen Laptop interessiert? Es war zehn Uhr abends. Ich ging zur Polizei. Das Wichtigste zuerst: Ich wollte eine Anzeige für die Versicherung.

Die Polizeiwache von Gulu war leer bis auf eine riesige Spinne, die mit orangefarbenen haarigen Beine über ihr Netz kletterte. Darunter war der Tresen, in den jemand ein Loch getreten hatte. Während ich wartete, las ich die Plakate an der Wand. Das erste erklärte, wie man eine Wahl abhält: »Achten Sie darauf, daß folgende Personen nicht im Wählerverzeichnis erscheinen! Ausländer. Minderjährige. Verstorbene.« Das zweite, ein Geschenk vom Roten Kreuz, listete die Ge- und Verbote für den bewaffneten Kampf auf, bebildert mit lustigen Cartoons von Soldaten, die Kriegsverbrechen begehen, Ziegen stehlen, Dörfer niederbrennen und so weiter. »KOMBATTANTEN; DENKT DARAN! Keine Vergewaltigungen!« Oh Scheiße, Sie machen Witze... Gut, aber kann ich die jetzt schnell noch zu Ende bringen?

*

Der diensthabende Polizist kam herein, ein magerer Kerl in Gummistiefeln. Die Streifen an seiner Jacke waren mit Heftklammern befestigt. Wir hörten beide aus den Zellen schreckliche Schreie. Nur einer von uns drehte sich um.

»Machen Sie sich keine Gedanken, das sind die Verrückten«, sagte der diensthabende Polizist. »Wir geben ihnen später eine Injektion. Kann ich Ihnen helfen?«

COMBATANTS, REMEMBER!
The Law of war says:
fight enemies who have surrendered.
Do not attack civilians, civilian objects or loot civilian property.
Do not neglect to care for all the sick and wounded, be it friend or enemy.
Do not take hostages.
Do not cause unnecessary suffering out of revenge.
Treat all those in your custody with humanity!
Respect at all times the emblem of the Red Cross.
Do not rape.
COMBATANTS! RESPECT THE LAW OF WAR.
EVEN WARS HAVE LIMITS!
This is a message from the International Committee of the Red Cross
Do not rape.

»Jemand hat meinen Computer gestohlen«, sagte ich.

»Wo ist er? Ich werde ihm den Kopf wegschießen!«

»Können Sie bitte nur den Polizeibericht aufsetzen?«

»Ach! Das macht mich so wütend!« sagte er.

»Ja, aber ich möchte nicht, daß sie ihn erschießen...«, sagte ich.

»Dann werde ich ihn auspeitschen und auspeitschen und auspeitschen...«

»Wie wäre es mit einem Polizeibericht?« fragte ich vorsichtig.

»Haben Sie einen?« fragte er zurück.

»Nein, ich hoffte, Sie haben vielleicht...«

»Madame«, sagte er, plötzlich ganz streng, »wir haben nur ein Exemplar, und das brauchen wir.« Er hatte Mitleid mit mir. »Warum kommen Sie nicht morgen wieder? Sie können es zum Postamt mitnehmen und dort eine Kopie machen lassen.«

»Ja aber... warum muß *ich* gehen?«

»Es ist nur ein kurzer Gang von zehn Minuten zum Postamt«, sagte er. Dann beruhigte er sich und stützte die Ellbogen auf die Holzplatte. »Ich möchte so gerne zur Uni gehen.« Er seufzte. »Madame, würden Sie meine Studiengebühren bezahlen?«

Ich wog noch das Für und Wider ab, als ich bemerkte, daß ein Mitglied der Öffentlichkeit hereingekommen war und neben mir stand. Er war nackt von der Hüfte abwärts. Für einen Verrückten hatte er einen ziemlich großen Penis.

Ein anderer Bulle kam herein. Er taxierte mich. Dann fragte er: »Madame, haben Sie Kinder?«

»Nein«, sagte ich.

»Möchten Sie Kinder?« Es war ein freundliches Angebot, aber ich hatte einen anstrengenden Abend hinter mir und wollte nur zurück ins Hotel. Ich schüttelte den Kopf.

»Können Sie keine Kinder bekommen?«

»Ich weiß nicht, ich hab es nie versucht.«

Er nahm ein altes Formular, drückte auf einen Kuli, notierte die Nummer seines Mobiltelefons und gab mir das Blatt mit einem verführerischen Blick. Als ich es umdrehte, stand dort: »Zeigt das Hymen Spuren von Rissen?«

Ich kämpfte gegen eine unkontrollierbare Geilheit an, als noch ein Polizist hereinmarschierte. Die ersten beiden begannen sogleich ein Brüllduell mit ihm auf Acholi. Er schien es gewonnen zu haben und scheuchte die beiden hinaus. Dann bemerkte er mich.

»Gibt es ein Problem?«

»Ob es ein Problem gibt? Ja. Ich habe die lange Reise von Los Angeles bis hierher gemacht, und IRGENDJEMAND HAT MEINE KAMERA UND MEINEN COMPUTER GESTOHLEN!«

Eine Pause. Der Bulle dachte nach, analysierte den Fall und erwog die Fakten. Ich entspannte mich. Er war zu einer Schlußfolgerung gekommen.

»Los Angeles?« sagte er. »Können Sie mir dabei helfen, einen Agenten zu finden? Ich habe einen Roman geschrieben...«

Der Mann verschwand und kam mit einem handgebundenen Manuskript in einem blauen Plastikcover zurück. Auf der Vorderseite war eine Illustration, die wie ein Scheißhaufen aussah. Auf der Rückseite stand eine Liste von Leuten, denen er Dank sagte. Zwei Namen waren durchgestrichen.

Der Roman des Polizisten trug den rätselhaften Titel *Across My Lips: the Burgles of Mortal Dignity*. Ich versprach ihm, mein Bestes zu tun, damit es in die Hände eines Hollywood-Agenten kommt, und las aufs Geratewohl einen Absatz. Ich drucke ihn hier ab, auch auf die Gefahr hin, das Copyright zu verletzen.

> »Der muskulöse Frauenschänder trug ein Fell. Er sah aus wie ein mächtiger Schimpanse mit starken aggressiven steifen Genitalien.«

»Wenn es Ihnen gefällt«, sagte der Polizist, »ich habe noch ein zweites.«

Als ich die Polizeistation von Gulu verließ, überkam mich eine merkwürdige Ahnung – so etwas wie journalistische Intuition –, und sie sagte mir, daß diese Herren in Uniform meinen Laptop mit großer Wahrscheinlichkeit nie finden werden.

44

Ich wette, sie retten einfache Leute und...

Ich versuchte, auch ohne Computer eine Auslandskorrespondentin zu sein und arbeitete in nahegelegenen Internet-Cafés, wo Ameisen aus der Tastatur krabbelten. Manchmal lief ich abends durch tropischen Regen, um noch vor der Schließung ein wenig zu recherchieren. Auf kleineren Nachrichten-Websites fand ich bestätigt, was die Gruppe der Kindersoldaten und Laura mir erzählt hatten. Die Stadt der Kinder in der Wüste; Bashirs Leugnen, daß er die LRA unterstütze, während er gleichzeitig die ihm bereitgestellte Kinderarmee inspiziert; endlose Reden von Clinton u.a. über das unerträgliche Leiden der Schülerinnen, ohne das eine eklatante Faktum zu erwähnen: Die Nonnen wußten, daß die Rebellen kamen, aber Soldaten ließen sich nicht blicken.

2002 schlug die Armee mit der Operation »Eiserne Faust« zu, und die LRA antwortete entsprechend: Kinder wurden noch schneller entführt; immer grauenhaftere Verstümmelungen, wie abgeschnittene Brüste und zugenähte Vaginas. Die Kinder bekamen die eiserne Faust am stärksten zu spüren: »Als die Hubschrauber mit dem Bombardieren anfingen«, erzählten mir einige Mütter, »wußten die Kleinen nicht, wohin sie rennen sollten.« Aber Kony passierte nichts. Wie eine Spinne sah er den Schlag kommen und floh. Und der Oberst konnte ihn wieder nicht erwischen.

»Madame, wir schließen, bitte, wir sind müde!«

»Lassen Sie mich noch meine Stichpunkte aufschreiben. Sehr wichtig. Nein, nicht Stiche, Stichpunkte!«

Eine Stunde später. Die Leute wollten endlich gehen. Ich tippte immer noch.

Klack: Es wird dunkel in Gulu. In der ganzen Stadt gehen die Lichter aus, die Musik hört auf, und mein Computerbildschirm ist schwarz. Stromausfall. Jeder klappt sein Telefon auf, um es als Taschenlampe zu benutzen. Der Besitzer des Internet-Cafés wendet sich mir mit einem langen Gesicht zu.

»Wir haben einen Generator im Hinterhof. Aber Sie haben Ihre E-Mails gespeichert, ja?« Eine lange Pause. »Ich gehe und mache den Generator an.«

Am nächsten Abend brauchte ich einen großen Teller gebräunter Butter mit etwas Reis als Garnierung, und zwar sofort. Ich ging zu dem Restaurant des Acholi Inn. Trotz seines trostlosen Flairs einer Supermarkttoilette war das Hotel der Partymittelpunkt der Stadt, und wie alle anderen aus dem Westen nahm auch ich von dem bereitgestellten Obstsalat. Die große Enthüllungsstory, die die Kinder retten und John auf jeden Fall fraglos in mich verliebt machen würde, mußte aus alten Notizbüchern ohne Fotos zusammengestückelt werden, was es natürlich für einen Redakteur zu einer lausigen Arbeit machte. Und was ist, wenn es keine Diebe waren? Hatte das Verschwinden des Laptops etwas mit der Cleo-Begegnung zu tun? Dann fiel mir ein, daß der Adapter für meine billige Zweitkamera mit dem Kabel für das Laptop verwickelt war. Das bedeutete, die Kamera gab in wenigen Tagen ihren Geist auf. Und am nächsten Morgen sollte ich auch Marilyn wieder unterrichten. Ich setzte mich hin und aß mit Heißhunger.

Es war jetzt ganz dunkel, und der Garten des Acholi Inn sah wirklich romantisch aus. Aber wieder, wie es so oft geschieht, wenn ich mir einrede, daß schon ein Teller mit in Butter triefender Pampe einen Abend allein großartig macht, fand ich mich umgeben von Paaren. Schlimmer noch, dies hier waren nützliche Paare, die gerade von einem harten Arbeitstag im Kampf für Gerechtigkeit zurückgekommen waren. *Ärzte ohne Grenzen.*

Mistkerle. Ich wette, tagsüber retten sie Leute, und abends ficken sie. Ich schaute auf mein Telefon und fragte mich, wie spät es wohl in Washington war.

John antwortete.

»John, Sie erinnern sich, als Sie die Regierung verärgerten und aus dem Sudan geworfen wurden...?« sagte ich im Ton eines Kindes, das noch nicht will, daß das Schlafzimmerlicht ausgemacht wird. »Ist das eigentlich üblich in Afrika?«

»Es passierte mir nicht nur im Sudan«, sagte John im Ton eines Vaters, der dem Kind versichert, daß morgen früh das Ready Brek wie immer auf dem Tisch stehen wird. »Ich wurde aus Simbabwe hinausgeworfen.« Ich schaute mich um und fühlte mich zunehmend paranoid, als John gut gelaunt von seinem Erlebnis an einem Flughafen erzählte. »Ich gehe also zu dem Eincheckschalter, der Typ schaut auf meinen Paß, sieht mich an und läuft weg. Die Leute hinter mir rissen Witze: Hat er zu Hause das Gas angelassen? Dann kam er mit ein paar Sicherheitsbullen zurück, und die zerrten mich in eine Art Wartezelle.« Ich schaute mich um. Niemand, den ich wiedererkannte. »Dann kam einer von diesen Typen rein und schlug ein paar mal zu.«

»Schläge?«

»Faustschläge, aber...«

»Tat das weh?«

»Oh ja!« *Mein Gott, das ist so geil.* »Aber nur auf den Körper, so ging das ein paar Stunden... Sie wollten die Namen der Leute, die mir dabei geholfen hatten, herauszufinden, wie Robert Mugabe die Wahl manipulierte.«

»Haben Sie Namen genannt?«

»Was? Nein, nein, nein. Schließlich haben sie mich in ein Flugzeug nach Südafrika gesetzt, einfach abgeschoben. Und stellen Sie sich vor, was passierte – die afrikanischen Passagiere erkannten mich.« John lachte. »Ich vermute von CNN und der BBC. Sie gaben mir buchstäblich eine stehende Ovation. Es ist eine Schande, was die Regierung dort den Leuten antut.«

Nun sah ich vor mir die letzten Bilder der Richard Attenborough Breitwandadaption dieser Geschichte: Ein weinender Tom Wilkinson stand aus seinem Sitz in der Clubclass auf, er wußte, daß seine Frau, Helen Hunt, umsonst gestorben war.

John entschuldigte sich, daß er noch in Washington bleiben mußte, aber er war immer noch mit der Lage im Sudan beschäftigt. Ich wünschte ihm viel Glück bei der Lösung der schrecklichen Krise.

Verdammtes Darfur. Zum Teufel. Ich wette, daß die rothaarige Lindsay ganz zufällig abends länger arbeitet... Bestimmt klopft sie schon an seine Bürotür mit einem Teller voll Hähnchenflügel. Miststück! Sie mag nicht mal Hähnchenflügel, sie hatte vorher einen Salat... Laß sie nicht rein, du Idiot...!

Ich wette, Lindsay hatte einen Uni-Abschluß und aß nur, wenn sie hungrig war. Ich wette, sie teilte mit niemandem eine Wohnung. Vielleicht hatte ich mir doch ein zu hohes Ziel gesteckt.

Ich ging hinüber zur Fanta Gang unter dem Mangobaum. Mit Typen von der Armee herumzuhängen, die meinten, daß der Oberst seine Sache großartig mache, war immer noch besser, als Gutmenschen beim Füßeln zu beobachten.

Banya war da, und er zeigte sich so reizend besorgt wegen meiner verschwundenen Geräte, daß ich mich beinahe auf seine Knie gesetzt hätte. Vielleicht war ein Pensionär die Antwort: jede denkbare Bestärkung gegen die endlosen Selbstzweifel, *und* Abende auf dem Sofa, an denen man gemeinsam die *Inspector-Morse*-Kassetten anschaut. Klar, er mag irgendwann auseinanderfallen, aber der Vorteil wäre, daß er vergessen hatte, wie ein weiblicher Hintern aussehen sollte. Du könntest dich um ihn kümmern... Ja, und dann kommst du heim mit einer Broschüre über Prostatadrüsen und findest ihn auf einer Frau liegen, die ganz so aussieht wie Catherine Zeta-Jones in einem Treppenlift von Stannah. Quatsch. Ich war die schlechteste Journalistin aller Zeiten. Bevor ich mich zu Tode trank, kam mir jemand zu Hilfe, ein freundlicher großer Typ mit Namen David Okidi. Er war der Manager des Radiosenders Mega FM.

»Kommen Sie doch einfach ins Studio! Wir senden eine Mitteilung wegen ihres Computers. Vielleicht gibt ihn jemand ab«, sagte David.

»Sie würden das für einen Laptop machen?«

»Warum nicht? Jemand hat sogar mal eine Kuh vorbeigebracht.« Ich stellte mir eine dieser Kühe mit riesigen Hörnern vor, wie sie durch das Gebäude von Radio One in Hollywood tappte. Am Ende hätte sie bestimmt einen Job als Nachrichtensprecherin bekommen.

45

Was du mit dem Radio machst, ist ganz fantastisch

Bei Mega FM begann gerade die Show *Come Home*, präsentiert von John Lachambel, ein lokaler Star. Was immer »seine Qualitäten« sein mochten, Lachambel konnte verschwenderisch damit umgehen. Er trug ein lindgrünes Karohemd, eine gelbe Hose und Golfschuhe, eine Kreuzung zwischen Cliff Barnes aus *Dallas* und Rupert dem Bär. Ich konnte hören, daß er auf Sendung war und seine Vorstellung machte, aber von ihm war im Studio nichts zu sehen. Ich vermutete, daß die Sendung vorher aufgezeichnet worden war. Ich wollte eigentlich hineingehen und auf ihn warten, aber ich hatte meine Lektion bei Radio One gelernt, als einer von uns Trotteln unter ähnlichen Umständen in das Studio eines alternden DJs gegangen war.

»Ja, gibt's denn das?« schimpfte der DJ. »Ich arbeite gerade an einem Gag!«

Plötzlich bemerkte ich, daß Lachambel doch im Studio war. Er befand sich unter dem Schreibtisch. Er tauchte wieder auf mit einer Kiste Ingwerbier, öffnete eins, knackte mit seinem Hals wie ein Boxer, streckte die Hände zum Gebet aus, sagte Amen und setzte sich hin, um seine Vorstellung in aller Ruhe zu beenden.

Lachambel konnte sich das leisten; er hatte die höchsten Einschaltquoten. Außerdem hörten die Rebellenkinder im Busch jeden Abend *Come Home*.

»Sie rufen an und haben bestimmte Wünsche«, sagte Lachambel vergnügt. »Und sie hören auch zu, weil sie oft Freunde in der Show haben – Kinder, die entkamen. So erfahren sie, daß ihre Freunde es sicher nach Hause geschafft haben. Einmal rief mich Kony an und sagte tatsächlich: Was du mit dem Radio machst, ist ganz fantastisch. Wir wollen den Allmächtigen darum bitten, daß er mich erhält, bis wir uns persönlich treffen.«

Ich wollte gerade weggehen, als sich Freddie The Man aus einem Schrank herauswand. In dem Schrank, erfuhr ich später, versteckte er die einzig gute Internetverbindung in Uganda.

»Ah!« sagte Freddie. »Sie sind also da. Ich werde Bill suchen.« Er dachte, ich sei gekommen, um seinen unerschrockenen Kollegen, den Fotojournalisten, zu treffen und das Abenteuer an der Front zu beginnen, statt übers Mikrofon den Verlust meiner Geräte zu bejammern. Ich hielt ihn nicht zurück, als er abdampfte, um Bill zu holen.

*

Bill war ein richtiger Reporter. Er machte für eine ugandische Zeitung Jagd auf richtige Nachrichten. Er war sehr klein und jünger, als ich erwartet hatte, vielleicht einundzwanzig, hatte aber die Haltung und Umgangsformen eines viel älteren Mannes. Anfangs irritierte mich seine Art, Gespräche zu führen; erst nach einer Weile fiel mir auf, woher das kam: Er dachte, bevor er sprach, etwas, was man in Los Angeles nie tut, es könnte ja den Strom der Lügen unterbrechen.

Bill fragte mich, an welcher Story ich gerade arbeitete. Soweit ich mich noch erinnere, antwortete ich ihm Folgendes:

»Ich schrieb einen Artikel über John – diesen Friedenstifter John Prendergast –, der den Kampf mit Kony aufnahm und dem bösesten Mann der Welt eine Falle stellen wollte. Wie dem auch sei, John ist zur Zeit nicht hier – nicht meinetwegen, er ist... Aber nun hat die Geschichte eine andere Wendung genommen, weil ich glaube, niemand will Kony fassen. Und dann spreche ich mit einigen Priestern, und meine Kamera wird gestohlen, dann mein Laptop – dies passierte in einem anderen Hotel –, und dann war da diese Frau, die sagte, sie sei Bettys Nichte, und Betty hat gar keine Nichte mit dem Vornamen Cleo – ja, so nannte sie sich – und... Hören Sie, ich weiß, daß ich paranoid bin, aber ist es möglich, daß man mich abhört?«

Bill überlegte einen Moment und sagte dann: »Kommen Sie, wir sprechen woanders.«

46

Der Beistandspakt

Das Café »Green Light« war leer bis auf ein paar Männer, die im Schein einer Lampe Ziege aßen. Eine sehr freundliche Kellnerin schlurfte heran und stützte sich auf unseren Tisch, wobei ihre Arme ein Quadrat aus Busen rahmten.

»Nur eine Tasse Tee mit Milch bitte«, sagte ich und klappte die Speisekarte zu. »Diät.«

»Gut«, sagte die sehr freundliche Kellnerin und schrieb »Tee mit Milch.«

»Haben Sie Milch?« fragte Bill.

»Nicht wirklich«, sagte die Kellnerin.

Sie ging, und Bill zog seinen Stuhl näher heran.

»Ich denke, es ist sehr gut, daß Sie diese Story schreiben wollen«, sagte er. Er bestätigte meinen Eindruck, daß vieles in Gulu nicht so war, wie es schien. Er klang wie ein Spion. Er sagte mir, in Gulu wimmle es von Spionen, wirklichen oder eingebildeten Regierungsagenten und Rebellenkollaborateuren. Ich erzählte Bill von der frustrierenden Schwierigkeit, ein Interview mit dem Oberst zu bekommen. Aber das müsse doch in Hollywood die ganze Zeit so sein, wandte er ein, und ich gab ihm recht, aber wenn man in Hollywood kein Interview bekommt, gibt man vor, die Person getroffen zu haben, und holt sich Zitate von Leuten aus ihrem Umkreis: Stylisten, Coiffeure und die bekifften Freunde, die sich ihre Berater nennen. Wir beschlossen, mit den Leuten um den Oberst zu sprechen. Es gehörte zu seinem Job, entführte Kinder zurückzuholen, und ich erinnerte mich, daß Betty eine junge Frau erwähnt hatte, die gerade erst befreit worden war. Bill wußte, wo sie sich aufhielt. Wenn wir mit ihr sprechen könnten, wäre das ein echter Coup: Jenny war nämlich Konys Frau.

Diese Partnerschaft mit Bill konnte äußerst nützlich sein: Ich führte die Gespräche, und er machte währenddessen Fotos.

»Sie sind also Fotojournalist«, sagte ich.

»Ja.«

»Was für eine Kamera haben Sie?«

»Ich habe keine Kamera«, sagte er, »aber ich hoffe, bald eine zu bekommen.«

Egal. Ich hatte einen Partner, und wir konnten den Skandal jederzeit auffliegen lassen. Bill war beeindruckt, als er erfuhr, daß ich einen Auftrag von der *Sunday Times* hatte. Daher sagte ich ihm lieber nicht, daß der Höhepunkt meiner investigativen Karriere eine Bemerkung gegenüber Rachel Hunter war: »Ich muß Sie fragen, ob Sie eine Affäre mit Robbie Williams haben« und ich auf die Antwort hoffte: »Nein, müssen Sie nicht.« Bill hatte auch etwas, was mir fehlte: Integrität. Er wollte eigentlich Rechtsanwalt werden, aber konnte die Studiengebühren nicht bezahlen, also wurde er stattdessen Reporter, der das Gesetz hütet. Er hatte alle wichtigen Telefonnummern, und ich war so dankbar, daß ich meinen Teil zu der Partnerschaft beitrug, indem ich ihm Tipps gab, wie man sich im westlichen Journalismus einen Namen macht. Ich fühlte einen gewissen Stolz, als ich ihm die Kunst der freien Erfindung erklärte.

»Und wenn du ein Telefoninterview machst, frag immer, was sie gerade tragen, sonst klingt es so, als ob du sie nie getroffen hättest«, klärte ich Bill auf.

»Aber du hast sie doch nicht getroffen«, sagte er. Ich ahnte, daß er mir das Gefühl geben würde, sehr, sehr alt zu sein, aber wir waren ein investigatives Reporterteam. Erst einmal besorgte er mir ein neues Hotel als unseren Stützpunkt. Alle Zimmer dort waren nach britischen Fußballstadien benannt. Eines hatte ein Loch in der Dekke. Bill brachte mich für fünf Pfund im »Upton Park« unter und versprach, daß wir gleich morgen früh loslegen würden. In der Zwischenzeit ließ er mich nach Arbeitsschluß einen Computer in seinem Büro benutzen. Ja, wir waren so etwas wie die billige Version des Detektiv-Duos Crockett und Tubbs aus »Miami Vice«, aber es funktionierte.

»Sagen Sie niemandem, daß Sie hier sind. Das Nachrichtenteam braucht das Büro ab 7 Uhr morgens«, sagte er. Später entdeckte mich der Nachtwächter.

Ich geriet in Panik. »Ich bin eine Weiße, nicht wahr?« stammelte ich.

»Oh, Entschuldigung«, sagte er. Na gut, ich sagte das nicht, aber ich glaube, es war das, was mein Gestammel meinte.

47

Ein kleines Geschäft mit Trockenfisch

Bald waren wir ausgerüstet mit einem bunten Schulheft und einer alten Instamatic-Kamera, die ich mir von einem armen Amputierten aus der Gruppe der Kindersoldaten geborgt hatte. *Darf nicht vergessen, sie ihm zurückzugeben.*

Wir gingen zu dem Ort, wo Jenny sich aufhielt, ein großes Gelände der Gusco (Gulu Support the Children Organization), ein Rehabilitationszentrum für Kindersoldaten. Zwei ungute Gedanken gingen mir durch den Kopf, als ich an die bevorstehende Begegnung dachte: Erstens, ob ich dieses bedrängte Flüchtlingsmädchen zu der Aussage bringen konnte, daß der Oberst gar nicht daran interessiert war, Kony zu kriegen – so wie ich damals Christina Aguliera überrumpelt hatte, der Leserschaft mitzuteilen, daß sie schwanger war (man muß es immer auf die indirekte Tour machen: ICH: Nun, Christina, haben Sie irgendwelche Vorsätze für das neue Jahr gefaßt? CHRISTINA: Das ist die Zeit, da ich Mama werde, also – PRESSEAGENTIN: JANE!) Zweitens, daß Jenny hoffentlich ein Bombenlächeln hatte, denn sonst würde sich niemand einen Dreck um ihre Geschichte scheren.

Von außen sah Gusco wie ein Hochsicherheitsgefängnis aus, die verkleideten Zäune waren mit Stacheldraht gespickt. »Gut«, dachte ich. »Zumindest wird sich Kony diese Kinder nicht wieder zurückholen können.« Ein schmales Gesicht starrte mich böse über dem Zaun an. Der Junge mußte sich auf einen Tisch gestellt haben, um etwas von der Außenwelt zu sehen. Erst in dem Moment kam mir in den Sinn, daß der Zaun mich auch vor ihm schützte.

Der Pressesprecher war höflich, aber frustrierend. Dies war ein staatliches Reha-Zentrum, und ich hatte von der Armee keine Erlaubnis, irgendetwas zu untersuchen. Wichtiger noch, die Experten des militärischen Geheimdienstes hatten Jenny bereits in die Mangel genommen. Sie war gleich nach ihrer Flucht mehrere Tage lang befragt worden, und nun war sie erschöpft. Kurzum, ein Interview mit ihr werde es nicht geben, teilte der Offizier mir mit. Ich setzte ihm mit den üblichen Hollywood-Lügen zu – es gebe eine Deadline, ich müsse morgen wieder weg, ich sei eine große Bewunderin seiner Arbeit –, alles half nichts. Ich stand auf, um zu gehen, und fast unbewußt versuchte ich es mit einem alten Trick, dem Alles-oder-Nichts-Zauberspruch, den ich nur etwa einmal im Jahr anwende, damit sich seine Macht nicht abnutzt.

»Das ist schon in Ordnung, ich verstehe vollkommen«, sagte ich. Dann als beiläufige Bemerkung beim Abgang: »Wissen Sie, ob es ein anderes Reha-Zentrum für Kindersoldaten gibt, dem die Publicity in der britischen Presse zugute kommen könnte? Eine ganze Seite in der *Sunday Times*... Fotos... Entschuldigung, ich weiß, daß Sie viel zu tun haben...«

Er schaute mich an und sagte dann, er werde so bald wie möglich ein Treffen mit Jenny arrangieren. In der Zwischenzeit könne ich mit einem Mädchen namens Angela sprechen, die Frau eines Kommandanten. Aber ich erhielt strikte Anweisungen: »Sie dürfen keine Fotos machen. Sie dürfen nicht ihren richtigen Namen nennen. Und Sie dürfen nicht das Wort ›Ehefrau‹ benutzen.«

»Warum nicht?« fragte ich patzig.

Er zuckte die Achseln. »Weil die meisten dieser Mädchen noch nicht einmal zehn Jahre waren, als sie entführt und einem Kommandanten übergeben wurden, der fünfzig war und sie jahrelang mit vorgehaltenem Messer vergewaltigte.«

»Verlobte?« Okay, ich sagte das nicht. Aber die Pressefreiheit ist ein kostbares Gut, nicht wahr?

*

Der Offizier führte mich in einen Innenhof, wo eine einzelne Krücke im Staub lag. Die Bewohner waren meist apathische Teenager mit Kleinkindern. Er ging einen Dolmetscher suchen, da Angela nur Acholi sprach. Ich wartete auf einem alten Stuhl. Ein ganz kleines Mädchen krabbelte auf mich zu, legte seine Hände auf meine Knie und versuchte, sich auf die Füße zu stellen. Ich lächelte es an. Es knurrte wie ein Hund. Ich lächelte. Sie bellte.

Angela wurde zusammen mit ihrem Vater von einer unbeteiligt wirkenden Sozialarbeiterin hereingeführt. Er saß schweigend da, zum erstenmal nach zehn Jahren sah er seine Tochter wieder. Er sah benommen aus und lächelte ins Leere.

Angela vermied jeden Blickkontakt; sie spielte nur mit den Füßen ihres Babys. Sie war ein großes, kräftiges Mädchen von neunzehn mit einem sechseckigen Gesicht und einer blauschwarzen Haut. Ihr Kind war das unheimlichste Baby, das ich je gesehen habe, selbst ein »Hundebaby« war nichts dagegen. Es hatte eine hellbraune Haut und den Gesichtsausdruck eines alten Mannes, der gerade von einem Bus angefahren worden war und auf den Busfahrer mit seinem Krückstock einschlagen wollte.

Die Sozialarbeiterin teilte mir mit, daß der Vater des Kindes ein Kommandant namens Ochen war. Ochen. Die Story nahm Gestalt an. Ochen war der fette, kleine, hellhäutige Dreckskerl, der Alans Bruder vor seinen Augen getötet hatte, sozusagen als Warnung, damit er wußte, was es bedeutete, einen Bruder mit eigenen Augen erschlagen zu sehen. Der Mann, den Angela beschrieb, war tatsächlich jenes fette, kleine hellhäutige Scheusal.

»Er erzählte uns, er sei dreißig, aber ich denke, er sah viel älter aus«, sagte sie.

Zufällig ging Ochen einer Tätigkeit nach, die fetten kleinen Lügnern nicht nur eine dralle Teenagerbraut verschaffte, sondern neun. Wenn eine ihn beleidigte, schlug er alle neun, bis sie nicht mehr gehen konnten.

»Hast du jemals Konys magische Kräfte gesehen?« fragte ich. Sie berichtete mir von einem Tag, als Kony sie alle aufforderte, sich zu versammeln und zu beten.

»Er befahl, wir sollten uns Richtung Osten aufstellen und unsere Köpfe beugen. Dann erschien etwas, eine Art Regenbogen, ein orangenes Licht in der Luft etwa zehn Meter von uns entfernt. Einige bekamen Angst und wollten weglaufen, aber er sagte, wir müßten uns nicht fürchten, es sei ein Engel. Ein Engel, der gekommen ist, um mit uns zu beten. Wir beteten, und er verschwand.«

Was war das? Hatte Angela das wirklich gesehen? Keine Ahnung. Sie wich immer noch meinem Blick aus. Ich fragte die Sozialarbeiterin, wie es mit Angela weiterging, wenn sie aus dem Zentrum entlassen wurde.

»Das Wichtigste ist, daß sie sich um ihr Kind kümmert«, sagte die Sozialarbeiterin. »Sie hofft, ein kleines Geschäft mit Trockenfisch eröffnen zu können, aber sie hat kein Kapital.« Von Angela erfuhr ich, daß sie mit zwölf Jahren gekidnappt und erst vor kurzem befreit worden war. Immer wieder mußten sie und die anderen vor dem Bombardement der Regierungstruppen fliehen. Ziemlich unfair, nicht wahr, wenn man bedenkt, daß eben diese Truppen nicht fähig gewesen waren, ihre Entführung zu verhindern. Angelas Blick war nicht stoisch, sondern sagte trotzig: »So ist es nun mal.« Diese Fügsamkeit machte mich wütend. Nach acht Jahren auf der Flucht mußte sie nun zusehen, wie sie mit dem Verkauf von Trockenfisch das Baby eines fetten kleinen Verbrechers ernährte; das war nicht so, wie es sein sollte. Es war vielmehr die Folge einer Reihe von Entscheidungen, die Leute getroffen hatten, die das junge Mädchen, und nicht nur sie, hätten retten können. Aber offensichtlich hatten sie sich immer wieder gesagt: Nicht heute. Keiner von den hochbezahlten Verantwortlichen hatte in den acht

Jahren, da sie geschlagen und vergewaltigt wurde, auch nur versucht, Angela aus der Hölle rauszuholen. Ich wechselte das Thema, um die Stimmung, zumindest meine, ein wenig zu heben. Ich fragte sie, ob sie glücklich sei, nach all den Jahren wieder nach Hause zu kommen. Zum erstenmal schaute Angela mir direkt in die Augen und sagte: »Nein. Denn der Mann wird mich finden.«

Auf dem Weg nach draußen schnappte ich mir noch mal den Armeesprecher. Er meinte, Angela sei in Sicherheit, ich müsse mir keine Sorgen machen, sie spreche so, weil sie traumatisiert sei, und wenn sie Essen für ihr Baby brauche, nun, die Mädchen könnten jeder Zeit zurückkommen und es kostenlos kriegen.

»Aber sie kennt die Rebellen ziemlich gut«, sagte ich. »Und wenn sie glaubt, daß die sie finden können...«

Es wird ihr nichts passieren, sagte er. Ja, viele Kinder würden erneut entführt, aber Angela werde in ein von der Armee geschütztes Dorf gehen.

Als wir das Gelände verließen, passierte ich eine Reihe von Mädchen, die auf ihre kostenlosen Lebensmittel warteten. Die Sozialarbeiterin erwähnte beiläufig, daß die Nahrungslieferung zwei Wochen zu spät eingetroffen war. 7837 Kinder und Jugendliche hatten bisher das Auffangzentrum durchlaufen.

Das unheimliche Kind vom Zaun kam mit erhobenen Fäusten auf mich zu, ich wich ihm aus, und die Wächter schlossen hinter uns das hohe Tor.

*

Bill und ich sahen eine Zeitungsschlagzeile, die uns aufmunterte: VERBRECHENSRATE IN GULU REDUZIERT. Und darunter ein kleinerer Artikel mit der Überschrift: GULU – JOURNALISTIN WURDE LAPTOP GESTOHLEN.

*

Was würde mit Angela passieren, falls Konys Männer sie fänden? Ich wußte nicht, was ein sogenanntes geschütztes Dorf wirklich bedeutete, hatte aber meine Zweifel, daß es auch nur entfernt einem geschäftigen Ort ähnelte und Angela dort wie Marilyn unter einigermaßen erträglichen Verhältnissen leben würde. Ich wußte nicht, was Angelas Vater machte, aber wohlhabend sah er nicht aus. Am nächsten Morgen bezog ich wieder meinen Beobachtungsposten im Acholi Inn, und ich nutzte die Zeit, um mich über die geschützten Dörfer zu informieren. Der Sprecher der UPDF, Major Shaban Bantariza, hatte 2003 erklärt: »Die Lager sind Teil einer Strategie der ugandischen Armee und dienen dazu, den Rebellen Menschenpotential und andere Ressourcen zu entziehen.« Während ich dem Oberst nicht einmal die Sicherung meines Essens vor Tauben anvertrauen würde, waren die Dörfer scheinbar doch nicht so schlecht, denn inzwischen hatten die großen internationalen Hilfsorganisationen interveniert – nach dem Motto: Macht Platz und überlaßt das uns!

UNICEF kümmerte sich um Kinder, kanadische Ärzte machten kostenlose Impfungen und rüsteten ein Gesundheitszentrum mit Sonnenkollektoren aus, während Action Aid so viel für die geschützten Dörfer tat, daß die Liste ihrer Leistungen eine halbe Zeitungsseite umfaßte. Die Dörfer waren eigentlich eine Notmaßnahme, aber zumindest bekamen die Menschen dort kostenlos Nahrung und medizinische Versorgung. Das Welternährungsprogramm der Vereinten Nationen gab laut einem Bericht pro Jahr Millionen Dollar aus, um die Bewohner in den Dörfern zu ernähren; Angela würde nicht wie Betty leben, die mit einer Mahlzeit am Tag aufwuchs. Und das International Rescue Committee (IRC) schickte Krankenpfleger und anderes Personal, also würde es Angela auch nicht wie Faith ergehen, die abends im Dunkeln sitzen mußte, da das ganze Geld der Familie für Krankenhausrechungen draufgegangen war. Ich hatte selbst gesehen, wie Kinder von ihrem Schulleiter aus der Schule gejagt wurden, weil sie zu arm waren – in den Lagern verteilte das IRC Lehrmaterial an Hunderte von Kindern, bot kostenlos Berufslehrgänge an und startete an einigen Plätzen sogar Spar- und Darlehensprojekte. Vielleicht konnte Angela ein Geschäft eröffnen und ihr unheimliches Kind in einer Schule oder Besserungsanstalt unterbringen.

Ich fühlte mich wohler; verglichen mit dem, was ich bisher in Gulu gesehen hatte, erschienen die geschützten Dörfer wie Urlaubsressorts. Und ungeachtet dessen, ob Oberst Otema seine Arbeit tat oder nicht, die Dörfer waren als Sicherheitszonen gedacht, um Angriffen zu widerstehen, und waren strategisch zwischen den verschiedenen Armeeabteilungen platziert. Konys Teenagerrebellen mußten also, um an Angela heranzukommen, gegen professionell ausgebildete Soldaten kämpfen.

Der Oberst antwortete auf meine Anrufe nicht, aber dafür hatte ich Erfolg bei Gusco. Nach hartnäckigem Drängen erlaubte man mir schließlich, Konys Frau zu treffen.

Jenny war ein kräftiges Mädchen, und sie schien ihren Elan wiedergefunden zu haben. Sie wußte aus erster Hand, wer Kony war. 70 Frauen, sagte sie, 104 Kinder. Kony werde bis zum Tod kämpfen. Er wolle keinen Frieden. Aber ihre Antworten waren so roboterhaft, daß ich nicht zu sagen vermochte, ob sie sie zu oft wiederholt hatte oder ob ihr eine offizielle Version eingebleut worden war. Ich beschloß, Kinder zu finden, die man nicht ganz so eingehend befragt hatte. Ein letztes Wort zum Thema Baby: Ungefähr zu dieser Zeit wurde Kony erneut Vater, er nannte seinen Sohn George Bush.

*

Immer noch kein Foto – Bill und ich brauchten unbedingt ein Foto einer früheren Sexsklavin mit einem strahlenden Lächeln, aber meine alte Digitalkamera wurde mit jeder Stunde schwächer. Ohne mehr Zeit zu verschwenden, versuchte ich mein Glück in dem mit Gusco rivalisierenden Rehabilitationszentrum von World Vision. World Vision ist eine große christliche Hilfsorganisation, finanziert von kleinen alten Damen von Wisconsin bis West Ruislip. Das Gulu-Hauptquartier befand sich am Ende einer unbefestigten Straße.

Während die Sozialarbeiterin ein Mädchen mit Namen Anna holen ging, wartete ich in einer Hütte, die bis auf zwei Stühle und einen Tisch leer war. Ich starrte auf den Tisch und überlegte, wie ich auf taktvolle Weise die Aufforderung »Großes Lächeln, bitte« sagen konnte, gab es bald auf und las die Zeitung. »Weitere enttäuschende Fotos von der Tochter des Ministers.« Die Presse war von der Tochter des Ministers enttäuscht, weil man sie dabei fotografiert hatte, wie sie zusammen mit einigen betrunkenen Mädchen in einem Minirock ohne Slip auf dem Boden saß. Das Blatt hatte ihre Muschi gepixelt und ihr damit ein geheimnisvolles Aussehen verliehen, als ob die Pixel etwas, zum Beispiel eine Eidechse oder einen winzigen Kobold, verbargen.

*

Anna war eine sehr hübsche Fünfzehnjährige mit kurzen Dreadlocks, ihr rotes Kleid war an einigen Stellen eingerissen. Sie war so nervös, daß sie unaufhörlich lächelte – ein Riesenlächeln, wie Paris Hilton, aber ein sympathisches. Wir plauderten freundlich miteinander.

»Was möchtest du werden, wenn du erwachsen bist?« fragte ich mit der Keckheit, die ich gewöhnlich für Schauspielerinnen aufhebe, wenn ich wissen will, wie großartig sie ihrer Meinung nach auf einer Skala von eins bis zehn aussehen.

»Ich will Ärztin werden.«

»Fantastisch. Es gibt ja ein großes Krankenhaus in Kampala...«

»Ich tötete einen Jungen. Er hieß David«, platze es aus ihr heraus, ihr Lächeln so breit, daß es schmerzhaft aussah.

»Darf ich fragen... warum?«

»Weil er mein Freund war«, sagte sie. »Sie erwischten ihn, als er weglaufen wollte. Weil er mein Freund war, gaben sie mir die Machete. Sie befahlen mir, seinen Hinterkopf abzuschlagen, dann den oberen Teil seines Kopfes, dann sein Bein, und dann mußte ich ihn töten. Es war höchst bedauerlich.«

Britischer Kolonialismus. Wir gaben ihnen Waffen und ein paar nette Redewendungen. Annas Lächeln wich nicht. Sie machte einen Knicks und ging.

*

Ich eilte zurück zu dem Gusco-Zentrum, kam aber zu spät. Angela war bereits nach Kitgum Matidi, ihr geschütztes Dorf, heimgeschickt worden. Ich ging ins Hotel. In der Nacht konnte ich nicht schlafen. Was würde mit Angela geschehen, wenn Konys Männer sie fänden? Es war die Aufgabe des Obersts, diese Kinder zu beschützen, aber tat er es? Ich konnte nicht schlafen. Ich versuchte es mit Lesen. Aus *Across My Lips: the Burgles of Mortal Dignity*, S. 45: »Er streichelte das freie Fleisch über seiner linken Schulter... Es zitterte plötzlich, als er sich das schimmernde Zimmer vorstellte, und ein Schauer durchrieselte ihn. Jemand schlug ihre Feige.«

Es half nicht. Ich beschloß, am nächsten Tag zusammen mit Bill Angela in ihrem geschützten Dorf zu besuchen und mit eigenen Augen zu sehen, wie der Oberst sie beschützte.

48

Love Me Tender

»Ich darf nicht nach Kitgum ohne Begleitung«, sagte der Mann von UNICEF, und mit Begleitung meinte er nicht das Modell Sophie Anderton und einen Kanister voll Wichse. Er meinte sieben bewaffnete Soldaten auf einem Pickup.

Kitgum war ganz im Norden, und dort liefen Konys Rebellen frei herum. Bill und ich klapperten die Hilfsorganisationen ab. Vielleicht fanden wir Leute, die das Terrain kannten und uns mitnahmen.

»Kitgum? Sie kommen zu spät«, sagte der Typ von der UNO. »Dort herrscht Ausgangssperre.«

Was bedeutete das? Es bedeutete, daß die Armee, wenn die Rebellen zwischen halb fünf nachmittags und 9 Uhr morgens auftauchten, einem nicht helfen würde, weil die Soldaten nach Hause gegangen waren.

»Können wir einen Bus nehmen?« fragte Bill. Der UN-Typ nahm ein Stück Papier von einer Pinnwand.

»Schauen wir mal, was im Sicherheitsbericht steht«, sagte er und las von dem Blatt ab: »›Mittwoch, 9 Uhr: Schüsse auf einen Linien-Bus.‹ Nehmen Sie ein AP-Fahrzeug.«

»AP? Ich bin bei der Associated Press.« Ich log wie automatisch. »Ich habe meine Pressekarte nicht dabei, aber...«

»Nein, ich meine einen gepanzerten Wagen.«

»Aber das Mädchen ist in einem geschützten Dorf. Warum kann ich nicht ein normales Auto nehmen?«

»Weil niemand Ihren Schutz garantieren kann.« Ich wette, er war von der Logistikabteilung.

Er schlug vor, daß wir fliegen: »Es kostet nur neunzig Dollar.«

*

Die Frau im Reisebüro schüttelte den Kopf, als sie meine Kreditkarten sah. Ich war mir nicht sicher, ob sie grundsätzlich keine Kreditkarten akzeptierte oder nur *meine* nicht, was sie cleverer gemacht hätte, als ich dachte.

Wir saßen schweigend im Travellers Inn. Ich hatte ein Bier, Bill eine Banane. Er war wirklich eine lächerlich vornehme Person.

»Du fliegst. Ich kann den Bus nehmen«, sagte Bill.

»Auf keinen Fall. Ausgeschlossen, Bill.«

»Der Bus ist nicht so schlecht«, sagte Bill.

»Du hast doch den fetten Mistkerl von der UNO gehört – du kannst getötet werden!«

»Nun ja, der Tod«, sagte Bill und schälte seine Banane, »wenn man gehen muß, muß man gehen.«

Bill ging in sein Büro, um einen Nachrichtenbeitrag fertigzustellen, und ich blieb im Travellers Inn und versuchte, etwas über Konys Aktivitäten in Kitgum herauszufinden. Fünfzig Pfund. Soviel Geld hatte ich nicht mehr. Ich hörte im Kopf die Stimme meiner Mutter: »Jane, es sind nur fünfzig Pfund! Ich geb sie dir!« Ich rief Banya an, vielleicht konnte er uns eine Mitfahrgelegenheit verschaffen – er war schließlich der einzige nette Leiter einer Hilfsorganisation, den ich kennengelernt hatte –, aber er war nicht in der Stadt.

»Entschuldigen Sie. Ich kann Sie nach Kitgum bringen. Ich fliege für Ärzte ohne Grenzen«, sagte ein Fremder und trat auf mich zu. Ich war mißtrauisch, dann fühlte ich mich schuldig wegen dieses Mißtrauens – die übliche Reaktion von Weißen in Ländern der Dritten Welt. In seinem eigenen Land kann man so mißtrauisch sein, wie man will.

»Sie sind auf der Hut«, sagte der Fremde. »Gut, das bedeutet, daß sie länger leben werden.« Er hieß Daniel, arbeitete wirklich für Ärzte ohne Grenzen, und er war in der Tat ein Pilot. Ich war gerettet.

»Ich habe noch Platz in dem Flug morgen früh. Aber wenn Sie später aufbrechen wollen...«

»Nein, nein, das ist großartig. Danke schön. Sie haben ja keine Vorstellung.«

»Das Flugzeug ist leicht zu finden. Wenn Sie mich...« Plötzlich packte mich ein sarggroßer stämmiger Mann in einem weißen Vegas-Anzug. Es war Walter, der Bürgermeister von Gulu persönlich – der Riesen-Elvis. Er zog mich in den abgedunkelten Club. Dann befand ich mich schon auf der Tanzfläche, fest an seine wabbelnde Brust gepreßt. Ich war in einem See aus schwarzer Haut, das einzige Licht kam von den fluoreszierenden Mustern auf den Kleidern. Ich war immer noch zu benommen, um zu verstehen, was vor sich ging, und fragte mich, ob ich eine Überlebenschance hätte, wenn ich durch einen Strohhalm zwischen Walters Männerbrüsten atmete, so wie James Bond. Die Platte endete, und Walter führte mich hinaus. Er nickte dem Piloten zu.

»Passen Sie auf, mit wem Sie sprechen«, sagte Walter. »Mein Fahrer wird Sie nach Hause bringen.«

»Es ist okay. Der Mann ist von Ärzte ohne Grenzen«, sagte ich und spürte ein flaues Gefühl im Magen.

»Er arbeitete früher für Ärzte ohne Grenzen; wahrscheinlich hat er seinen Ausweis behalten. Er taugt überhaupt nichts.« Ich erinnerte mich an all die Kleinanzeigen mit Porträtfotos auf der letzten Seiten von *New Vision* und dem *Monitor*, annonciert von großen westlichen Wohltätigkeitsorganisationen. Eine davon lautete bestimmt: »ÖFFENTLICHE BEKANNTMACHUNG: DER MANN, DER SICH DANIEL NENNT, IST NICHT MEHR BEI ÄRZTE OHNE GRENZEN BESCHÄFTIGT.« Ich bin mir nicht sicher, was passiert wäre, wenn ich Daniel am nächsten Morgen an einem Flugplatz getroffen hätte, aber wahrscheinlich wäre es nicht zu einem Flug über den Dschungel mit einem tollen Neurochirurgen gekommen. Mein Magen rumorte. Einer aus

Walters Clique zeigte mir den Weg zum Klo, der durch einen Korridor mit verhängten Zimmern führte.

»Ist dieser Ort...?« fragte ich.

»Walter ist Vorsteher von Gulu!« sagte er.

»Ich weiß...« Zwei kräftige junge Frauen, bekleidet wie Nachtclubtänzerinnen, kamen hinter einem der Vorhänge hervor. »Aber sind diese Mädchen...?«

»Walter ist ein sehr großer Mann!«

»Bestimmt. Aber dieser Ort...? Ist das hier ein...?«

»Oh, ja. Aber wenn man es schließt, wo würden Sie etwas zu trinken bekommen, äh, stimmt's?«

»Stimmt.«

»Und Sie müssen zugeben, die Musik ist ausgezeichnet.« Ein dröhnendes Gehämmer brach los. Wirklich klasse. Die Menge auf der Tanzfläche flippte total aus.

49

Der da, der wurde aus dem Hinterhalt überfallen

Es gab keine andere Möglichkeit, Bill und ich mußten den Bus nehmen, und wenn der sich nicht mehr als vier Stunden verspätete, würden wir vor Beginn der Sperrstunde ankommen, nicht erschossen werden und Angela finden.

Am nächsten Morgen kamen Bill und ich in aller Frühe zum Busparkplatz, kauften viele Flaschen Wasser, bestiegen den Bus nach Kitgum und warteten.

Und warteten. Ich sah die glänzenden Land Cruiser der Hilfsorganisationen davonrasen; fast alle waren mit halbmetergroßen Initialen bemalt: UN, UNHCR, ICRC. Die internationalen Akronyme für »Nicht schießen«. Aber die Kinder, die vielleicht auf sie schossen, waren aus der Schule entführt und von einem Mann ausgebildet worden, der den großen Philosophen Chuck Norris studierte. Die Land Cruiser wären mit der Aufschrift MANU sicherer gewesen.

Und warteten. Ein Bus nach dem anderen fuhr ab.

»Madame, ich sagte Ihnen bereits, wir sind der einzige Bus, der heute nach Kitgum fährt«, sagte unser Schaffner und schlug wütend die Tür zu. Ein weiterer Bus verließ den Platz, der Schaffner brüllte: »Kitgum!« Ich verlor meine liberale Fassade. Ich wußte, unser Fahrer brauchte das Geld, aber er würde es sowieso bekommen: Jeder einzelne Bus war am Ende vollgestopft mit warmem Fleisch.

»Sehen Sie, ich fahre nicht zum Einkaufen. Ich versuche, dorthin zu kommen, um jemanden zu finden. Bitte sagen Sie mir, werden wir in den nächsten zwei Stunden aufbrechen?«

»Ich hab Ihnen doch gesagt! Wir fahren in zwanzig Minuten los!«

»Ja! Das haben Sie mir bereits vor einer Stunde gesagt!«

Der Schaffner wandte sich ab. Er hatte keine Lust, mir zu erklären, wie unrecht ich hatte; er mußte noch vier Stunden rumkriegen. Okay, lassen Sie es mich anders ausdrücken: Wieviel würde es Sie zusätzlich kosten, mir die Wahrheit zu sagen? Ich habe bemerkt, wenn man Business Class fliegt, glauben die Stewardessen, sie können einem durchaus mitteilen, wenn es Probleme bei der Gepäckabwicklung, der Ankunftszeit oder sonstwas gibt, weil man reich und daher wahrscheinlich weniger geneigt ist, einen Aufstand zu machen. Ist man arm, kann man mit der Wahrheit nicht umgehen. Wenn man Upper Class fliegt, werden sie einem sagen, wo genau am Terminal 5 das ganze Gepäck landete. Im Cockpit kennen sie das Geheimnis des ewigen Lebens, aber um daran teilhaben zu können, braucht man eine Menge Flugmeilen.

*

Am späten Vormittag, als die Sonne den Minibus allmählich in ein Backblech voll mit menschlichen Yorkshire Puddings verwandelte, verließ endlich der Bus nach Kitgum den Parkplatz, fuhr aus der Stadt hinaus und brach zusammen.

Ich rief Pater Carlos an und erklärte ihm die Situation. Er gab mir eine Telefonnummer.

»Ich habe einen Freund in Kitgum, Pater Benedikt. Falls Sie in Schwierigkeiten geraten. Ein sehr guter Mann.« Ich wußte ja inzwischen, wie es läuft. Unfallstation, welchen Service brauchen Sie? Einen Priester, bitte, ich warte am Auto.

»Bill, ich befürchte, wir werden es nicht schaffen.«

»Sie kennen diese Busse nicht«, sagte Bill. Tatsächlich, der Busfahrer knallte mehrmals die Motorhaube zu, und es ging weiter.

Bald rasten wir Richtung Norden, nahmen Kurven mit 90 Sachen, Hühner, Holzkohle und alte Zeitungen flogen durch den Bus. Die Fahrgäste klammerten sich aneinander, der Mann hinter mir krallte sich in meine Schulter wie ein Papagei mit Mundgeruch. Warum rücken einem Leute mit Mundgeruch immer näher, je mehr man sich abwendet? Sie wissen nicht, was sie tun. Wir fuhren durch eine Tuberkulosekontrollzone. Was machte Tuberkulose außerhalb der Kontrollzone? Der Bus bretterte durch ein großes Schlagloch. Bill erwischte mich dabei, wie ich versuchte, den Tachometer zu lesen. Er zeigte auf einen ausgebrannten Lastwagen am Straßenrand.

»Der da wurde aus dem Hinterhalt überfallen«, sagte Bill. »Wenn man Äste auf der Straße sieht, dann ist das meist eine Falle.« *Missing in Action 2* oder *Coming to America*? Ich wußte von der Gruppe der Kindersoldaten, daß die kleinen Killer den Fahrer zuerst erschießen. *Vor uns – auf der Straße – Äste – schräg über – au weia – sieht sie denn niemand...?* Mein Herz raste. Zwei Worte schossen mir durch den Kopf: »Oh Scheiße.« Aber es war nur ein umgestürzter Baum. Dann tauchte aus dem hohen Gras ein Kind auf, das einen Gewehrriemen über der Brust trug. Ich schreckte aus dem Sitz hoch. Es war eine Schultasche. Ich schaute mich nach dem Kind um. Er war vielleicht sechs.

Unser Fahrer war offensichtlich ein netterer Mensch als der Schaffner, denn sein Grundsatz war entweder a) er würde eher seine Fahrgäste in einem Zusammenstoß bei hoher Geschwindigkeit töten als sie einem Leben als Sexsklaven überlassen oder b) träfen ihn bei 90 Stundenkilometern die Kugeln, würde er noch im Sterben den Bus weit genug fahren, um den Fahrgästen einen Vorsprung zu geben. Oder vielleicht war er auch nur ein grottenschlechter Fahrer.

50

Carmina Burana

Ein Sturm braute sich zusammen, als wir nach Kitgum hineinfuhren. Diese schäbige Stadt hatte etwas Bedrohliches. Die Bewohner waren aufgeregt, jeder beeilte sich, rechtzeitig nach Hause zu kommen. Wir benötigten auf der Stelle ein *Boda boda*, wenn wir es noch bis zu Angelas Dorf, Kitgum Matidi, schaffen wollten. Bill ging ein Motorradtaxi nach dem anderen ab, aber die Strecke war zu weit, und selbst ein guter Verdienst bot zu dieser Stunde keinen Anreiz mehr. Kony hatte gesagt, Zweiräder seien eine Sünde.

Ich rief Pater Benedict an, schuldbewußt, aber verdammt noch mal, er war ein Missionar. Schließlich waren sie den ganzen Weg von Europa hierher gekommen, um Leuten zu helfen; ich rettete vielleicht seinen Tag. Pater Benedict sagte mir, wir sollten zur Kirche kommen, und zwar sofort.

Um halb fünf, genau zu Beginn der Sperrstunde, erreichten unsere Motorräder eine Lichtung. Ein Gewittersturm drückte auf allen Seiten die Gräser platt. In der Mitte stand eine große, bemalte, zerbröckelnde katholische Kirche, als wäre der Vatikan vom Himmel in den afrikanischen Busch gefallen. Als der Sturm immer heftiger wurde, konnte ich in meinem Kopf Bruchstücke aus *Carmina Burana* hören. Ich versuchte, nicht darauf zu achten, aber der stampfende Rhythmus war hartnäckig. Ich hielt Ausschau nach jemandem, der Pater Benedict sein konnte, sah aber niemanden. Ich hatte nicht vor, hier draußen im Freien herumzustehen. In den Feldern um uns herum rannten Menschen, um sich in Sicherheit zu bringen. Bill rief ihnen hinterher, aber sie blieben nicht stehen. Ich bat die *Boda*-Fahrer zu warten. Sie fuhren weg. Das war nicht ideal. Dann sah ich aus dem Augenwinkel einen weißen kleinen Mann auf ein Seitengebäude zueilen. Wir erreichten ihn gerade noch an der Tür.

In der schlichten Unterkunft der Missionare war die Atmosphäre noch bedrückender. Der Sturm peitschte die roten Vorhänge in den Raum. Wir befanden uns in einer Zeitkapsel: Die Wände waren mit Missionszeitschriften tapeziert, von denen eine den Titel *Negro* trug. Ich weiß nicht, ob Pater Benedict diese Zeitschrift seit 1953 aufbewahrt hatte oder es irgendwo einen jovialen Verleger gab, der die Klassiker der fünfziger Jahre wie *Negro* und Männermagazine wie *Salty Whores* immer noch produzierte. Pater Benedict rannte geschäftig hin und her und kam schließlich mit einer Packung Kekse zurück, die er wahrscheinlich schon seit dem Tag hatte öffnen wollen, als Königin Elizabeth ihn bei ihrem Uganda-Besuch versetzte.

»Ich bin Pater Benedict«, verkündete er. Sein französischer Akzent war unüberhörbar.

Ich hielt es für eine gute Idee, unsere Unterhaltung mit einer optimistischen Bemerkung zu beginnen. »In Gulu sagen die Leute, der Krieg ist zu Ende.«

Der kleine Mann schwoll im Gesicht vor Wut rot an. »Unsinn! Ich kann nur immer wieder sagen, Unsinn. Entschuldigen Sie, aber es ist zum Lachen. Die Rebellen haben völlige Freiheit zu tun, was ihnen gefällt. Soldaten stehen nur am Straßenrand, und sobald es Probleme gibt, sieht man sie schnell verschwinden.«

Pater Benedict war gerade von einem Besuch aus dem Krankenhaus zurückgekommen. »Anita wurde mehrmals mit einer Machete an Kopf und Schultern getroffen«, sagte er. »Dieser Ort hat eine sehr große Kaserne. Da frage ich mich doch, wo waren die Soldaten?«

Pater Benedict las meine Gedanken.

»Ich gebe Ihnen ein anderes Beispiel, das Dorf Kitgum

Matidi«, sagte er. Bill schaute mich an. »Am 27. Mai dieses Jahres gingen die jungen Männer und Frauen dort wie gewöhnlich ihren Geschäften nach. Acht von ihnen wurden zu Tode gehackt«, sagte er. »Dieses Gerede in den Zeitungen, daß es hier friedlich zugeht, tut mir leid, das ist Unsinn, das ist eine glatte Lüge.«

Pater Benedict bearbeitete eine Fanta mit einem Flaschenöffner. Ich äußerte mich vorsichtig zu den Friedensgesprächen; schließlich hatte mein alternder Verehrer Banya gesagt, der Glaube der Leute an Geister werde sie immer lähmen.

»Banya meint...«, sagte ich. Pater Benedict ließ beinahe seine Fanta fallen.

»Das ist eine Lüge! Banya ist der größte Lügner weit und breit. Die Kirche hat immer wieder versucht, Friedensgespräche zu führen. Wir trafen uns dreimal mit den Rebellen, und es ging ziemlich gut. Und jedesmal tauchte die Armee auf und schoß. Sie töteten unsere Leute.«

Aber... warum sollte Banya lügen? Er war doch auch entführt worden.

»Banya wird von der Regierung überall hingeschickt und bekommt Geld, damit er sagt, wie toll sie ist«, sagte Pater Benedict. Banya war nicht ein gewöhnliches Opfer wie die Leute von der Kindersoldatengruppe. Noch nicht einmal ein gewöhnlicher Kommandant. Er war Konys Nummer Drei, sein Militärstratege, von Russen ausgebildet. In meinem Kopf drehte sich alles. Es kam noch schlimmer: Banya war nicht von Kony weggelaufen, er wurde gefangengenommen. Das hieß, wenn es nach ihm gegangen wäre, wäre er immer noch im Busch und würde Kinder entführen.

Nun, ich bin eine schlechte Menschenkennerin. Es liegt in der Familie. Wie ich schon gesagt habe, meine Urgroßeltern wurden nach Auschwitz gebracht. *Dieses Hotel ist schrecklich! Und hast du die Duschen gesehen?* Mein Großvater war Übersetzer bei den Nürnberger Prozessen, doch danach hatte Simon Wiesenthal immer noch jede Menge zu tun. Auch ich täusche mich ständig in Leuten, aber dieses Erbe hätte nicht dazu führen dürfen, daß ich mit einem Kriegsverbrecher flirtete.

Banya folgte nicht einfach Befehlen. Dieser knuddlige Großvatertyp ist laut einem von der UNO in Auftrag gegebenen Bericht »ein Mann, der unter dem Verdacht steht, schwere Verbrechen begangen zu haben... er soll für zahllose sadistische Vergewaltigungen von minderjährigen entführten Mädchen in LRA-Gefangenschaft verantwortlich sein.«*

»Er ist ein richtiger Mörder«, sagte Pater Benedict. »Die Menschen haben sofort Angst, wenn sie eine Gruppe sehen, die zusammen mit Banya kommt, man muß immer befürchten, daß es blutig endet. Die Regierung brachte ihn einmal in eine Gegend hier in der Nähe, wo er sprechen sollte, und ein Lehrer stand auf und sagte: Du hältst jetzt den Mund, du bist ein Mörder, du hast unsere Kinder getötet. Ich weiß, wenn ich so offen spreche, daß ich vielleicht nicht überlebe, aber ich habe keine Lust zu schweigen.«

Tausende von Kilometern entfernt von den gelben Ziegelsteinen der Metro-Goldwyn-Mayer Studios war ich zufällig auf den Zauberer von Oz gestoßen. Wenn Kony der Wunderbare Zauberer war, den Hexer wie Banya beschützten, war der kleine Pater Benedict der Hund Toto, und ich war die zuckersüchtige, Schuhe anbetende Judy Garland als Dorothy. Ich war auf Banyas Lügen hereingefallen, auf einen Regierungskumpanen, der dafür bezahlt wurde, Leute wie mich zu finden, um ihnen Geschichten von Schlangen und Leoparden und Geistern zu spinnen, so daß sie heimfahren und Zeitungslesern – einschließlich Politikern, die die *Sunday Times* lesen – von dem unglaublichen Monster namens Kony berichten, das

* Aus einem von der UNICEF, OCHA und OHCHR zusammengestellten Bericht vom 1. Dezember 2005.

Rätselwesen, das nicht einmal eine gut ausgerüstete Armee fassen kann.

Dann fiel mir noch etwas anderes ein. Banya leitete die Labora Farm. Ein Wohn- und Arbeitsprojekt für ehemalige Entführte. Das muß man erst einmal begreifen: Es gibt das Problem der entführten Kinder und zu dessen Lösung heuert man einen Kidnapper als Babysitter an. Kein Wunder, daß die Jugendlichen auf der Farm bedrückt aussahen. Und was ihr Schweigen anging, weil Kony sie mittels seiner Geister hören konnte, Banya war direkt neben ihnen, um mit eigenen Ohren zu hören, was sie sagten. Und nun kommt das Merkwürdigste. Bevor er für Kony arbeitete, stand Banya in Diensten von Yoweri Museveni. Er war sein Leibwächter, als der spätere Präsident noch im Verteidigungsministerium war. »Er ist ein sehr netter Mann«, sagte Banya nach seiner Festnahme.

Ich dachte an Pater Carlos' Tagebuch und jenen Offizier der UPDF, der ihn angerufen und sich als Rebell ausgegeben hatte. Ich fragte mich, ob Konys oft bewunderte Fähigkeit, das Auftauchen von Armeehubschraubern vorherzusagen, vom Geist eines italienischen Soldaten oder von der ausgezeichneten Qualität der Mobiltelefone herrührte.

Selbst Bill war schockiert. Ich konnte das sehen an der Art, wie er seinen Kopf ein wenig nach hinten neigte. Und nun machte ich mir wirklich Sorgen um Angela. Pater Benedict ging hinaus und suchte einen Fahrer, der bereit war, uns in die Stadt zurückzubringen und eine Unterkunft für die Nacht zu besorgen. Gleich am nächsten Morgen wollten wir Angela finden.

*

Als wir in einen Pickup stiegen, drehte ich mich noch einmal zu Pater Benedict um. Der kleine Mann stand in der Lichtung, hinter ihm die verfallende Kirche, umgeben von einem Ödland brutalen Verhaltens.

»Warum bleiben Sie?« fragte ich.

»Wir Missionare laufen nicht weg«, sagte er lachend und winkte zum Abschied.

Es gab keine Möglichkeit, nach Gulu zurückzufahren, also kaufte ich für Bill und mich zwei Zahnbürsten und checkte uns im Bomah ein, ein weiteres scheußliches Hotel, das sich mit dem Acholi Inn hätte verschwistern sollen. Die gute alte Zeit, da man hier eine Wanze in seinem Auto fand, war längst vorbei; wir konnten von Glück sagen, etwas Suppe unter den Fliegen zu finden. Das Bomah hatte ebenfalls ein paar Lautsprecher, die in voller Lautstärke Reggae für eine nicht vorhandene Zuhörerschaft spielten, und Toiletten, die offensichtlich die Eingeweide der Gäste direkt mit der Kanalisation der Hölle verbanden. Das gesamte Personal war vernünftigerweise abgehauen, um auch nur den Verdacht der Zugehörigkeit zu vermeiden.

In Kitgum besuchte ich einen einheimischen Pfarrer, um mir Pater Benedicts Darstellung bestätigen zu lassen. Ja, sagte Pater Ernie, Rebellen seien überall in der Gegend und Entführungen gehörten zum Alltag.

»Aber die Menschen kamen doch in diese Dörfer, um Schutz zu finden«, sagte ich. »Sie könnten wieder heimgehen.«

»Genau das geschah nicht«, sagte er.

Erneut hörte ich hier an der Front eine andere Geschichte als in Gulu. Ja, als die Massaker begannen, wollten die Menschen Schutz vor Kony und seinen Männern. Nicht jeder wollte in ein Lager fliehen. Aber die Regierung verkündete über das Radio ein Ultimatum: Die Bevölkerung habe innerhalb von 48 Stunden ihre Häuser zu verlassen und in die Lager zu gehen oder sie bekomme es mit der Armee zu tun. Das war eine Razzia, eine Säuberungsaktion – mobile Bodentruppen zogen von Dorf zu Dorf, um das Ultimatum auch unter den Bewohnern zu verbreiten, die es nicht im Radio gehört hatten. An manchen Orten wie in Kitgum wurden die Menschen zusammengepfercht und von Militärhubschraubern aus ihren Häusern abtransportiert.

»Diejenigen, die nicht in der vorgeschriebenen Zeit die geschützten Dörfer erreichten, wurden als Rebellenkollaborateure betrachtet«, sagte Pater Ernie. »Einige wurden getötet, ihre Hütten niedergebrannt.«

Keine Zeitung oder offizielle Quelle, auch kein Analyst hatte jemals erwähnt, daß die geschützten Dörfer keineswegs eine freiwillige Sache waren, aber mir wurde das bisher immer so dargestellt. Das warf auf die ganze Geschichte ein neues Licht: Wenn auch nur einige dieser 1,6 Millionen Menschen gegen ihren Willen festgehalten wurden, warum boten die Wohltätigkeitsorganisationen so bereitwillig ihre Hilfe an? Bill und ich mußten in die geschützten Dörfer gehen, um mit eigenen Augen zu sehen, was dort vor sich ging.

Ich legte mich ins Bett mit den Kissen über dem Kopf, um die laute Musik nicht zu hören. Wir wollten früh aufstehen und von irgendeinem der Helfer eine Mitfahrgelegenheit zu Angelas Dorf erbetteln.

*

Um 8 Uhr warteten wir im Foyer des Hotels. Die Fahrzeuge der NGO würden nach 9 Uhr, sobald die Ausgangssperre zu Ende war, zu den Flüchtlingslagern aufbrechen, wir mußten also schnell und überzeugend verhandeln. Aber da waren keine Mitarbeiter von Hilfsorganisationen. Den Streß vergrößerte noch der Service im Bomah, besonders für Gäste mit einer Eßstörung. Der Kellner brachte mir nicht, was ich bestellt hatte, sondern nur einen altbackenen Toast. Da tauchte ein Mann vom Roten Kreuz auf. Ich ließ das staubige Brot auf den Teller fallen und rannte zu ihm hinüber.

»Wir dürfen keine Journalisten ohne Erlaubnis der Armee mitnehmen«, sagte er. »Versuchen Sie es doch mal bei UNICEF.«

Er lächelte breit und schien von nichts eine Ahnung zu haben. Ich drehte mich um und sah den Kellner meinen Toast in den schlimmsten Abfalleimer Afrikas werfen. Fliegen schossen angewidert aus der Tonne.

Ein Typ von UNICEF kam herein. Erleichtert stellte ich fest, daß er Brite war; er würde bestimmt eine gewisse Verbundenheit mit einer Landsmännin empfinden.

»Nein. Und Sie sollten dort nicht hinfahren«, sagte der UNICEF-Mann. *Ich weiß das, aber ich gehe trotzdem, weil niemand diese Geschichte erzählt und weil meine Schlüpfersteuer einen pädophilen Vergewaltiger dafür bezahlt, daß er ein Reha-Zentrum leitet, du Gutmensch.*

Die Fahrzeuge der NGOs machten sich auf den Weg zu ihrem Einsatzgebiet. Bill eilte zum Busparkplatz; vielleicht ließ sich ein Fahrer überreden. Ich bettelte in den Büros der wichtigsten Hilfsorganisationen um Hilfe.

Beim »Norwegischen Flüchtlingsrat« starrte ein Klotz von Frau mich so geistesabwesend an, als würden 400 Millionen Volt nötig sein, um bei ihr einen originellen Gedanken auszulösen oder gar einen Flüchtling zu retten.

»Sie sollten ein Flugzeug nehmen. Es kostet nur neunzig Dollar«, sagte sie. »Wenn Sie die Straße benutzen und Ihnen etwas passiert, wird man Ihnen die Schuld geben.« *Wenn mir irgendetwas passiert, wird die Schuldzuweisung das kleinste meiner Probleme sein, Brunhilda. Und zum letztenmal, 90 Dollar sind im Moment für mich ein Vermögen, und ich bin David Beckham, verglichen mit den Menschen, denen du helfen sollst.*

Der Typ von der »Dänischen Internationalen Entwicklungshilfe« war nicht da. Das »Schwedische Institut für Leben und Frieden« operierte hier nicht. Was machten all diese Skandinavier in Afrika? Handelte es sich um eine Art Schuld aus der Zeit der Wikinger? Betreuung der Vergewaltigungsopfer von den Leuten, deren Vorfahren es besonders schlimm trieben? Der Komfort einiger dieser Wohltätigkeitsorganisationen begann mich wirklich zu ärgern. So jedenfalls kamen sie mir vor: bequemes

Leben, satt, zufrieden mit der Situation, und bloß keinen Staub aufwirbeln. Sie schienen nicht dort zu sein, um irgendetwas zu ändern. Bestenfalls waren sie *bloß* da, um einer Tragödie beizuwohnen. Schlimmstenfalls waren sie da, um sich gut zu fühlen. Sie alle lächelten fröhlich, als sie mir erzählten, sie könnten nicht helfen. Haß stieg in mir auf gegen die nützlichen Leute. Ich konnte ihr Gutmenschengetue nicht länger ausstehen.

Dann kam ein junger Logistiker aus dem Gelände der UNICEF gelaufen und wedelte mit den Armen.

»Warten Sie! Ich kenne jemanden, der Ihnen helfen kann«, rief er und stimmte mich wieder versöhnlich mit der Idee der Wohltätigkeit.

*

Kurz danach sah ich mich selbst einen Lastwagen mit sieben bewaffneten Soldaten für 40 Dollar mieten. Der Fahrer war ein fröhlicher Irrer, ein unbändiger »B.A.« Baracus. Sein eigentlicher Job hatte was mit Bewässerung zu tun, den Lastwagen hatte er vom Roten Kreuz, und die Soldaten kamen von irgendwoher her.

»Sind sie... ausgebildet?« fragte ich.

»Ich bin Nathan«, antwortete er und schüttelte mir die Hand. »Haben Sie eine kugelsichere Weste?«

»Nein«, dachte ich entrüstet, »das ist ein Victoria's Secret Wunder-BH.« Er zuckte die Achseln; er hatte wahrscheinlich auch keine kugelsichere Weste.

»Wohin fahren wir?« fragte er.

Ich schaute unseren bewaffneten Lastwagen an. *Coffee Bean am Sunset Boulevard. Erschießt alle.*

*

Nathan war ein vergnügter Fahrer, und es war eine vergnügliche Fahrt auf der Suche nach einer früheren Sexsklavin. Auf dem Handschuhfach waren Sticker mit grinsenden Gesichtern, ein Duftspray mit dem Namen »Ruft Liebeserinnerungen wach« parfümierte das Fahrerhaus, und wir hörten im Radio Shania Twains »Man! I Feel Like a Woman«.

Ich fragte Nathan, ob sieben bewaffnete Begleiter vielleicht ein halbes Dutzend mehr waren als benötigt.

»Fühlen Sie mal meinen Arm«, sagte er. Ich berührte seinen Ellbogen. Da waren harte Klumpen.

»Sind das....?«

»Ja! Auf mich wurde geschossen! Ich fuhr in einen Hinterhalt, dreizehn waren es, alles Kinder! Im Busch geboren, total wild! Sie hätten mir beinahe die Eier weggeblasen!« Sein mit Kugeln gefüllter Arm hielt das Steuerrad, als wir durch einen Schwarm von Libellen sausten.

»Werden wir Angela finden?« fragte ich.

»Wir werden sie finden.« Ich glaubte ihm.

*

Wir fuhren am Nachtclub Blue Moon vorbei, dessen Schild auf dem Foto zu sehen ist. Man beachte das spezielle Angebot auf dem Bogen Papier neben dem Ausgang.

51

Toll, wenn du jung bist, aber wenn du vier Kinder hast, sieht es schrecklich aus

Ein brauner Klumpen erschien in der Landschaft. Er wurde größer. Und größer. Er löste sich allmählich in braune Punkte auf, Tausende von runden Lehmhütten. Dies war Angelinas geschütztes Dorf. Mein Blick suchte Zäune und Absperrungen, die die Rebellen fernhielten, aber da war nichts. Die Armeekasernen mit ausgebildeten Soldaten, die ich mir vorgestellt hatte, existierten nicht; der Schutz bestand in einer Abteilung von wenigen Hütten, so tief in den Boden gegraben, daß gerade noch ihre Strohdächer sichtbar waren wie riesige chinesische Reishüte auf einem Feld. Ein Dutzend Soldaten lungerte herum. Sie sahen jung aus, und mit jung meine ich, daß man sie als Mitschüler nicht zu einem Spirituosengeschäft geschickt hätte. Einer der Soldaten hockte an der Straße und beschäftigte sich mit etwas. Er schob ein Spielzeugauto hin und her.

Nathan, Bill und ich verließen unsere bewaffnete Eskorte und gingen ins Dorf hinein. Es war zu groß, um irgendjemanden schnell zu finden, also hielt ich Ausschau nach den Flaggen und den von hohen Mauern umgebenen Geländen der internationalen Hilfsorganisationen. Wir fanden einen Einheimischen in einem Schuppen. Er trug eine lebensbejahende rote Baseballkappe und stellte sich als der Lagerleiter vor.

»Siebzehntausendvierhundertvierundvierzig Menschen«, sagte der Lagerleiter. Bill notierte es; er agierte professionell und merkte sich jedes Detail. Ich mußte mich immer wieder keuchend an eine der aus alten Kanistern gemachten Türen lehnen, und wir waren erst wenige Minuten draußen in der afrikanischen Luft. Bill, offensichtlich bemüht, mir zu zeigen, wie ein tatsächlicher Reporter vorging, fand die Sprecherin der Frauen und sagte ihr, daß wir nach Angela suchten.

»Können Sie dieses Mädchen beschreiben?« fragte sie.

Ich sagte: »Sie ist etwa neunzehn, sie wurde entführt, sie war acht Jahre lang mit einem Kommandanten zusammen, und sie hat ein Baby.« Ich schwöre bei Gott, die Frau fragte mich dann wirklich, ob die Gesuchte irgendwelche besonderen Merkmale habe.

Sie ging mit uns weiter ins Dorf hinein. Ich sah eine alte Frau in einem Bottich mit brodelnder Flüssigkeit rühren. Sie braute gerade mehrere Liter puren Alkohol. Mir schien das eine vollkommen angemessene Antwort auf die Umgebung zu sein.

Und von nun an muß ich mit dem Unsinn aufhören, diesen Ort ein Dorf zu nennen. Ich bin in Dörfern gewesen, und sogar die ohne Moriskentänzer haben Pflanzen und Bäume. Das hier aber war eine riesige Ebene aus bloßem Lehm: die Böden, die Wände und die zahllosen Eingänge, alles war aus Lehm. Ich hatte den Eindruck, als ob etwas durch den Ort gefegt wäre und die Blumenbeete, die Tiere, alle Spuren von Leben weggewischt hätte. Nur die Menschen saßen noch da und wunderten sich, was zum Teufel mit ihnen geschehen war. Auch im Freien war es muffig; dies war kein Ort zum Leben, sondern um Menschen in Schach zu halten, kein Dorf, sondern ein Lager.

Ich sah Frauen mit geschwollenen Augen – 60 Prozent der Frauen in diesem Lager waren häuslicher Gewalt oder sexuellem Mißbrauch ausgeliefert, erfuhr ich. Was? Sechzig Prozent? *Dienstag, brachte den Müll raus, zu Hause geschlagen oder vergewaltigt. Mittwoch, holte Milch, zu Hause geschlagen oder vergewaltigt... Ach nein, das war Montag.*

Die Sonne brütete über uns, als wir von Hütte zu Hütte gingen und nach Angela fragten. Gesichter spähten aus dem dunklen Inneren. Eine Stunde. Zwei Stunden. Bill hatte bereits einen Stoß Notizen. Ich hatte einen Sonnenstich. Ich beschloß, ihm das Saufen beizubringen, wenn wir hier je rauskämen. Leute erzählten uns, daß vor kurzem drei weitere Mädchen in Angelas Alter von Konys Männern gekidnappt worden waren. Eine Frau berichtete mit unterdrücktem Zorn: »Ein Mädchen, etwa neunzehn, wurde splitternackt gefunden.« Die Frauen wußten nicht, ob es Angela war. Wo war sie? Wieder in den Händen der Rebellen? Suchten sie schon eine ihrer Freundinnen aus, die die Machete hielt?

Vielleicht war Angela in der Klinik. Ich war froh, daß kanadische Ärzte irgendwo Sonnenkollektoren installiert hatten, aber einen kanadischen Arzt vor Ort »zu installieren«, wäre für den Anfang besser gewesen. Bestimmt 150 Patienten hielten sich dort auf, und ein junger Arzt lief zwischen ihnen umher. Dr. House hatte mehr Drogen in seinem Urin als dieser Mann in seinem Medizinschrank. Ich fragte ihn, was zu seinen Aufgaben gehörte.

»Malaria«, sagte er, was wohl doch ein bißchen viel verlangt war.

Dann kam Nathan angerannt. Sie hätten das Mädchen gefunden.

*

Ich folgte ihnen zu einer runden Hütte. Sie saß im Dunkeln mit dem Rücken zu mir und trug ein altes orangefarbenes T-Shirt. Ich berührte sie, und sie drehte sich um. Es war nicht Angela. Sie sagte Bill, ihr Name sei Victoria; sie war im Jahr 2002 entführt und von Konys Männern geschwängert worden. Am 7. März 2005 war ihr die Flucht gelungen. Sie sei vor drei Wochen aus dem Gusco-Zentrum entlassen worden, sagte sie. Sie kehrte mit ihrem neuen Baby heim und erfuhr, daß ihre Eltern von den Rebellen getötet worden waren. Sie war siebzehn. »Sie sagt, sie hat Kopfschmerzen«, übersetzte Bill. Das konnte ich mir gut vorstellen.

Victorias Tante hörte, daß Fremde gekommen waren, und stolperte aus einer der Hütten, um uns zu begrüßen. Prompt fiel sie auf den Boden. Sie war eine alte Frau; für ihren Lebensabend hatte sie geplant, fünf Jahre lang Nahrung zu sich zu nehmen, die man nicht kauen mußte, und dann zu sterben, aber doch nicht, sich um eine mißbrauchte Teenagerin und ihr Baby kümmern zu müssen. Unsere Begleiterin sagte: »Das Mädchen hat keine Mittel, um mit Gusco in Verbindung zu treten. Sie hat keine Hilfe bekommen.«

Victorias Baby krabbelte von uns weg. Victoria stand unsicher auf, um es zurückzuholen, überlegte es sich dann anders und setzte sich wieder.

»Berühren Sie ihre Haut«, sagte Bill. Ihr Körper glühte vor Malariafieber. Wie war es möglich, daß von den Millionen Dollar, die die Welt an Hilfe gespendet hatte, für dieses Mädchen nicht mal eine Aspirin gekauft werden konnte? Wasser tropfte auf ihren Arm, und ich dachte, es habe wieder zu regnen begonnen. Sie weinte.

*

Vielleicht war das Geld von all den Spar- und Darlehensläden versteckt, die die Lagergassen säumten, aber ich konnte die Millionenspenden an Lebensmitteln nicht sehen. Andere Leute waren auch auf der Suche danach. Besonders eine Frau bleibt mir in Erinnerung. Als ich Edie, die Streichholzwitwe, traf, kam ich endlich von meinem Tourette-Syndrom los.

Edie hatte gehört, daß wir kommen. Sie hatte schon einige Zeit auf uns gewartet; ihr Mund war straff, aber ihre Augen waren vom Alltagsstreß weit aufgerissen.

»Sie wurde 1987 entführt und im Busch schwanger«, sagte Nathan. »Es gab viele Schwierigkeiten, als sie 1999 zurückgeschickt wurde.« Ich fragte Nathan, was passiert war. Edie zitterte, während sie sprach, am ganzen Körper. Nathan übersetzte. »Ihr Ehemann kam ebenfalls 1999 aus dem Busch zurück. Sie ließen sich wieder in ihrem Dorf nieder. Eines Tages fuhren sie Rad, als die LRA kam. Die Rebellen dachten, sie sei reich, weil sie Streichhölzer verkaufte. Sie töteten den Ehemann vor ihren Augen. Sie sagt, sie hatten bereits vier Kinder, und sie töteten ihn vor ihren Augen«, sagte Nathan.

»Wie töteten sie ihn?« fragte ich.

Edie machte mit einer Drehung die universale Geste für das Köpfen, schnipste ihre Finger am Hals und hinunter zum Boden, um zu zeigen, wie der Kopf ihres Mannes abfiel und in den Staub vor ihre Füße rollte. Sie überlebte und fuhr auf dem Rad zurück zu ihren Kindern.

»Sie bittet darum, daß ihr wenigstens jemand hilft, die Kinder zu ernähren«, sagte Nathan. »Sie ist wirklich verbittert, und deshalb zittert sie auch so«, erklärte er. Ich wühlte in meiner Handtasche und gab ihr alles, was ich hatte: 23000 Shilling, etwa 6 Euro 50. *Wie wurde ich so alt und alles, was ich bei mir habe, sind nicht mehr als 6 Euro 50? Diese 6 Euro 50 bedeuten, in allem gescheitert zu sein.* Das Schlimmste war Edies Scham. Es war ihr peinlich, mein Geld zu nehmen, daß sie nicht sprechen konnte, nur weinen. Edie lief davon und versteckte sich in dem Lehmlabyrinth. Nichts mehr war komisch.

*

Dann hatten wir doch noch Glück. Ein fetter Mann auf einem Fahrrad, der eine goldene Zuhälterbrille, einen Safarihut und einen offenen Safarianzug trug, fuhr laut klingelnd an uns vorbei. An seinen Brustwarzen baumelten goldene Reißverschlußöffner. Ich schaute ihm nach. Bill schaute ihm nach. Ich traute meinen Augen nicht, aber er war immer noch da. Ein goldbehangener Zuhälter auf einem Fahrrad ist immer ein gutes Zeichen, also folgten wir ihm. Irgendwie führte er uns zu Angelas Sohn.

»Grrrr«, machte das unheimliche Kind und schüttelte seinen roten Kopf. Angelas Vater kam heraus und packte den Jungen. Er sagte mir, Angela sei Feuerholz holen gegangen. Ich setzte mich mit Lesley, ihrer Mutter, unter einen Sheanußbaum und wartete, um zu sehen, ob Angela lebend zurückkam.

Schließlich tauchte sie mit einem Stapel Feuerholz auf dem Kopf wieder auf. Lesley strahlte, als ob sie im Lotto gewonnen hätte.

»Haben Sie Angela nach neun Jahren gleich wiedererkannt?« fragte ich.

»Sie hat sich überhaupt nicht verändert. Ich freue mich sehr, daß sie mit einem Baby zurückgekommen ist«, sagte Lesley und herzte das unheimliche Kind, was beweist, daß die Liebe einer Großmutter keine Grenzen kennt. Angela setzte sich hin. Diesmal schaute sie auch mich an. Ich fragte sie, ob sie glaube, daß Kony seinen Krieg gewinnen könne.

»Kony ist immer noch stark, weil er so viele Leute um sich hat«, sagte sie. »Vor allem hat er diesen Geist. Was er vorhersagt, wird wahr.« *Der Mann, der die Armee des Obersts kommen hört.* »Wenn ich ihn anschaue, sieht er ganz normal aus«, sagte sie. »Ein Mensch. Aber uns erzählte er etwas anderes als seinen Kommandanten.«

Es war derselbe Anflug von Zynismus, der mir schon in der Gruppe der Kindersoldaten aufgefallen war. Allmählich wurde mir klar, wer Angela war: Ein selbstbeherrschtes Mädchen, das acht Jahre mit anderen Rebellen im Busch verbracht und ein Maschinengewehr getragen hatte.

Bill, Nathan und ich würden jemanden finden, der sich um die kranke Victoria kümmerte. Aber was Angela anging, fühlte ich mich äußerst unwohl: Ich ließ eine ehemalige Entführte zurück, die von ihren ehemaligen Entführern umgeben war. Ich sagte noch etwas über den Artikel für die *Sunday Times*, wobei ich versuchte, nicht auf das vierjährige Mädchen mit einem riesig aufgeblähten Bauch zu schauen, das so aussah, als ob es jeden Moment umfallen würde. Und dann sagte ich wie der letzte Dämlack, ich würde versuchen zu helfen.

»Ich werde versuchen zu helfen«, sagte ich. Was für eine zum Himmel schreiende Dummheit.

*

Es war Zeit zu gehen. Der Lagerleiter und die Anführerin der Frauen kamen wieder zu uns. Sie begannen zu erzählen, daß gerade von einem benachbarten Lager vier weitere Menschen entführt worden waren, aber mein Kopf war nicht fähig, noch mehr idiotische und vermeidbare Tragödien zu verarbeiten. Dieser ganze Ort war ein einziger Schwindel. *Wir dürfen keine Journalisten ohne Erlaubnis der Armee mitnehmen.* Ein Schwindel, der sich praktischerweise im Rebellenterritorium befand; es gab gerade genug Angriffe, um den Ort in den Sicherheitsinstruktionen der UNO auftauchen zu lassen. Doch kurz vor unserem Aufbruch hatte ich ein Schlüsselerlebnis.

»Beschützt Sie die Armee des Obersts nicht?« fragte ich die Sprecherin der Frauen. Sie zuckte die Achseln.

»Das Problem ist, die Soldaten benutzen unsere Mädchen als Prostituierte und geben ihnen AIDS«, sagte sie. Nun, das konnte man, streng genommen, nicht Schutz nennen.

»Aber... warum warnen ihre Eltern sie nicht?«

»Ihre Eltern verlangen das doch von ihnen«, sagte sie.

»Aber... warum?« Hier war scharfsinniger Journalismus in Aktion.

»Das Welternährungsprogramm liefert nicht all die Lebensmittel, die wir brauchen«, sagte der Lagerleiter. »Die Leute dürfen erst nach 9 Uhr weg, um ihre Felder zu bestellen, und sie können sich nicht weit vom Lager entfernen.« In Queenstown sah ich Bauern ihr Gemüse um halb sieben morgens ernten. »Daher haben die Familien jetzt Hunger, und sie schicken die Mädchen hinaus – Dreizehn-, Zwölf-, Elfjährige –, damit sie mit den Soldaten schlafen.«

»Und was kriegen sie dafür?«

»Etwas Posho.« Für Porridge also. Das war selbst nach den Kursen internationaler Kinderprostitution ziemlich günstig. Es kostet 2 Dollar in Phnom Penh (weiß ich, weil ich dort war). Ich hatte mich geirrt, diese Orte waren keine Lager, sie waren Diskountbordelle. Millionen Dollar wurden ins Land gepumpt, und am Ende lief die ganze Hilfe auf einen Porridgefick hinaus.

Als wir in den Lastwagen stiegen, bemerkte ich, daß Frauen auf ein altes Tattoo auf meinem Bein starrten. Sie zogen ihre T-Shirts hoch, um mir Stammesnarben auf dem Bauch zu zeigen, und flüsterten miteinander.

»Bill, was sagen sie?«

»Sie sagen, solche Narben sehen toll aus, wenn man jung ist, aber wenn man vier Kinder hat, sehen sie schrecklich aus.«, sagte Bill.

*

Wir fuhren mit dem Bus zurück nach Gulu; Zitate flogen in meinem Schädel hin und her. *»Meine Frage lautet, wo waren die Soldaten?«* Das alles ergab keinen Sinn. Die Armee des Obersts hatte 40000 Soldaten; 200 bis 242 geschützte Dörfer; 165 bis 200 Soldaten pro Dorf. Ich hatte zwölf gesehen, und einer von ihnen spielte mit einem Auto. Was hatte der Oberst zu verbergen? *»Schauen Sie sich um.«* Während Mädchen wie Croissantkrümel weggefegt wurden, schien die Armee des Obersts nicht die leiseste Anstrengung zu unternehmen, Kony zu fassen. Die Entführungen der St. Mary-Schülerinnen deuteten daraufhin. Aber was konnte das Motiv des Obersts sein, nicht alles in seiner Macht Stehende zu tun, um seinen Todfeind zu erledigen? Nicht die Prostitution, daran war nicht genug zu verdienen. *»Für etwas Posho.«* Nicht mal viel Porridge, wenn man sich diese Mädchen anschaute. Wohin verschwanden all die Hilfsgelder?

Angela ging es vorerst »gut«. Aber ich hatte nichts mehr so Deprimierendes gesehen wie diese Lager, seitdem ich meinen Ex-Freund dabei erwischte, wie er weinte und gleichzeitig wichste.*

* Danny, von 1997 bis 1997. Ich wechselte die Schlösser.

52

Soziale Verpflichtungen

Wieder in Gulu konnte ich mich über die Sache mit dem Porridgefick nicht beruhigen. Also machte ich einige Besuche. Ich schaute bei dem lokalen Vertreter des Welternährungsprogramms (WEP) vorbei: Luis, netter Mann, klimatisiertes Büro. Ich sagte ihm, daß ich in einem vom WEP versorgten Lager Kindern begegnet war, die unterernährt aussahen.

»Sie sollten in ein therapeutisches Ernährungszentrum gebracht werden«, sagte er. »Wir haben ein sehr gutes Krankenhaus in Gulu.«

»Aber wenn dieses Kind die Fahrt dorthin nicht bezahlen kann?« fragte ich. *Wie sollen sie ein Krankenhaus erreichen, wenn sie sich nicht einmal Porridge leisten können?*

»Wenn ich ein Kind mit seiner Mutter sehe und sie mitfahren möchten, dann biete ich ihnen natürlich einen Platz in meinem Dienstwagen an«, sagte er.

»Ich habe verdammt viele Kinder gesehen, die offensichtlich unterernährt sind«, sagte ich.

»Schlimme Fälle oder eher mittelschwere...?« Ich wollte ihm von dem spindeldürren Jungen erzählen, der einen einzigen Maiskolben grillte, wobei er eine Tonne der USAID als Grill und eine alte Büroablage als Pfanne benutzte. Ich wollte ihm erzählen, wie der Junge, als er mich sah, den Kolben packte und begeistert auf mich zurannte, um mir sein Essen zu verkaufen. Ich wollte sagen: »Schlimm, mäßig schlimm? Sie müssen es wissen. Sie sind der Mann der Hungerhilfe.«

»Ich spreche von der typischen Unterernährung bei Babys wie man sie im Fernsehen sehen kann« war das, was ich tatsächlich sagte.

»Vielleicht bringen die Mütter sie nicht zu den Zentren, wo es zusätzliches Essen gibt«, schlug er vor.

»Der Chef des Lagers berichtete mir jedenfalls, daß es einfach nicht genug Lebensmittel gibt.«

»Nein. Vielleicht essen die Kinder nicht dreimal am Tag«, meinte Luis. Die Nahrung, die das Welternährungsprogramm zur Verfügung stelle, erklärte er, ist ausreichend, wenn dreimal am Tag gegessen werden würde und nicht wie eben üblich alles auf einmal.

»Aber um auch nur etwas zu kochen, brauchen sie Feuerholz, und wenn sie losgehen, um Holz zu sammeln...« *können sie von Macheten zerhackt werden. Und dreimal am Tag, tja, das konnte schwierig werden.*

»Wir haben damit angefangen, Bäume für Feuerholz zu pflanzen«, sagte er.

»Aber bis diese Bäume gewachsen sind, gibt es da eine Chance, daß das Welternährungsprogramm den Grundsatz mit den drei Mahlzeiten pro Tag überdenkt?«

Luis verschränkte seine Arme und dachte einen Moment nach.

»Wie ich bereits sagte, unsere Lebensmittel reichen für drei Mahlzeiten am Tag«, sagte er. Dann fügte er hinzu, vielleicht verkauften die Flüchtlinge die Lebensmittel wieder, um Medikamente für ihre Kinder zu kaufen, oder schlimmer noch: »Kann sein, daß sie ihre Freunde bewirten müssen und deshalb ihre gesamte monatlichen Essensration in einer Nacht verbrauchen als Teil ihrer sozialen Verpflichtung. Besonders wenn Verwandte gestorben sind braucht man natürlich Essen für die Feier.«

»Sie meinen also, einer der Gründe für Kinderarmut ist, daß die Flüchtlinge große Partys feiern?«

»Nein, nicht große Partys. Sie verwenden das Essen für andere Anlässe, das ist es, was ich meine. Und sie haben nun mal soziale Verpflichtungen wie etwa Beerdigungen von Verwandten.«

Wie bitte, könnten Sie das wiederholen? Meine Güte, das kann er nicht gesagt haben? Beerdigungen.

Ich erzählte ihm, daß die Mütter bei Gusco zwei Wochen auf ihre Lebensmittel warten mußten. Er antwortete, jemand hätte ihm Bescheid geben sollen. Ich fragte mich, was Luis dachte, wofür er bezahlt wird, aber bevor ich ging, zeigte er mir eine neue Sorte Mais, und mir wurde klar, was er für seinen eigentlichen Job hielt: nach Uganda fliegen und die ach so mangelhafte Kultur verbessern, die diese schwer feiernden, riesige Mahlzeiten essenden, Beerdigungen feiernden Flüchtlinge in Lager landen ließ.

Ich machte meinen nächsten Besuch. Ich schaute bei einem UNICEF-Mitarbeiter vorbei: netter Mann, der mich zu einem Büffetessen mitnahm. Er bezahlte für mich, und ich hatte keine Einwände. Zum Teufel, ich war pleite. Er meinte, daß sich die Lage in letzter Zeit bessere. »Was wirklich gut ist«, sagte er. »Ich kann nun ohne Schutz zu dreiundzwanzig Lagern fahren.« Ich hoffte wider alle Hoffnung, daß dies der Auftakt zu einem Witz war. Nach einer Weile bemerkte ich, daß die Pointe nicht kam. Wir beendeten unser üppiges Mahl, und er ging zurück zu seiner Arbeit. Er war ein netter Mann.

Ich kramte den halbseitigen Artikel über ActionAid hervor. Dort stand: »ActionAid International Uganda wendet »die Sprungbrett«-Methode an, die Gemeinschaften befähigt, selbständig wichtige Themen zu bestimmen und im Kontext von HIV/AIDS an der Basis Antworten und Lösungen zu entwickeln.« Wenn ich diesen Artikel genauer gelesen hätte, bevor ich zu den Lagern aufbrach, hätte ich die Sprecherin der Frauen fragen können, ob sie glaubte, »irgendetwas selbständig zu bestimmen«. Wenn ich ihn genauer gelesen hätte, hätte ich vielleicht bemerkt, daß es eine bezahlte Anzeige für die Wohltätigkeitsorganisation war.

Ich hätte etwas über hungernde Menschen schreiben können. Aber es wäre unprofessionell gewesen, das Welternährungsprogramm wie einen Witz aussehen zu lassen, wo Luis doch nach seiner Überzeugung alles so vortrefflich gelang. Als sich meine Wut allmählich legte, dachte ich ein wenig nach. Ich war naiv. Ich hatte kranke und hungrige Menschen gesehen, und ich wollte etwas für sie tun. Ich bin Britin. Ich hätte alles gegeben, was ich hatte, damit es Edie, der Witwe mit den Streichhölzern, besser ging. Das Gleiche gilt für Amerikaner: Außerhalb von Hollywood gerät man in die Hände von Leuten, die es nicht unterlassen können, einem ihren auf Kürbis basierenden Nachtisch aufzuzwingen. Was passierte nach dem Tsunami im Dezember 2004? Die britische und amerikanische Öffentlichkeit spendete Millionen zu einer Zeit, da die Leute ihre Schulden bei der Bank von den Weihnachtseinkäufen hätten abbezahlen können. Aber in Uganda stimmte etwas mit diesem Bild nicht. Menschen hungerten in einem fruchtbaren Land, waren vermeidbar krank in einer Nation, die eine unverhältnismäßig hohe Summe für Verteidigung ausgab und dennoch einen Kony nicht zu fassen kriegte. Ja, Afrikaner lieben es, Beerdigungen zu feiern. Sie haben ja sonst nicht viele Anlässe zum Feiern. Aber warum sollte *Luis* mehr Lebensmittel ins Land bringen? Warum sollte ActionAid Ärzte einfliegen? Warum sollten für den UNICEF-Vertreter gerade jene Rebellen eine Gefahr sein, die seit zwanzig Jahren die Gegend kontrollierten?

Dann spielte mir jemand ein Dokument zu. Es ist ein Brief von der Armee mit der Anweisung, die Bevölkerung aus ihren Häusern zu vertreiben. Was die Priester mir in Kitgum gesagt hatten, stimmte: Die Lager waren keine Option. Sie wurden von einer Regierung errichtet, die Amnesty International zufolge in einigen Fällen die Bevölkerung mit Waffengewalt und Schlägen dort hingetrieben hatte. Tausende kamen nach großen Massakern freiwillig, nur um dann weitere Metzeleien der LRA *innerhalb der Lager* zu erleben. 2004 starben im Lager Barlonyo 337, und Museveni, der von 84 Toten sprach, konnte die übrigen 253 nicht wieder lebendig machen.

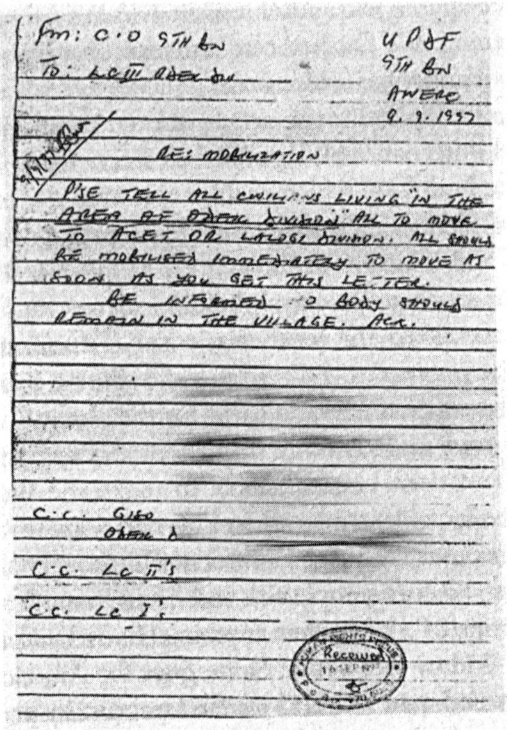

Fm: C.O 5TH Bn

To: LC III [illegible]

UPDF
5TH Bn
AWERE
9. 9. 1997

RE: MOBILIZATION

PSE TELL ALL CIVILIANS LIVING "IN THE AREA OF [illegible] DIVISION" ALL TO MOVE TO ACET OR LALOGI DIVISION. ALL SHOULD BE MOBILISED IMMEDIATELY TO MOVE AS SOON AS YOU GET THIS LETTER.

BE INFORMED NO BODY SHOULD REMAIN IN THE VILLAGE. ACK.

C.C. GISO
[illegible]

C.C. LC II's

C.C. LC I's

Received

Jahre später waren die Flüchtlinge immer noch dort und verrotteten. Anstatt Zivilisten wirksam zu verteidigen, so war in einem Bericht von Human Rights Watch zu lesen, komme es immer wieder vor, daß die Soldaten der ugandischen Armee die Lagerbewohner schlagen, vergewaltigen und sogar töten. Politische Aktivisten behaupteten, daß das mit Absicht geschehe: Die Bewohner des Nordens seien Musevenis alte Stammesfeinde, und man könne durchaus von Genozid sprechen, aber ich bin nicht der Meinung, denn Genozid setzt ein klares Programm voraus und bedeutet, ehrlich gesagt, harte Arbeit. Wenn es sich um einen Völkermord handelt, dann kommen mir die Täter doch ziemlich faul vor, aber vielleicht ist das die Deutsche in mir.

Möglicherweise bin ich naiv, und die Regierung tat ja ihr Bestes zum Schutz der Bevölkerung. Dann erfuhr ich von dem leitenden Mitarbeiter einer Hilfsorganisation, was passierte, als Spender und UNO-Agenturen sich zu einem Gespräch mit Moses Ali trafen, Ugandas Minister für Katastrophenprävention und früherer Kumpan von Idi Amin.

»Wir sagten ihm, daß wir wegen der Folgen dieser Militäraktion für die Zivilisten – nämlich die Menschen aufzufordern, ihre Heimatgebiete zu verlassen – sehr besorgt sind«, erzählte der Wohltätigkeitsveteran. »Wir sagten: ›Wenn Sie das machen, sind Sie sich bewußt, daß die Fürsorge für diese Menschen in Ihren Händen liegt?‹ Er sah ehrlich überrascht aus und antwortete: ›Wir kämpfen gegen die LRA. Sie kümmern sich um die Lager.‹ Trotz dieser inoffiziell geäußerten Bedenken geschah genau das.«

Ich dachte an den Kreisel mit den Reklameschildern der Wohltätigkeitsorganisationen. Der Grundsatz der Hilfsagenturen ist, nicht zu intervenieren, aber eben das taten sie. Nach dem Zusatzprotokoll II der Genfer Konvention steht in dem bescheidenen Artikel 18, daß Agenturen »ausschließlich humanitäre und unparteiliche Hilfe für Zivilisten« anbieten dürfen. Der nüchterne Artikel 17 allerdings besagt, »Umsiedlung der Zivilbevölkerung darf nicht angeordnet werden... es sei denn, (ihre) Sicherheit oder unabweisbare militärische Gründe erfordern das«, wobei »alle möglichen Maßnahmen« zur Sicherung von Unterkunft, Gesundheit, Sicherheit und Ernährung getroffen werden müssen. Interessanterweise entbindet die Genfer Konvention *niemals* einen Staat von der Verpflichtung, für seine vom Krieg betroffene Bevölkerung zu sorgen, selbst wenn andere Organisationen Hilfe liefern. Klar doch, all die internationalen »Charities« mögen es gut meinen, und in diesen Zeiten politischer Korrektheit betonen die meisten von ihnen, daß sie den Menschen Hilfe zur Selbsthilfe geben. Aber indem sie eine

Menge neuer Jobs schufen, könnte man ihnen da nicht vorwerfen, daß sie die Regierung ermutigten, alles so zu belassen, wie es war? Die Lager waren ein Geschäft.

Und warum machten sich einige Hilfsorganisationen keine Gedanken darüber, wem sie große Summen an Bargeld gaben? Selbst das regierungstreue Blatt *The New Vision* berichtete, daß von den 32 Milliarden Shilling, die die Weltbank allein in Gulu für die Armenhilfe verteilte, nur 21 Milliarden nachgewiesen seien. (*The New Vision* vom 15. September 2005) Insgesamt, las ich, verschwanden mindestens 1562000 Dollar, und mehr als die Hälfte durch Unterschlagung. Buchstäblich frei verfügbares Geld. Während die Gruppe der Kindersoldaten keine angemessene Unterstützung für die AIDS-Programme in den Lagern bekommen konnte, gab der »Global Fund« für die Bekämpfung von AIDS, Tuberkulose und Malaria 367 Millionen Dollar an Uganda, mußte die Hilfe aber 2005 einstellen, als eine Rechnungsprüfung ergab, daß Millionen nicht an Menschen mit AIDS gegangen waren, sondern an Schwindelorganisationen, die korrupte Regierungsmitglieder gegründet hatten. »Ein Haufen Müll«, lautete die nüchterne Reaktion des Richters James Ogoola auf die Erklärung des Gesundheitsministers. »Global Funds« finanzierte Trips nach Paris, Oslo und einen Urlaub mit Verwandten in New York. Der »Global Fund for AIDS« ist der Hauptnutznießer der Gelder von Bonos »Red Campaign«. Die Wohltätigkeitorganisationen halfen Menschen und damit sich selbst.

Dieser betrübliche Status quo blieb erklärungsbedürftig. Was sollten diese scheußlichen Lager? Sie beschützten die Menschen nicht, und doch waren sie nach zehn Jahren immer noch nicht aufgelöst worden. Dann fragte ich mich, ob dies nicht genau der Punkt war. 2007 besuchte ein Vertreter der britischen Regierung Uganda. Er wurde zu einem Lager gebracht, um die Wahrheit mit eigenen Augen zu sehen. Danach sagte er: »Heute habe ich ein Lager für Menschen besucht, die durch den Konflikt vertrieben wurden, und habe selbst die Herausforderungen gesehen, die noch bleiben, um sicherzustellen, daß die Menschen Zugang zu Wasser und sanitären Anlagen und genug zu essen haben.« Was tat er, als er zurück nach Westminster kam? Empfahl er eine gemeinsame Operation zwischen dem MI6 und dem ugandischen Geheimdienst, um Kony aufzuspüren und festzunehmen? Empfahl er, einen Bevollmächtigten zu entsenden, der die Friedensgespräche voranbrachte, egal wie? Empfahl er, Oberst Otema solle genug modernste Hubschrauber bekommen, um Kony endlich vom Angesicht der Erde hinwegzufegen? Lesen Sie folgende Pressemitteilung:

Abteilung für Internationale Entwicklung
24. November 2007

> Douglas Alexander, Minister für Internationale Entwicklung, verkündete heute eine neue zehnjährige Partnerschaft mit Uganda, ausgestattet mit einem Budget von mindestens 700 Millionen Pfund, der bei der Fortsetzung des Kampfes gegen die Armut helfen wird... Douglas Alexander, der sich zur Zeit in Gulu in Norduganda aufhält, sagte: »Es freut mich sehr, diese langfristige Verpflichtung von 700 Millionen Pfund zur Unterstützung Ugandas bekanntgeben zu können. Die Vereinbarung einer Entwicklungspartnerschaft ist ein Beweis für die starke Partnerschaft Großbritanniens mit Uganda und gründet sich auf unseren gemeinsamen Überzeugungen, Armut zu verringern, Korruption zu bekämpfen und die Menschenrechte zu respektieren.«

Ich bin mir sicher, daß Douglas Alexander ernsthaft helfen möchte, aber dennoch fließt ein fetter Batzen dieser Hilfsgelder direkt in die Taschen der Regierung, die unter der Anklage steht, die Menschen überhaupt erst in die Lager zu treiben und sie dort festzuhalten.*

Scheinbar herrschte hier eine verdrehte Logik. Vielleicht hatte sich, während ich weg war, im Silicon Valley ein Unfall ereignet, und einige bekiffte Mathestudenten hatten einen Käfig offengelassen, und die Idee der Vernunft war entkommen. Jede Wohltätigkeitsorganisation, mit der ich sprach, war stolz auf ihren Beitrag zur Aufrechterhaltung der Lager, als wären die Lager eine Antwort auf eine Naturkatastrophe wie Zelte, die Flutopfern Schutz geben. Warum vermochten sie nicht zu sehen, daß die geschützten Dörfer ein Schwindel waren? Und niemand sonst in der übrigen Welt schien darüber Bescheid zu wissen.

Ich wollte mit jemandem darüber sprechen, also rief ich John an. Er war zurück aus Los Angeles, und Uganda stand wieder auf der Tagesordnung – das Datum stand noch nicht fest, aber die Rückkehr war geplant. Was sollte ich viel reden, John würde ja bald leibhaftig hier sein. Ich beschloß daher, mir die Arbeit der Wohltätigkeitsorganisationen näher anzuschauen.

*

Ich ging wieder zum Rehabilitationszentrum der World Vision. Als ich dort auf den Boss wartete, fühlte ich etwas an meinem Bein. Es war ein Baby. Ich weiß nicht, wie alt – wie gesagt, ich mag keine Babys –, aber es hatte die Größe eines ausgewachsenen Kaninchens auf Hinterbeinen. Neben ihm krabbelte ein Kleinkind mit einer halbmondförmigen Vertiefung am Kopf. Ich wollte nicht

* 2007/8 werden 35 Millionen £ von den zugesagten 70 Millionen £ als Budgetunterstützung für Armutsreduzierung bereitgestellt. Dieses Geld fließt direkt in den Staatshaushalt und soll für von der Regierung festgelegte Prioritäten bei der Reduzierung von Armut verwendet werden.

wie eine verrückte Babydiebin aussehen, aber das Kind war so hartnäckig, daß ich es auf den Arm nahm. Da kam der Leiter von World Vision wie gerufen aus seinem Büro. Ein emotionaler Mensch. Er hob beide Kinder hoch.

»Das ist Moses, ein Kriegsbaby«, sagte er.

»Auf dem Schlachtfeld geboren?«

»Es wurde dort in einer Pfütze Blut gefunden, das von seiner Mutter stammte.« *Ogott, warum kann ich nicht mal die Klappe halten.* »Es versuchte, Milch von ihrer Brust zu bekommen, es wußte ja nicht, daß sie tot war.« *Okay, das reicht...* »Die Soldaten, die ihn zu uns brachten, sagten, daß sie es eigentlich erschießen wollten, weil sie glaubten, es sei eine Falle! Sie sagten, es habe großes Glück gehabt.« Ich hatte Angst zu fragen, wieviel Glück Moses Freund hatte. Mit einem Gähnen lud mich der Chef zu einem Rundgang ein. »Ich mußte gestern abend die australischen Geldgeber zu einem traditionellen Fest mitnehmen«, sagte er. »Diese Mzungu-Tänze machen mich immer müde.« Für eine christliche Wohlfahrtsorganisation mußte dies ein gottverlassener Ort sein. In einer dunklen Hütte sah ich einen Jungen auf einem Bett liegen und fragte den Sozialarbeiter, warum er dort drinnen war, während all die anderen Jungen Unterricht hatten.

»Er hat einen Schuß durch die Hoden abbekommen«, sagte die Krankenschwester, die vor der Hütte saß und gerade ein großes Mittagessen verspeiste. »Als er aus dem Krankenhaus zurückkam, ging es ihm besser und er konnte laufen. Jetzt kann er nicht mal mehr sitzen.« Ich fragte sie – mit einem stillen »Um Himmels willen« –, warum er nicht wieder ins Krankenhaus gebracht wurde, und sie sagte, es gebe im Moment eine Finanzierungslükke. Ich schaute auf das Bett. Der Junge lag regungslos da.

»Hat er Schmerzen?« fragte ich.

»Große Schmerzen«, sagte sie und aß weiter. »Aber wir glauben, daß Gott ihn retten wird.«

*

Ich war im Acholi Garten, als ein speckbäuchiger Mann in einem rosa Nadelstreifenhemd mit einem Glas in der Hand auf mich zukam. In meiner Erinnerung trank er Champagner aus einer Flöte, aber das kommt mir doch unwahrscheinlich vor – ich muß nachprüfen, ob sie dieses Getränk im Acholi Inn anbieten. Der Nadelstreifenmann fragte mich, was ich im Lande mache, und ich erzählte es ihm.

Er sagte: »Sie wollen Frauen sehen, die verstümmelt sind? Keine Lippen? Nasen? Ja?«

»Vielleicht in ein paar Tagen«, sagte ich.

»Okay. Ich bringe sie ins Hotel. Wie viele wollen Sie?«

Ich starrte diesen Mann mit einem Blick an, von dem ich hoffte, daß er meine moralische Entrüstung ausdrückte, dann vereinbarte ich mit ihm ein Treffen. Zufrieden schaute er auf die relative Protzigkeit des Acholi Inns und nahm einen Schluck aus seinem Glas.

»Da ich für eine Wohltätigkeitsorganisation arbeite, sollte ich eigentlich nicht an diesem Ort sein, aber hier trifft man die Leute, die wichtig sind, nicht wahr?« sagte der Nadelstreifenmann. »Hm, die Leute leiden hier wirklich.« Ich schwöre bei Gott, daß er genau das sagte und dabei trank. Wein oder Champagner, ich weiß es nicht.

Meine neue Einstellung gegen die Helfer machte mich unbeliebt in Gulu. Ich unterhielt mich in einem Billardzimmer mit einem bulligen Wasseringenieur aus Australien. Sein Gesicht war nach einem Arbeitstag im Lager gerötet. Ich fragte ihn, ob dieser Krieg bei so vielen Hilfsorganisationen Museveni überhaupt etwas kostete. Er starrte mich wütend an, weil ich ihm die gute Laune versaut hatte, und marschierte eingeschnappt davon.

*

Natürlich stahlen die früheren Guerilleros, die nun Regierungsminister waren, die Gelder aus dem Global Fund von den AIDS-Opfern; das ist nun mal so, wenn ehemalige Guerillakämpfer Minister werden. Wenn sie glauben, in ihrem Hintern befindet sich eine Münze, würden sie mit ihrer Hand darin herumwühlen, bis sie auf den Boden fällt – ein Doughnut der Gier. Mit Wohlfahrtsorganisationen dagegen verhält es sich anders. Ich sah genug Leute, die etwas Bargeld brauchten – sonst hätte ich nichts von meinem Buchvorschuß an Sexsklavinnen geben müssen –, und ich bin naiv, aber ich denke, daß jemand einen genauen Blick darauf werfen sollte, wie sich einige der größten Hilfsorganisationen den Regierungen gegenüber verhalten, deren Bevölkerung sie dienen.

Natürlich brauchen sie die Kooperation der Regierung des Landes, in dem sie arbeiten. Und natürlich können sie nicht untätig herumsitzen, während Menschen sterben. Aber was ist, wenn sie durch ihre massive Hilfe und kritiklose Duldung des Status quo dabei helfen, ein unverantwortliches Regime zu unterstützen? Wo zieht man die Grenze?

Als ich in Uganda ankam, schien der Status quo ein Verlustgeschäft für Geld- und Kreditgeber wie die amerikanische und britische Regierung und die Weltbank zu sein. Aber dann las ich noch einmal die Pressemitteilung der DFID [Britisches Ministerium für internationale Entwicklung]; Uganda wird dort als eine Erfolgsgeschichte dargestellt, als ein Beweis für die kluge Investitionspolitik der Spender. *Wir reichen Uganda eine helfende Hand, während es Kony, den Schreckensmann, beseitigt, und er wird in ganz naher Zukunft nicht mehr da sein, ehrlich.* Wohlfahrtsorganisationen und beschissene Regierungen benötigen Erfolgsgeschichten, um im Geschäft zu bleiben, oder die Leute hören auf zu spenden.

Werfen wir einen Blick auf eine besondere Erfolgsgeschichte. In den Worten von Hillary Clinton waren die Mädchen des St Mary College zu »einem Leben in unaussprechlichem Grauen« verdammt gewesen, so unaussprechlich, daß sie versprach, die Weltbank davon zu überzeugen, ihre Zahlungen an die Regierung zu erhöhen.

Die Weltbank finanzierte die Labora Farm. Banyas Identität und Vorlieben waren in der Gegend wohlbekannt, und doch beschäftigte die Weltbank den Mann, der für den Horror mitverantwortlich war, und gab ihm seine Sklaven zurück. Es ließ sich nicht bestreiten, daß der Fall Banya eine Erfolgsgeschichte war, denn in den Worten von Hillary Clinton hatte die Weltbank zugestimmt, den Ugandern zu helfen, »ihre Gemeinden wiederaufzubauen«, und der frühere LRA-Führer und Sexsklavinnenhalter Banya tat genau das, in einer netteren Umgebung und mit einem Gehalt obendrein.

Das war nicht bloße Nachlässigkeit, sondern geschah aus einem bestimmten Grund: Dank der Weltbank machte der Posten auf der Farm Banya zu einem *guten* Menschen. Als der Internationale Strafgerichtshof schließlich Haftbefehle gegen Kony und seine Männer erließ, stand sein früherer Stellvertreter Banya, den die ugandische Armee als »das Herz und die Seele der LRA« beschrieben hatte, rätselhafterweise nicht auf der Liste. Heute ist Brigadegeneral Kenneth Banya kein steckbrieflich gesuchter Mann. Er lebt unauffällig in der Nähe von Gulu. Und die Mädchen des St Mary College? Catherine überlebte mit einem einjährigen Baby einen Monat im Dschungel, nachdem ein von den USA unterstützter Bombenangriff ugandischer und kongolesischer Truppen auf Konys Stützpunkt in Kongo schief ging. Kony erfuhr von dem geplanten Angriff und hatte genug Zeit zu fliehen. Laut *New York Times* rächte er sich furchtbar: Seine Rebellen töteten mindestens 900 Zivilisten, entführten noch mehr Kinder und »versuchten sogar, Kleinkindern den Kopf abzureißen«. Übrigens soll das US-Militär der ugandischen Armee für das Unternehmen 1 Millionen Dollar Benzingeld gegeben haben. Catherine schaffte es im Frühling 2009, nach dreizehn Jahren Gefangenschaft, lebend zurückzukommen. Das letzte der Mädchen von St Mary's, Miriam, starb in Gefangenschaft, kurz vor Catherines Flucht. Ich werfe der ugandischen Armee nicht vor, daß sie die Schulmädchen einfach ihrem Schicksal überließ: ganz im Gegenteil. Im Februar 2004 entdeckte ein Kampfhubschrauber der Armee Jessica. Sie wurde nach dem Bericht des Mädchens, das zum Zeitpunkt des Angriffs auf Jessicas fünfjährigen Sohn aufpaßte, von den Soldaten erschossen.

*

Ich recherchierte weiter. Stöckelschuhe waren nur noch eine absurde Erinnerung, und ich sah sogar wie eine richtige Reporterin aus – mit Hennafüßen vom roten Staub. Ich gewöhnte mich an Afrika, pinkelte zweimal am Tag statt der üblichen sechsmal, um die Toiletten zu meiden, obwohl das bedeutete, daß ich Salpetersäure pinkelte und wahrscheinlich meinen Namen in das Porzellanbecken hätte einbrennen können. Wenn irgendetwas in der Nacht über mich hinwegrannte, zerquetschte ich es, ohne hinzusehen. Gott hieß es entweder gut oder war angewidert, jedenfalls kamen die Dinge plötzlich in Bewegung: Ich sah in einer Zeitung eine Schlagzeile.

Es war ein Artikel über die Tochter des ugandischen Präsidenten, Patience Rwabwogo – es ging um irgendeinen Geschäftsabschluß. Aber was mich neugierig machte, war die Ware, die ihre Firma mit dem Namen Corban verkaufte: ugandisches Getreide. Ich erinnerte mich an das Gespräch mit Luis vom Welternährungsprogramm. »Dreißig Millionen Dollar pro Jahr für Getreide von ugandischen Getreidefirmen.« Dies war zu offensichtlich.

Ich suchte die Nummer des Hauptquartiers des Welternährungsprogramms in Kampala heraus und tätigte einen Anruf:

»Hallo, ich hätte gern eine Kopie Ihrer Lieferantenliste. Die *Sunday Times*. Aus Großbritannien. Danke schön.« Ich gab ihnen meine E-Mail. Eigentlich war es Kates E-Mail, weil ich keinen Drucker hatte. Ich sagte ihnen, daß *InStyle* ein Ableger der Auslandredaktion der *Sunday Times* sei. Es war mir inzwischen scheißegal. Während ich damit rechnete, daß Kate ausflippen würde, überflog ich die Zeitungen. Eine meiner Lieblingsgeschichten aus Uganda war:

> Der Minister für Umwelt und Bewässerung, Generalmajor Kahinda Otafiire, fuhr sein Auto zu Schrott, richtete sein Gewehr auf einen zufällig anwesenden Journalisten und rief: »Nun wirst du Schwachkopf bestimmt schreiben, ich war betrunken.«

Kate war wirklich sauer; der große Anhang blockierte ihren Posteingang und verdrängte zahllose elektronische Einladungen von Elton John.

Die Leute beim Welternährungsprogramm leugneten, daß sie Getreide von der Präsidententochter kauften. Ich erwähnte die Lieferantenliste. Danach revidierten sie ihr Dementi. »Das Welternährungsprogramm tätigte einen einzigen Kauf von neunzig Tonnen Getreide bei der Firma Corban«, teilte man mir mit und betonte, daß dies »nur siebenundzwanzigtausend Dollar« waren, »was ein relativ kleiner Betrag ist, verglichen mit den humanitären Operationen des WEP in Uganda.«

Nur ein Zyniker würde den Lohnindex der Kuhdung

verschmierenden Arbeiter zur Sprache bringen, also tue ich es nicht. Das Welternährungsprogramm schrieb weiter, daß sie keine moralische Unterscheidung treffen zwischen den mehr oder weniger Hilfsbedürftigen – völlig zu Recht. Aber vielleicht wären die »humanitären Operationen« der WEP in Uganda nicht über Jahre hinweg nötig, wenn nicht der Mann, der für die Auflösung der Lager verantwortlich ist, der Minister für Katastrophenprävention, Moses Ali, ein starkes persönliches Interesse an deren Fortbestehen hätte.

Natürlich log das Welternährungsprogramm nicht. Wir sind im 21. Jahrhundert – sie prüften einfach nicht nach, ob sie die Wahrheit sagten. Vielleicht wußten sie nicht, daß die Tochter des Präsidenten die Chefin von Corban Ltd. war. Mag sein, daß der eine Anruf, um das herauszufinden, die zur Spitzenzeit zulässigen Minuten überschritten hätte.

Eins Komma sechs Millionen Menschen lebten in Freiluftbordellen, wo Patience Rwabwogo einen Teil der Verpflegung übernahm. Warum sollte ein Präsident einen Krieg beenden, wenn Mitglieder seiner Familie daran verdienten? »Die größte unbeachtete humanitäre Krise der Welt« ähnelte immer mehr einem riesengroßen Schwindel.

53

Ich habe keine Beziehung zu ihnen, aber ich bin ihr Chef

Bill und ich aßen vor dem Café Green Light zu Abend. Die sehr freundliche Kellnerin kam heraus und stützte sich auf unseren Tisch.

»Ich nehme nur etwas Kleines«, sagte ich und schlug die Speisekarte auf. »Was ist Französischer Reis?«

»Dieses Gericht wollen wir demnächst anbieten«, erklärte die Kellnerin.

»Warum ist es französisch?«

»Da sind wir uns noch nicht sicher«, sagte sie.

Bill nahm die Speisekarte. »Ich nehme Matoke«, sagte er. »Und Simsim.«

»Was ist das?«

»Eine Sauce aus Nüssen und Sesamkörnern.«

»Oh nein, auf keinen Fall«, sagte ich. Pause. Dann »Zweimal bitte.«

*

Kurz darauf erhielt ich den mysteriösen Anruf. Es war eine männliche Stimme, die ich nicht wiedererkannte – deshalb war es ja ein mysteriöser Anruf. Der Mann sprach zuerst auch nicht, er lachte nur. Als er damit aufhörte sagte er: »Jane, erinnern Sie sich an mich? Ich saß in dem Bus hinter Ihnen. Für eine Journalistin sind Sie sehr fleißig.«

Abgesehen von der Tatsache, daß ich zugleich bedroht und herablassend behandelt wurde, war ich nervös. Aber wer auch immer glaubte, ich sei es wert, bedroht zu werden, tat mir leid. Für mich gab es keinen Weg, in die Liga der richtigen Journalistinnen aufzusteigen... aber wenn ich mich weiterhin als eine solche ausgab, war es verständlich, daß gewisse Leute verwirrt wurden. Wie nur waren sie an meine Telefonnummer gekommen?

Wenn mich jemand beobachtete, was wollte er verhindern, was sollte ich nicht schreiben? In Hollywood war das ganz einfach: Frag Kevin Spacey nicht, was er um 4 Uhr morgens in einem öffentlichen Park machte und wie er sich dort am Kopf verletzte. Er stolperte über einen [redacted]. Pardon, es war ein Terrier. Aber wie ich mit Oberst Charles Otema, Chef des militärischen Geheimdienstes, umgehen sollte, wußte ich immer weniger. Doch der größte Teil von mir war nun ernsthaft verärgert. Zweifellos verstand die ugandische Regierung nicht die Grundsätze einer freien Presse. Wenn man sich Gedanken darüber machte, was ich schreiben werde, sollte man nicht mysteriöse Telefonanrufe machen, meine Ausrüstung stehlen und fremde Frauen wie Cleo schicken, um mich auszuspionieren. Sie sollten mir lieber ein paar Haarpflegemittel schenken. Für eine Dose Haarfestiger schrieb ich, daß das Sundance Filmfestival ein *Spaß* war.

Bill schaute mich beunruhigt an. »Du hast dich bestechen lassen?«

»Nein, ich habe nur Geschenke und Geld genommen. Ich meine, nicht viel Geld. Zum Beispiel wenn die Parkgebühren in ihrem Gebäude fünf Dollar betrug und ich zwanzig bekam... und manchmal nahm ich einen Gutschein für eine Gesichtsbehandlung...« Ich legte den Mantel des Vergessens über die Alkoholgaben und Hotelzimmer und beschloß, alles zu tun, um diese Dreckskerle dranzukriegen. Mein Gott, es war höchste Zeit, daß John Prendergast mich begehrenswert finden würde.

Als ich ins Hotel zurückkam, sagte das Zimmermädchen zu mir: »Haben Sie den Mann gesehen, der Sie beim Frühstück beobachtete?«

Ich wollte mich nicht verrückt machen lassen. Ich weiß,

daß ich ein Feigling bin. Ich habe ja schon Angst vor Britney Spears, und sie ist so bescheuert wie ein Haufen Eichhörnchenscheiße. Ich fragte die umgängliche niederländische Forschungsstudentin, ob ich mir Sorgen machen müßte.

»Vor einiger Zeit wohnte hier eine junge Frau. Sie recherchierte irgendwas. Ihre Zimmertür wurde aufgebrochen«, sagte die Holländerin ganz sachlich. »Alles wurde durchwühlt.«

»Wer war das?«

»Wahrscheinlich der Geheimdienst«, sagte sie. Kein Wunder, daß sie den ganzen Tag Gras rauchen konnten, ohne paranoid zu werden, nichts brachte die Bewohner des Flachlands aus der Fassung. Was ist, wenn der Geheimdienst – die Männer des Obersts – meinen Computer hatte? Was ist, wenn sie mein unmögliches Paßwort – »jane« – geknackt und all die hektischen Interviews mit aufgeregten Bischöfen, brandverletzten Priestern und übergelaufenen Spionen gelesen hatten? Allen hatte ich Hilfe versprochen, und nun drohten ihnen vielleicht die Festnahme und Verhöre im »Lint Marketing Board«. Ich durfte keine Zeit verlieren. Ich stattete Präsident Musevenis Repräsentanten in Gulu, einem Mann namens Max Omeda, einen Besuch ab.

*

Ich wartete auf Max in einem Zimmer unter einer Sammlung stumm aggressiver Sicherheitsplakate. Ein Bild warnte mich davor, nicht die Landmine in der schmutzigen Pfütze zu stören, aus der mein Trinkwasser kam. Unter diesen Bedingungen wäre eine Mine der schnellere Weg zum gleichen Ziel.

Max trat ein, mürrisch. Er war elegant, ein wenig grell gekleidet und hatte offensichtlich viel über sein Image nachgedacht. An diesem Tag trug er riesige Schulterpolster, von denen verschiedene Kleidungsstücke in Petersilien- und Limettengrün herabhingen. Stirnrunzelnd betrachtete er mein Outfit: das Gap-Hemd, das Benjamin, Konys persönlicher Schneider, in ein Kleid umgearbeitet hatte. Max hielt zweifellos nicht viel von dieser Arbeitskleidung, und er schien zu überlegen, ob ich das Interview überhaupt verdiente. Doch er ließ sich dazu herab.

»Mein Name ist Max Omeda. Manchmal nenne ich mich auch nur Max O«, vertraute er mir an. »Ich repräsentiere Seine Exzellenz, den Präsidenten.«

Max wußte nicht, daß ich mir bereits Informationen über ihn beschafft hatte. Laut der Aussagen einiger ehemals Entführter hatte Max seine Hand in der Kasse, und zwar nicht in irgendeiner, sondern in einer ganz besonderen, in der Kasse für die Kindersoldaten.

Das hatte ich von Rick erfahren. Er war eines der früheren Entführungsopfer, das für die »Former Child Soldiers Development Association« arbeitete, eine Organisation ähnlich wie die Gruppe der Kindersoldaten. Aber im Gegensatz zu ihnen hatte Ricks Vereinigung von der ugandischen Regierung eine fette Zuwendung von 15 Millionen Shilling bekommen. Ich verabredete mich mit Rick in seiner Geschäftsstelle. Ich wollte wissen, was für ein Büro man sich mit 15 Millionen Shilling leisten konnte. Die »Vereinigung zur Förderung früherer Kindersoldaten« hatte nur einen Raum, und der war leer. Ich wählte ihre Telefonnummer, aber niemand antwortete, vielleicht war das Telefon weggeschlossen in einer Schublade. Ein Stück Papier an einer Wand zeigte eine Telefonliste des Vorstandskomitees; alle Anschlüsse waren tot bis auf einen. Der Mann hieß David. Eine Frau meldete sich. Zuerst sagte sie, David sei nicht da, dann sagte sie, er wohne schon lange nicht mehr dort und schließlich sagte sie, »der Besitzer dieses Telefons ist gestorben.«

Rick tauchte irgendwann auf. Im Laufe unseres Gesprächs erfuhr ich, daß das Geld von der Regierung einfach verschwunden war. Weg. Warum hatten sich die Leute nicht beschwert? Rick schaute mich an wie jemand, der einen darum bittet, seine Autoschlüssel aus einem Minenfeld zu holen. Ein Regierungsvertreter hatte David beauftragt, sich um das Geld zu kümmern, und David war irgendwann mit dem größten Teil davon abgehauen. Zuvor, so Rick, hatten der Regierungsvertreter und Max O kleinere Beträge abgezweigt. In Max' Fall seien es nur 400000 Shilling gewesen. Einen Nachweis, daß die Summe zurückgezahlt wurde, gab es nicht.

»Der Präsident hat den Rückkehrern auf so vielfältige Weise geholfen, ich kann mich nicht auf 15 Millionen beschränken«, sagte Max. »Ich betrachte das nicht als eine besonders wichtige Sache.«

Ich wandte ein, daß das Geld für die Kindersoldaten ziemlich wichtig sei.

»Sie verstehen das falsch, das Geld ist nicht weg«, sagte er. »Diejenigen, die den Erhalt der Summe bestätigt haben, sind bekannt. Sie schieben die Rückzahlung nur hinaus, warum, weiß ich nicht. Sie halten sich irgendwo versteckt.«

»Das wäre dann eine Straftat, oder?« bemerkte ich.

»Ja«, sagte Max. Er sah sauer aus. Das hatte er nicht erwartet: die Konfrontation mit einer Journalistin in offensichtlich selbstfabrizierten Kleidern.

»In welcher Beziehung stehen Sie zu diesen Leuten?«

»Ich habe keine Beziehung zu ihnen, aber ich bin ihr Chef«, sagte er. Ich nahm mir vor, diesen Spruch von nun an des öfteren in Hollywood zu gebrauchen.

»Ich habe gehört, Max, daß Gelder in Ihrem Namen genommen wurden.«

»Es gibt da einen jungen Mann mit Namen Joseph, der das getan hat.«

»Was haben Sie unternommen, um das Geld zurückzubekommen?«

»Ich habe versucht, ihn telefonisch zu erreichen«, sagte Max und schwenkte ein Mobiltelefon.

Ich fragte ihn geradeheraus, ob der Präsident jemals ein Friedensgespräch sabotiert habe.

»Er hat keine Bomben werfen lassen«, antwortete Max entschieden. »Falls doch, so gab es meiner Meinung nach dafür einen Grund. Er ist ein sehr erfahrener Präsident, der schon mit einigen Aufständen fertig geworden ist.«

*

Ich verabschiedete mich von Max unter seinen Sicherheitsplakaten. Als ich zurück ins Hotel ging, bemerkte ich, daß mein Notizbuch nicht mehr da war. Nun hatte ich buchstäblich nichts mehr zu verlieren. Ich hatte Max Omeda, dem Vertrauten des Präsidenten, direkt ins Gesicht gesagt, daß er Geld stahl, das für die Kinder vorgesehen war – na und? Jeden Tag konnte jemand in Gulu das alte Exemplar einer britischen Sonntagszeitung finden und meinen Namen unter Scarlett Johanssons weit aufgerissener Fresse lesen – na und? Jetzt hatte ich ein ganzes Notizbuch voll mit Diagrammen von Kriegsverbrechen verloren, und die Pfeile darin wiesen alle auf Oberst Otema hin. Er las es gerade, blätterte die Seiten mit seinem Mordsding um, mit seiner Vorhaut wie ein Ameisenbär. Ich war erledigt.

54

Betteln um Schläge

Dann kam John Prendergast zurück. Angeblich, um den Krieg zu beenden, aber in Wahrheit, um mich zu retten.

»Ich weiß, das ist eine ziemliche Zumutung«, sagte John, »aber könnten Sie mich in Kampala treffen? In einem Hotel? Im Sheraton. Es ist ein recht schöner Ort...«

Ich traute meinen Ohren nicht. Wo sollte ich in Gulu einen Lip-Plumper finden? Ich klapperte alle Drogeriegeschäfte ab, wobei ich mich die ganze Zeit in meinem Kopf gegen Bill verteidigte. Ja, es stimmt, ich hatte die Story nicht beendet; ich hatte weder die Kinder gerettet noch herausgefunden, warum Oberst Otema Kony nicht das Handwerk legte. Aber nun war es zu spät, ich war auf Mädchenlogik zurückgefallen. Statt die Nachforschungen weiterzuführen, würde ich alles John erzählen. John hatte sein großes Treffen mit Präsident Museveni am Vorabend unseres Rendezvous, Entschuldigung, Interviews. Museveni sollte endlich den Friedensvorschlag zur Kenntnis nehmen, den John zusammen mit Betty geschrieben hatte. Wenn Museveni es ernst mit dem Frieden meinte, könnte er vielleicht wissen wollen, was ich über den Oberst und seine Absichten dachte. John konnte es ihm mitteilen. Kurzum, ein Held kam, um einen jahrelangen Krieg zu beenden, und ich trug meinen Teil dazu bei, indem ich ihn bewunderte. Gott krempelte die Ärmel hoch.

*

Die Suche begann in einem Drogerieladen, der ehrlich gesagt mit lippenvergrößerndem Gel schlecht versorgt war. Ich weiß nicht, wie es dazu kam, und ich bin nicht stolz darauf, aber ich verbrachte einen ganzen Tag damit, afrikanische Drogisten zu fragen: »Verkaufen Sie dieses Zeug, das einem dicke Lippen macht?«

Es ging an jenem Abend weiter, in einem nach Kiefernspray stinkenden Badezimmer, wo ich mich auf mein großes Rendezvous – Interview – mit John vorbereitete. Ich entdeckte ein winziges Mundgeschwür. Warum ich glaubte, dies könnte unser Rendezvous beeinträchtigen, als würde er meinen Mund aufreißen wie ein Pferdehändler, weiß ich nicht. Aber ich entschied, das winzige Geschwür auszukratzen. Mit einer Sicherheitsnadel.

In der Nacht vor meinem großen Rendezvous – Interview – mit John Prendergast wachte ich um 3 Uhr aus einem dieser Träume auf, die der Körper dazu benutzt, um einem mitzuteilen, daß etwas ernsthaft falsch läuft. Ich glaube, Ben Affleck tauchte darin auf. Ich lief ins Badezimmer und schaute in den Spiegel. Meine Lippe war so geschwollen, daß sie aussah, als hätte ich einen Schokoriegel darunter geschoben. Ich kannte die Erzählungen, wie man im Urlaub einen Insektenstich bekommt und sechs Monate später während eines Geschäftstreffens sich eine Kakerlake einen Weg durch die Fußsohle bahnt. Ich ging zurück ins Bett, vor mich hin flüsternd: »Beruhige dich, es ist nur ein Mundgeschwür.« Etwa zehn Sekunden später stand ich auf und schaute wieder in den Spiegel. Die ganze Innenseite meines Mundes einschließlich Zunge schälte sich ab und legte gelben Eiter frei. Es dauerte noch Stunden, bis es hell wurde.

*

Lacor-Hospital: der Stolz der Provinz. Um 8 Uhr morgens warteten draußen bereits 200 Menschen, auf Matten sitzend. Schlimmer noch, sie hatten Essen mitgebracht. Picknicks in einem Wartebereich sind kein gutes Omen. Heute war ich eine Weiße aus dem Westen und drängelte mich vor, wählte allerdings als mutigen und selbstlosen Akt die Ambulanz und nicht die Notaufnahme.

»Ich möchte mit einem Arzt sprechen«, lispelte ich.

»Warum?« sagte die einzige Dame an der Anmeldung.

»Was zum T... Kann ich bitte einen Arzt sehen?«

Ein Kind ging vorbei und blieb jäh stehen. »Madame!«, rief es überrascht. »Sie sehen aus wie ein Pavian!«

»Ja. Danke.«

»Der Arzt kommt um neun«, sagte die Dame.

»Und wird er dann gleich Patienten untersuchen? Es sind ja schon ziemlich viele da.«

»Nein, erst muß er das Krankenhaus säubern.«

Ich rief die einzige Person an, die mir einfiel. Pater Carlos' Pickup kreuzte zehn Minuten später auf.

»Warum gibt es hier keine Ärzte?« fragte ich. Pater Carlos seufzte.

»Seit dem Ebola-Virus geht es mit diesem Krankenhaus bergab. Wollen Sie sehen, wo der Chefchirurg beerdigt wurde? Ein wunderbarer Mann. Er fing sich Ebola durch die Augen ein...«

Es war noch nicht einmal 8 Uhr 30.

*

Pater Carlos führte mich zur Rückseite des Krankenhauses zu einem unscheinbaren Flügel, in dem sich Priester aufhielten. Einer von ihnen, Pater Amos, mit Kollar und Gummistiefeln, kam herausgerannt; seine Hand war in einem Metallrahmen befestigt. Ich kann mich nicht mehr genau erinnern, aber ich glaube, ihm waren einige seiner Finger weggeschossen worden. So oder so, als Kinderzauberer war Pater Amos erledigt.

»Es gab in Pader einen Überfall aus dem Hinterhalt! Sieben Tote! Wollen Sie sich das aansehen?« rief er aufgebracht.

»In der Zeitung stand nichts darüber«, antwortete ich lispelnd.

»Natürlich nicht«, sagte Pater Carlos. »Der Krieg ist doch offiziell vorbei!« Das ist das Äußerste an Sarkasmus, das ich von einem Missionar gehört habe.

Ein Priester gab mir einen Streifen mit riesigen Tabletten, die meinen Mund wieder in Ordnung bringen sollten. Pater Carlos fuhr mich heim.

»Das ist ein starkes Antibiotikum«, sagte er stolz. »Maximale Dosis. Nehmen Sie eine jetzt und...« Da sah er, daß ich bereits alle auf einmal runtergeschluckt hatte. »Oh. Na gut. Vielleicht sollten Sie etwas frische Luft schnappen.« Natürlich war es Penicillin, ein Medikament, gegen das ich allergisch bin. Bestimmt ergötzt Kate Adie oft ihre Kollegen von der BBC mit der Geschichte, wie sie das Penicillin der Priester in eine ugandische Toilette erbrach, indem sie sich das einzige sterile Objekt, das sich in ihrem Gepäck befand, in den Hals steckte: eine Spritze zum Absaugen von Schlangengift.

*

Ich ging joggen, um etwas frische Luft zu bekommen und mich für mein Rendezvous aufzumuntern. Pardon, Interview. Ich rannte an ein paar Kindern vorbei. »MZUNGU!« schrie eines von ihnen, wahrscheinlich aus Schreck über einen 165 cm großen joggenden Pavian. Und dann stolperte ich irgendwie über die allzu langen Beine meines Trainingsanzugs, schürfte mir die Haut an Händen und Knien ab und landete in einem offenen Abfluß.

Aber das Schlimmste, das Allerschlimmste, kam erst noch: Vor dem Treffen mit John hatte ich vereinbart, einige Frauen zu interviewen, denen Konys Kumpane die Lippen abgeschnitten hatten.

*

Der Geruch in jener Hütte war unbeschreiblich. Ich kenne den Geruch von Angst; in Hollywood rieche ich ihn oft genug. Wissen Sie, wie ein Kind mit Erkältung riecht? Haben Sie diesen widerlichen Geruch eines Körpers in der Nase, der Bazillen zu Schleim verklumpt und ihn dann auswirft? So roch es dort, und obendrein kam noch eine Ausdünstung hinzu, wie sie eine vollgepißte Hose absondert, die monatelang in einem Schrank lag. Der Geruch, der von der Frau in dem dunkelroten Kleid in jener Hütte ausströmte, rührte nicht von Angst her. Es war kein Körper- oder Mundgeruch. So roch ein Körper, dessen Stoffwechsel völlig zusammengebrochen war, jede Zelle schrie: »Nein, nein, nein. Dies ist alles falsch.«

Ellen hatte eine Narbe an der Stirn, wo der Chirurg einen Teil der Haut entfernt hatte, um ihr eine neue Nase zu formen. Die Nase war rund und knopfförmig.

Die Rebellen hatten ihr erklärt, warum sie das taten. »Sie sagten: ›Du redest viel, du scheinst die Frau eines Soldaten zu sein. Wir werden dir die Finger, Nase, Mund, Brüste und Ohren abschneiden‹, aber sie ließen mir meine Finger und Brüste. Es waren zwei Jungs im Alter von zwölf und ein älterer Kommandant von zwanzig.« Ellens Zähne waren entblößt wie ein Schädel, ihr standen noch einige Operationen bevor. Eines Tages, als sich Ellen im Rehabilitationszentrum von World Vision erholte, erkannte sie einen neuen Rückkehrer, der gerade aufgenommen worden war.

»Ich fühlte keinen Schmerz, als ich den Jungen sah, bis er mir sagte, ich hätte Glück gehabt, weil sie normalerweise die Leute töten«, sagte Ellen. »Und als ich den Kommandanten wiedersah, war ich sehr verbittert...«

Ich wandte mich zu dem Vertreter von World Vision. »Entschuldigen Sie, stimmt es, daß diejenigen, die der jungen Frau das angetan haben, hierhergebracht werden und mit ihr zusammenleben?«

»Ja«, sagte der Repräsentant.

»Aber das ist... Was...? Warum denn...?« Ich wandte mich wieder Ellen zu. »Was sagte denn der Kommandant zu dir?«

Der Vertreter antwortete für sie. »Der junge Mann glaubt nicht, daß er irgendetwas Falsches getan hat. Er macht uns viel Ärger. Wir haben ihn in das Aufnahmezentrum für Erwachsene verlegt, und nicht dorthin, wo die Kinder und Mütter sind.«

Na toll! hätte ich ausrufen sollen, aber ich tat es nicht.

Als der Mann mich hinausbegleitete, fragte ich ihn: »Hat sonst jemand mit Ellen gesprochen?«

»Nein«, sagte er. Die einzige Person, die versucht hatte, ihr zu helfen, war eine Lohnschreiberin für Promi-Magazine, die die Fernsehserien *Dawson's Creek* und *The OC* nicht auseinanderhalten konnte? Wieder versprach ich jemandem, ich würde versuchen zu helfen.

*

Vor dem Hotel sah ich den Nadelstreifenmann, wie er von einem Fuß auf den anderen hüpfte. Seine ganze Erscheinung hatte etwas Falsches. Immer noch trug er ein Nadelstreifenhemd mit weißem Kragen und Manschetten, aber diesmal kam er nicht allein.

»Ich habe eine für Sie«, sagte er. Florence Akello saß im Schatten, ganz in ein Tuch gehüllt. Die gleiche Geschichte, eine Warnung für Zivilisten, eine gewaltige PR-Kampagne zum Preis einer Rasierklinge. In Florences Fall noch nicht einmal eine Klinge von hoher Qualität.

»Als die Rasierklinge stumpf wurde, schnitt der Junge damit Ohren ab«, sagte sie und fügte hinzu: »Der Kommandant zwang ihn dazu. Nachdem er sieben Frauen verstümmelt hatte, sagte der Junge, daß er wirklich müde ist, aber der Kommandant befahl ihm, weiterzumachen.« Sie beugte sich rasch vor und tupfte mit einem Papiertaschentuch ihren lippenlosen Mund ab, damit man sie nicht sabbern sah. Dann schaute sie auf, etwas beunruhigte sie. Florence war schließlich eine Uganderin.

»Was haben Sie mit Ihrer Lippe gemacht?« fragte sie. »Geht es Ihnen gut?«

55

Das Rendezvous

Als ich in Kampala ankam, fand ich das Red Chili verlassen bis auf zwei Mädchen, die als Prinzessin Michael von Kent verkleidet waren. Sie gingen zu dem Royal Ascot Goat Race, wo sich die anderen Trustafarians bereits Ziegen in Aktion anschauten. Für diese beliebte jährliche Wohltätigkeitsveranstaltung hatten die »Trusties« ihre billige Hippie-Verkleidung abgelegt. Beim Ziegenrennen gibt es ein Problem: Diese Tiere haben kein Renn-Gen, sie kauen lieber längs der Laufbahn an den Hosen der Zuschauer. Deshalb hatten die Organisatoren die Rennstrecke mit einem Brett auf Rädern in Höhe der Ziegenhintern ausgestattet. Die Zuschauer schwitzten unter ihren Ascot-Hüten und schauten verblüfft zu, wie Ziegen von einem Rollwagen im Kreis herumgescheucht wurden. Nach allem, was zu hören war, muß es eine gute Abwechselung gewesen sein. Manchmal wünsche ich mir, ich wäre eine von diesen vornehm tuenden Kreaturen, die debile Nichte eines Perverslings: Mein Leben wäre genau festgelegt, und ich hätte immer ein sorgloses Lächeln.

Ich takelte mich auf, klebte neue Pflaster auf meine entzündeten Hände und Knie und fuhr zum Sheraton in dem Cocktailkleid, das der Schneider des Kriegsverbrechers für mich gemacht hatte. Ich bat den *Boda-boda*-Fahrer, irgendwo unterwegs anzuhalten, damit ich mir ein Paar Schuhe kaufen konnte.

»Neue Schuhe oder alte?« fragte er. *Du lieber Himmel, er arbeitet für meine Mutter.* Längs der Straße passierten wir Männer, die Berge von Schuhen verkauften und hielten dann an einem Einkaufszentrum, wo ich Schuhe fand, obwohl ich mir nicht sicher war, wie neu sie waren. Die klobigen roten Pumps sahen aus, als ob sie jemandem mit dem Namen Brenda aus der Buchhaltung gehört hätten, bis sie sie während einer Karaoke-Nacht verlor und ein Typ namens Geoff ihr sagte, sie solle sich keine Gedanken machen, er werde sie nach Hause fahren.

*

Ich werde nie vergessen, wie ich die Lobby des Sheraton betrat: Gedämpftes Licht und dunkles Holz. Kühle Luft aus einer Klimaanlage umwehte meine Beine. Ich höre immer noch Brendas Schuhe mit den Pfennigabsätzen auf den Fliesen klappern.

»Wir treffen uns im Sheraton...« hatte John am Telefon gesagt. Ich hatte mir in meiner Fantasie eine dieser Hotelsuiten vorgestellt, die ich gelegentlich für die *Mail on Sunday* besprach, wahllos verstreute Orchideen, eine Flasche gekühlter Champagner und ein Balkon mit Sicht auf die Lichter einer exotischen Großstadt. Ich weiß nicht, wie viele fantastische Urlaubsziele ich schon als romantisch beschrieben habe, und wie oft ich mir schon gesagt habe, daß die Erfahrung der Idee romantischer Liebe genauso soviel wert ist.

»... im Rhino Pub«, fügte er noch hinzu.

Das große Cartoon-Nashorn, das wie der Schauspieler Jack Black aussah, machte mir schöne Augen. Aber ich war schließlich eine Auslandskorrespondentin, und dies hier war der exotische Schauplatz für jenen sexy gefährlichen Drink mit einem sexy gefährlichen Mann in einem obskuren Land.

Ich versuchte, mich auf meine Mission zu konzentrieren – berichte ihm, was du erfahren hast, er kann es dem Präsidenten weitersagen... *John wird stocknüchtern sein; das ist allerdings ein Riesenproblem, er wird nicht einen bedauerlichen Moment der Schwäche haben...* Konzentriere dich auf das Thema der Bombardierung von Kindern, verwende ein Zitat... *Ich glaube, ich geh noch mal schnell zum Klo und steck mir das Haar hoch. Bestimmt mag er Frauen mit hochgestecktem Haar.* Hör mal, du hast absolut keine Vorstellung, welche Art von Frauen er mag. *Also gut, ich werde überhaupt nichts sagen. Das wirkt immer bei Männern; sie werden dann paranoid.* Aber wie willst du ihn dann interviewen, du Vollidiotin? KONZENTRATION! Sag ihm, die Einheimischen merken, daß die militärische Lösung nicht funktioniert... *Siehst du? Ich kenne mich inzwischen politisch aus. Wir werden einander verstehen. Und morgen um diese Zeit hat sich mein ganzes Leben geändert.**

Ich sagte mir, es spielt sowieso keine Rolle. Ich hatte ihn seit Wochen nicht mehr gesehen; wahrscheinlich würde er mir gar nicht mehr gefallen, zum Teu...

Da erschien John. Er sah so unglaublich toll aus, daß der Raum sich auflöste. Er hatte wieder die ganze Nacht durchgearbeitet, und als er aus dem heißen schmutzigen afrikanischen Abend in die kalte saubere Hotelluft trat, machte er den Eindruck eines Mannes, der sich dagegen wehrte, seinen Verstand zu verlieren. Scheinbar aus dem Nichts tauchten Freunde auf, ließen ihre Begleiter stehen, um ihm die Hand zu schütteln. Er gab sein Telefon und Ladegerät dem Personal hinter der Bar, und ein hitziger Disput brach unter ihnen aus, wer es für ihn anschließen durfte. Ich dachte schon, sie würden sich prügeln.

Während er an der Bar stand, wartete ich in Brendas Stöckelschuhen, Heftpflaster auf meinen Händen und Knien, in einem Kleid aus Stoff für Schuluniformen und mit einer dicken Lippe. John war zu höflich, mich darauf anzusprechen, und küßte mich auf die Wange. Er sei die ganze Zeit durch Kampala gezogen und habe mit Diplo-

* Anmerkung: So etwas auch nur zu denken, ist in keiner Situation ratsam, geschweige denn vor dem Rendezvous mit jemandem, der nicht weiß, daß man scharf auf ihn ist.

maten, Hilfsorganisationen und Zivilgesellschaftsgruppen über die ugandische Armee gesprochen, sagte er. Er habe gefordert, daß die Menschen in den Lagern wirklich geschützt werden. In den letzten zwei Tagen hatte er rund um die Uhr gearbeitet, um den Vertragsentwurf für die Zusammenkunft mit dem Präsidenten fertigzustellen. Rückblickend wäre es bestimmt okay gewesen, ihn zu umarmen. Ich reichte ihm einen Orangensaft.

»Haben Sie den Friedensvorschlag fertig?« lispelte ich.

»Ja. Ich treffe Präsident Museveni in einer Stunde«, sagte er.

»Ein heißes Treffen. Fantastisch. Wie fühlen Sie sich?«

»Ach. Man ist da nie optimistisch. Es ist nur eine kleine Chance...« Er sah ein klein bißchen glücklich aus.

»Was glauben Sie... wird der Krieg je aufhören?«

»Ja. Präsident Museveni ist gewillt, einen Deal zu machen.«

»Wenn?«

»Wenn er glaubt, daß das Abkommen etwas wert ist. Wenn es aber auch nur den geringsten Druck gibt...« Ach ja, der Rest der Welt. Die Geldgeber. »Aber da ist nichts.«

Und er erklärte es mir. »Ich sage Ihnen, von allen Konflikten auf dem Kontinent halte ich diesen für den einfachsten«, sagte er. »Es ist eigentlich ein Kinderspiel, ein einfach lösbares Problem. Die LRA hat schon vor langer Zeit jede Hoffnung aufgegeben, sie könnte diese Regierung besiegen. Sie ist nur noch eine Söldnerbande, die auf das richtige Angebot wartet. Also sollte man es ihnen geben, sie loswerden durch Bestechung...«

Es war das großartigste Gespräch meines Lebens. Wir schwebten über sudanesische Wüsten und Verstecke in den Regenwäldern des Kongo. Und glücklicherweise nahm ich es auf Band auf, denn je komplexer die politischen Themen wurden, die er vortrug, desto weniger hörte ich zu. Wir waren nicht mehr in einer zwielichtigen Hotelbar, sondern saßen auf der Veranda einer Safarihütte. Sonnenuntergang mit zirpenden Zikaden oder welches tropische Insekt auch immer cool klingt und nicht sticht oder beißt. Unter uns trotteten Elefanten heimwärts, und wir wollten gerade hineingehen und sehen, ob die Stereoanlage der Hütte funktionierte.

Bis Johns Telefon klingelte. Das Barpersonal schaute auf das Display und geriet in Panik. Als er zurückkam, wußte ich, was passiert war.

56

Das Schärfste, was ich je gesehen habe

John saß mir wieder gegenüber, aber er konnte mich nicht mehr sehen. Er hatte sich ganz in eine Welt der Erinnerungen zurückgezogen, die er besser nicht hätte.

»Er hat Sie versetzt, nicht wahr?« sagte ich, aber er konnte mich nicht hören. Der Mann, der das Ende eines Krieges in seinem Aktenkoffer hatte, kochte vor Wut.

»Wenn ich noch im Weißen Haus wäre, könnte ich diesen VERDAMMTEN Krieg in dreißig Minuten beenden«, sagte er. »Geh' mit der Weltbank in Musevenis Büro, sag ihm, es gibt KEIN Geld mehr, bis Sie das Problem gelöst haben.« Er schaute sich um. Ich dachte schon, er würde irgendjemanden schlagen. »Nun wird dieser Krieg weitere zwanzig Jahre dauern.«

Ich starrte. *Dies ist das Schärfste, was ich je in meinem Leben gesehen habe.* Hör auf damit, Jane! Dieser Mann war im Begriff, heute abend einen Krieg zu beenden, und nun konnte er nicht... *Gut, dann wird er später Zeit haben. Laß den Unsinn!*

Ich erinnerte mich, daß Kony beim letzten Mal, als ein Friedensabkommen scheiterte, Betty gewarnt hatte, er könnte sein Mißfallen kundtun: Ein Massaker forderte damals 300 Opfer, als Rebellen die Menschenmenge auf einem Marktplatz angriffen.

John saß mit gesenktem Kopf da und sagte nichts. Ich wußte nicht, was er dachte, aber ich vermute, daß er sich nichts sehnlicher wünschte, als daß das Denken hier und jetzt einfach aufhört, und ich wette, daß dies einer der seltenen Momente im Leben eines starken Mannes war, da man ihn erreichen konnte.

»Ich habe mich völlig verausgabt«, sagte er leise. »Wenn dies hier vorbei ist, muß ich zwei Wochen freinehmen.« Eine Safari. Ich hätte meine Hand auf seine Schulter legen sollen. Dann schaute er zu mir auf, und als ich seine müden Augen sah, die mehr Grauen gesehen haben, als sich ein Mensch vorstellen kann, da wußte ich plötzlich, mit wem er ein Rendezvous haben sollte. Nicht mit Angelina. Und auch nicht mit mir. Sein Vater hatte Corn Dogs aus dem Kofferraum seines Wagens verkauft. »Wir blieben nie länger als drei Jahre an einem Ort und zogen dann weiter, um Leute zu finden, die Corn Dogs noch nicht satt hatten.« Er hatte ein Mitgefühl für Fremde, weil er selbst einer gewesen war. Er gehörte zu den Menschen, über die er nicht sprechen konnte. Er gehörte zu Edie, der Witwe mit den Streichhölzern. Er war der Mann, mit dem sie sich treffen sollte. Ich streckte meine Hand aus, aber sie berührte nur sein Glas, und so reichte ich ihm das, was noch vom Orangensaft übrig war.

»Könnten die Zivilgesellschaftsgruppen oder die Diplomaten Kony aufhalten, falls er irgendwas versucht?« fragte ich, wieder nur eine Journalistin, die er kurz traf.

»Jemand muß dafür sorgen, daß alle Beteiligten zusammenkommen und eine Strategie entwickeln, um diese Menschen zu schützen«, sagte er und nahm den Orangensaft. »Es passiert wieder«, dachte ich, obwohl ich mich nicht erinnern konnte, daß es jemals schlimmer war als diesmal. Ich glaube allerdings, daß ich munterer klang.

»Dann ist es besser, wenn Sie früh aufstehen.«

»Ja, es ist schon spät. Danke, daß Sie dageblieben sind. Ich hoffe, es hat sich gelohnt«, sagte er. Mir fiel nichts ein, stand nur auf und schüttelte ihm die Hand.

»Was machen Sie jetzt?« fragte er.

»Irgendwas. Passen Sie gut auf sich auf, ja?«

Er küßte mich, lächelte sein Clooney-Lächeln und verließ das Sheraton. Ich schaute ihm nach. Die Tür der Bar schwang zurück, und das Nashorn, das aussah wie Jack Black, machte mir wieder schöne Augen.

57

Leg dich nicht mit mir an, Freundchen

Ich hatte 108 Dollar, eine dicke Lippe und nur noch eine Kontaktlinse. Ich sah aus wie Marty Feldman. Aber dies war meine letzte Chance, eine nützliche Person zu sein, also nahm ich in Begleitung von Briefsäcken den Postbus zurück nach Gulu und ging geradewegs zum Hauptquartier der Vereinten Nationen. Aus irgendeinem Grund hatte ich ein erstaunliches Maß an aufgestauter Energie in mir.

»Hallo, ich möchte bitte den neuesten Sicherheitsbericht«, sagte ich zu dem Typ von der UNO.

»Tut mir leid, aber den kann ich Ihnen nicht geben«, antwortete er. »Wir händigen keine Kopien aus.«

Leg dich nicht mit mir an, Freundchen. Ich habe gerade etwas Großmütiges getan, und ich bin nicht glücklich darüber.

»Ich brauche aber eine Kopie. Ich muß einen Artikel über die Sicherheitslage schreiben«, sagte ich. Schließlich arbeitete ich für die Medien, und mir war klar, daß Äußerungen von armen Leuten und einem ziemlich emotionalen Missionar nicht ausreichten, um zu beweisen, daß dieser Krieg ein Schwindel war.

»Tut mir leid, das ist nun mal die Regel«, sagte der UN-Typ. Ich marschierte hinaus zum Tor, machte den Wachmann an und bat ihn, hineinzugehen und die Kopie für mich zu holen. Mir war es scheißegal, daß der Typ im Büro es sah; ich war von weither gekommen, um mich selbst bei einem Rendezvous zu versetzen. Der Wachmann ging in die Rezeption, nahm vor den Augen seines

Chefs den Bericht von der Wand und brachte ihn mir. Laut dem UN-Sicherheitsbericht für jene Woche im September entführten Konys Rebellen drei Mädchen und einen Neunzehnjährigen, die ugandische Armee tötete drei Rebellen, und ein Soldat, der Lohngelder stahl, wurde von seinen eigenen Leuten getötet. Kony 4, Armee 3. Die Armee erschoß einen Armeesoldaten, ein Eigentor. Museveni behauptete, er gewinne den Krieg. Nun hatte ich ein UN-Dokument, daß Schwarz auf Weiß belegte, daß Kony Zivilisten schneller entführte, als der Oberst sie erschießen konnte. Der Krieg ist zu Ende? Tut mir leid, das ist zum Schießen.

*

Nun konzentrierte ich mich auf die Ausreden der Gutmenschen, warum sie Kony nicht stoppen konnten. Aber sehen Sie, sagte der Armeesprecher, wir haben ihre Topkommandanten gefangengenommen. Das ist eine merkwürdige Wortwahl: Banyas Trinkkumpan in der Fanta Gang war der hagere, hartgesichtige Mann unter dem Mangobaum. Er hatte Geschwüre, weil die Rebellen im Busch Geschwüre bekommen. Er war immerhin Brigadegeneral, aber nicht in der Armee des Obersts: Es war Brigadegeneral Sam Kolo, Konys Sprecher, der Karl Rove der Lord's Resistance Army. Sam Kolo hielt sich frei und unbehelligt im Acholi Inn auf, seine Fanta-Rechnungen wurden von der ugandischen Regierung bezahlt. Und von mir, der britischen Schlüpferkäuferin. Ich fragte den Vater eines entführten Kindes, was er darüber dachte. Er kämpfte mit den Tränen, als er mir sagte: »Wir vergeben ja. Wir wollten nur, daß die Kommandanten, die noch im Busch sind, sehen, daß es ein anderes Leben gibt.« Die Autoritäten hatten darin versagt, dieser Hoffnung mit einer einfachen Handlung gerecht zu werden: die Kommandanten, die noch im Busch leben, vor die Wahl zu stellen – ein anderes Leben oder der Sarg. Warum die

Verantwortlichen scheiterten, verblüffte mich. Unterdessen aß die Fanta-Gang mit dem Vertreter einer großen internationalen Hilfsorganisation zu Mittag.

Ich bat Sam Kolo um ein Interview.

»Das spar ich mir für einen Buchvertrag auf«, sagte er.

»Aber wir würden gerne Ihre Geschichte hören«, sagte ich.

»Seien Sie vorsichtig!« Kolo lachte. »Ich habe ein Messer. Ich werde Ihnen die Lippen abschneiden!« Kichernd ging er weg.

58

Sie sind nicht gekommen, um sich mit ihm anzulegen, oder?

Daß ich auf Banyas Gerede über Geister hereingefallen war, ärgerte mich ganz besonders. Als Erstes wollte ich den Mythos zerstören, daß Kony Zugang zu mystischen Kräften hatte, die kein Mensch aus dem Westen verstehen konnte. Ich hörte mir noch einmal Bettys Interview an, in dem sie über die Holy Spirit Movement sprach, den ursprünglichen Glauben von der Geisterbesessenheit, mit dem der ganze Wahnsinn anfing. Betty erwähnte die Gründerin, die Medizinfrau und militärische Anführerin Alice Lakwena. Kony übernahm viele seiner Handlungen von Alice, die Verwandlung von Steinen in Bomben eingeschlossen.

»Alice ist eine Nervensäge«, hatte Betty gesagt. »Sie will nur Geld.« Doch Alice vermochte Steine in Bomben zu verwandeln, da konnte sie doch bestimmt auch 20 Pfund auftreiben, wenn sie knapp bei Kasse war?

Die Holy Spirit Movement hatte Konys Krieg begonnen. Zugegeben, sie hatten trotz ihrer geringen Anzahl und ihres seltsamen Glaubens Kämpfe gewonnen, und erst Musevenis Artillerie war es gelungen, sie an jenem Tag im Regenwald zu besiegen.

Was also war genau Lakwenas Macht, jener italienische Geist, der listig genug war, Alice zum rechten Zeitpunkt zu verlassen und in Kony zu fahren, so wie Denise Richards Charlie Sheen verließ, bevor sie Richie Sambora fand? Lakwena hatte sogar Alices Vater besessen, um zu sehen, wie das funktionieren mochte. Und Lakwena/Kony kontrollierten immer noch Hunderte, möglicherweise Tausende von Kindersoldaten, ob sie an seine Macht nun glaubten oder nicht.

*

Steven, der ehemalige Spion, erzählte mir, ich könne selbst in einem Stadtviertel von Gulu die Holy Spirit Movement in Aktion sehen. Es gebe da eine sehr kleine Kirche und darin wirke einer der Hauptverantwortlichen dieses zwanzigjährigen Krieges: ein Mann namens Pater Severino, Anhänger der »Heilig-Geist-Bewegung«, ehemaliger Krieger und der Vater von Alice. Sein Spitzname war Otong-tong, einer, der seine Opfer in Stücke zerhackt. Für alle Fälle steckte ich einige antiseptische Reinigungstücher in die Brusttasche, sollte er meine Hände berühren.

Steven führte Bill und mich in die Slums. Wir sprangen über offene Abwässergraben, liefen durch Seitengassen und auf schlammigen Wegen, wo Kinder barfuß auf der feuchten Erde herumschlitterten. Steven war ganz in konspirativer Stimmung: »Nicht hier. Wir müssen weiter... Nicht hier. Wir müssen weiter...« Wir bewegten uns im Kreis und landeten schließlich hinter dem Markt für Marble-Wash-Jeans. Dort befand sich eine sehr kleine Kirche. Ohne die Hilfe eines ehemaligen Spions hätte ich sie nie gefunden.

Im Inneren roch es stark nach Weihrauch. Die blaugrüne Stirnwand war mit seltsamen religiösen Symbolen bemalt, und darunter schwenkte ein magerer grauhaariger alter Mann in einer weißen Robe seine dünnen Arme im Gebet. Die Gemeinde bestand aus ein paar murmelnden Frauen im Hintergrund, einigen gelangweilten Kindern an der Tür und einer frommen Anhängerin, ein umwerfend schönes Mädchen, so tief im Gebet versunken, daß sie wie bekifft aussah. Ich fragte mich, ob das »die Verzückung« war. Falls ja, dann war sie ununterscheidbar von den Gesichtern der schwulen Leute in meiner Spinning-Klasse, die wirklichen Schwulen, die immer »YEAAAAH!« schrien, wenn wir zur Musik von Mary J-Blige imaginäre Hügel erklommen.

Pater Severinos junger, unglaublich streng riechender Hilfspriester trat auf mich zu. »Sie sind nicht gekommen, um sich mit ihm anzulegen, oder?« sagte er. »Erst letzte Woche hatten wir eine Frau aus Deutschland hier, die Streit suchte.« Von den Frauen waren Töne der Mißbilligung zu hören.

»Nein, keineswegs, ich möchte nur über Lakwena sprechen«, sagte ich strahlend, und genau aufs Stichwort drehte sich Pater Severino um, um mich zu begrüßen. Er lächelte und entblößte ein Durcheinander von Zähnen, als hätte jemand gesagt: »Öffne deinen Mund, die Zähne kommen!«, und zwölf Stück hatten sich willkürlich in seinem Zahnfleisch niedergelassen.

»Wo der Geist ist? Er ist hier! In mir! Er spricht in diesem Moment zu Ihnen«, legte er gleich los. Der Geist, der den ganzen Wahnsinn ausgelöst hatte, sprach nun zu mir. Ich sah keinen italienischen Militärsanitäter. Ich sah einen dürren Schwarzen mit wirrem Haar in einer weißen langen Robe, der vor einer Gruppe gelangweilter Kinder herumfuchtelte.

Ich sagte dem späten Michael Jackson, daß Kony hartnäckig darauf besteht, Lakwena sei nun in ihm. Pater Severino/Lakwena machte ein böses Gesicht, und die Frauen äußerten wieder ihr Mißfallen.

»Warum dieser Messias behauptet, er habe den Geist? Hören Sie mir nicht zu?«

»Aber wenn Kony keinen Geist hat, der ihn beschützt, warum hat man ihn dann noch nicht gefaßt?« fragte ich Pater Severino/Lakwena.

»Fragen Sie das nicht mich, fragen Sie die Geister. Hören Sie mir nicht zu? Johannesevangelium, Kapitel 8, Vers 42 bis 48. Schreiben Sie es auf! Er nahm diesen Körper in Besitz«, erklärte er und zeigte auf sich. »Er wurde zehn Monate lang geschlagen, es war wie in einem heißen Feuer zweiundneunzig Tage! Habe ich nicht recht? Habe ich nicht recht?«

»Ja, das ist wahr«, sagten die Frauen und starrten mich an. Ich hatte nicht vor, darauf hinzuweisen, daß zehn Monate nicht zweiundneunzig Tage sind. Ich spürte, daß ich mich bereits in einer ausreichend unangenehmen Situation befand.

»Die Menschen sollten nicht gegeneinander kämpfen, sie sollten sich lieben«, fuhr er fort.

Ich fragte ihn, wie er es sich erklärte, daß so viele Menschen von Alice massakriert wurden.

»Weil sie sich darin ergaben, im Namen Jesu zu sterben. Weil sie zurückkommen werden. Haben Sie nicht zugehört?« Pater Severino/Lakwena schüttelte verblüfft mit dem Kopf. »Es geschah, um die Menschen zu reinigen! Du bist ein Flußarm, ich bin ein ganzer Fluß. Das ist Kain und Abel...« Und er begann wieder wie einer dieser Verrückten außerhalb der U-Bahnstation Kilburn Park zu reden.

Ich dachte daran, wie öde diese endlos langen Belehrungen in der Wüste des Sudans für Konys Kindersoldaten gewesen sein müssen.

Dann nahm Pater Severino/Lakwenas Redefluß eine plötzliche Wendung.

»Meine Frau steinigte mich am 11. November 1984 zu Tode.«

»Wie bitte?« Als Beweis für diesen Akt häuslicher Gewalt zeigte er mir seine Zähne, die tatsächlich aus seinem Mund herausgesprungen zu sein schienen, möglicherweise aufgrund der Steinigung, und dann wieder wahllos zurückgefallen waren. »Ihre Frau tötete Sie? Aber Sie sind doch noch...«

»Dann bin ich von den Toten auferstanden«, erklärte er. Ich war wohl die dümmste Frau, zu der er je hatte predigen müssen.

So schwadronierte er ununterbrochen eine Stunde lang; Bill saß unterdessen da und las Zeitung. »Der da braucht auch Jesus«, murmelte Pater Severino/Lakwena, und schaute mißbilligend zu Bill hinüber. Dann sammelte er einige Steinchen vom Boden auf und machte daraus einen Haufen, der die Menschen in den Lagern darstellen sollte oder was weiß ich.

War es das? War dies das satanische Gesicht Afrikas, das westliche Diplomaten nicht zu demaskieren wagten? Dieser bekloppte alte Trottel, der in seinem Nachtgewand Kieselsteine herumschob? Ich ließ meinen Blick durch den kleinen Kirchenraum wandern. Vielleicht hatte ich etwas übersehen. Vielleicht half die spirituelle Reinigung der Holy Spirit Movement hier an diesem Ort. Das schöne Mädchen war immer noch betend vornüber gebeugt und saugte alles auf, was Pater Severino sagte. Ich will Afrikaner nicht als Deppen hinstellen – ich lebe in Los Angeles, ich habe mich schließlich über alle möglichen Führer und ihre Läuterungen lustig gemacht, von Robert Atkins (Atkins Diät: 120 Kilo Gewicht beim Tod, »verursacht von Wasseransammlung im Gewebe«) über Judy Mazel (Beverly Hills Ananasdiät, tot im Alter von dreiundsechzig aufgrund einer Gefäßerkrankung, Scheiß auf Antioxidantien) bis zu S. Daniel Abraham (Slim Fast-Diät). Aber hier in Uganda waren die einzigen Leute, von denen ich hörte, daß sie so etwas wie Reinigung wollten, Konys entführte Kinder, und streng genommen war es nicht die Erbsünde, von der sie rein gewaschen werden wollten, es waren die Sünden, die sie im Namen von Konys Holy Spirit Movement bzw. der Lord's Resistance Army selbst begangen hatten.

Der unglaublich streng riechende Hilfspriester öffnete eine Tür in der Wand, zauberte einen Teelöffel voll Lehm hervor und ging damit auf Bill und mich zu. Ich wich zurück und stieß gegen das schöne Mädchen, das zu mir aufblickte, und da bemerkte ich, daß sie geistig behindert war. Jetzt reichte es: Die Holy Spirit Movement war nichts als absoluter Schwachsinn.

59

Tanz der Freudenmädchen

Wenn nicht mächtige schwarze Magie Kony antrieb, was war es dann? Ein Freund sagte mir, jemand wolle mich treffen. Diesmal war es streng vertraulich. Er brachte Bill und mich ins Traveller's Inn, das Bordell mit Disco. In einem Hinterzimmer führten junge Frauen eine Tanzübung vor. Niemand war da. An einem Nebentisch wartete ein Mann auf mich, der angeblich Joseph Konys Cousin war.

Mein Freund stellte ihn als Philip vor. Vor uns stand ein stämmiger Mann in einem roten Top und machte einen mürrischen, lustlosen Eindruck. Ich suchte sein Gesicht nach Zeichen der Familienähnlichkeit ab. Philip hatte hohe Wangenknochen wie Kony, aber nichts von seinem Rick-James-Flair. Wenn Kony der verlorene Sohn war, war Philip der langweilige spießige Verwandte. Mir war es egal, wenn ich nur von ihm erfuhr, was seinen Cousin antrieb.

Aber Philip schmollte. Nach einer Weile stellte sich heraus, daß die Regierung ihm Geld versprochen hatte, das nicht eingetroffen war. Vielleicht hat derjenige, der das Geld übergeben sollte, es gestohlen, meinte er. Wie auch immer, er hatte kein Geld bekommen und auch kein eigenes Haus. Warum sollte Philip Geld oder gar ein Haus von der Regierung bekommen? Weil Kony es erwartete: Es wäre für ihn ein Beweis, daß auch er solche Geschenke bekäme, wenn er sich ergeben würde.

In Hollywoods Drehbuchklassen wird bei Dialogen viel Wert auf die Bedeutung des Subtextes gelegt – die subtilen Versprecher, die unscheinbaren Andeutungen, die die geheimen Ambitionen einer Figur verraten. Schauen Sie mal, ob Sie Philips unterschwellig mitgeteilte Botschaft entdecken, als ich fragte, was einem Friedensabkommen denn im Weg stehe. Unser Freund dolmetschte, so gut es ging.

»Die Familie von Kony hat kein Geld. Sie haben auch kein Haus. Kony verliert die Hoffnung: Wie wird die Familie behandelt? Kony sagt: ›Ich will zurückkommen, aber als ich meine Familie zur Regierung schickte, um zu sehen, was die Regierung für sie tut, da passierte nichts. Die Regierung wird nicht für mich sorgen.‹ Museveni ist ein guter Mensch. Er schickte früher Konys Familie Geld. Aber die Leute, die das Geld bringen sollten, sind damit einfach verschwunden. Der Präsident umarmte mich einmal und bat Betty Akech [eine regionale Abgeordnete], mir etwas Geld zu geben. ›Bringen Sie Mr. Philip zur Kaserne. Ich möchte ihn dort treffen, und ich habe ein wenig Geld, um ihn zu unterstützen.‹ Aber Betty weigerte sich... Kony ruft mich an, und ich sage ihm, wir haben nichts hier, sie geben uns ein paar Bohnen und so was. Also wird Kony ärgerlich: ›Wenn ich zurückkomme, kann man nicht so mit mir umgehen.‹«

Wo ist unser Geld?

Die Aerobicübungen der Huren wurden lauter. Ich fragte Philip, ob er wüßte, was die Girls dort trieben.

»Nein«, sagte er und wandte sich ihnen zu. »GEBT MAL RUHE!«

Aber was war mit der Magie, den Geistern? Konys Cousin zuckte mit den Achseln. »Eines Tages bekam Kony Wasser auf einem kleinen Teller, und es trocknete völlig weg«, sagte er, mit der Hand über den Tisch flatternd, um ein weiteres Wunder anzuzeigen. Gelangweilt schaute er auf die Huren, die nun so etwas wie eine trostlose Spice-Girls-Nummer vollführten.

»Während wir hier sprechen, weiß Kony, was in unserem Gespräch passiert«, fügte er hinzu. Konys Cousin posierte noch für ein paar Fotos und brummelte, daß die

Friedensgespräche in einem anderen Land sein sollten, zum Beispiel Amerika, und daß er eingeladen werden sollte. »Ich hätte in dem Komitee sein müssen, aber sie warfen mich einfach raus«, sagte er, gekränkt über diese Ungerechtigkeit.

*

Geld also, um aufzuhören. Nicht die Übernahme der Regierung, nicht die Wiedereinsetzung der Zehn Gebote in Uganda. Nur Geld, um zu verschwinden. Museveni, Konys Todfeind, war »ein guter Mensch«, als er »der Familie von Kony« Geld schickte. Wenn das stimmte, dann waren die Kinder nicht nur Soldaten, sondern Geiseln, und jetzt wollte Kony sein Lösegeld. Der böseste Mann der Welt war ein Schwindler. Ein Kenneth Lay des Dschungels, der Kinder als seine Einnahmequelle benutzte. Ein Chuck-Norris-Fan, der sich für seine Aktionen von Kassenschlagern aus dem Ausverkauf anregen ließ. Schwarze Magie, mystische Kräfte, ein unvorstellbar teuflischer Gegner – alles ein Schwindel, und ich war darauf reingefallen. Nichts Mystisches hatte auch Konys Schwanz, als er sechs Dutzend Mädchen der Reihe nach immer wieder vergewaltigte.

Also, wenn Kony ein Normalsterblicher war, warum hatte der Oberst ihn nach so viel Jahren nicht gefaßt? Was war mir da entgangen? Ich glaubte nicht, daß es einem Mann mit dem Ego des Obersts genügte, die Tochter des Präsidenten und ihre marginalen Profite aus dem Getreideverkauf zu verteidigen.

Ich machte einen weiteren vergeblichen Besuch im Acholi Inn. Inzwischen hatte ich herausgefunden, warum der Oberst mich so nachhaltig ärgerte: Es waren meine 50 Pfund Schlüpfersteuer. Er war das Pferd, auf das die Regierung in Großbritannien setzte; meine Schlüpfersteuer sollte dazu beitragen, daß er Kony das Handwerk legte. Wenn ich schon Geld aus dem Fenster werfe, dann erwarte ich, daß es Wodkabrennereien unterstützt und nicht Überfälle von Kampfhubschraubern auf Kinder. Ja, einmal habe ich einer Junkiefreundin fünfzig Pfund geliehen, die mir sagte, sie brauche es für die Miete. Da jedoch Rauschgiftsüchtige miserable Kampfhubschrauberpiloten abgeben, bin ich mir ziemlich sicher, daß sie das Geld nur für Heroin ausgab.

*

Meine Zeit wurde knapp. Ich stand am Schalter der Gulu Bank und starrte auf meine acht Kreditkarten, die fächerförmig vor mir ausgebreitet waren. Auch die äußerst muntere Kassiererin begutachtete sie. Ich konnte damit kein Geld bekommen, ich war machtlos, den Oberst dazu zu bringen, mit mir zu sprechen, und unfähig, das Geheimnis von Konys Erfolg zu knacken. *Ich bin in einem Dritte Welt-Land, und ich kann nicht einmal zu Wucherzinsen Geld leihen oder ein Interview mit einem gefährlichen Militäroffizier bekommen. Ich bin ein Pädophiler, der auf einem Kinderkostümfest in einem Sessel sitzt und verbittert eine Ballongiraffe drückt, weil er keinen hochkriegt. Ich bin nichts wert.*

»Gute Nachricht! Diese eine geht noch«, sagte die äußerst muntere Kassiererin.

»Oh! Kann ich zweihundert...«

»Nein. Ich bedaure. Wir können Ihnen kein Geld geben. Vielleicht die Barclays Bank in Kampala. Der Bus braucht nicht mehr als acht Stunden«, sagte die äußerst muntere Kassiererin.

Wir können Ihnen kein Geld geben. Warum eine Bank eröffnen, wenn sie einem kein Geld geben kann? Oh! Sie wollen Geld. Das Geld ist weg. Wir haben Wachsstifte, Einzahlungsscheine und eine gönnerhafte Broschüre über Hypotheken für indische Familien. Möchten Sie eine Kreditkarte beantragen? Nein, ich hätte gern etwas von meinem Geld, falls es Ihnen recht ist. Und warum brauchte die Kassiererin zwanzig Minuten für die Bedienung der Person vor mir? Versucht sie tatsächlich, durch Langsamkeit Zinsen zu verdienen? Liest sie einen Einzahlungsschein oder Harry Potter? Sitzt sie auf einem Stuhl oder auf dem Klo?

Ich machte mich auf eine achtstündige Busreise, um mit meiner einzigen Kreditkarte, die noch nicht gesperrt war, Geld abzuheben. Ich hätte den Bus gar nicht erst besteigen sollen; überall auf dem Busparkplatz gab es schlechte Vorzeichen. Ein Bus trug die Aufschrift *It Wasn't Me*, und nicht nur das, dort stand *It Wasn't Me II.* Inzwischen war das ein Zeichen selbst für jemanden mit einem dritten Auge, das so kurzsichtig war wie meins.

Auf der Rückfahrt waren sechsundzwanzig Personen in dem Minibus, der Plätze für vierzehn hatte, und ich saß zwischen den beiden einzigen fetten Menschen in Uganda. Ich fühlte mich wie ein Tanga. Die Sitze waren aus Plastik, damit sie nicht vollgepinkelt werden konnten, aber es roch trotzdem nach Pisse. Wie kann es sein, daß Plastiksitze nach Pisse riechen? Hatte jemand sie zuerst vollgepißt und dann mit Plastik versiegelt? Dachte der Besitzer »Das ist mal gute Pisse, ich werde sie behalten«? Dem Durchfall, den ich nach dem Verzehr des Chapati Rolex aus Hühnerdreckteig hatte, folgte starkes Fieber. Ich saß auf dem Plastiksitz in einer Pfütze aus Schweiß, so daß mein Auslandskorrespondentinnenkleid bei jeder Bewegung furzte. Alle schauten mich an.

Die Fahrt schien kein Ende zu nehmen. Wir hielten, weil eine Frau an einem Fleischstand einkaufen wollte. Ein Mann zerhackte mit einer Machete einen von Fliegen übersäten Kadaver.

»Zweitausend Shilling, das ist zu billig«, sagte ein Fahrgast tadelnd, als die Frau zurückkam. »Das ist bestimmt vergammelt.«

»Is mir egal!« sagte sie. Das sei gutes Rindfleisch und sie behalte es. Ich hätte ein Stück von ihr kaufen und es roh essen sollen, um etwas gegen den Magen-Darm-Infekt zu tun – Feuer muß man mit Feuer bekämpfen. Von mir wird nichts übrigbleiben – nur noch ein Poloch mit einem Augapfel auf einem Stiel, sich umschauend.

Als wir auf 90 Kilometer beschleunigten, kroch eine Kakerlake durch das Fenster herein und landete auf meinem Schoß. Wie das? Kakerlaken sind das SEK der Insekten.

Der Mann zu meiner Linken wandte sich der Frau rechts von mir zu und fragte: »Sind Sie auch gerettet worden?«

»Oh ja, wie wundervoll! Auch ich bin gerettet worden!« rief sie begeistert. Ich fühlte mich wie ein Fleischspieß zwischen wiedergeborenen Christen. Beide wandten sich mir zu: »Und Sie? Sind Sie auch gerettet worden?« *Nein, aber mein inneres Kind war in Schutzhaft genommen worden.*

Aber was war mit Angela? Was mit Victoria? Wie stand es mit all jenen Mädchen, die allein in dem Lager waren? Ich hatte tatsächlich die Möglichkeit gehabt, etwas für sie zu tun. Und ich versagte. Ich rief John an. Er konnte nicht mit mir sprechen, weil er auf dem Weg zu einem Abendessen war. Mit Angelina Jolie.

Und dann brach der Bus mitten im Nirgendwo zusammen, und wir mußten alle aussteigen und den gottverdammten Haufen Bärenpisse schieben. Ich rief meine Schwester an.

»Kate, tut mir leid, meine Telefonkarte reicht nur noch wenige Minuten. Kannst du für mich British Airways anrufen? Ich möchte zurück nach Hause.«

Kate rief BA an.

»British Airways sagt, sie können den Flug nicht ohne deine Buchungsnummer ändern«, sagte sie.

Ich hörte auf, den Bus zu schieben, und wühlte in meiner Tasche herum. *Mein Gott, ich bin so lange von zu Hause weg, meine Tasche riecht. Wie das? Ich hab sie doch nicht* [redacted] *geliehen.* Ich fand ein schmutziges Stück Papier mit Flugdaten und gab sie Kate durch.

»British Airways sagte, das ist keine Buchungsnummer, das ist eine E-Ticket-Nummer«, sagte Kate. Erneutes Wühlen. Ich fand ein anderes, von Fieberschweiß durchtränktes Blatt mit einer Zahlenreihe.

»British Airways sagte, das ist keine Buchungsnummer, das ist ein Bestätigungscode.«

»Warum sagst du British Airways nicht, ich weiß, daß sie auf dem Computer meine Buchungsnummer sehen und daß sie sie mir verdammt noch mal mitteilen sollen?«

»Sie sagten, sie dürfen das nicht, persönlicher Datenschutz.«

»Sag British Airways, ich werde mich das nächste Mal an dieses Recht auf Privatsphäre erinnern, wenn ich durch die Sicherheitskontrolle gehen und so ein lesbisches Mannweib vor allen Leuten meine Titten betatscht...«

Da sah ich, daß der Bus ins Rollen kam. Die wiedergeborenen Christen sprangen auf und ließen mich am Straßenrand mit einem verkrüppelten Pavian und einer großen Menge Kinder zurück. Die Kinder zeigten besorgt auf mein Auslandskorrespondentinnenkleid.

»Madame, Ihr Kleid ist naß!«

»Ja, ich weiß. Ich bin krank...«

Es traf mich wie ein Schlag, ich war plötzlich allein mitten in Afrika. Immer noch wie eine Schwachsinnige in ein BlackBerry redend. Ich war verlassen worden – von Jesus und seinen Nachfolgern –, und ein Haufen hungernder afrikanischer Kinder meinte, ich hätte mir ins Kleid gemacht.

Kate meldete sich wieder.

»British Airways hat für morgen früh noch einen Platz. Willst du den? Beeil dich, ich bin bei Jimmy Choo. Sommerschlußverkauf; hier herrscht Krieg«, sagte sie.

Ich starrte die endlose Straße hinunter. Wenn ich nach LA zurückginge, gäbe es dort einen Job für mich. Ich wußte, nach welchem Exklusivinterview alle gierten: Ich konnte Whitney Houston fragen, ob sie versuche, ein Baby zu bekommen. Aber das ging auch nicht mehr, seitdem sie herausgefunden hatte, daß »Crack-Babys« nicht aus Crack gemacht sind, aber das ist eine andere Geschichte. Ich stand vor einer klaren Entscheidung: In Uganda bleiben und der Welt mitteilen, daß Kinder mit unserem Geld bombardiert werden, oder zurückfliegen und der Welt mitteilen: »Whitney ist wieder da und stärker denn je.«

Zum erstenmal in meinem Leben lief ich nicht weg. Was soll's, ich würde John Prendergast sowieso nie heiraten. Ich sagte meiner Schwester, ich bliebe in Uganda.

Wie durch ein Wunder hielt in dem Moment der Bus und wartete auf mich.

Ich machte rasch noch einen Anruf. Wie durch ein zweites Wunder antwortete diesmal der Oberst.

»HÖREN SIE AUF, MICH ZU NERVEN!« brüllte er. »SIE WOLLEN MICH INTERVIEWEN? OK! WIR FAHREN NACH PADER. KOMMEN SIE MORGEN FRÜH INS ACHOLI INN!«

Der Oberst wollte mich nach Pader mitnehmen. Pader war am Ende der Welt. Kein Mobiltelefonempfang, kein Strom, kein fließendes Wasser. Niemand fuhr nach Pader, denn dort konnte man schnell erschossen werden. Mit anderen Worten: Dies war ein Knüller! Kate Adie wäre so stolz auf mich, wenn sie nur die leiseste Ahnung hätte, wer ich bin! Ich hob meine stinkende Tasche auf und rannte zum Bus.

60

Eine schöne bunte Ziege

Am Abend vor meinem Treffen mit dem Oberst feierte ich im Acholi Inn und spendierte jedem, der mir in Gulu geholfen hatte, Drinks. Dies war die dritte und letzte Verabredung: Ashton, John und nun Oberst Charles Otema, Leiter des militärischen Geheimdienstes der Verteidigungskräfte des ugandischen Volkes. Aber jeder riet mir, nicht zu ihm zu gehen.

»Der Oberst ist ein sehr schlechter Mensch«, sagte ein Journalist.

»Wissen Sie, ein Mann wie der Oberst, der kann jederzeit die Beherrschung verlieren«, warnte mich ein Sozialarbeiter.

Um das Thema zu wechseln, wandte ich mich an der Bar einem Freund von Bill zu und schüttelte ihm die Hand.

»Ich heiße Jane. Was machen Sie beruflich?«

»Ich bin Rechtsanwalt«, sagte er.

»Ach ja? Woran arbeiten Sie gerade?« fragte ich unbesonnen.

»Wir untersuchen Vorwürfe gegen die UPDF, Ugandas Armee«, sagte er mit einem strahlenden Lächeln. Ich seufzte.

»Was haben Sie herausgefunden?«

»Zehn Morde, sechzehn Fälle von Folter und zwanzig Vergewaltigungen. In sechs Wochen«, antwortete er.

»Hochbetrieb also?« sagte ich.

Sam Kolo ging an uns vorbei.

»Wieder dieses Mädchen«, sagte er. »Klein, aber gefährlich.« Ich glaube nicht, daß ich jemals wieder von einem Mann ein so großes Lob hören werde, und dabei bin ich mir nicht sicher, ob es *mehr* oder *weniger* schmeichelhaft ist, wenn es von einem Vergewaltiger und Kriegsverbrecher kommt.

Ein weiterer Freund von Bill erschien, ein sehr kluger Kerl mit Namen Anthony, der einzige Ugander, den ich in Gulu traf, der einen Drink zu schätzen wußte. Es stellte sich heraus, daß Anthony in einem der Nachtquartiere für die Schutzsuchenden arbeitete, und was mir sehr peinlich war, ich mußte zugeben, daß ich in all den Wochen die Kinder jeden Abend in diese Unterkünfte strömen sah, jedoch nie eine betreten hatte. Also gingen wir am letzten Abend vor meinem Tod los, um die kleinen Nachtpendler vor dem Schlafengehen zu besuchen.

*

Als Anthony und ich zu seinem Quartier aufbrachen, regnete es in Strömen. Die Unterkunft befand sich hinter einem schlammigen Platz, und Hunderte von Kindern und ich rutschten durch den Matsch. Diesmal ließen mich die bewaffneten Wächter aufs Gelände.

Es gab eine Schutzhütte für Jungen und eine für Mädchen und ein Büro, in dem Kartons mit Malariamedikamenten und zu meiner Überraschung Dutzende von hyperrealistischen Tieren aus Ton standen.

Anthony schob einen Jungen mit Namen Michael durch die Tür – er war derjenige, der all diese Tiere gemacht hatte. Ich gab ihm sogleich einen Auftrag.

»Ich bemale die Ziege mit jeder Farbe, die Sie möchten«, sagte er. »Welche gefallen Ihnen?«

»Nimm die Nationalfarben von Uganda«, sagte ich. Eine schöne bunte Ziege, rot, schwarz und gelb bemalt.

Ich ging zu der Hütte der Mädchen, und ein ganz kleines Mädchen in einem malvenfarbenen und weißen Partykleid mit Rüschen krabbelte auf meine Knie und klammerte sich an mich, um sich etwas zu wärmen. Sie war patschnaß von dem langen Weg durch den Regen zum Nachtquartier. Ich fragte Anthony, warum es dort kein Essen und keine Betten für die Kinder gab.

»Solche Dinge nennt man Anziehungsfaktoren«, sagte er. »Wir dürfen nichts anbieten, was diesen Ort hier besser macht als ihr eigenes Zuhause.«

Trotzdem kamen die Kinder gerne dorthin. Für sie war es ein großer Club, wo sie Lieder sangen, Spiele spielten und Sport trieben. Ich fragte, ob sie in letzter Zeit Rebellen gesehen hätten.

»Ja!« rief ein Junge namens Francis. »Sie haben struppige Haare und sie stinken und sie laufen mit Knüppeln rum. Ihre Augen sind rot wie bei einem Mörder.« Zehn der Jungen waren von Rebellen gejagt worden. Ich führte eine schnelle Befragung durch. Von den einundfünfzig Jungen hatten einundvierzig kein Abendessen gehabt, sechsunddreißig kein Mittagessen, und Cristopher und ein Junge mit Namen Theo, die ausgestreckt auf dem Bauch lagen, hatten den ganzen Tag überhaupt nichts zu essen bekommen. Ich fragte die Kinder, was ihr größtes Problem sei, und erwartete einige gut zitierbare Sätze über die Abwesenheit eines dauerhaften Friedens in ihrer notleidenden Region. Stattdessen sprang ein kleiner Junge auf und hielt eine Hand hoch. Er hatte ein Loch in seinen Shorts und keine Hose darunter. Er sagte: »Ich brauche was zum Anziehen.«

*

Nach meinem Entschluß, das Richtige zu tun und die Verabredung mit dem Oberst einzuhalten, hätte ich wirklich nicht in das Internet-Café gehen sollen. Wie bekommen Auslandkorrespondenten ihre Informationen? Kate Adie muß eine geheime Datenbank haben.

Frauen! Wie weiß man, ob er der Richtige ist? Googelt seinen Namen + Menschenrechtsverletzungen!

[Doc] 10/3/2005
Dateiformat: Microsoft Word – Ansehen als HTML
Ich möchte mit aller Dringlichkeit Ihre Aufmerksamkeit auf die um sich greifenden **Verletzungen** der **Menschenrechte** durch einige Abteilungen der UPDF lenken. Ich mache insbesondere aufmerksam auf...
www.fdcuganda.org/pages/publications/10.doc – Ähnliche Seiten

ENTFÜHRT UND MISSBRAUCHT
V. **Menschenrechtsverletzungen** durch die ugandischen Regierungstruppen
... Anfang Oktober 2002 teilte **Oberst Otema** angeblich den Gefangenen mit, daß sie entlassen werden...
www.hrw.org/reports/2003/uganda0703/uganda0703a-05.htm – 14k- Gecached – Ähnliche Seiten

Übereinkunft: Initiativen zur Beendigung der Gewalt in Norduganda
Menschenrechtsmißbräuche spielten eine wichtige Rolle in den Anfängen des Kriegs im Acholiland... Kuteesa und Oberstleutnant Julius Aine räumten ein, daß **Übertretungen** vorgekommen sein könnten...
www.c-r.org/accord/uganda/accord11/peaceprocess.shtml – 31k – Gecached – Ähnliche Seiten

Norduganda: Chronologie
Die NRA [National Resistance Army] begeht angeblich **Menschenrechtsverletzungen**, einschließlich außergerichtlicher Tötungen. 18 prominente Politiker und lokale Oberhäupter aus Acholi und Lango sind...
www.c-r.org/our-work/accord/northern-uganda/chronology.php – 46k – Gecached – Ähnliche Seiten

Uganda-CAN Archive
Menschenrechtsverletzungen, von den Streitkräften begangen, führten zu erhöhter... **Oberst Otema** sagte weiter, daß fünf LRA-Kämpfer sich zuvor ergaben...
www.ugandacan.org/archive/1/2005-08 – 206k – Gecached – Ähnliche Seiten

Uganda-CAN » Archive
Die Armee ist kritisiert worden wegen Mißbrauchs der **Menschen-**

rechte an... In einer gestrigen Mitteilung nach der Bestätigung der Todesfälle sagte **Oberst Otema** Awany, der Armeechef der... www.ugandacan.org/archive/1/2005-12 – 144k – Gecached – Ähnliche Seiten

RRIA – Forum – RRIA – Forum – RRIA – Forum – RRIA – Forum
Der amtierende Präsident und seine Regierung beschuldigen die Regierung der Jahre 1980-85, Gräueltaten und schwere **Menschenrechtsverletzungen** begangen zu haben...
www.flok.de/foren/guestbook313072.php?sn=6 – 102k – Gecached – Ähnliche Seiten

Oberst Otema – das Pferd, auf das wir setzen – und seine Einheit werden von Human Rights Watch in Verbindung gebracht mit Mißhandlungen, einer Gruppenvergewaltigung und der Erschießung eines Verdächtigen aus nächster Nähe. In den Rücken.

*

Um 7 Uhr morgens an dem Tag, da ich sterben sollte, wartete Michael vor dem Café Green Light auf mich; in den Händen hielt er eine lebensgroße Ziege aus Ton. Die Farbe war noch feucht, denn der Junge hatte die ganze Nacht gearbeitet, um das Werk rechtzeitig fertig zu haben. Er hatte die Sache mit den Nationalfarben von Uganda nicht richtig verstanden. Es sah aus, als hätte jemand darauf gekotzt, und Michael hielt mich bestimmt für verrückt. Die Ziege war schwer, und ihr Schöpfer war mager und müde.

»Hast du was gefrühstückt?« fragte ich ihn. Er schüttelte den Kopf. »Mittagessen?« Michael schüttelte den Kopf. Ich hätte so weitermachen können – weißt du überhaupt noch, was ein Ei ist? –, aber ich kaufte ihm stattdessen ein Chapatti, und er war so schweigend dankbar, daß auch ich nicht sprechen konnte.

Ich schaute auf die bekleckert aussehende Ziege und

dachte: »Ziege. Ich werde den Oberst treffen, aber deinetwegen werde ich zurückkommen.« (Ich gestehe, daß in einem Film dieses Tier mich nie wiedergesehen hätte.) Es war wirklich ein tolles Stück Arbeit. Der Junge hatte das Fell Haar für Haar geschnitzt, die Beschaffenheit der Hufe war genau nachgemalt, und er hatte sogar ein richtiges Blatt in das Maul gesteckt.

Hier ist ein Bild von Michaels Ziege.

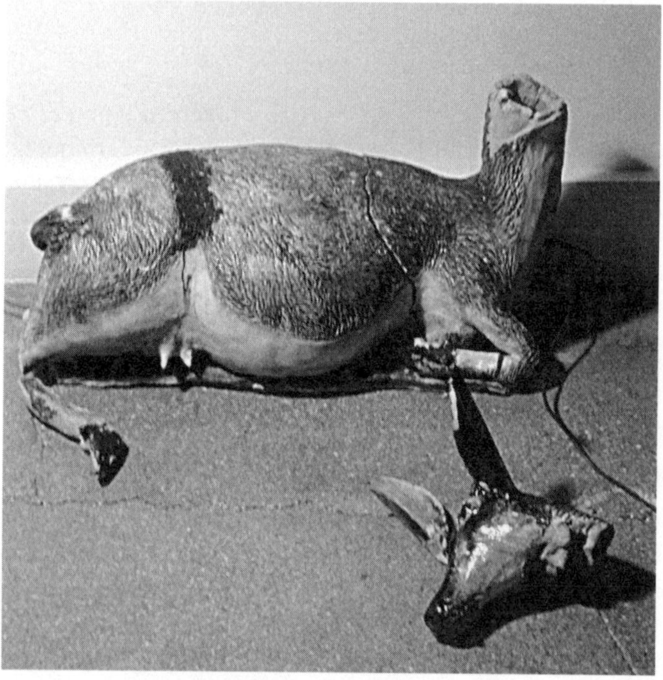

Verdammte Gepäckabfertiger.

61

Das ist Ashton Kutchers Werk

Ich wartete auf den Oberst an der Bar des Acholi Inn. Ich war bereit für eine ernsthafte Kriegsreportage – ich hatte meine geborgte Instamatic Kamera, mein Safarikleid und eine Reiseflasche mit Babyshampoo. Ich mußte gehen, denn etwas an dieser Geschichte war mir rätselhaft geblieben. Eines wußte ich über Oberst Otema: Er mochte es überhaupt nicht, daß jemand sich über ihn lustig machte, und Kony lachte ihm ins Gesicht – seit Jahren. Otema stand nicht jeden Tag wie ein Idiot da, nur damit die Tochter seines Bosses ein paar Pfund verdienen konnte. Führte er etwas im Schilde? *Schauen Sie sich um.* Um Kinder zu finden, die sich vielleicht frei genug fühlten, offen zu sprechen, mußte ich in weit entlegenes Gebiet fahren. Wer war besser geeignet, mich dorthin zu bringen als Otema, der Verantwortliche? Und he, eine Verabredung ist eine Verabredung. Mir war klar, daß kein Ehemann mich hätte gehen lassen. Es war also gut, daß ich keinen hatte.

Dann sandte Steven, der frühere LRA Spion, eine SMS: »Ich fahre mit Ihnen«, textete er, »Sie gehen nicht allein.« Ich rief ihn an.

»Steven, Sie waren ein Spion bei der LRA. Glauben Sie, daß das eine gute Idee ist?«

»Egal, ich komme mit. In fünfzehn Minuten bin ich da. Sie fahren nicht allein.«

Es kam noch schlimmer. Bill rief an. »Ich komme mit. Ich werde meinen Boss bitten, mir einen Tag freizugeben.«

Aber es war zu spät. Oberst Otemas Pick-up hielt knirschend auf dem roten Staub vor dem Hotel, und er stieg aus. Von hinten konnte ich sehen, daß er mit ausgebreiteten Armen lief und seine Beine anhob. *Oh mein Gott. Er hat auch riesige Eier. Jesus, kein Wunder, daß er immer wütend ist; es muß ja so sein, als ob man versuchte, von einem Supermarkt mit einem Beutel Orangen um den Bauch nach Hause zu laufen. Warum bloß machte ich diesen Job?*

Mir kam ein merkwürdiger Gedanke, und ich gab mein neues Notizbuch dem Barmann.

»Würden Sie das bitte für mich aufbewahren?«

»Kommen Sie nicht zurück?« Meine Eingeweide entließen ein schreckliches Geräusch. Die Diarrhöe setzte ein. *Ich hätte dieses Ziegenfleisch nicht essen sollen. Ich könnte jetzt am Flughafen Entebbe sein und einen guten Martini trinken, auf der Toilette.*

Ich rief Bill an.

»Bill, ich glaube, wir brechen auf...«

»Es tut mir so leid. Ich muß arbeiten. Wirst du's auch allein schaffen?«

»Wir fahren jetzt!« brüllte Oberst Otema.

»Wird schon schiefgehen«, sagte ich und rief noch kurz Steven an.

»Die Rufnummer, die Sie gewählt haben, ist zur Zeit nicht erreichbar«, sagte die Lady mit der Sirupstimme. »Bitte versuchen Sie es später noch einmal.«

Ich stieg in den Lastwagen des Obersts, und wir fuhren los. Der Oberst saß vorne, sein kleiner Unteroffizier steuerte, und hinten auf der Ladefläche waren sieben Soldaten seiner UDPF-Einheit. Mein peripheres Blickfeld war voll mit Gewehrmündungen.

Ich hatte alle meine Fragen vorbereitet, aber der Oberst wollte nicht plaudern. Er sagte etwas zu dem Untergebenen in einer Sprache, die ich nicht verstand. *Ich weiß, was ich mache. Ich werde sie heimlich aufnehmen und Bill dann die Gespräche übersetzen lassen.* Vorsichtig zog ich den Reißverschluß an meiner Tasche auf, drückte die Aufnahmetaste und hielt das Gerät hinter seinen Rükken. Dann sah ich, daß hinter mir ein Fenster in dem Pick-up war. Draußen saßen sieben Soldaten des Obersts in ihren Regenumhängen. Hatten sie etwas bemerkt? Ich würde es erst erfahren, wenn wir in Pader ankamen.

Nun sah mich der Oberst durch den Rückspiegel an, wütend. Ich wußte, das war sein normaler Gesichtsausdruck, aber trotzdem verkrampfte sich mein Hirn. *Dies ist kein Verhör oder? Oh mein Gott. Ich wette, er hat meinen Computer, meine Kamera und mein Notizbuch. Er bringt mich irgendwo an eine einsame Stelle, um mir in den Kopf zu schießen. Ashton Kutchers Rechtsanwalt. Dies sah ganz nach Marty Singer aus.*

Ich mußte an all die Leute aus dem Westen denken, von denen John Prendergast gesagt hatte, sie würden von hier nicht lebend zurückkehren. Wenn sie später behaupten, daß ich von den Rebellen getötet worden sei, müßten sie mich wahrscheinlich verstümmeln. Wie fühlt es sich an, die eigenen Lippen zu essen? Sashimi? Großartig, ich werde in die Geschichte nicht als Kriegsreporterin eingehen, sondern als das englische Mädchen, das alles über Kannibalismus auf die harte Tour lernte. Ich sandte meiner Schwester folgende SMS: »Hi Kate. Alles in Ordnung, aber wenn man mich tot findet, es war Oberst Charles Otema, nicht Joseph Kony (der Kindesentführer). PS: Sag Mutti nichts.« Sie löschte es. Ich habe diese SMS nicht gelöscht! Dann war der Telefonempfang weg.

Der Lastwagen rumpelte über Schlaglöcher, und ich hielt meine Eingeweide fest. Zwei Gedanken gingen mir durch den Kopf. Erstens, alles, was ich je getan hatte, war nun bedeutungslos. All die Zeiten, da ich um 6 Uhr morgens aufstand, um etwas zu beenden; all die Zeiten, da ich das Mittagessen, das Mutti gekocht hatte, nicht aß, weil ich wieder einmal irgendeine idiotische Diät machte; all die Schlüpfer, an denen ich bei Topshop die Preisschilder getauscht hatte – nichts davon war nun noch wichtig. Mein Leben wird heute auf irgendeinem Feld in

Uganda enden, alles, was noch Bedeutung hatte, war das, was ich direkt vor mir sah. Zweitens, ich mußte dringend aufs Klo. Wenn ich nicht so nahe dran gewesen wäre, mir in die Hosen zu machen, hätte ich mir in die Hosen gemacht.

Schließlich hielt der Oberst am Straßenrand vor einem Betongebäude. Jetzt also? Ist dies der Ort, wo ich sterben werde? Wo ist bloß die Toilette? Der Oberst stieg aus. Die Streitkräfte des ugandischen Volkes starrten mir nach, als ich auf ein Klo rannte. Und natürlich war dort kein Toilettenpapier. Ich hatte endgültig die Schnauze voll von diesem Unsinn, eine Auslandskorrespondentin sein zu wollen.

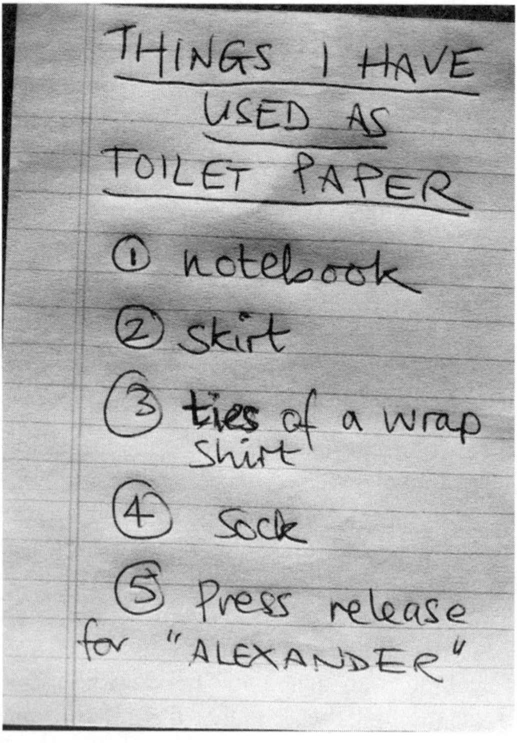

1. Offensichtlich.
2. Jede tut das, oder?
3. Dies lernte ich von der Herzogin von Kent.
4. Überraschend schwer runterzuspülen.
5. Ein dreistündiger Film über Posex und Elefanten. Colin Farrell, da guckst du was, dein Gesicht auf meinem Arsch?

Ich ging zurück, um dem Oberst gegenüberzutreten. Er schaute nach unten. Mein linker Fuß war nackt. Ich zog den Schuh wieder an, ohne Socke. Auf der einen Seite er: dreißig Jahre Erfahrung in einer afrikanischen Armee, fast 1.90 m groß, 200 Pfund schwer, das meiste davon sein Mordsding. Auf der anderen Seite ich: 15 Jahre im Promi-Journalismus, 166 cm, 112 bis 144 Pfund. Das war's. Und ich kann Ihnen eines sagen über den Augenblick, da man glaubt, sterben zu müssen: Das Hirn ist eine leere Hülse. Jeder intelligente Gedanke – perdue.

Also sagte ich ohne Überlegung: »Sie sind in erstaunlicher Form, Oberst. Was ist Ihr Geheimnis?« Er starrte mich an, nicht ganz sicher, ob er richtig gehört hatte. Und dann, ich schwöre es, änderte sich sein ganzer Gesichtsausdruck.

»Bewegung! Jeden Tag laufe ich eine Stunde! Nur so hält man sich fit!« dröhnte er.

Ich starrte ihn an, nicht ganz sicher, ob ich richtig gehört hatte. Nicht nur funktionierte die magische Promi-Frage, sondern ein schwer bewaffneter ugandischer Militäroffizier war die einzige Person, die mir jemals eine ehrliche Antwort darauf gab.

»Bestimmt stehen Sie sehr früh auf«, sagte ich.

»Um fünf Uhr!« kam die prompte Antwort, begleitet von einem irritierten Blick. »Woher wußten Sie das?«

»Sehen Sie. Wir alle wissen, wofür die ugandische Regierungsarmee berühmt ist«, äußerte ich vorsichtig, »aber was bedeutet es für Sie, wenn Sie merken, daß Ihre inneren Talente nicht geschätzt werden?«

Der Oberst dachte über die Frage nach und sagte dann: »Nun, heute morgen töteten wir einen Rebellen. Wollen Sie ihn sehen?«

*

Wir machten uns auf die Suche nach der Leiche. Es war das beste Interview seit Jahren. Wir schlenderten über ein Feld mit Zuckermais. Der Oberst sah sich zwischen den Pflanzen um.

»Oberst, sind Sie jemals in London gewesen?«

»Ja, ich gehe immer zu Marks & Spencer in der Oxford Street«, antwortete er.

»Ich... ich vermute, die haben keine Ahnung, was für ein bedeutender Offizier dort einkauft!« sagte ich.

»Sie wissen es, wenn ich fünfhundert Pfund für ihre Freizeitkleidung bezahle!« sagte er. Dann fügte er verärgert hinzu: »Aber jedesmal versuchen sie, mir eine Kreditkarte des Hauses aufzuschwatzen. Na ja, die Hosen bei Next gefallen mir sowieso besser.« Das war ein gutes Zitat, aber es reichte nicht, um gegen ihn Anklage wegen Kriegsverbrechen zu erheben.

Dann kamen wir zu einem Beet. Der Oberst starrte hinunter auf ein frisches flaches Grab, das von Tomatenpflanzen begrenzt wurde.

»Oh je«, sagte der Oberst. »Ich glaube, sie haben ihn schon beerdigt.«

»Nun, sie sollten ihn lieber ausgraben, nicht wahr?« sagte ich. ALS SCHERZ. Überleg dir gut, was du dir wünschst. Die Dorfbewohner brachten eine Hacke und begannen, die weiche Erde zu entfernen. Vorsichtig, die Klinge ist scharf, wollte ich sagen, dann fiel mir ein, daß der Mann bereits tot war. Die Hacke traf etwas, und die Dorfbewohner kratzten die Erde zur Seite. Die Hacke verfing sich in einer Hand. Ein kleiner Mann lag in der Vertiefung auf dem Rücken, sein Arm flog mit der Hacke vor und zurück.

Der Oberst sprach mit dem sehr kleinen Unteroffizier, der ihm mitteilte, daß der Mann um 5 Uhr getötet worden war, als Rebellen die Landstraße überquerten, etwa fünfzehn bis zwanzig von ihnen auf der Suche nach Beute. Rebellen werden oft getötet, wenn sie aus ihren Verstekken kommen, um Nahrung zu finden. Sie sind sogar bereit, Blätter zu essen; die hier müssen wirklich hungrig gewesen sein.

»Die Armee stellte ihm eine Falle: ein Regenmantel an einem Stock«, sagte der Oberst. »Der Rebell schoß darauf, und als er sich aufrichtete, nahmen ihn meine Leute ins Visier. Dort sind die Blutflecken.« Der kleine Unteroffizier wies gestikulierend auf etwas hin, das auf der Straße verstreut lag. »Er hat Lebensmittel gestohlen, sehen Sie dort«, sagte der Oberst. Der Rebell war für ein paar Nüsse getötet worden.

Ich beugte mich über das Grab. Der magere kleine Mensch mit grauer Haut schaute mich mit trüben Augen an. Er mochte etwa dreißig gewesen sein. Ich fragte mich, ob er als Kind entführt worden war. Oder war er einer dieser Dreckskerle von Kommandanten mit fünfzehn Frauen? Falls irgendjemand diesen kleinen Mann im Tomatenbeet vermißte oder ihn vor Gericht bringen wollte, es war nun zu spät. Sie hatten ihn doch nicht etwa meinetwegen getötet? Mich überkam eine Woge der Schuld, aber das Gefühl habe ich ja immer, und alles, was ich in dem Moment tun konnte, war, möglichst viele Einzelheiten festzuhalten und herauszufinden, ob der Oberst die Wahrheit sagte. *Sein Mund ist offen. Seine Brust ist eingefallen.*

»Sudanesische Uniform«, sagte der Oberst mit einem Blick auf die Leiche, aber die Uniform bestand aus einem Stück Hemd, das locker um den Hals saß. »Das bedeutet, er war wahrscheinlich ein Kommandant. Kony ist erledigt. Wir haben so viele seiner Männer getötet.«

»Wow!« sagte ich. »Sie sind sich sicher, daß er nicht Kony ist?«

»Diesmal haben wir ihn nicht erwischt. Aber bald.«

»Wer hat ihn als Kommandanten identifiziert?«

»Die Armee«, sagte der Oberst.

»Niemand sonst?«

»Nein.«

»Und nun hat man ihn begraben.«

»Natürlich. Es ist heiß.« Das bricht internationales Recht. Wahrscheinlich. Ich brauchte genauere Informationen, und zwar schnell, weil ich wieder pinkeln mußte, und der einzige Ort, wo ich mich ungesehen hinhocken konnte, war das Grab, was wirklich die finale Beleidigung gewesen wäre.

»Es läuft ja wirklich gut; Sie haben Kony fast geschlagen«, sagte ich zu dem Oberst. »Haben Sie überhaupt noch Zeit, Kinder zu retten?«

»Wir retten sie die *ganze* Zeit«, sagte er. Der Oberst war nun entspannt und prahlte. »Möchten Sie einige der Kinder sehen, die wir gerade befreit haben?« Ich schaute von der Leiche auf – Bingo.

*

Die Sache war beschlossen. Am nächsten Tag wollte der Oberst mich zu einem Rehabilitationszentrum für Kindersoldaten fahren. Diese Kinder, hoffte ich, würden anders sein: frisch aus dem Busch, hoffentlich nicht zu eingehend befragt und hoffentlich nicht von Typen wie Banya bewacht. Aber zuerst brauchten wir etwas Schlaf.

»Wir fahren nach PADER!« dröhnte der Oberst. Wir brachen auf, um unser Nachtlager am Ende der Welt aufzuschlagen.

62

Die Mondmenschen

Und Pader *war* am Ende der Welt. Kein Strom, kein fließendes Wasser, es war einfach eine rote unbefestigte Straße ins Nirgendwo. Der Oberst forderte mich auf, in einem Hotel mit dem Namen God's Given House auf ihn zu warten. Als ich den Innenhof betrat, sah ich vier Europäer. Sie gehörten zu den nützlichen Leuten, aber zu den guten nützlichen Leuten. Es stellte sich bald heraus, daß sie seit neun Monaten dort waren – vier Fremde, zusammengewürfelt auf dem Mond. Falls die Rebellen Pader angriffen, gab es keine Hilfe im Umkreis von 30 Kilometern. Es wäre wie eine Belagerung im Mittelalter: Alles Wasser kam in Kanistern, und wenn sie leer waren, dann war's das. Als ich hereinspazierte, drehten sich die Mondmenschen um – *mzungu!*

Da waren ein großgewachsener Franzose, der mit Kindern arbeitete, eine Polin, die Gedichte über Kriege und Konflikte schrieb, und ein Ungar mit Bart, der den ganzen Abend nicht ein Wort sagte. Ich fragte mich, ob irgendjemand wußte, was er dort machte. Er konnte ein Mörder auf der Flucht sein, aber wahrscheinlich gehörte er zu der Hilfsorganisation Save the Children. Der vierte Mondmensch war ein geselliger kleiner Russe, der für das Rote Kreuz arbeitete. Er war sehr liebenswürdig und ganz versessen darauf, mir jede Geschichte zu erzählen, die er in den neun Monaten vermutlich nur einmal erzählen konnte. Er zeigte mir auch das einzige Buch, das er von der Ukraine mitgebracht hatte, über ein Kaninchen, das sich selbst umbringen will.

»Armes blödes Kaninchen«, rief er und lachte schallend.

Die Mondmenschen bereiteten ein Vier-Gänge-Menü zu, und wir hatten eine Dinnerparty auf dem Mond. Jeden Abend, so schien es, setzten sie sich hin und kochten sich etwas mitten in einem afrikanischen Kriegsgebiet. Der schweigsame Ungar brühte sogar Espresso, und ich habe bis heute keine Ahnung wie. Wir aßen bei Kerzenlicht, denn wenn wir Glühlampen benutzten, knallten ständig fünf Zentimeter lange fliegende Ameisen gegen sie, verloren ein Stück von ihren Flügeln, aber flogen dennoch weiter. Wir redeten über Politik und zupften dabei lange schwarze Flügel aus unserem Avocado und Rote Beete Salat. Einmal flitzte ein merkwürdiges spitzförmiges Tier vorbei. Ein Mungo?

Ich trank zuviel Espresso und wachte mitten in der Nacht auf. Ich mußte dringend aufs Klo, zog die Flip-Flops an und stolperte über ein geladenes Gewehr – der Oberst hatte drei Soldaten vor seinem Zimmer liegen. Einer von ihnen griff nach seiner Waffe.

»Schon in Ordnung! Ich muß nur zur Latrine!« Ein Star-Wars-Fan weiß, ich brach die Regel der Zwei.

Der Russe war immer noch auf.

»Haben Sie Lust, in einen Nachtclub zu gehen? Wir können den Land Cruiser nehmen. Ich nenne ihn eine Kalaschnikow auf Rädern«, sagte er. Ein heißer Anmachspruch von einem Russen.

Der Toyota Land Cruiser ist ein fantastisches Auto mit Spitzensicherheit, genau das, was Menschenretter lieben. Der Russe fuhr eine besondere Ausfertigung für das Rote Kreuz. Sein Streifenwagen war weiß und fast zweieinhalb Meter hoch. Junge, war er nützlich. Der Wagen hatte eine schwarze dicke Luftleitung, die aus dem Motorraum kam; damit konnte er der Miliz durch Flüsse entkommen, die bis zu fünfzehn Zentimeter unterhalb der Windschutzscheibe reichten. Die Antenne war so stark wie ein Mast, und das nicht, um irgendein Plapperprogramm der

BBC zu hören. Sie machte das ganze Auto zu einer Funkstation, die nützliche Informationen über eine Entfernung von 300 Kilometern senden konnte.

»Ist er gepanzert?«

»Genauso wie die bösen Leute, die ihn stehlen wollen.« Er lächelte.

Wir fuhren zu dem Nachtclub. Er war keine hundert Meter entfernt.

»Wir nehmen den Land Cruiser, denn dies ist Pader«, sagte er.

Sobald die Nacht begann, sprangen die Generatoren an, und kleine Läden waren in farbiges Licht getaucht. Grün schimmerte der Filz eines Snookertischs, orange die Kohlen eines Fleischgrills, blau ein Fernsehgerät.

Der Nachtclub schloß gerade, also landeten wir in einer Bar und sahen fern. Aus irgendeinem Grund war die einzige DVD, die sie hatten, ein Film mit Matthew Perry. Ich sollte ihm wirklich schreiben: Er möchte doch bitte aufhören, sich so mit Drogen vollzudröhnen, daß er sein Auto gegen seinen eigenen Kopf knallt.

Wir fuhren zurück zum Hotel, und ich legte mich wieder hin, aber ein höllisches Schnarchen hielt mich wach. Der Oberst schlief in dem Zimmer neben mir. Sein Schnarchen klang wie ein verwildertes Hausschwein, das von einem Löwen gefickt wird. Genauso.

*

Am nächsten Morgen stand ich auf und nahm mir sogleich vor, mich umzusehen. Der Morgenschock ist das Beste am Reisen. Ich verbrachte einmal eine Nacht auf einer Fahrt durch einen Wald in Transsylvanien zusammen mit lebensmüden rumänischen Bauern. Sie waren zu traurig, um selbst auf die munterste Plauderei zu reagieren, und zu stolz, um das Obst, das ich noch vom Flugzeug mitgebracht hatte, anzunehmen. Der Morgenschock enthüllte, daß sie an Jetlag leidende Amerikaner waren, die wirklich die Schnauze voll hatten vom munteren Geschwätz und Flugzeugkost.

Pader bei Sonnenaufgang war schön und roch wie Frühstück. Die riesige afrikanische Sonne brach durch den Nebel. Am Rand der Straße ins Nirgendwo wurden Doughnuts zubereitet. Ein Straßenhändler reihte Klumpen aus weißem Teig auf einer Bank auf, und ließ sie dann in Öl fallen, wo sie aufgingen wie Quallen.

Ich gab einem Verkäufer 12 Pence, und während er den Teig mit einem fettigen Stück Karton ausrollte, saß ich mit meiner Instamatic Kamera neben ihm und wartete auf das perfekte Foto. Es war fast still bis auf die Brutzelgeräusche und das rhythmische Stampfen der Soldaten bei ihrer Morgenübung.

Dies ist ein perfekter Morgen, und wenn ich Tbc habe, dann ist sie jedenfalls noch nicht ausgebrochen. Da tauchte plötzlich wie aus dem Nichts ein perfektes kleines Mädchen auf, nackt bis auf eine Bauchkette. Sonnenstrahlen erleuchteten sie, ein wandelndes Jesuskind. Es war eines der eindrucksvollsten Bilder, die ich je gesehen habe. Als ich die Kamera einstellte, hockte sich das kleine Mädchen hin und machte mitten auf der Straße einen perfekten gelben Kreis aus Dünnschiß.

Sie würde meine Glücksbringerin sein.

Da sah ich den Zeitungshändler auf der Straße.

TRUTH EVERY DAY

Daily MONITOR

NO 256

KAMPALA TUESDAY SEPTEMBER 13, 2005

BUSINESS&FINANCE P15

New power crisis looms

COFFEE BREAK P28

Mbilia's show at Sheraton

SPORT P34

Champions League is back

Entebbe Airport roof collapses

POLITICS

David Pulkol quits FDC party

PAGE 3

NEWS

Kajura says he is not a homosexual

PAGE 2

TRANSPORT

Diesel shortage escalates

PAGE 4

THE LIZARD

YES HE IS A TRUE NOMAD!

PULKOL LEAVES FDC

Ugandan women on hunger strike in UK

Attorney General given two weeks to settle Movement Secretariat case........Page 4

Ich konnte diesen Scheiß nicht erfinden. Die wiedergeborenen Christen hatten recht. Ich *war* gerettet. Man beachte: Die Zeitschrift sagt, alles geht auf dem Entebbe International Airport wie gewohnt weiter, es ist nur das Dach.

63

Ohne Job

Wir stiegen in den Lastwagen des Obersts und brachen auf, um die Kinder zu treffen. Der Oberst zeigte sich auffällig liebenswert und gesprächig. Wenn man ihn reden hörte, so kämpfte er nicht seit zwanzig Jahren vergeblich gegen Kony, sondern gewann den Krieg gewissermaßen in Zeitlupe. Während der Fahrt schwatzte er unablässig über seine Erfolge.

»Sehen Sie? Die Zivilisten haben keine Angst, sich frei zu bewegen«, sagte er und zeigte auf einige Frauen, die auf den Feldern arbeiteten. »Sie können ungestört Nahrungsmittel anbauen... Die Rebellen stinken, weil sie am Leben verzweifeln; sie sind wie Tiere, sie waschen sich nicht mehr... Wir unterstützen unsere Infanterie mit Hubschraubern, hochmoderne Hubschrauber; letztes Jahr griffen die Rebellen jeden Tag an, aber jetzt...«

Wir kamen im Rehazentrum für Kindersoldaten an. Der Oberst übergab mich einem Mann von der Armeeeinheit »Child Protection«, der mich bat, Platz zu nehmen, während er die Kinder holte. Er kam mir irgendwie vertraut vor, aber ich war mir nicht sicher, weil ich in Uganda eine Menge von Kinderdompteuren kennengelernt hatte. Alle waren nun ziemlich entspannt.

Ich sagte zum Oberst: »Es muß für einen Mann wie Sie schwer sein, wenn Sie die Rebellen bekämpfen und dabei ungewollt Kindersoldaten erschossen werden?«

»Nein, nein, nein«, sagte der Oberst. »Die Armee schießt inzwischen nur noch, um abzuschrecken.«

Von den acht Kindern, die ich interviewte, wußten sechs nichts von diesem plötzlichen Kurswechsel. Besonders nicht die mit Schußverletzungen. Cathy war eine Vierzehnjährige, die erzählte, sie sei in einer Gruppe von sechzig Soldaten gewesen, die meisten jünger als sechzehn.

»Einige von uns wurden entlassen, einige getötet. Das Schießen soll Angst einjagen«, sagte sie. »Aber wenn du wegläufst, dann schießen sie, um dich zu töten.«

Tim, 13 Jahre alt, und George, 15 Jahre alt, hatten große Geschwüre an den Beinen. Ich dachte, das seien Moskitostiche, die eiterten. »Von der Schlacht«, sagten sie. Es waren Schußwunden.

Bosco hatte am ganzen Bein wunde Stellen. Einhundert Rebellen waren in Boscos Trupp, als er im März jenes Jahres flüchtete: »Die meisten sind wie ich verletzt«, sagte er und rieb mit den Fingern die offenen Wunden an seinem Schienbein.

George sagte: »Wir wurden von der Armee manchmal zweimal im Monat angegriffen. Einige starben. Es tut weh«, sagte er mit starrem Blick.

Wie Hollywood-Stars befanden sich diese Kinder in einem Zustand gehemmter Entwicklung. Aber anstatt in dem Alter zu erstarren, in dem sie bei ihrer Entführung waren, waren sie Rentner geworden. Während des Gesprächs mit George hatte ich das Gefühl, mit einem sehr alten Mann auf seinem Totenbett zu sprechen, der weiß, daß er nichts mehr zu erhoffen hat. Ich versuchte, das Thema zu wechseln. Ich hätte mir eine neue Wechsel-das-Thema-Frage ausdenken sollen.

»Bist du glücklich, daß du nun nach Hause gehen kannst?«

»Ich weiß nicht, ob meine Eltern noch leben.« *Scheiße. Okay, wie wäre es mit...*

»George, wie steht es mit deiner Gesundheit?«

»Es tut weh«, wiederholte er.

»Was?«

»Die Kugel.« Er rieb seinen Arm. Ich wandte mich an den Vertreter der Kinderschutzabteilung der Armee.

»Bekommt George irgendwelche Medikamente? Er hat da diese Kugel.«

»Davon höre ich zum erstenmal«, sagte der Mann.

»Gehen die Kinder nicht ins Krankenhaus?«

»Wir bringen sie dorthin, sobald sie sich beschweren.«

Sich beschweren? Sie haben Jahre damit zugebracht, Jungen in Stücke zu hacken, ohne sich darüber zu beschweren.

»Gut, gut. Nun, ich vermute, Sie sind sehr beschäftigt«, sagte ich.

Nachdem ich das Zentrum verlassen hatte, kamen einige Vertreter der Hilfsorganisation auf mich zu. »Alle Kinder bekommen ärztliche Behandlung«, sagten sie. »Er verstand nicht, was Sie ihn fragten. Die Kinder sprechen nicht gut Englisch. Sie sind sehr...«

»Traumatisiert. Ich weiß.« Jetzt verstand ich, warum diese Leute mir so vertraut vorkamen. Sie waren Presseagenten.

*

Sie mögen denken, daß dies nichts beweist. Und in journalistischer Hinsicht stimmt das. Wer weiß schon, wer auf George geschossen hat? Ich war nicht dabei. Sollte dieses Interview nicht von einem richtigen Auslandskorrespondenten geführt werden und nicht von einer bescheuerten, Ashton Kutcher preisenden Illustriertenschreiberin? Das ist ein sehr gutes Argument, und glauben Sie mir, ich stimme Ihnen zu.

Hier ist ein Beispiel, was passierte, als ein richtiger Auslandskorrespondent, Callum Macrae, einen Tag mit Oberst Otema verbrachte:

> Es gibt nur wenige Dinge, die einen auf die schreckliche Wirklichkeit vorbereiten können, Zeuge eines »militärischen Sieges« über die entführten Kindersoldaten der ugandischen Lord's Resistance Army (LRA) zu sein.
>
> Ich war in der nördlichen Stadt Gulu und filmte für die BBC 2-

Dokumentation *A Day of War*, als Oberstleutnant Charles Otema, der irritierend freundliche Leiter des militärischen Geheimdienstes für die Region, mich kontaktierte.

Er sagte, Regierungstruppen der Streitkräfte des ugandischen Volkes (UDPF) hätten einen »beachtlichen Schlag« gegen die Rebellen ausgeführt.

Er teilte mir mit, daß der stellvertretende Kommandeur der LRA, Vincent Otti, in dem Kampf verletzt worden sei, fünfundfünfzig Rebellen seien getötet worden – und daß, während wir sprachen, Regierungstruppen die übrigen im Busch verfolgten.

Er lud mich ein, mitzukommen und den Beweis mit eigenen Augen zu sehen.

In einem kleinen Militärhubschrauber flogen wir 85 Kilometer nordwestlich in Richtung der sudanesischen Grenze.

Unser Hubschrauber setzte am Rand eines Dorfes auf, das von der ugandischen Armee als Vorposten eingenommen worden war. Der Hubschrauber konnte nicht näher heranfliegen, und wir mußten die restlichen 4 Kilometer zu Fuß zurücklegen.

Und dann erreichten wir das Schlachtfeld.

Es war eine Szene schrecklichen Gemetzels. Dutzende Tote lagen verstreut in dem Unterholz, wo sie gefallen war.

Die erste Leiche, die ich sah, der erste dieser fünfundfünfzig Rebellen, war etwa vier Jahre alt.

Ziemlich sicher war er in Gefangenschaft geboren worden, wahrscheinlich wie so viele andere das Produkt einer Zwangsehe zwischen einem älteren Rebellen und einem entführten jungen Mädchen.

Etwa 10 Meter entfernt lag ein solches Mädchen, tot, nackt bis zur Hüfte. Sie mag die Mutter des Kindes gewesen sein.

Im Schatten einer Gruppe von Bäumen befanden sich mehr Leichen – einige Kinder, kaum Teenager, ein älterer Mann und zwei Frauen. Eine der Frauen kauerte an einem Baum, umklammerte ihn, Schutz suchend, den Kopf gebeugt. Sie sah aus, als ob sie noch lebte, bis ich zur anderen Seite ging und sehen konnte, daß zwei Drittel ihres Kopfes nicht mehr da waren, weggeschossen von den Granaten der neuen Kampfhubschrauber der ugandischen Armee.

Dies, wurde gesagt, war die Gruppe, die mit Vincent Otti unterwegs gewesen war, dem stellvertretenden Kommandeur dieser bunt zusammengewürfelten brutalen Armee gestohlener Kinder.

Überlebenden zufolge war er bei dem Angriff verletzt und auf einer Bahre in den Busch getragen worden.

Die andere Tote in dieser Gruppe, erfuhr ich, war eine von Vincent Ottis Frauen. Seine dreijährige Tochter war lebend gefunden worden, sie lief zwischen den Leichen umher.

Wir bewegten uns schnell über den blutigen Schauplatz – die Gegend war noch nicht ganz sicher –, als ich einen Soldaten sagen hörte: »Hier lebt noch einer!«

Es war ein Junge, sicher schon im Kampfalter, also etwa vierzehn. Er lag halb bewußtlos da, seine Brust zuckte. Er hatte dort fast vierundzwanzig Stunden unbehandelt gelegen.

»Gibt es einen Arzt, der etwas für ihn tun kann?« fragte ich.

»Wir werden ihn zurücktragen und ihn dann behandeln«, wurde mir gesagt.

Aber dann überbrachte fünf Minuten später ein Soldat die Nachricht, daß er tot sei.

»Was für ein Pech!«, sagte Oberstleutnant Otema. »Aber zumindest wissen Sie, daß wir ihn retten wollten.«

Dies ist wirklich ein schrecklicher Krieg.

Kaum jemand leugnet, daß militärische Aktionen nötig sind, um die LRA in Schach zu halten und die Einheimischen zu schützen – aber auf jenem blutigen Schlachtfeld nahe der sudanesischen Grenze war es mir ebenso klar, daß der Preis einer rein militärischen Lösung unakzeptabel hoch ist. Es ist sehr schwer, für die Sache des Friedens das Abschlachten von Vierjährigen zu rechtfertigen.

Ernsthafter internationaler Druck mag beide Seiten zu Friedensgesprächen zwingen, aber bis jetzt geht es zu langsam.

Letztes Jahr entführte die LRA 9000 junge Menschen.

Man kann sich des Eindrucks nicht erwehren, daß die übrige Welt diesem Krieg mehr Aufmerksamkeit schenken würde, wenn die Rebellen Öl statt Kinder gestohlen hätten.

(Quelle: bbc.co.uk)

Ich ging zurück zum Auto des Obersts und stellte ihm die eigentliche Frage. »Oberst, gewinnen Sie diesen Krieg?«

Er sagte: »Natürlich. Kony ist geschwächt. Er kann nicht mehr Leute entführen.«

Ich berichtete ihm von den sieben Mädchen, die in Kitgum entführt wurden. Ich teilte ihm mit, daß selbst der Sicherheitsbericht der UNO besagte, Kony entführe nach wie vor. Und der Oberst antwortete, Zitat: »Ach ja. Wissen Sie, diese UNO-Beamten lügen. Denn wenn der Krieg zu Ende ist, sind sie ohne Job.« Als Journalist weiß man, wann man das gewünschte Zitat hat, und dies war eins. Mit diesen Worten, die in meinem Kopf klingelten, fuhren wir zurück zum Acholi Inn.

Der Oberst war gut gelaunt und umgänglich. »Wie haben Sie geschlafen?« fragte er.

»Großartig«, log ich und fügte hinzu »du riesiger Razorback wurdest von einem Löwen gefickt«, aber nur in Gedanken, weil ich ein Feigling bin.

»Ich weiß«, sagte er, nicht zuhörend. »Ich traue den Laken nicht. Ich traue den Handtüchern nicht. Und wenn du mal kurz verschwinden mußt, das Klo ist draußen hinter dem Haus.« Das war also Oberst Otemas Achillesferse: Hygiene. Wenn er nicht schnarchte, lag er nachts wach und fragte sich, ob er sich in Kekskrümeln oder Wanzen wälzte.

*

Ich hielt kurz am Schwester-Rachele-Zentrum, ein Rehabilitationszentrum, das den Namen zu Ehren der mutigen italienischen Nonne trug. Zu meiner Erleichterung erwies es sich als großartig. Die Kinder waren gut versorgt, sie bekamen richtigen Unterricht und das Essen kam nicht zwei Wochen zu spät. Dort hielt man mir keine Babys mit Kopfverletzungen entgegen, und es gab auch keine Kinder mit durchlöcherten Hoden, die der Sorge des großen Kinderarztes Jehova überlassen wurden. Dies waren die Leute, die ich losschicken würde, um Victoria zu finden.

64

Schauen Sie sich um

Das Zitat des Obersts schwirrte immer noch in meinem Kopf, als ich mit Bill an der Bar des Acholi Inn saß. Ich hatte gepackt und war bereit, heimzufliegen. Ich schwor mir, die Geschichte irgendwie publik zu machen. Nach all der Zeit, die ich damit zugebracht hatte, dem Oberst nachzujagen, erschien sein Beweggrund letztlich doch als ziemlich schlicht. Ich hatte diesen Mann des Militärs überanalysiert: Er war nur ein Hanswurst, der das Kämpfen liebte. Sein Job war der Krieg, und wenn er Kony immer wieder entwischen ließ, dann vor allem deswegen, weil er seinen Job liebte.

Bill und ich verabschiedeten uns. Ich versprach ihm, ihn als Mitautor über den Artikel in der *Sunday Times* zu setzen – »Von Jane Bussmann und Bill Mulindwe in Gulu«. Er kehrte zu seiner Arbeit zurück, und ich machte mich an den unangenehmsten Job im Journalismus, das Zusammenrechnen der Spesenquittungen. Ich schaffte es, tatsächlich einige Minuten dabei zu bleiben, bis ich es leid war und versuchte, den Barmann anzumachen, mit begrenztem Erfolg.

»Dies ist eine fantastische Coke, Roger! Kommen Sie, wir suchen Ihren Boss, und ich sage ihm, wie toll Sie sind!« Dem Barmann gefiel diese Idee nicht.

»Nein... das geht nicht«, sagte er.

»Warum nicht? Doch nicht etwa aus Selbstrespekt?« sagte ich.

»Ich glaube nicht, daß ihm das gefallen würde«, sagte Roger.

»Na los, wie heißt er?«

Der Barmann zeigte in Richtung Garten, wo ein Mann mit großen Schritten auf die Fanta Gang zuging. Diesmal trug er keinen Kampfanzug, sondern lässige Kleidung aus der Frühlingskollektion von Marks & Spencer.

»Otema«, sagte der Barmann.

Sein Boss, der Besitzer des Acholi Inn, war Oberst Charles Otema.

Und ich schaute mich um und sah all die Leute aus dem Westen, die gekommen waren, um Kinder zu retten, alle mit Spesenkonto, und sie alle zahlten direkt an den Oberst. Dort unter dem Mangobaum saß die Fanta Gang; die Regierungsarmee trank mit Sam Kolo und Banya und Vertretern westlicher Wohltätigkeitsorganisationen. Ich hatte mich immer wieder gefragt, warum der Oberst nach so vielen Jahren Kony nicht gefaßt hatte. Und hier vor mir auf der Theke lag ein Haufen Quittungen vom Acholi Inn.

65

Die Pimmel des Zeus

Ich flog nach London, um den Artikel fertigzustellen und an die *Sunday Times* zu senden. Zuvor jedoch machte ich einen Zwischenstopp in Queenstown und traf die Leute vom Chor. Sie freuten sich so, mich zu sehen, daß sie ein Lied für mich sangen. Die Hälfte von ihnen fehlte – weiß nicht, AIDS? –, aber sie hatten noch die Baritonstimmen.

Ich bekam sogar meinen Polizeibericht von den Gesetzeshütern in Gulu, und erstaunlicherweise füllten sie ihn falsch aus, so daß die Versicherung mir zwei Kameras bezahlte und Bill endlich eine richtige bekam.

Als ich die Blase Afrika verließ, um mich wieder der Ersten Welt anzuschließen, erwartete ich, mich frisch wie nach einer heißen Dusche und ausgeruht zu fühlen. Aber wir hatten noch nicht einmal von Entebbe abgehoben, als mir klar wurde, daß die Zombies der verdrehten Logik gewonnen hatten. Immer mehr willkürliche neue Gesetze waren von nicht gewählten Körperschaften erlassen worden, beginnend mit der Regierung von British Airways. Zuerst wurden wir alle mit einem Insektizid eingesprüht.

»Das Spray ist unbedingt erforderlich«, erklärte die Stewardeß. *Für wen? Unter welchem Gesetz? Nach welcher medizinischen Erkenntnis?* »Es ist nicht schädlich für Menschen, aber es kann Reizungen hervorrufen, deshalb bedecken Sie bitte Ihren Mund und Ihre Augen.« *Was? War jede Logik endgültig am Arsch?* Die Kabine füllte sich mit dem Gestank von Flieder, ein künstlicher Mief. Dann, kurz vor der Ankunft, flogen wir längere Zeit im Kreis.

Der Pilot meldete sich: »Leider warten wir noch auf das

Okay zum Landen von der Bodenkontrolle.« *Warum? Hast du ihnen nicht gesagt, daß wir kommen? Hast du etwa gedacht: »Ich tauch einfach auf und hoffe auf das Beste?«*

»Gnädige Frau, Decken müssen unter Ihrem Sitz verstaut werden.« *Ja, ja, für den Fall, daß ich ein Teppichmesser darunter verstecke, aber nun war es zu spät, gerade jetzt landen wir, und das ist der Moment, wo sie die Klimaanlage auf eiskalt stellen, um uns wach für einen Crash zu halten, denn wir sind so dumm, daß der Absturz unserer 747 uns nicht aufwecken würde...*

Sie starrte mich an, bis ich ihrer Aufforderung nachkam. Ich schaute in ihr ledernes Gesicht mit dem in der Mitte gescheitelten Haar, und jäh wurde mir klar, daß sich etwas verschoben hatte. Ich hatte soviel Riesenschwachsinn in Afrika gehört, daß ich nicht länger Geduld für das Triviale hatte.

Wenigstens war Mutti dieselbe wie immer, als ich an der Haustür klingelte. Ich glaube, ich hatte ihr gesagt, daß ich heimkomme, aber ich war mir nicht sicher.

»Hallo Mutti! Ich war Auslandskorrespondentin«, sagte ich.

Meine Mutter antwortete, und ich zitiere: »Das ist schön! Ich mache gerade die Wäsche, hast du irgendwelche dunklen Sachen?«

Die *Mail on Sunday* schickte mich geradewegs nach Rhodos – Erfolg! –, also mußte ich gleich wieder packen. Ich rief bei der *Sunday Times* an.

»Hören Sie, diese Geschichte ist größer als John Prendergast. Es geht um Kinder, die bombardiert werden, die Armee läßt einen Entführer frei rumlaufen, und Großbritannien und Amerika finanzieren sie«, rief ich so oder so ähnlich ins Telefon.

Sean Ryan, der coolste Auslandsredakteur, sagte: »Klingt interessant. Emailen Sie mir noch heute Ihre Stichpunkte. Zweitausend Worte bis Dienstag.«

»Sie bringen es?«

»Wir bringen es nächstes Wochenende.«

Zweitausend Worte in der *Sunday Times*? Das ist, verdammt noch mal, eine ganze Seite! Heilige... Stichpunkte! Scheiße!

Ich schrieb noch an der Zusammenfassung, als es höchste Zeit war, das Flugzeug nach Rhodos zu erwischen. Draußen hupte ein Minicab, während ich meinen Text in das iBook meines Bruders hämmerte. *Aargh! Es hat nur 256 Megabytes! Tom, warum hast du nicht mehr RAM-Speicher gekauft, du gedankenloser seidenhaariger Mistkerl! Scheiße!* Die Minicab-Zentrale rief an. *Fuck, Fuck, Fuck! Ich muß es als E-Mail senden...* Der Minicab-Fahrer klingelte an der Haustür. *Hochladen, du Mistding – nein, fahr nicht weg* – Ich klickte SENDEN und schaffte es gerade noch zum Flugzeug nach Rhodos.

*

Donnerstag, Freitag, Samstag: In der griechischen Villa eines extravaganten Promi-Astrologen. Den von Klebeband zusammengehaltenen Ersatzlaptop eines Freundes benutzend, arbeitete ich wie eine Verrückte und schrieb mehr, als ich je zuvor geschrieben hatte. Normalerweise waren 2000 Worte kein Problem, aber dieser Artikel mußte wahr sein, und es war wirklich hart. Ich wußte aber, das Puzzle würde am Ende ein vollständiges Bild geben. Präsident Museveni sagte, Kony sei das Problem. Was passierte mit den Leuten, die versuchten, das Problem zu lösen? Pater Carlos, der versucht hatte, Kinder ungefährdet herauszubekommen, war von der Armee beinahe bei lebendigem Leib verbrannt worden. Betty Bigombe, die das Schulgeld ihrer Kinder für Telefongespräche mit Kony verbraucht hatte, um ihn zu Friedensverhandlungen zu bewegen; Konys Satellitentelefon wurde von der Armee zerstört, so daß die Gespräche nicht weitergeführt werden konnten. John Prendergast, der nur vier Stunden Schlaf findet, weil er Friedensvorschläge zur Beendigung des Krieges in Uganda schreibt; Museveni hatte einen Monat lang zuviel zu tun, um ihn zu treffen. Ein weiterer Monat der Überfälle und Verstümmelungen. Selbst eine Presseagentin wie Papilloma würde deswegen vielleicht ein schlechtes Gewissen haben. In der Zwischenzeit errichtete Kony eine ganze Stadt mit Kindern in der Wüste, wo ihn jeder hätte finden können, aber versucht hatte es nur eine Nonne.

Museveni sagte, die Armee habe den Befehl, Kony zu fassen – eine 40000 Mann starke Truppe. Aber Kony ist noch am Leben, weil die 40000 nicht nach ihm suchten. *»Wo waren die Soldaten?«* Sie waren nebenan, in der Demokratischen Republik Kongo, das Land voll Gold und Diamanten, und bedienten sich dort reichlich. Was war dagegen ein Hotel in Gulu. Otemas Kollegen in der UPDF führten ihre eigenen Abbauoperationen in Kongo durch und ließen Coltan für Mobiltelefone, Laptops und Computerspiele schürfen. Einheimische Dorfbewohner, die sich nicht fügsam zeigten, bekamen Besuch von der Sorte Männer, über die John Prendergast nur nach langem Zögern zu berichten begann: kongolesische Miliz, einfallsreiche Vergewaltiger, bewaffnet und ausgebildet von der ugandischen Armee. Und die ganze Zeit floß Bargeld: Wir bezahlten Musevenis Lebensmittelsrechnung – 43 Prozent seines Budgets kommen von ausländischer Hilfe –, und mit dem Geld, das er sparte, kaufte er Mamba-Panzer, Angriffshubschrauber und Panzerfäuste. Seine Armee bewarf einige von Konys Kindern mit Brandbomben, um die Waffenkäufe zu rechtfertigen, dann gingen sie kurz über die Grenze, um ein paar zollfreie Waren einzukaufen. Das Bargeld floß weiter.

Vor zehn Jahren, während Kony so viele Menschen entführte wie nie zuvor, schaffte es Uganda, über 100 Millionen Dollar mehr Gold zu exportieren, als es tatsächlich hatte. Im Jahr 2005 verkündete der Internationale Währungsfond, daß Uganda unter der multilateralen Entschuldungsinitiative seine Schulden zu 100 Prozent erlassen werden. 2006 befand der Internationale Gerichtshof Uganda schuldig, in Kongo Kriegsverbrechen begangen zu haben. Aber das Bargeld floß weiter. Ugandas Regierung hatte den Krieg unter Kontrolle, aber nicht so, wie man glauben würde.

*

Sonntag, Montag, Dienstag: Ich schrieb zwischen Busfahrten zu Sherrybrennereien und Töpfereien. Während Damen mittleren Alters Zeus' Pimmel auf ihre Souvenirteller malten, transkribierte ich die Berichte von Angela, Marilyn, Pater Benedict... Ich bekam Krämpfe in den Händen, aber John hatte gesagt, eine Seite in einer seriösen Zeitung wäre von Nutzen. Leute mit Einfluß würden sie lesen. Nützlich. Ich machte weiter.

Zweitausend Worte. Würde ich das schaffen? Am Mittwochmorgen machte ich eine Wortzählung: 100000 Worte. Ich hatte ungewollt in vier Tagen einen Roman geschrieben. Scheiße! Und nun? Welches von AIDS gezeichnete, entführte, zum Kindersoldaten und Sexsklaven gezwungene, verstümmelte Kleinkind schnitt ich aus dem Text raus? Es brachte mich um. Ich konnte nicht Ellen herausnehmen, ich konnte nicht Laura herausnehmen, ich konnte nicht Victoria herausnehmen. *Sophies Entscheidung* war Pillepalle dagegen: Dort gab es nur zwei.

Donnerstagmorgen. Das Magazin *Red* rief an: Ich *wisse* doch, daß meine Kolumne über mein glamouröses Leben in Hollywood schon eine Woche über der Zeit war? Was? Was? Okay, gut. »Heute, ging zu einer Party, sah Eve pinkeln.« SENDEN. Ich glaube, tatsächlich schickte ich ihnen etwas über Promibabys, wobei ich mir vorstellte, daß Promis wahrscheinlich welche hatten. Aber ich war auch auf einer Party und sah Hip-Hop-Star Eve pinkeln. Sie trug Plüschstiefel, als wäre sie in zwei Biber getreten.

Endlich, am Donnerstag um 18 Uhr, Greenwich Zeit, meine Hände gekrümmt wie die Pfoten des Schimpansen

Cornelius (aus der *Planet der Affen*), hatte ich den Artikel auf 7000 Worte gekürzt –, das sind fast 2000. Ich mailte der *Sunday Times*: »Ich wüßte gern, ob Sie schon Gelegenheit hatten, einen Blick auf meine Stichpunkte zu werfen, denn ich bin mit dem Artikel fast fertig.«

Sean Ryan antwortete: »Jane, ich habe diese Stichpunkte nicht bekommen.«

An jenem Tag, allein mit dem kränkelnden iBook meines Bruders, hatte ich diese Stichpunkte statt an Sean Punkt Ryan, dem Auslandsredakteur der *Sunday Times*, an Sean Hayes, den großartigen Nebendarsteller aus der Fernsehserie *Will* and *Grace*, gemailt.

Sean Hayes riet mir, mich auf die Geschichte der Lord's Resistance Army zu konzentrieren. Nein, Sean Hayes tat nichts derartiges; auch er hatte die E-Mail nicht bekommen. Meine Geschichte war erledigt, und das zu Recht.

66

Auf dem Weg ins magische Königreich

Nun war ich schlimmer als nutzlos. Ich war im Begriff, diese Kinder, denen ich Hilfe versprochen hatte, im Stich zu lassen.

In Hollywood angekommen, befand ich mich in der richtigen Stimmung für eine Mission: BRING DIE GESCHICHTE RAUS.

So begannen die meisten meiner Tage um 6 Uhr mit einem Telefonanruf: »Hallo, ich rufe noch mal an wegen des Features über den Friedenstifter und die entführten Kinder... Okay. Ich versuch's bei der *Sunday Times*. Danke.«

»Hallo, ich hatte Ihnen einen Artikel über Kinder in Afrika zugeschickt. Sie würden?« Eine lange Pause. »Ich verstehe vollkommen, was Sie meinen, aber Angelina Jolie war nicht da.« Eine kürzere Pause. »Nein, Madonna auch nicht. Es gab dort überhaupt keine prominenten Leute.«

Eine Sonntagsbeilage griff schließlich zu, und ich arbeitete die nächsten drei Wochen an dem Artikel. Dann erhielt ich die Mitteilung, daß die Zeitung einen Imagewechsel vorgenommen habe und mein Beitrag nicht mehr zu der neuen Richtung passe.

»Wenn Sie in der Lage gewesen wären, ein paar Zitate von, keine Ahnung, Angelina Jolie oder so, zu bekommen...«, sagte der Redakteur der Sonntagsbeilage. Draußen vor dem Fenster sprang ein Mann auf einem Pogostick vorbei.

Ich erhielt eine E-Mail von Bill Clintons Büro. Ein Zitat von Bill Clinton über John. »Jane, leider zu wenig, leider zu spät«, sagte der Redakteur der Sonntagsbeilage. Das Motto über der Geschichte meines Lebens und wahrscheinlich über dem Leben von Bill Clinton auch.

*

Niemand wollte die Story. Dann kam ich eines Tages nach Hause und fand auf meinem Anrufbeantworter eine Nachricht, und sie war nicht vom Anwalt Marty Singer. »Jane? Hier spricht Tony Grant. Bekam Ihre Nachricht, und ich möchte gern mit Ihnen sprechen...« Seine Stimme klang altväterlich britisch, als ob er jede gefährliche Situation verstünde und allen versicherte, es gebe keinen Grund, hysterisch zu werden. Ich wußte gleich, daß Tony Grant nicht verlangen würde, die Reise nach Gulu noch einmal zu machen und diesmal Angelina Jolie mitzunehmen. Tatsächlich war Tony Grant einer der erfahrensten Produzenten von BBC Radio 4. »Rufen Sie mich zurück, wenn Sie Zeit haben«, sagte er, »und dann können wir über Fooc sprechen...« Fooc? FOOC!*

Ich fuhr zu einem der BBC-Studios in LA auf einem alten Filmgelände in Silverlake. David Willis, der ehrwürdige LA- und Bagdad-Korrespondent der BBC, lehrte mich, mit wirklich vornehmem Akzent zu sprechen. Willis setzte mich vor ein Mikrophon aus alten Rundfunktagen, und irgendwie schaffte ich es, meinen Text dort hineinzubekommen. Niemals in meinem Leben hätte ich gedacht, daß ich einmal das Radio anstellen und Kate Adie würde sagen hören: »Guten Morgen. Heute in *From Our Own Correspondent*... Jane Bussmann, die gerade aus Uganda zurückgekehrt ist...«

* From Our Own Correspondent – eine wöchentliche Radiosendung des Programms Radio 4 der BBC mit Beiträgen der eigenen Korrespondenten.

Unglaublich, ich war wirklich eine Auslandskorrespondentin. Für vier Minuten und vierzig Sekunden.

*

Aber ich erhielt weiterhin SMS-Texte von der Gruppe der Kindersoldaten. »Wie geht es Ihnen? Mir geht es gut. Meine Schwester ist an Malaria gestorben, mein Bruder auch...« Der Krieg ging immer noch weiter, Kony entführte immer noch Kinder, und immer noch entledigte man sich der Kinder in Lagern. Mehrere hundert junge Sexsklaven lagen mir auf dem Gewissen – sowieso schon ein überfüllter Ort –, und da war das Versprechen, ihnen zu helfen. Aber wie? Dann brachte etwas, das Tony Grant gesagt hatte, mich zum Nachdenken. »Warum haben Sie das gesendet?« hatte ich ihn gefragt, nachdem alle anderen Medien die Geschichte abgelehnt hatten.

»Die Story hat mir gefallen«, sagte Tony. »Bei allem Ernst hat sie auch was von Promi-Journalismus.« Ich schaute mir noch mal die gescheiterte Dokumentation über John an. Rollen mit Filmmaterial, das zeigt, wie dieser wahnsinnig tolle Mann durch die Korridore der Macht von einer blinden Turteltaube verfolgt wird. Da steckte etwas darin, auch wenn es alles andere als schön war, und es war ganz sicher nicht ein eindringlicher Beitrag zum Zeitgeschehen. Zwei Zitate drängten sich auf.

Die Schlampe beim Sender Channel 4: »Wir können das nicht verwenden. Es sieht so aus, als ob sie scharf auf ihn ist.« Der Mann von der Sonntagsbeilage: »Wir können das nicht bringen. Wenn Sie nur ein paar Prominente drin gehabt hätten...«

*

Ich zerlegte die ganze Dokumentation in Teile und fügte sie zu einer Comedy zusammen. Anstatt der edlen Geschichte von John, der die Kinder von dem bösesten

Mann der Welt rettet, erzählte ich die unwürdige Geschichte von mir, die ich versuchte, ein Verhältnis mit jemandem außerhalb meiner Liga zu beginnen. Ich stopfte sie voll mit allen Prominenten, die ich je interviewt, übertrieben gepriesen und über die ich gelogen hatte. Da ich kein Geld mehr für einen Film hatte, mußte ich es live auf der Bühne spielen, aber John, der Narr, hatte mir für die Dokumentation Filmmaterial geschickt, ernsthafte Bilder, die ihn und Don Cheadle beim Rundgang durch mehrere Lager in Uganda zeigten. Ich wollte sie nun, völlig aus dem Zusammenhang gerissen, für eine geschmacklose Comedy benutzen und hinter mir auf der Bühne auf eine Leinwand projizieren. Ich versuchte, meine neue Idee John mitzuteilen, aber er war viel zu beschäftigt. Nun, »versuchte mitzuteilen« hieß, ich schickte ihm eine E-Mail: »Wäre es für Sie okay, daß ich eine Show darüber mache, wie mich der coolste Friedensstifter der Welt inspirierte, nach Uganda zu gehen?« Und er antwortete nur: »Nichts wie ran.« Was wollen Sie? Ich bin ein Feigling.

Wie schwer konnte es sein, in einer Bühnenshow als Schauspielerin, Produzentin und Regisseurin zu agieren? Ich hätte das sechs Monate später beantworten können, als ich mich mit psychosomatischen Bauchschmerzen in der Toilette eines Off Broadway Theaters krümmte, und da hatte ich schon ein professionelles Team, das den schlimmsten Druck von mir nahm. Die Show hatte Premiere in Manland, leider keine Schwulendisco, sondern ein Outdoor-Hobbyraum des Sitcom-Stars Sean Maguire, und bei einem dreifachen Wodka überfiel mich die triste Einsicht, daß das Ganze drei Stunden dauern und ein völliges Desaster werden würde. Dann spazierte Robbie Williams herein und sang »Sergeant Pepper's Lonely Hearts Club Band«, was ich für ein Omen hielt, von was, war mir unklar, aber ich beschloß, weiterzumachen.

Ich mietete das einzige Theater in Hollywood, das ich mir leisten konnte. Es war winzig und roch nach Pisse.

Dann kreuzte eines Abends ein befreundeter Comedy-Schreiber zusammen mit seinem Agenten auf. Das war nun wirklich ein völliges Desaster: Ich war zum Raum 209 des Theaters übergesiedelt, ein noch kleinerer Raum mit neun Stühlen, der nicht nach gewöhnlicher Pisse roch, sondern nach Pennerpisse.

Die Show war bei weitem noch nicht so weit, um von irgendeinem Agenten begutachtet zu werden, ganz zu schweigen von einem Agenten wie diesem, ein einflußreicher britischer Comedy-Spezialist von der wie das Pentagon bewachten Agentur, dort, wo der alte Schwarze die Schuhe der Agenten an ihren Füßen putzte. Schlimmer noch, dieser besondere Agent haßte mich. Wir hatten uns erst ein paar Tage zuvor in Las Vegas getroffen, an dem einen Abend im ganzen Jahr, den ich wählte, um nichts zu schreiben und stattdessen mit einem der wichtigsten Klienten der Agentur große Mengen sehr starker magischer Pilze einzunehmen. Danach heiterte ich den Agenten mit saukomischen wahren Geschichten darüber auf, wie wir von der Nevada Highway Polizeistreife auf der Autobahn nahe Pahrump in dem Sportwagen des Spitzenklienten mit einem Kofferraum voll psychedelischer Drogen rausgewunken wurden. Der Agent fand das gar nicht lustig.

Jedoch stellte sich heraus, ein großes, fettes, unwahrscheinliches Hollywood-Wunder, daß dieser Agent auch in Uganda gewesen war und wußte, wovon ich sprach. Er hatte sogar unfreiwillig eine Zeit mit einer Gruppe von Bergpygmäen verbracht, und ich glaube, daß die Show bei ihm verdrängte Erinnerungen auslöste.

Am Tag danach war der Agent ganz verändert. Brüllend und mit wildem Blick telefonierte er pausenlos herum. Es gelang ihm, die Show auf dem Edinburgh Festival unterzubringen. Wir begannen mit zwei Abenden in New York, in einem Off Broadway Theater, das nicht nach Pisse, sondern nach gutem Wein roch. Über diesen besonderen Premierenabend später mehr, da er sich als ziemlich wichtig erweisen sollte. Am besten gefiel mir diese Kritik: »Ich hoffe, daß sie weiß, was vor sich geht, wenn sie von mehreren Männern vergewaltigt wird.«

Die Sache wurde immer surrealer. Das Soho Theatre bot an, die Show in London aufzuführen. Obwohl ich jeden Abend sturzbetrunken voller Angst auf die Bühne ging, waren die Vorstellungen ausverkauft, und der unerschütterliche Agent und sein unerschütterlicher Londoner Kollege luden eine Reihe von Filmleuten ein. Sie stellten mir anschließend eine Frage: Könnte ich aus der Show ein Drehbuch machen? Durch eine groteske Folge von Ereignissen war ich nun, nach all den Jahren, auf dem Weg ins Innere des Magischen Königreichs für ein Treffen mit der 21st Century Fox.

67

Managerspielzeug

Wieder in Hollywood, mußte ich auf den Auftritt in der Zauberburg vorbereitet werden. Ich wurde zu einem Hollywoodakteur geschickt, um an der Präsentation zu arbeiten. Wenn du dem Leiter eines Filmstudios deine Idee für einen Film erläuterst, glaubst du, ihm eine aufregende Story zu erzählen. Mach dir nichts vor. Du bittest ihn darum, 80 Millionen vom Geld seines Bosses für etwas auszugeben, das nicht existiert, und du bist nicht Clint Eastwood. Also, das Treffen ist nicht ein gemütliches »Wäre es nicht lustig?«, sondern eine gedrängt geschriebene, tadellos einstudierte Zwanzig-Minuten-Show darüber, warum dein Film ihn nicht den Job kosten wird und warum gerade du »Das Nächste Große Ding« bist. Mit anderen Worten, es ist eine Quälerei.

Der Hollywoodakteur, der damit betraut war, mir zu helfen, wohnte in Beverly Hills hinter einem Zen-Garten. Ich war mir nicht sicher, ob ich dort beten oder pinkeln sollte. Alles, was ich über das magische Königreich wußte, war, daß es in seinem Innern zwei Sorten von Studiobossen gab: Undurchschaubare und Schwanzschwinger. Die Undurchschaubaren sind ohne Probleme verständlich; bei Treffen mit ihnen verzichtet man darauf, auch nur zu raten, was sie denken, und es wird dir schnell klar, was an deinen Ideen, deiner Kleidung, deinem Zugang zu romantischen Liebesgeschichten falsch ist, von deinen Hoffnungen auf eine Zukunft ganz zu schweigen. Schwanzschwinger sind viel unterhaltsamer. Schwanzschwingen ist eine Kunstform in Hollywood, der vulgärsten Stadt auf diesem Planeten. Menschen sind im wesentlichen nett, es sei denn, sie sind hungrig oder bedroht. In Los Angeles ist jeder auf Diät und befürchtet, von jemandem, der toller, sexyer ist, ersetzt zu werden. Diejenigen, die essen, leben weitgehend von Proteinen und Bananen, wie Schimpansen, und sind daher streitsüchtig und angeberisch. Schwanzschwinger benutzen einen merkwürdigen Geschäftsjargon, fragen dich nach deiner Meinung und sagen dir dann, warum sie falsch ist. Vor allem aber laden sie dich ein, um dich mit Nichtbeachtung zu bestrafen. Wenn man seine Position in Hollywood herausfinden will, zähle man die Anzahl der Minuten, die man ignoriert wird, nachdem man in ihr Büro gebeten wurde, und addiere 1000 hinzu. Herzlichen Glückwunsch, Sie sind die 1011. bedeutendste Person im Showbusiness. Hier ist das Beispiel eines Treffens mit einem Schwanzschwinger. (Die schlimmsten Schwanzschwinger sind übrigens Frauen. Dünne Frauen.)

»Josh, schick sie rein.«

Du gehst in ihr Büro.

»Na, dann lassen Sie mal sehen, was Sie dabei haben.« Dein Demoband beginnt zu laufen. Sogleich meldet sich Josh über die Sprechanlage, so wie es ihm beigebracht wurde. »Ich habe Harvey am Apparat«, sagt Josh.

»Entschuldigen Sie. Ich muß diesen Anruf entgegennehmen...« Nun glaub auch nicht für eine Minute, daß du wegen Harvey Weinstein, dem berühmten Produzenten, ignoriert wirst. Bist du *high*? »Harvey, ich habe Ihren Leuten ausdrücklich gesagt, ich möchte das Zeichen *mitten über der Tür* haben...« Du wirst dann für acht bis neunzehn Minuten wegen eines Gesprächs mit einem Bauunternehmer ignoriert.

Ein anderer Schwanzschwinger, ein anderes Treffen. Nachdem die Phase der Nichtbeachtung endlich vorbei ist, legt der Schwanzschwinger den Hörer auf, seufzt und wendet sich dir zu.

»Also, dann erzählen Sie mal was über sich und Ihre Show. Welchen Schauspieler stellen Sie sich darin vor?«

»Bill Nighy...«

»Nein. Das ist keine gute Idee. Das Studio wird das nicht wollen. Auch die Fernsehgesellschaften wären nicht begeistert. Und das Publikum schon gar nicht. Über was sonst würden Sie gerne schreiben? Sie können alles machen, was Ihnen gefällt.«

»Vielleicht eine Liebesgeschichte...«

»Nein. Nein. Wenn man nichts zum Picknick mitbringt, darf man sich nicht wundern, daß einem kalt wird...« Sie deuten auf ein signiertes Besetzungsfoto einer Erfolgsshow hin. Dies war ihr Werk, sie entwickelten es, sie allein machten den Film- und Fernsehverantwortlichen klar, daß der Schöpfer der Show ein Genie ist, es sei denn, die Show stürzt in der nächsten Saison ab. In dem Fall wird das Besetzungsfoto entfernt, und sie erklären dann, wie sie den Schöpfer der Show gewarnt hätten, wo er in die Irre ging, aber jeder wisse ja, daß der Mann *notorisch* schwierig ist und auf niemanden hört.

Sie glauben, ich schmücke die Geschichte aus? Nein, ich spiele sie herunter. Während des ersten Treffens verließ der Schwanzschwinger während des Telefonanrufs das Büro und kam nicht mehr zurück.

*

Wenn der Schwanzschwinger mit dem echten Harvey Weinstein zuerst sprechen muß, dann wartest du in einem Konferenzzimmer mit Blick auf den Ozean und einem Tisch in der Größe eines Rettungsboots. Und »Thrilled Man« hat seinen Auftritt. Der Begeisterte ist eine Führungskraft mit unbestimmtem Job, aber seine Hauptaufgabe besteht darin, in Konferenzräumen zu sitzen und die Gäste zu fragen, ob das Hotel schön ist und ob sie schon Gelegenheit hatten, während ihres Aufenthalts in der Stadt irgendwelche Shows zu sehen. Er wird dafür bezahlt, die Wartenden so bei Laune zu halten, daß sie über ihre Nichtbeachtung nicht ungehalten werden. Aber dafür machten diese Leute nicht den Juraabschluß in Harvard, also beschreiben sie alles als wunderbar, aber im Tonfall eines Selbstmörders.

»Wir sind so begeistert, daß Sie sich mit uns treffen konnten. Wir glauben, daß Sie erstaunlich talentiert sind«, sagt der Begeisterte, wobei die Depression seine Augen blinzeln läßt. »Und Sie sind erstaunlich...« *Ist da eine einzelne Träne hinter dem Dior-Gestell? Gott, ich hoffe nicht...* »Ihre Stimme ist wahrhaftig originell, wir freuen uns so darauf, es zu... zu...« Er erinnert sich an seine jugendlichen Hoffnungen und Träume und, von Seelenschmerz überwältigt, fällt er mit dem Gesicht auf den Mahagonitisch.

»Erstaunlich« ist übrigens eine sprachliche Übertreibung für »Ich höre noch zu«. »Haben Sie vor, Disneyland zu besuchen, während Sie hier sind? Disneyland ist erstaunlich. Wir haben uns Ihr Demoband angeschaut. Erstaunlich.«

*

Der Hollywoodakteur, der mir bei den Vorbereitungen auf diese Treffen helfen sollte, verschwendete keine Zeit. Er hatte braune Augen, eine schwarze Krawatte, und ich glaube, daß die Jahre, die er als »Begeisterter« gearbeitet hatte, seiner Stimme irreparablen Schaden zufügten, denn wenn seine Augenbrauen versuchten, sein Gesicht zu einem Lächeln hochzuziehen, behielt seine Stimme ihren monoton depressiven Klang.

»Erstens: Sie müssen Ihre Idee mit zwei ähnlichen Filmen vergleichen, die eine Menge Geld einbrachten.«

»Hmm, *The Constant Gardener* kam ziemlich gut an...«

»Nur in Europa. Hier war er ein Desaster. Vierunddreißig Millionen? Mein Gott, *eine Katastrophe*«, sagte er strahlend. »Noch andere?«

»Es gibt nicht wirklich irgendwelche Comedys über... Kriegsverbrecher... äh, Afrika, Entführungen...«

»Macht nichts. Die Geschichte hat ja einen journalistischen Blickwinkel, also sollten Sie an einen Film wie *The Devil Wears Prada* denken, das ist das Szenario, das Sie sich zum Vorbild nehmen sollten. Haben Sie schon über jemanden für die Hauptrolle nachgedacht, Reese Witherspoon zum Beispiel?«

»Ich werde mir auf jeden Fall darüber Gedanken machen«, sagte ich und meinte es ernst.

»Das sollten Sie. Sie ist eine Schauspielerin, hinter der jedes Studio her ist. Also, dann lassen Sie mal Ihre Story hören?«

Ich erzählte sie ihm und war selbst davon begeistert, als ich sie beendet hatte. Ihm ging es genauso.

»Erstaunlich. Es klingt wie ein Männerfilm. Joseph Kony, *das* ist wirklich mal ein Schurke.«

»Er hat zwanzigtausend Kinder entführt.«

»Kinder. Ach so. Dann ist es eher ein Frauenfilm. Wenn Sie eine Frau in Gefahr haben und ein Typ kommt, um sie zu retten, könnte es *Romancing the Stone* sein.«

»Wovor müßte sie gerettet werden?«

»Afrika. Meryl Streep wartet auf Redford, um sie *Out of Africa* zu holen. Ich mache Spaß«, sagte er und war wieder ganz niedergeschlagen. »Aber man sollte ein Remake machen... mit Reese Witherspoon... Ich denke, wir wissen beide, welches das eigentliche Problem ist, das Sie hier haben. Muß es *unbedingt* in Afrika sein? Ich frage ja nur.«

»Es handelt sich... es ist eine reale Person«, sagte ich. »Die Kinder gibt es wirklich, er hält sie als Geiseln – in diesem Moment in Kongo.« Sein Gesichtsausdruck verriet Zeichen von schwachem Optimismus, also fuhr ich fort. »Die Republik Kongo ist in Afrika«, sagte ich.

»Oh«, sagte er enttäuscht. »Wenn Sie das Ganze vielleicht in Hollywood beginnen... und hier auch enden lassen... ich meine, wären dann *viele* Afrikaner zu sehen? Ich persönlich bin ganz auf Ihrer Seite, aber Sie wissen ja, wie die Leute denken.«

»Na ja, man kann dabei auf Joseph Kony schwer verzichten. Es ist *der* Kriegsverbrecher.«

»Aber muß es ein Kriegsverbrecher sein? Wie wär's mit einem Polizisten? Ein Ex-Bulle, der losgeschickt wird, um dieses Mädchen zu schützen? Dann hätten Sie die Kombination Chris-Rock-Jamie-Foxx. Ach so, da ist ja dann das Problem mit dem Ficken. Ich meine, Jamie Foxx will natürlich ficken, aber was ist mit den Zuschauern? Wollen die einen schwarzen Kerl und eine weiße Frau zusammen sehen? Nein. Nicht ich sage das. Mensch, ich würde das toll finden. Aber dort in Europa sind sie sehr rassistisch. Chris Rock kann nicht mal nach Europa gehen. Ich meine, er kann dorthin fliegen, aber er darf das Flugzeug nicht verlassen.«

Nun waren wir beide traurig. Wir suchten gemeinsam nach einer Lösung. Ich fand eine.

»Ah! Was wäre wenn... sie geht nach Afrika, um Kony zu finden, und einige Typen helfen ihr dabei, einfach so als Freunde?« Bill hätte bestimmt keine Einwände. Die Augenbrauen des Hollywoodakteurs rissen seinen Mund hoch, er war wieder für einen Moment glücklich.

»Dann ist es also wie *Rush Hour 2*«, sagte er.

*

Um in Ruhe an der Präsentation arbeiten zu können, zog ich in die Wohnung einer Freundin. Natürlich gab es, dies ist schließlich Hollywood, Hindernisse. Die Banken meldeten sich wegen meiner überzogenen Kreditkonten zur selben Zeit, da mir klar wurde, warum erfolgreiche Geschäftsleute wie Donald Trump bekanntermaßen nicht in Theaterproduktionen investieren. Ich war in großen Schwierigkeiten.

Während einer Hitzewelle zog ich in das nette kleine Apartment, und als erstes brach ich den Griff des einzigen Fensters ab, so daß es sich nicht mehr öffnen ließ. Schlimmer noch, als Gegenleistung hatte ich auf die Katze aufzupassen und konnte die Tür nicht öffnen aus Angst, daß das Tier weglief. Monster war alt und hatte einen Bauch, der schlenkerte, wenn es lief, struppiges graues Fell, das ausfiel, ein funktionierendes Auge, das andere ähnelte einer schorfigen Rosine, und seine Pfoten waren so riesig wie die eines Schnabeltiers.

»Ich liebe Katzen«, sagte ich zu der Freundin. »Allergisch?! Nein, nein! Ich habe nur einen Schnupfen.«

»Selbst du wirst sie mögen. Sie ist so anschmiegsam, sie liebt Umarmungen«, sagte ihre Besitzerin.

Die nächsten drei Wochen verbrachte ich damit, den Zudringlichkeiten des haarigen Vierbeiners auszuweichen. Monster sprang mir nach wie ein Osterhase aus Bazillen und hüllte mich in flirrende Wolken aus Katzenschuppen. Meine Augen tränten und ich mußte ständig niesen. Ich lief in dem winzigen Zimmer auf und ab und lernte meinen Text. *Es ist* Romancing the Stone *trifft auf... Das Paar läuft weg, sie sieht einen Löwen, klar, wenn dies nun* Out of Africa *wäre, könnte er ihn erschießen, aber diesmal verjagt er ihn nur...* Bridget Jones *trifft auf... und dies ist ein Ausschnitt aus dem Trailer – Peng, Peng, Peng, sie werden von Hubschraubern bombardiert...* James Cameron macht daraus natürlich einen Film, »in dem alles mit allem zusammenkommt«.

Nach ein, zwei Tagen gab ich das Hin- und Herlaufen auf und versteckte mich vor dem liebestollen Monster mit meinem Laptop unter der Bettdecke. Jedesmal, wenn ich unter der Decke hervorschaute, blickte das Tier mich mit seinem einen Auge zärtlich an. Aber ich ahnte nicht, daß die haarige Sexplage seine Schnabeltierfüße dazu benutzen konnte, Decken wegzuziehen. Ich bekam jedenfalls nichts mit. Aber eines Nachts wurde mir immer heißer, ich hob die Steppdecke hoch und fand die Katze dicht an meinen Rücken gedrängt, ihre Pfoten um mich geschlungen. Sie war über den Körperkontakt so selig, daß sich ein großer warmer Kreis von Katzenpisse unter uns beiden ausbreitete.

*

Ich war vorbereitet. Die Präsentation der Filmidee war vorzeigbar. Sie verband *Romancing the Stone* mit *Bridget Jones's Diary* und *Private Benjamin*, und ich war im Begriff, sie der »Königin der kratzbürstigen Comedy« und dem »König des coolen Kassenschlagers« anzubieten. Dies waren ernsthafte Treffen mit den Größen des Geschäfts.

Ich hielt vor dem Tor des Filmstudios, wo ein netter Mann auf meinen Ausweis schaute und mir sagte, ich solle nach links fahren.

»Links. Danke. Großartig. Links«, sagte ich und fuhr nach rechts.

Ich war im Inneren der Burg und machte mich auf dem Weg zum Bergfried. Er war voll mit Postern bekannter Filme. Ich traf mich mit den Produzenten, die unseren Film finanzieren würden, falls der Königin mein Vorschlag gefiel. Es waren nette Produzenten, und sie machten dies hier ständig. Ich weiß nicht, ob sie bemerkten, daß ich hinkte, weil ich mir keine neuen Absätze für meine Stiefel leisten konnte, sie sagten jedenfalls nichts. Mehr Sorgen machte mir der Umstand, daß ich nur eine Stunde hatte, bevor mein Gesicht Risse zeigen würde, da ich kaum noch Grundierungscreme gehabt hatte und ein extrem absorbierendes Bühnenmakeup trug.

Die Nichtbeachtungszeit vor dem Büro der Königin der kratzbürstigen Comedy dauerte etwa dreißig Minuten, dann bat uns ihr Assistent herein, um uns nochmals warten zu lassen. Ich spürte die Fassade in meinem Gesicht bröckeln und legte meine Wange in die Hand, um mir ein gleichgültiges Aussehen zu geben, aber unerbittlich zogen sich die Minuten dahin, und ich kam mir immer mehr vor wie Harpo Marx.

Endlich stolzierte die »Queen« herein, gekleidet anscheinend für ein Golfspiel mit Agatha Christie, und schaute uns mit irrem Blick an.

»Hallo...«, begann der Produzent.

»Sitzen Sie nicht dort! Das ist der Stuhl für den, der die Idee präsentiert!« sagte die Königin. »*Ich* sitze hier, *Sie* sitzen dort, der Produzent *dort*, und sie sitzt *dort*.« Der Produzent kicherte freundlich; wir dachten alle, sie würde Spaß machen. Um zu zeigen, daß dem nicht so war, verließ sie den Raum wieder. Wir tauschten die Plätze, und das Ganze begann von vorn. Übrigens war das Büro mit Managerspielzeug ausgestattet.

Anschließend fragten die Produzenten sie, was sie von der Idee halte.

»Sie werden sie nicht mögen«, sagte sie. »Unser Geschäft besteht nicht darin, Zeug an die Wand zu werfen, um zu sehen, was hängenbleibt.« *Nein, aber ich vermute, daß du 'ne Menge Bananen ißt,* hätte ich sagen sollen.

Egal. Da war ja noch der »König der coolen Kassenschlager«. Ich probte, bis Bilder aus dem Bridget-Jones-Film meine Träume beherrschten. Als ich vor dem Studiotor hielt, dachte ich: »Vergiß diesen Augenblick nie. Du bist keine Journalistin, keine Touristin, du hast tatsächlich eine geschäftliche Besprechung in einem Filmstudio.« Ein netter alter Mann schaute auf meinen Ausweis und wies mich an, nach links zu fahren. Ich bog nach rechts ab. Ich war im Innern des magischen Königreichs und verirrte mich völlig. Eine Stunde lang fuhr ich durch endlose Studiostraßen, die nach Künstlern wie Muddy Waters benannt waren. Leute trugen Teile von Bühnenbildern und einen 10 Meter großen Kelsey Grammer. Schließlich fand ich ein Büro. Es hing voll mit lebensgroßen Postern bekannter Filme. Ein netter junger Mann gab mir eine Flasche Wasser. Irgendetwas hinderte mich daran, sie leerzutrinken, als ob ich gewußt hätte, daß ich das Wasser noch brauchen würde.

Der »King« ließ mich nicht warten, war auch nicht für Golfspiele zwischen den Kriegen angezogen und führte sich nicht aggressiv auf.

»Na denn erzählen Sie mal was über Ihre Idee«, sagte

er. Als ich zu reden begann, wurde mir jäh klar, daß ich keine Ahnung hatte, was er dachte. Sicher war nur, daß ich zuviel Make-up und zuviel Parfum trug. *Warum ist mein Rock so kurz? Ich hätte keine Netzstrümpfe anziehen sollen. Oh Gott, bestimmt kann er durch die Löcher meine Unterhose sehen, nicht daß er interessiert ist, wenn ich so abstoßend aussehe und offensichtlich geisteskrank bin. Bitte laß ihn schwul sein. Warum spreche ich so abschätzig über meine eigene Show? Warum habe ich dem Typ, der sagte: »Ich hab das nur für dich getan, bitte mich nicht, es noch mal zu tun«, meine Wohnungsschlüssel überlassen? Warum habe ich das Apartment in Queen's Park verkauft? Ich werde nie wieder ein eigenes Zuhause haben...* Ich schaffte es noch bis zu der Bridget Jones-Analogie und verlor dann den Faden.

Er starrte mich einige Sekunden an, ohne ein Wort zu sagen. Ich behielt meine entspannte Pose bei, nahm die Wasserflasche und verfehlte meinen Mund. Das Wasser spritzte auf meinen Minirock, da sagte der »König des coolen Kassenschlagers«: »Mir gefällt die Geschichte sehr, aber die Art, wie Sie es machen wollen, würde nicht wirklich... Naja, das ist nicht das, was wir hier machen. *The Constant Gardener*, der international ein großer Erfolg war, das ist unser ideales Vorbild.« Er lächelte das Geben-Sie-nicht-auf-Lächeln. »Aber Sie sehen toll aus.«

68

Sechzehn Cent

Das Großartige an der Redewendung »Schlimmer kann es nicht werden« ist, daß sie eine Einladung zu Schlimmerem ist. Ich zog in eine Wohnung mit Kakerlaken und einer Katzenratte – eine Ratte, die von Schnauze bis Schwanz so groß wie eine Katze war – und drei Männern, die die ganze Nacht auf der Fensterbank saßen und über ihre Zeit im Knast sprachen. Ich zog schließlich die Jalousie hoch und sah nicht drei schwergewichtige Männer, sondern drei hübsche junge Damen. Ich weiß nicht, ob sie Eddie Murphy und die Geschichte mit dem Transvestiten kannten, aber noch mal, dies hier war Hollywood. Wie standen die Chancen?

Es kam schlimmer. Zwei piekfeine Produzenten bezahlten nicht für gelieferte Skripts, und die Kassiererin in der Bank erklärte, daß ich diesmal zu weit gegangen sei.

»Ich habe meine Kreditkarte nicht benutzt«, fuhr ich sie an und machte mir nicht genug klar, daß ich durch das Überziehen des Kontos jemand anderem das Recht gegeben hatte, meine Karte zu benutzen, nämlich der Bank. Sie zeigte mir einen Ausdruck.

»Aber... Sie erheben Gebühren dafür, daß Sie Gebühren erhoben haben«, sagte ich.

»Sie müssen das so mit den Kreditkartengesellschaften ausgemacht haben.«

Der Kunde hinter mir äußerte sein Mißfallen. Ich gab auf und tat etwas, das Donald Trump wahrscheinlich eher selten tut: Ich legte einen Beutel mit kleinen Münzen auf den Tresen.

»Kann ich dafür Scheine bekommen?« fragte ich, noch

etwas, das Donald Trump vermutlich kaum jemals sagt, außer von seiner Ex-Frau.

»Sie müssen die Münzen selbst einrollen. Wir machen das nicht.« Sie gab mir einige Papierrollen. Ich saß mitten in der Bank und legte vor allen Kunden Cents in die Rollen. Ich hatte das Gefühl, von dem nonchalanten Hochhalten des Kopfes würde mir der Hals brechen. Neun Dollar und sechzehn Cent. Ich kaufte für neun Dollar Benzin und fuhr zu einem letzten Treffen wegen einer Kindersoldaten-Comedy.

»Wir würden niemals von Ihnen verlangen, daß Sie es so machen wie *Sex and the City*«, sagten sie, »aber *Sex and the City* war ein großer Erfolg. Und Sie sind es, die sich weigert, mit ihrer femininen Seite in Berührung zu kommen...«

»Ich...«, sagte ich.

»Die weibliche Hauptrolle – sie muß unbedingt ein Baby bekommen, das dann stirbt«, sagten sie. »Denn sonst werden die Zuschauer es ihr nicht abnehmen, daß sie ausgerechnet nach Afrika gehen will.«

»Ein totes Baby? In einer Sitcom? Ich...«, sagte ich.

»Darüber haben wir doch bereits diskutiert! Sie hat zu Hause einen Verlobten. Warum sollte sie ihn verlassen?«

»Er ist ein Schwachkopf. Ich...«

»Nein. Sie hat einen Mann. Sie würde ihn nie verlassen. Bei Ihnen war das ja anders, Sie hatten keinen Mann, und da war einer in Afrika, die Zuschauer fänden das total verständlich...«

In der Nacht schlief ich auf einen Haufen Kartons, da ich noch keine Zeit gehabt hatte, sie auszupacken. Ich warf einfach eine Futonmatratze oben drauf. Ich rollte mich auf die Seite, und ein Karton brach unter mir zusammen. Ich redete mir im Halbschlaf ein, daß nichts passiert sei. Um 6 Uhr stieg ich aus dem Karton und stellte fest, daß über Nacht Wasser aus dem Badezimmer über mir heruntergelaufen war und ich in einer Pfütze geschlafen hatte.

Ich ging joggen, lief an den Obdachlosen vorbei und sagte mir, daß ich mich glücklich schätzen konnte. Dann blieb ich jäh stehen. Ich hatte auf einem Haufen Pappkartons geschlafen, und ein Fremder hatte mich angepinkelt, während ich schlief. Es war zu Ende.

*

Weihnachten flog ich nach Hause und lief durch das West End, um wieder zu Verstand zu kommen. Am 22. Dezember schlich ich bedrückt die Little Mortimer Street entlang und fragte mich, ob es wohl zu spät für eine Reise zurück in die Vergangenheit war, um mein Leben mit einer Lackdauerwelle und als Persönliche Assistentin des DJ Gary Davies neu zu beginnen. Da klingelte mein Telefon. Es war der Boss einer coolen Filmgesellschaft, einer britischen diesmal.

»Wie lief es in Amerika?« wollte er wissen.

»Oh mein Gott, es war ein totaler Albtraum«, sagte ich. Wäre ich noch im Goldenen Zeitalter der Bescheuerten gewesen, hätte ich gesagt: »Es war großartig«, aber zu diesem Zeitpunkt war mir alles egal. »Sie fragten, ob es in dem Film viele Afrikaner geben wird, und als ich sagte, die Frau hat einen schwarzen Freund, sagten sie: Es ist also wie *Rush Hour 2*?«

»Ha!« lachte der Boss der Filmgesellschaft. »Gut, dann machen wir es.«

69

Fünfzehn Paar Gummistiefel

Wohl wissend, daß die meisten Filme, ganz zu schweigen von Comedys über Kindersoldaten, am Ende nicht produziert werden, aber um die Tatsache anzuerkennen, daß wenigstens einer aus der Branche gesagt hatte, er würde es gerne machen, bestieg ich am zweiten Weihnachtstag ein Flugzeug und flog wieder nach Uganda.

Ich besuchte die Gruppe der Kindersoldaten und fand sie in guter Stimmung. Vieles hatte sich in Gulu verbessert. Banya verlor seinen Job als Babysitter, nachdem ein leidenschaftlicher Reporter bei *Monitor* den Skandal aufgedeckt hatte. Die Kindersoldaten verkündeten, daß sie auch für mich eine Berufsbezeichnung gefunden hätten: Sie ernannten mich zu ihrer internationalen Koordinatorin. Offensichtlich hatten sie nicht meinen Lebenslauf gelesen, aber wie schwer konnte es sein, eine Gruppe ehemaliger ugandischer Kindersoldaten und Sexsklavinnen international zu koordinieren?

Als erstes wollten sie, daß ich mit einem Mann von einer britischen Wohltätigkeitsorganisation sprach, der sie besucht hatte. Ich koordinierte international ein Essen in einem japanischen Restaurant mit dem Repräsentanten, der jünger war als erwartet und sehr verständnisvoll. Die britische Wohltätigkeitsorganisation unterstützte die Gruppe der Kindersoldaten finanziell; sie sollte ein neues Büro bekommen, das sich nicht mehr neben einer Autowerkstatt befand, und Motorräder, um zu den Lagern zu gelangen.

Bei einem Bier gestand ich dem Landsmann lachend, wie paranoid mich Uganda gemacht hatte und wie überzeugt ich war, daß ich von der Geheimpolizei verfolgt wurde, als mein Laptop aus dem Hotelzimmer verschwand. Der Mann erzählte einem Bekannten in Gulu davon. Dieser Mann gab es an den Oberst weiter.

»Es ist in Ordnung«, soll ihm der Oberst gesagt haben. »Sie kann ihren Computer jetzt wiederhaben.«

Und ich bekam eine SMS.

Joseph Kony wollte mich für ein Interview im Süden des Sudans treffen. Als kleines Zeichen der Dankbarkeit verlangte er »25 kg Bohnen, 100 kg Reis, Taschenlampenbatterien, Antibiotika, 15 Paar Socken und 15 Paar Gummistiefel«. Ich machte das Interview nicht. Der Redakteur für die Fernsehnachrichten ließ offiziell verlautbaren, daß ihr Mann in Uganda »sagt, die LRA habe seine Nummer und wenn Kony ein BBC-Interview machen will, was er für sehr, sehr unwahrscheinlich hält, würden sie BBC-Leute direkt in Afrika kontaktieren.« Natürlich machte Kony nicht lange danach ein Interview mit einem anderen freien Journalisten. Aber um ehrlich zu sein, ich hatte bereits Banya, dem Kriegsverbrecher, Drinks spendiert, und fünfzehn Paar Gummistiefel für Big Man, den Anführer persönlich, hätten mein Karma endgültig in den Abgrund gestürzt.

*

Ich hatte John seit jenem Abend im Sheraton nicht mehr gesehen, aber ich wußte, es war nur eine Frage des richtigen Zeitpunkts und des richtigen Ortes. Ich setzte große Hoffnungen auf neue Verbrechen gegen die Menschlichkeit in Darfur.

Nun zurück zum ersten von zwei Abenden Off Broadway. Die Show fand in dem eleganten 59E59 Theater mitten in Manhattan statt. Es war alles Chrom und Glas, und die Zuschauer tranken edlen Rotwein, während sie auf den Beginn der Show warteten, die nur ein unbedeutendes Ereignis im Kalender viel aufwändigerer Produktionen war. Ich war wie gewöhnlich auf dem Klo. Meine körperliche Verfassung hatte sich seit der Rückkehr aus Uganda nicht verbessert, im Gegenteil: Mir ging es so schlecht, daß ich am Telefon mit meiner Mutter über die Sprechstundenhilfe meines Hausarztes in London und meinen verschwundenen Stuhltest diskutierte. Es war das dritte Gespräch, das wir zu diesem besonderen Thema führten, da ich wußte, daß meine Krankheit nicht psychosomatisch war. Es verlief in etwa so:

»Wie ist es möglich, daß sie meine Kacke verloren hat? OK, verlegt, wie schafft man das? Mutti, sag ihr, daß ich nicht ›kurz vorbeikommen‹ kann, ich bin in New York. Ich könnte mich bücken und auf London zielen, wenn du willst. Ich bin nicht widerlich, es ist nicht mal mehr Stuhl, es ist Coca-Cola. Irgendwas stimmt mit meinem Darm nicht. Nein – Mutti – hör zu! Ich muß auf die Bühne gehen und eine Comedy machen über Kinder, die von Bomben zerfetzt werden, und das Publikum denkt, es ist eine Beziehungskomödie, weil auf dem Poster Titten zu sehen sind. HÖR MAL ZU! Sie stehen dort draußen... Ich weiß, es ist meine Schuld. Okay, ich will nur wissen, ob der Arzt glaubt, daß es Krebs ist? Denn es ist entweder Darmkrebs oder ein Parasit von der Größe eines Kondors. Ich habe Angst, überhaupt noch was zu essen für den Fall, er springt heraus und packt meine Gabel. Ich schrei dich nicht an..., Mutti, aber es gehört zu ihrem Job, Stuhlproben zu sammeln, und sie hat meine Kacke verloren... Bleib dran, ich kriege gerade einen Anruf...«

Ich würde Johns Telefonnummer jeder Zeit wiedererkennen, obwohl ich sie selten gewählt hatte. Dieser Anruf half meinen keineswegs psychosomatischen Magenschmerzen auch nicht. Während ich ihm eine E-Mail geschickt hatte, um ihm mitzuteilen, daß ich eine Show über ihn machte, hatte er sich nach wie vor um 500 E-Mails pro Nacht zu kümmern, von denen 499 mehr Sinn ergaben als meine. Und trotz allem, die Show mußte weitergehen.

Irgendwann bekam ich von ihm eine Antwort. »Von einem Freund habe ich gehört, daß es da diese Show in New York gibt und ich irgendwie darin vorkomme?« John war wirklich ein Diplomat.

Ich drückte SPRECHEN.

»Hey, ich bin's, John«, sagte er.

»Wo sind Sie?« fragte ich.

»Ich glaube, ich bin vor dem Theater.«

Ich bat ihn, sofort zur Bühne zu kommen und mit niemandem zu sprechen, weil ich ihm zuerst ein paar Dinge zu sagen hätte. Ich bekam mich einigermaßen wieder unter Kontrolle und wartete auf der leeren Bühne auf ihn. Stellen sie sich vor, wie ich mich fühlte, als er hereinkam. Ich hatte ihn seit Uganda nicht mehr gesehen. Ich hatte für die Show das DKNY Safarikleid angezogen und sah aus wie eine Figur aus einem Monty Python Sketch. Er trug ein blaues Hemd, glaub ich – in dem Moment konnte ich kaum etwas sehen, und ein stechender Schmerz fuhr durch meine Eingeweide. Er sah besorgt aus. Ich bat ihn, sich zu setzen.

Ich hätte ihm gestehen können, daß ich nie eine richtige Journalistin war. Oder daß ich kein Recht gehabt hatte, ihm in Kofi Annans Sitzungsraum zu folgen, ganz zu schweigen von Uganda. John hätte sicher erfahren müssen, daß es in London, Los Angeles, Edinburgh und einigen anderen Orten eine ganze Bühnenshow darüber gab, wie scharf ich auf ihn war. Aber da in zehn Minuten der Vorhang für die Premiere in New York City hochging, mußte ich mich entscheiden.

»John, drei Dinge. Erstens, jenes Filmmaterial, das Sie mit Don Cheadle in Uganda gedreht und mir zugeschickt haben? Ich benutze es ganz.« John verzog keine Miene. »Zweitens, es ist eine Comedy.« Da zuckte er zusammen. »Und drittens, ich bin keine Stalkerin, die in Sie verliebt ist.« Nun stellen Sie sich vor, wie *er* sich fühlte. Nummer drei war übrigens zum Teil wahr.

Die Show begann, ich ging auf die Bühne und präsentierte eine Menge äußerst fragwürdigen Materials über meine Schwärmerei für John – in seiner Gegenwart. Nach einer Minute furchterregender Stille hörte ich ihn lachen. Dann lachte das Publikum. Die Diaprojektion funktionierte nicht: Unter den Zuschauern war ein tauber Mann, der jedesmal, wenn die Leute lachten, fragte: »Was hat sie gesagt?«, und da seine Frau es ihm erklärte, konnte ich mit Verzögerung meine eigenen Worte hören. Aber letztlich ging alles gut, und als die Show vorbei war, kam John herauf und umarmte mich. »Dies ist bestimmt abgesprochen«, dachten die Leute. »Dies ist der längste Weg zu einer Umarmung«, dachte ich, eingehüllt in Rasierwasser, einem sauberen Männerhemd und kräftigen Armen. Er war ein ganzes Stück größer als ich. John wurde natürlich vom Publikum umlagert, Studenten, Frauen und Eierköpfe machten ihm schöne Augen, während ich ihm durch den Raum zulächelte. Es war das schlimmste Rendezvous, das ich je hatte, aber es endete gut.

*

Und auf der letzten Seite wurde mir bewußt, diese Geschichte hat ein Hollywood-Ende, weil ich lernte, daß eine Person einen Unterschied machen *kann*. Ja, Ashton Kutchers Anwalt weiß es noch nicht, aber ich unterstützte Angela und Victoria und ihre beiden Vergewaltigungsbabys in seinem Namen: das Marty Singer Stipendium. Du hast mich nur einmal reingelegt, Marty, und nun hast du vier Kinder. Und sie sind alle schwarz.

Epilog

Frühstück in Hollywood

Der Wirbel um die Show führte dazu, daß ich mit dem mächtigsten Agenten in Hollywood in der Polo Lounge frühstückte. Er repräsentiert die Spitzenleute im Comedy-Geschäft. Die Polo Lounge war herrlich unmodern, es gab dort schweres Silberbesteck und Teller auf Teller und eine Aussicht auf einen alten Garten.

Der mächtigste Agent in Hollywood traf ein, groß, schlank und mit perfekter Bräune. Er wußte genau, wo er sitzen wollte, obwohl das Restaurant fast leer war. Er bestellte Grapefruitsaft, Putenschinken, eine Schale Brombeeren gemischt mit Blaubeeren und ein Ei auf einem Teller – das Frühstück eines Mannes, der jeden Morgen die Talmi-Stadt auf Vordermann brachte. Ich bestellte drei Muffins, eine Kanne heiße Schokolade und drei Kaffee, das Frühstück einer Person, die Stimmungsschwankungen hatte und eine Sitcom über AIDS schreiben wollte. Es war klar, daß dies eine Traumgelegenheit war. Jeder in Hollywood hätte für diese Alles-oder-nichts-Chance gekämpft, sich als größten Autor aller Zeiten herausbringen zu lassen. Ich machte mir nichts vor: Ich würde nie zu den Besten der Comedy gehören, aber ich konnte zumindest ein Versprechen einlösen.

Ich holte mein ramponiertes Exemplar von *Across My Lips: the Burgles of Mortal Dignity* heraus und zeigte es ihm. Der mächtigste Agent in Hollywood, ein Branchenprofi, der nie »Das nächste große Ding« übersieht, las den Abschnitt, der mit dem Satz endete: »Er sah aus wie ein mächtiger Schimpanse mit steifen muskulösen Genitalien.« Der Agent stellte seine Blaubeeren auf den Tisch.

»Das ist erstaunlich«, sagte ich und schaute dem mächtigsten Agenten mit aller in Hollywood möglichen Ehrlichkeit direkt in die Augen. »Aber Sie sollten sich schnell entscheiden, weil Mel Gibson versucht, die Filmrechte zu bekommen.« *Was soll's. Da geht sie dahin, meine Karriere.*

»Ach ja?« sagte der mächtigste Agent in Hollywood und beugte sich wieder über die Seite.

Anhang

Ugandas Geschichte in Kurzfassung

Karte

Hier ist eine Karte. Uganda liegt in der Mitte von Afrika, zwischen Ruanda, dem Sudan, Kongo und Kenia: Genozid, Genozid, Genozid, Kaffee.

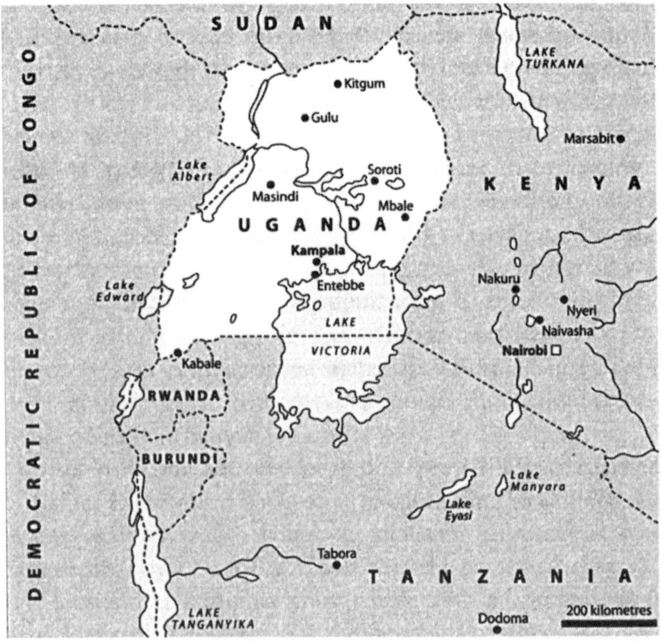

Ugandas Geschichte in Kurzfassung

0-1888: Ugander sammeln und jagen und betreiben Akkerbau. Viele ethnische Gruppen, die meist miteinander auskommen, gelegentliches Aufflammen von Gewalt.

1888: Briten geben Uganda der Britischen Ostafrika Kompanie, der Halliburton der Männer in Tropenhelmen. Großbritannien teilt das Land in Nord und Süd. Bestimmt, daß der Norden die Heimat großer, dunkler, furchterregender Menschen (vorwiegend Acholi, Langi und Alur) ist, und zwingt sie in die Armee. Bestimmt, daß der Süden Heimat der hellhäutigeren, kleineren, vertrauenswürdigeren Menschen (vorwiegend Bantu) ist, und gibt ihnen Jobs in der Regierung. Als der König Einwände erhebt, entthronen sie ihn und ersetzen ihn durch seinen gerade geborenen Sohn.

1888-1962: Der Norden und der Süden werden stinkwütend aufeinander.

1962: Die Briten verlassen das Land. Zu dem Zeitpunkt sind der Norden und der Süden besonders wütend aufeinander.

1962-1985: Verschiedene Dreckskerle töten Tausende, am wildesten treibt es Idi Amin, der sich im Land behauptet, weil er extreme Gewalt anwendet, und international ungestraft davonkommt, weil er lustig ist und großartig mit der Presse umgehen kann. Ja wirklich. Beim Silberjubiläum der Königin bat Amin unsere Monarchin, ihm ihre »fünfundzwanzig Jahre alten Schlüpfer« zu schicken. Zu der Zeit waren Amins Gefängnisse »Beseitigungskammern, übersät mit ausgerissenen Augen«. (*Time*)

1986: Der neue Präsident Yoweri Museveni kommt an die Macht. Großbritannien und Amerika vertrauen ihm und schenken ihm Geld. Bis 2005 hatte Großbritannien Museveni 740 Millionen Pfund gegeben.

1987: Der religiöse Irre Joseph Kony erklärt Museveni den Krieg, überfällt Mitglieder seines eigenen Stammes der Acholi, um ihnen eine Lektion wegen Unterstützung von Museveni zu erteilen, auch wenn die meisten ihn gar nicht unterstützten. Konys Verhalten ergab keinen Sinn. Trotzdem rekrutiert er gewaltsam eine Armee von mehreren tausend Kindern, die Verheerungen im ganzen Norden anrichtet.

2009: Mehr als zwanzig Jahre später hat Museveni es immer noch nicht geschafft, Kony zu ergreifen.

Wenn du wissen willst, wohin deine Schlüpfer-Steuer geht, wirf einen Blick auf

www.theyworkforyou.com